Best Time

白 马 时 光

多情应笑我

DUOQING
YINGXIAOWO

酒小七

——著

百花洲文艺出版社
BAIHUAZHOU LITERATURE AND ART PRESS

图书在版编目（CIP）数据

多情应笑我 / 酒小七著 . — 南昌：百花洲文艺出
版社，2017.4
ISBN 978-7-5500-2139-6

Ⅰ.①多… Ⅱ.①酒… Ⅲ.①言情小说—中国—当代
Ⅳ.① I247.5

中国版本图书馆 CIP 数据核字（2017）第 047069 号

出 版 者　百花洲文艺出版社
社　　　址　江西省南昌市红谷滩世贸路898号博能中心A座20楼　　　邮编：330038
电　　　话　0791-86895108（发行热线）　0791-86894790（编辑热线）
网　　　址　http://www.bhzwy.com
E-mail　　bhzwy0791@163.com

书　　　名　多情应笑我
作　　　者　酒小七
出 版 人　姚雪雪
出 品 人　李国靖
特约监制　燕　兮
责任编辑　周振明　邹　婧
特约策划　燕　兮
特约编辑　朱明迪
封面设计　46 设计
封面绘图　画　措
版式设计　王雨晨
经　　　销　全国新华书店
印　　　刷　三河市金元印装有限公司
开　　　本　1/16　710mm×980mm
印　　　张　21
字　　　数　385 千字
版　　　次　2017 年 4 月第 1 版
印　　　次　2017 年 4 月第 1 次印刷
书　　　号　ISBN 978-7-5500-2139-6
定　　　价　35.00 元

赣版权登字：05-2017-75

目录

目录

第一章
无赖娘子

　　午饭林芳洲只吃了一个炊饼，喝了两大碗水。炊饼遇水则胀，于是她也算吃得半饱了，只是走路时会觉得腹中有水在晃荡，仿佛她是一个行走的水桶。

　　那一个炊饼还是赊的。

　　卖炊饼的老婆子赊账时十分不情愿，仿佛死了汉子一般，气得林芳洲把眼睛一瞪，道："街坊邻里，抬头不见低头见，我还能欠你这一个铜板不成？"

　　老婆子连忙道："大郎莫气，只因今早与我家老不死的吵了一架。这才眉毛不是眉毛眼睛不是眼睛……你娘活着时与我相交甚好，不过是一个炊饼，莫说赊账了，便是请你吃了，也没什么大不了。"

　　林芳洲吃软不吃硬，听到老婆子这么说，她挥了一下手，道："谁要吃你白食？明天一定还钱！"

　　吃完午饭，林芳洲背着手在街上溜达。大白天，街面上很热闹，路边茶棚里有人在吃馄饨，有闲钱的还会配上一碟子切得薄薄的上好的酱牛肉。

　　那牛肉，啧！

　　林芳洲仿佛闻到了牛肉浓郁的酱香，她正有些陶醉，却见吃牛肉的人突然抬起头。

　　林芳洲立刻满脸堆笑，迎上前拱了拱手，"原来是骆少爷，失敬失敬。今天怎么一个人出门了？"她长得白净俊俏，拱手时倒也装出了几分风雅。

　　骆少爷："芳洲，你坐下，我正要找你。"

　　林芳洲忙拉开长凳坐下，问道："骆少爷有什么吩咐？"

　　骆少爷见这小子虽然在说着话，眼睛却直勾勾地盯着桌上的牛肉，他便问道："你还没吃饭？"

林芳洲摸了摸肚子，神情有点沮丧，"今日手气不好，钱都输光了……"

骆少爷会意，招手叫来老板，"再来一碗馄饨，一碟牛肉。"

"好嘞！"

林芳洲冲着老板的背影喊道："要大碗的！"

骆少爷扑哧一笑，抓起桌上的扇子轻轻敲了一下林芳洲，"你这讨饭的泼皮！"

林芳洲也觉得很不好意思，岔开话题问道："骆少爷，你找我有什么事？"

"芳洲，你今年多大了？"

"十七。"

"该成亲了。"

林芳洲重重地"嗤"了一声，表示很不屑，她说道："成亲有什么用，不过是添一张嘴吃饭。我连自己都喂不饱呢！"

"你平日也不想女人？"

林芳洲抬头，对上骆少爷似笑非笑的目光。她也不知该怎么回答这个问题，总不能告诉对方自己根本就是个女人吧？

她只好胡乱摸了一把脑门，看到老板端着煮好的馄饨走过来，她便催促："快点，快点！"

骆少爷："我说，芳洲，我一个远房表舅的女儿，生得十分俏丽，家境也殷实，今年刚十六岁，正在说亲……你慢点，烫死你！"

林芳洲被烫到了，脸有些扭曲。她把脸从碗上抬起来，隔着白腾腾的水汽，听到骆少爷继续唠叨他的远房待嫁表妹，林芳洲打断他："骆少爷，你要成亲啦？"

"别装傻，我说你呢！"

"那么好的姑娘，怎么能便宜了我这个泼皮，你自己娶了吧！"

"我话还没说完。我表舅家只有这一个孩子，疼成了掌上明珠，他们舍不得女儿外嫁，意思是，找个人品好的少年，便是底子薄一些也无妨……"骆少爷一边说着，一边见林芳洲只是埋头吃饭，他便懒得绕圈子，说道，"他们想招一个入赘女婿。"

林芳洲正愁怎么找理由拒绝呢，听到"入赘"两个字，立刻诚惶诚恐起来。

骆少爷也不恼，毕竟很少有男人愿意入赘，何况林芳洲也是家中独苗，更加不太可能。

林芳洲吃完了馄饨和牛肉，向骆少爷道了谢，拍拍屁股走了。

待她走远，茶棚里有食客悄悄问老板："好俊的后生！那是谁家的孩子？"

老板的嗓音很是洪亮："东大街张寡妇家的，大名叫林芳洲，都唤他林大郎。张寡妇也不是本地人，十几年前逃难来到此地，含辛茹苦地好容易把孩儿拉扯大了，去年她竟染上热疾，一病死了。"

听者便叹息道："可惜，可惜！那孩子可曾娶亲？"

"没有！他不过一个帮闲，既无田地家产，又无正经营生，拿什么娶媳妇？"

吃饱了饭的林芳洲，终于腾出脑子来忧伤了。

全世界都以为她是个男人，实际上她并不是。

一切的一切，皆源于她老娘的一个馊主意。

十五年前，她娘带着两岁的她逃难到此地，落了户籍。家中孤女寡母，没有男子撑门面，老娘怕她们被人欺负，便谎称林芳洲是个男孩，户籍就这么登上了。

登上就不能改了……

倘若她现在被人知道是女儿身，告到官府，打板子是轻的，说不好就要流放三千里，去沙漠里种西瓜。

就凭她的小身板，无论是打板子还是流放，都很难活命。

所以，打死也不能让别人知道她的秘密。

忧伤了一会儿，林芳洲就把此事抛到了脑后。她走到城门口时，突然想起一事。

前些天去城外的山林里玩，她找到一个画眉鸟的窝。那时画眉鸟正在下蛋，现在应是已经孵出了小鸟。

把小鸟掏来，养大后好好调教，定能卖个好价钱。

若是不等养大，只卖雏鸟，也能卖些钱救急。

林芳洲什么都不缺，就是缺钱。今天不赚钱，明天她就得当裤子吃饭了。

于是林芳洲朝城外的山林走去，路上遇到一个认识的农夫，农夫喊她："大郎，莫要进山，山上有老虎，已经吃了几个人，现在樵夫都不敢上山砍柴了。"

"多谢老伯提醒，我不进山，我只在外面玩。"

林芳洲心想，老虎只在深山里，她在外边小土坡的树林里掏个鸟，没什么关系。

于是她走进了树林。

林芳洲很快找到了那个鸟窝，爬上树一看，登时大失所望：也不知哪个龟孙先下了手，把小画眉都掏走了。

她下了树，骂了几句泄愤，却无法改变被人抢占先机的事实。

正不知接下来该怎么办，林芳洲突然听到一阵虫鸣。

是蟋蟀的叫声，声音洪亮得很。有如此中气十足的鸣叫，想必这个蟋蟀的个头很威猛。

若是她有一只威风八面的蟋蟀，战遍全城无敌手，那该是怎样的风光无限，该会怎样被众人膜拜景仰？

捉不到鸟没关系，必须把这蟋蟀捉到！

林芳洲撸起袖子，轻手轻脚地在草丛中搜索起来。

那蟋蟀果然不是凡品，乌黑油亮的皮，强壮的脚，狰狞的牙，个子很大，怕是有寸许长！这个季节，很难看到如此健壮的蟋蟀。林芳洲乐开了花，发誓要把它拿下！

那蟋蟀蹦得忒高，跑得贼快！

林芳洲心情有些复杂。一方面蟋蟀越健壮她越高兴；另一方面，因着这小东西跑得太快，她很难得手。

不管不管，一定要捉住！

她追着这蟋蟀跑啊跑，不知不觉，已跑进了山林深处。

"嗬！总算抓到你了！"

林芳洲捏着蟋蟀的颈子，仿佛大将军手握统领天下的兵符一般，志得意满，不可一世。

突然，她发觉有些不对劲。

周围，似乎太安静了。

她环视四周，看到的是密布的树木，地上是稀疏的杂草和厚厚的落叶，树木都很高大，比方才掏鸟的地方要高得多。

太阳也被遮住了，只漏下丝丝缕缕微弱的光线，整个树林看起来阴森森的。

她想起关于老虎的传言，顿时有些害怕。

走，赶紧走！

林芳洲正要原路返回，忽然听到不远处树梢上的一阵动静，簌簌的，像是什么东西在晃动树枝，她只当是猴子，抬头看去，视野中却有一团黑影从树上落下，半路撞了几次树杈，最后"咣"的一下摔在地面上。

猴子……应该没有这么笨吧？

难道是狗熊？

狗熊……似乎也没有这么笨。

呃……

林芳洲猜不出那是什么东西，她现在怕极了。这种害怕，不是面对老虎、狗熊时的那种战栗，而是面对未知时的恐惧，心里发毛。

可是……那到底是什么啊？

她又好奇得要死。

去看看吧，就看一眼。那东西掉在地上一动不动，没准是块石头呢！朝那边走几十步就是一面百丈高的悬崖了，掉一两块石头再正常不过，对吧？

于是林芳洲壮着胆子，一步一步，慢慢走过去。

林子里太黑了，她走到近前时才发现，此刻躺在落叶堆里的，竟是一个人。

掉在落叶堆里的，看身形应还是个孩子，半张脸埋在干枯的树叶里，一动不动。

如果不是亲眼看见，林芳洲很难相信会有一个大活人从天而降。

哦，不，也许现在已经不能算"活"人了。

想到了这个不太妙的可能性，她心头狂跳，壮着胆子蹲下身，伸手去探那孩子的呼吸。

微弱的气息，还有些淡淡的热量。

她直起腰，仰头看了看一旁的大树。林子里一丝风也没有，那树冠早已恢复了平静。林芳洲摸着下巴，自言自语道："哪儿来的小孩？总不可能是树上长的吧？"

不是树上长的，那一定是从别处落下来的。离这里不过几步远便有一处悬崖，想必是这孩子在上面玩的时候，不慎失足坠落下来。

也是他命大，刚好掉在树冠上，被柔韧的树枝几次三番地缓冲，这才没有直接摔成八块。

这孩子穿得好生奇怪，一身戎装，披甲戴胄的，难不成要打仗吗？可此处并无驻军，且打仗也用不着这种娃娃兵吧？打兔子还差不多。

林芳洲没见过世面，一时也想不通。她一手捏着蟋蟀，另一手轻轻拨了拨他，道："我今日做个善事，救你一救，也不知能不能活你性命。若是救不活，你也莫要责备，人的寿命皆有定数，到了阎王那里，不许说我坏话。"

说着，便去拖他。她始终舍不得扔掉蟋蟀，便只用一只手拖他，可她的小身板，又哪里能单凭一只手拖起一个半大的孩子？她使劲使得急了，一咬牙一跺脚，嗬！

人还真被她拖起来了。然而——

"啊啊啊啊！你娘的！老子的蟋蟀！神天菩萨小心肝儿！！！啊啊啊啊啊……"

原来是因为拿蟋蟀的那只手也下意识地跟着使了劲，不小心捏死了刚捉住的宝贝。

林芳洲差一点把那孩子扔在地上，终究胆子小，怕自己间接变成杀人犯。她把他背到背上，怨恨道："为了救你，把我的'镇山大将军'都折了，你是何方妖孽，好大的面子！"好嘛，她已经为蟋蟀取好名字了。

"何方妖孽"趴在她背上，一动不动。

林芳洲边走边骂他，骂了一会儿，转念突然想道：这小孩掉下来，他家人必定心疼得紧。如今她救了他，少不得要讨几个赏钱。到时一口气买它十个"镇山大将军"，一个用来荡平永州城，另外九个烤来下酒，岂不美哉？

嘿嘿嘿嘿，哈哈哈哈哈……这么一想心情突然就好了。

天渐渐黑下来，林芳洲力气有限，背着个小孩从郊外一直走回城，简直要了她半条命。快到城门口时，她已经累得像条狗一样。

城门就要关了。

林芳洲眼看着那小小的侧门即将关紧，使出吃奶的劲儿高喊："等等！等一下！"

负责关城门的是一个老眼昏花的老头子，人都唤他老铁。老铁在夜色中看了林芳洲好几眼，这才辨认出是林家大郎。老头子问道："大郎，怎么玩到此刻才回来？你再晚一步，城门都要关了，到时只能睡在城外，看不被老虎叼走！"

"嘻，别提了。"

"你背上背的是谁？"

林芳洲很疲惫，不想浪费唇舌解释，且这种来历不明的人还会招致衙门口的盘问，小孩现在又生死不明，弄不好她先惹一身骚。

并且，她还怕自己的功劳被旁人抢走。

才不过一瞬，她心里早已经转了好几个弯。

于是她信口胡诌道："陈屠户家的小祖宗，今日他非要跟我去郊外捉蟋蟀。可倒好！半路玩累了就睡觉，还要我背他回来！"

"小孩子都贪睡。"

"不要和人说他跟我出城了，他娘会打他，他若挨打，陈屠户就要来打我了。"

"放心，老头子耳聋眼花，什么都没看到。只是，现如今外面不太平，都道有老虎出没山林，大郎，你们还是少出去玩吧。"

"好了，好了，知道了！"

背着这个累赘回到家，林芳洲把他扔在床上，摸黑点亮油灯。她家中破败，四面漏风，现下油灯里黄豆大的火苗晃晃悠悠、忽明忽暗，照着家中的灰尘蛛网，看起来仿佛鬼屋一般。幸好她住习惯了，不以为意。

小孩还昏迷着。

林芳洲不知他摔到了哪里，她先把他那身莫名其妙的甲胄除了下来，想看看他有没有流血。那甲胄竟是皮革所制，也不知是什么皮做的，摸着有些软，拿在手上甚是轻便，倒很适合小孩子穿。

虽不是很懂，但林芳洲也感觉到，这套甲胄只怕造价不低。

可惜这是小孩的尺寸，拿出去只怕也没人买。

扔开甲胄，林芳洲看到了他里头穿的白色中衣。那中衣也不知是什么样的丝绸所制，看起来仿佛波光粼粼的水面，触手光滑柔软，使人爱不释手。衣角上竟还绣着同色的暗纹，细腻精美，巧夺天工。

光这一件衣服，也值一两银子吧？

林芳洲吞了一下口水，视线往下扫，突然发现他腰上竟还系着一块美玉。

真奇怪，又要打仗又要臭美，这年头的小孩子都好复杂。她把那块玉解下，拿到眼前看了看，忍不住赞叹道："好玉，好玉！"

通体雪白的一块玉，通透润泽，雕刻成一条首尾相连的飞蛇，蛇的头上还长着犄角，咬着自己的尾巴，团成了一个圆。

整块玉线条简单，古朴大气，便是林芳洲这种极其讨厌蛇的人，看着也甚是喜欢。

甲胄除了，美玉解了，林芳洲仔细检查一番，发现小孩并没有流血。

啧啧，从那么高的地方摔下来一丁点伤口都没有，那套甲胄到底是什么做的？！

林芳洲有些惊叹。

她又担心小孩摔坏内脏。这小孩非富即贵，活的总比死的要更贵一些……想到这里，林芳洲提着灯笼出门了。

黄大夫也住东大街，与林芳洲家相隔不远。找他看病的人并不很多，只因他是个哑巴。林芳洲敲响黄大夫家的门时，他还在摸黑碾药，满室的药香。夫人带着一双儿女回了娘家住几天，这会儿家中只他一人。

林芳洲说明来意，黄大夫二话不说，背着药箱便跟她回了。

到她家里，一番诊断。

好消息：没有摔到内脏。

坏消息：摔到了脑子……

林芳洲有些沮丧，问道："还能活命吗？"

黄大夫一番比画，幸好林芳洲和他做了多年邻居，交流起来并不困难。她点点头，重复了一下他的意思："三日之内能醒就能活，醒不了就趁早发丧，要不然会长蛆？"

黄大夫用力点了点头。

林芳洲气得翻了个白眼，"你想得还挺周到！"

他又问她小孩是谁家的，怎么弄成这样，是不是她干的。

林芳洲摆摆手，"当然不是我，我是救人的……你不要乱打听。"

黄大夫最后也没给她开药。一来摔到脑子，药的作用不大；二来林芳洲穷得叮当响，听说今日中午还向卖炊饼的大娘赊账，若是给她开了药，只怕她要找他赊账了……

送走了黄大夫，林芳洲回来坐在床边，一筹莫展地看着床上躺着的小孩，说道："你要死就死，要活就活，做什么还要等三天，你老子我还要等三天才能等到米下锅吗？！我不如把你炖了，也可吃十天半个月！"

算了算了，不管死活，明日好好打听一下谁家丢了小孩，只要还是喘气的，总归比一具尸体要值钱。

打定这样的主意，林芳洲在床边一歪，躺下了。

入夜时分，家家都闭户酣睡，街上静悄悄的，只偶尔听到一两声虫鸣，萧萧索索，冷冷清清。

更夫打着灯笼走在青石板路上，一阵风吹来，他紧了紧衣服，自言自语道："明日怕是要落雨。"

这时，他看到不远处一个颤颤巍巍的身影越走越近。

更夫便道："老铁，是你吗？"

"是我。"老铁应了一声。

"都二更天了，你不在家挺尸，跑出来，可是要去会夜游神？"

"夜游神改日再会吧，衙门里有另一座神等着我呢。"老铁走近一些，答道，"方才衙里有人带话，说县令大人要见我。"

"这么晚了，县令大人找你能有何事？"

"这我可不知道，我就是个守城门的。"

老铁今年已经七十多了。按理说这个年纪不适合守城门，不过永州县城又不是什么军事要冲，且这些年天下承平，无甚大事发生，城门就显得没那么重要了。他一个老头子，妻儿都早一步去会阎王了，县令大人惜老怜贫，便给了他这样一个差事。

老铁到了衙门，县令大人正在等他。

"太爷，你找我？"

"嗯。老铁，我问你，今日申时至戌时，可是你守门？"

"回太爷，是我。"

"城门可关好了？"

"关好了，太爷放心……太爷，你找我可是有什么要紧的吩咐？"

县令背着手，神态轻松，"倒也没什么。只是近日风闻山中有老虎，我乃一县之父母，理应过问。"

"这个……"

"我且问你，近些天出入城门的人多吗？"

"却是少了一些，想必是被老虎吓得不敢出城了。"

"嗯，成年人倒还好，关键是小孩子，一时贪玩，怕坏了事。你今日值班时，可有小孩进出？"

"回太爷的话，只看到黄大夫的媳妇带着孩子回娘家去了，别的倒不曾有。"

"你可看仔细了？若有小孩无端走丢，本官唯你是问。"

"太爷放心，我看仔细了。本来出入城门的就不多。"

"如此甚好，老铁，你也辛苦了。等本官找人打了那老虎，平了祸害，会重赏你的。"

"多谢太爷！多谢太爷！"

老铁离开之后，县令大人放松的神色突然变得十分恭谨。他转身朝身后的屏风拱手拜道："两位大人。"

他话音未落，那屏风后面，走出两个男人。

两人衣着都很普通，看着像平头百姓，然而他们的眉宇间有着浓烈的肃杀之气。

县令说道："两位大人方才已经听到，不曾有陌生孩子进城。"

为首的男子点了点头。他神色顿了一下，忽然说道："查一下城中所有医馆药铺，凡是卖了能治疗创口跌打以及内伤的药材，务必查清楚去向。记住，暗地里查，不要声张。"

县令唯唯称是。

"任何人，但凡走漏风声，一律就地格杀。"他的语气突然加重。

县令吓得浑身一颤。他一边擦汗，一边结结巴巴地说："那个……我……我们，我没有处斩罪犯的权力，都是上报府州……"

"你只管办你的差事，"男人打断他，"杀人的事，我们自己来。"

说完这话，那二人便要离去。跟在后面的那一个，经过县令时，轻声说道："我好心提醒你一句，'任何人'，也包括你。"

县令面带菜色，"是，下官谨记。两位大人走好……"

待这两个杀神离开，县令一屁股瘫坐在椅子上，神情犹有些惊恐，他喃喃自语道："他们满世界找的那个小孩，到底是什么来头……"

不敢想下去。

第二章

惹祸上身

林芳洲这一觉睡了个饱，次日，日上三竿了才起来。

她看了一眼身旁的人，他还在昏迷，躺的姿势都没变过，仿佛是一具尸体。林芳洲忍不住探了探他的鼻息，嗯，还有气。

昨日黑灯瞎火的，兼之累得要死，她一直没在意这孩子的面容，今早仔细一看，发现小孩长得怪好看的，白白嫩嫩，雪团一般。

窗外突然传来阵阵吆喝，是卖胡饼的汉子。

林芳洲立刻感觉腹中阵阵饥饿。她只好下床出了门，打算先寻些吃食。

陈屠户的儿子正坐在门口，手里拿着一块白糖糍糕，也不吃，只是盯着地上看。林芳洲好奇地走近，发现他在看蚂蚁。他把一粒白糖扔在地上，看蚂蚁们抢着搬走，以此取乐。

咕噜——林芳洲吞了一下口水。

"陈小三。"她叫他。

陈小三有两个哥哥，只可惜都夭折了，若他大哥还在，现在也如林芳洲这般年纪了。

陈小三长得有些胖。他听到林芳洲叫他，抬起那张圆鼓鼓的脸，"林大哥。林大哥，你看，蚂蚁。"

"嗯。小三，你这白糖糍糕是从卫拐子那里买的？"

"嗯，卫拐子的白糖糍糕最好吃。"

"我昨日见到卫拐子买白糖，白糖不小心撒在一个蚂蚁窝上，许多蚂蚁都出来搬糖，卫拐子气急败坏，连蚂蚁带白糖一起捧回去了。"

陈小三听得一阵皱眉，低头神色复杂地看着手中的白糖糍糕。

林芳洲指着他的白糖糍糕说："你看这儿，这个黑点不是蚂蚁吗？"

"哪里呀？"

"这里……来，我帮你挑出来。"

陈小三便把白糖糍糕递给了林芳洲。林芳洲接过那香喷喷的糍糕，二话不说先狠咬了一大口。

陈小三这才明白过来是上当了，立刻放声大哭。

哭声惊动了院子里正在拾掇猪肉的陈屠户，他提着屠刀跑出来，怒道："怎么回事？！"

林芳洲捧着白糖糍糕一溜烟跑了，边跑边笑，留陈屠户在身后骂骂咧咧。

吃完了白糖糍糕，腹中可算有了点存粮。林芳洲走上街头，盘算着该如何打听那小孩的来历。她觉得小孩不同寻常，本能地不想轻举妄动，又想多赚几个钱，又怕被人抢去功劳，又想先打听好对方的底细好讨价钱……犹豫着，她最后去了赌场。

赌场里鱼龙混杂，消息最是灵通。

林芳洲挤在一堆人里看别人推牌九，跟着叫好，虽然手痒心也痒，奈何她一文钱没有，只好在外围捡个乐呵。

边看推牌九，林芳洲边竖起耳朵听周围人聊天，奈何听来听去，无非就是哪个青楼的姑娘水灵，哪个家伙最近手气好，谁谁谁跟有夫之妇偷腥被当场抓了……并没有提及谁家丢了小孩。

林芳洲眼睛一眯，计上心来：别人不提，她可以提嘛……

她碰了碰身边一个人，道："听说了吗？"

"什么？"

"我刚过来时，听路边的乞丐说，卖糍糕的卫拐子拾了一个小孩。"

"卫拐子光棍一个，连老婆都娶不上，哪里有孩子？"

"是拾的。"

"哪里拾的？不会是拐来的吧，卫拐子，拐孩子，哈哈哈……"

"我也不知道呢，没准是乞丐的胡言乱语，饿糊涂了。"

"也没准是真的呢，卫拐子没媳妇，捡个孩子当儿子养，给他养老送终。"

过了一会儿，整个赌场几乎人人都知道卫拐子捡了小孩。

林芳洲心想：只怕明日就要有人找卫拐子要人了，我且看看是什么人家，再做打算。反正那孩子寿命天定，死在哪里都一样，没准他家人找来时他恰好醒了呢？因此先不急，缓一两日也无妨。

下午卫拐子背着筐从赌坊门口经过，有人便问他："卫拐子，听说你拾了一个儿子？"

卫拐子只当是众人打趣他，便笑道："我若是拾个小孩，一定把他藏起来，神仙也找不到！"

众人笑，直道恭喜，瞎起哄。

林芳洲在赌场玩了一天才出来，眼见日头沉沉地坠下西山，她抚着肚子，饥肠辘辘，实在难忍。

一个小和尚捧着钵盂迎面走来，林芳洲拦住他，"小和尚！"

"施主，有何赐教？"

"我听佛门人说，救人一命，胜造七级浮屠。我今日快饿死了，你可愿请我吃一碗粥？"

小和尚化缘，从来都是别人给他钱，今日第一次遇到朝他开口要钱的，一时被对方的无耻震住了，竟讷讷不能言语。

林芳洲："不给算了。那我就饿死在这街头，被野狗吃了吧！"

小和尚终究心软，从钵盂里拿出一个铜板，道："小僧俗缘浅薄，今日只化到这一个铜板，施主要便拿去吧。"

林芳洲接过铜板，道："多谢圣僧！改日我发了财，请你吃烧鸡！"

那小和尚脸色发绿，急忙道："罪过，罪过……"

林芳洲用这个铜板买了一碗粥，一口气吸溜了半碗。剩下半碗，她突然想起家中还躺着个人，那惨白的小脸，啧啧。据说饿死鬼的怨气最重了……

她拍了拍桌子，"小二！"

"来了！"小二跑过来，"大郎，你还要点什么？"

"借我一个食盒。"

小二立刻变了脸色，讥道："点一碗粥还要食盒，客官好大的排场。"

"你这没毛的兔爷！我今日没空，懒得打你，快去拿食盒，否则生意不要做了。"

小二不敢真的惹怒这些小混混，毕竟光脚的不怕穿鞋的。他去拿了食盒给林芳洲，叮嘱她要按时归还，不许弄坏……林芳洲把剩下的半碗稀粥放在食盒里，提起来就走。

一定是这家伙穷得没钱吃饭，一碗粥还要留半碗明日早上吃……小二觉得自己看到了真相。

林芳洲提着半碗粥回家，懒得找汤匙，一手捏着小孩的下巴迫他张嘴，一手端着粥往他嘴里倒，倒了几次，粥都流进了他的肚子。

没有当场噎死，也算奇迹了。

依旧是一夜好梦。

早上林芳洲睁开眼睛，首先看到的是一双黑玻璃珠般的眸子，那眸子清亮干净，长长的睫毛忽闪一下，仿佛一束光打在人的心尖上。

于是林芳洲完全清醒了。

"你终于醒了！"她惊喜极了，唰地一下坐起身，扶着他的肩膀问道，"你是谁？家住哪里？我送你回家！"

他慢吞吞地坐起来，黑亮的眸子只是看着她，并不答话。

"喂，你会不会说话？"

沉默。

"你能听懂我说话吗？"

沉默。

"不会是摔傻了吧……"林芳洲凑过去，捧着他的脑袋左看右看，他也不反抗，任由她把他的脑袋当球玩。

看了一会儿，林芳洲看不出什么名堂。她又猜测："难道天生是个哑巴？"

于是林芳洲把他拉到桌旁，蘸着水写了几个字——她幼时被她娘亲押着上过几年学，因此简单的字能写一些。

林芳洲写道：你是谁？

他看着那字发呆。

富贵人家这样年纪的小孩，定是已经启蒙，不可能不识字，况且他看起来很聪明……所以，真的是摔傻了吗？

她拉着他坐回床上，正要开口再试探几次，这时，窗外突然传来砰砰砰的敲窗声。

林芳洲扯着嗓子喊："谁呀？做什么？"

"是我。"

那是陈屠户的声音。林芳洲和他做了这么多年邻居，一下便能分辨出来。

林芳洲没好气道："不过一块白糖糍糕，你何必追到我家中？明日还你一块便是！真小气！"

"你这不识好歹的泼皮，谁稀罕你一块破糍糕？况且就算你想还，也没办法还了……那做糍糕的卫拐子，昨晚吊死了！"

林芳洲心里咯噔一下，急急忙忙跑出去，见陈屠户沉着脸，紫红色的面皮绷得紧紧的，不像是在诓她。她问道："为什么会吊死？"

"不知道，我也是刚刚听说。那卫拐子无兄弟，也无儿孙，绝户一个，没人给他治丧，说不得，要我们街坊邻里凑几个烧埋钱，买一口薄棺将他安葬。"

陈屠户虽看起来凶神恶煞的，平日却最是急公好义。遇到这种事情，通常是他来挑头。

林芳洲点点头，"那是自然。"

这一答倒是令陈屠户有些意外，"我以为你会说没钱。"

"我确实没钱。"

"你这泼皮竟敢戏弄我！小三！拿我的屠刀来！"

"别别别……我给他打幡！摔盆！给他当儿子用还不行吗！"

陈屠户神色缓和，"我并非逼你出钱，只是你不该戏弄我。"

"我知道。我也吃了卫拐子几个不要钱的糍糕，现下是该还了。"

打幡、摔盆都是儿子干的事，若没有儿子，女儿也可将就。有些绝户，自己没有儿女，又怕死后不能顺利去阴司报到，便在生前打点好一应发丧事务，花钱请人给他打幡。因为打幡是件有损尊严的事，只有那些无赖混混愿意接这种差事，且价钱不低。

认真说来，打幡比掏钱的代价更大。陈屠户也不想为难林芳洲，便说道："什么打幡不打幡的，人死如灯灭，用不着你来给他做便宜儿子。我又不是打家劫舍的，出钱出力全凭自愿。你没钱便没钱，若真有心，发丧时帮着打个下手就行。"

林芳洲摸着下巴，努力压抑住心虚，对陈屠户说："要不我们先去看看卫拐子吧？"

陈屠户摆手道："不行。捕快和仵作来了，正在验尸，闲杂人等不能靠近。"

"还要验尸做什么？难道卫拐子不是自杀的？"

"自杀也要验尸，走个过场。我听去现场看过的人说，他是在自家上吊死的，多半就是自杀了。好死不如赖活着，也不知卫拐子有什么想不开。"

"且看衙门验尸之后怎么说吧。"

林芳洲说到这里，已经骇得声音隐隐有些发抖，幸好陈屠户在想事情，没发觉她的异常。他说道："事情先这么说定了，我再去别家问问。"

"好，陈大哥辛苦。"

眼看着陈屠户走了，林芳洲转身跌跌撞撞地跑进屋，一把攥住傻坐在床边的小孩，低吼道："卫拐子不是自杀的，他不可能自杀！他是被人害死的！你到底是谁？！"

她又惊又恐又怒，额上青筋暴起，两只眼睛炯炯发光，仿佛要吃人一般。

那孩子看着她扭曲的面容，眨了一下眼睛，没有任何回答。

他像个木偶一样被她抓起来，神色却没有丝毫变化。乌黑的眼睛，寂静又干净，仿佛无风的夜晚。

林芳洲将他扔回床上，力气太大，他一不小心躺倒，之后又慢吞吞地坐起来，看着她，面无表情。

"别他妈给我装傻！卫拐子是因为那个传言死的，那些杀人的人，那些凶手——真正的目标是你！他们要杀你，要杀你！你到底是谁？！"

意料之中，没有任何回答。

林芳洲又嘶吼了一会儿，最后无力地瘫坐在地上，神色灰败。她喃喃说道："是我害死了他，是我害死了他……"

她又心虚又愧疚，又愤怒又无力，呆呆地自言自语，眼神空洞，不一会儿竟泪流满面。

脸上突然有凉凉的异物感。林芳洲收回目光，见那小孩蹲在她面前，正抬手给她擦眼泪。他的手很凉很软，小小的，动作缓慢，固执地在她脸上擦了又擦。

林芳洲定定地看着他，看着他那双漂亮、干净、无辜的眸子，冷冷地说："你究竟是谁？"

林芳洲把一床越冬的被子拿到当铺，换了两百文钱。她的被子才用了两年，连个补丁都没有，那当铺伙计还一脸嫌弃，只给她两百文，爱当不当。

两百就两百吧。现在刚入夏，冬天还早着呢，等她慢慢赎回来。

拿着这钱，林芳洲先去了陈屠户家，撂下一百八十文，"陈大哥，我的一点心意，给卫拐子买一口好点的棺材吧。"

陈屠户被这些钱惊得两眼发直，"这是真的？不会是伪造的吧？那可是要杀头的！你莫来祸害我。"

"是真的。若是假的，便教我终生不举。"

在男人看来，"终生不举"是比五马分尸还要恶毒的誓言，他们哪里知道，林芳洲不管是否违背誓言，这辈子都是"举"不起来的。

陈屠户便收了钱，却还有些疑惑，"你怎的突然发了善心？这不像你。"

林芳洲状似漫不经心地挥了一下手，答："最近手气太臭，想来是我阴德有亏，不如趁此机会做些善事，也好助我捞回本去。"

陈屠户翻了个大大的白眼，"你早晚死在赌场。"

林芳洲笑了，"我若真的死在赌场，还得劳烦陈大哥帮我凑钱发丧。"

"滚你娘的！你若真死了，我放两天两夜的炮仗庆贺！"

衙门很快验完尸，让陈屠户把卫拐子的尸体领走。衙门做事从来懈怠，这次效率如此之高，让林芳洲感觉怪怪的。

卫拐子的死，使她有点草木皆兵。

林芳洲本来是真打算给卫拐子打幡、摔盆的，人家的性命都折了，她给他做回儿子也没什么大不了的。只是她转念一想，做得这么明显，万一被人察觉，她小命岂不是也要折进去？

阿弥陀佛，死一个总比死两个好……卫拐子啊卫拐子，冤有头债有主，你若真想报仇，便去找那个小傻子……我多给你烧些纸钱，你在阴司好好玩乐，不要惦记着回家了……

傍晚，林芳洲从墓地回城，见城门里有人放着担子卖馒头，"馒头嘞，香香的羊肉馒头……"

林芳洲吸了吸鼻子，问道："那馒头，多少文一个？"

"三文一个。"

她走过去，往担子里看了看，担子里只剩下三个馒头。林芳洲便道："我全买了，你给我算便宜点。"

"大郎，我这是小本生意，你体谅则个。"

"那算了。"

林芳洲转身要走，那卖馒头的小贩却突然叫住她。他取出一个油纸包，说道："大郎且慢。有个馒头掉在地上，沾了些灰尘，不敢脏了顾客的嘴，我本想拿回家自己吃。大郎若不嫌弃，这一个便算是饶上的，可好？"

林芳洲心下窃喜，面上却纹丝不动，矜持地点点头，"罢了，虽不能吃，拿回家喂狗也好。"

小贩便高兴地把另外三个馒头也包起来，两个油纸包都给了她。林芳洲抱着满怀的羊肉馒头，身上竟洋溢起暖融融的幸福感。经过卖炊饼的老婆子时，见那老婆子眼巴巴地看着她，她毫不含糊，摸出一枚铜板拍下，"还钱！"

落在地上的馒头只沾了些灰，撕掉皮还能吃。林芳洲一边剥皮一边吃，生生把馒头吃成了烤红薯。

回到家时，一个馒头刚吃完。本来心情挺好的，可是一看到床边坐着的小傻子，林芳洲立刻拉下脸。

"你怎么还没死啊？"她说。

他要是没醒过来多好，她挖个坑把他埋了，神不知鬼不觉，好过现在担惊受怕的，生怕哪一天一觉醒来发现自己挂在了房梁上……

小傻子也不说话，眼睛直勾勾地盯着她手中的油纸包。

林芳洲拿出一个馒头来逗他："吃不吃？吃不吃？"

满以为他会像个哈巴狗一样扑上来，然而他老神在在地坐着，就算目光中充满渴望，却并无半分动作，坐姿端正优雅，即便是待在那张破床上，也给人一种气度不凡的错觉。

像个世家子弟。

林芳洲顿觉没趣，把馒头丢进他怀里，"赏你的。"

他抓起馒头吃了起来，因为太饿了，吃得有些快。

林芳洲盘腿也坐在床边，看着他，突然说道："我知道你是谁了。"

他没有给她任何回应，只是埋头吃馒头。

"今晚我回城时，"林芳洲自顾自说，"看到城门口有几个形色奇怪的人，看起来凶巴巴的，我觉得他们应该是抓你的人。连我都能发现他们，官府肯定也能发现。但是，官府听之任之，没有轰走他们，甚至没有盘问……你说奇怪不奇怪？唯一的解释就是他们和官府是一伙的。官府想要秘密地抓你，甚至杀掉你。而你，穿着甲胄出现在没有任何驻军的永州，所以你是——"她目光突然沉下来，"反贼。"

他突然抬起头，用纯黑干净的眼睛盯着她。

"怎么，我说对了？"林芳洲有些得意。

他依旧没有说话，抬手轻轻地、轻轻地摸进那个油纸包里，又拿走了一个馒头。

林芳洲突然冷笑，"看来留不得你了。"

第三章

菩萨低眉

夜里，林芳洲翻了几次身，耳朵听到身旁的人呼吸均匀，酣甜入梦，她轻手轻脚地坐起身，下床。

月光透过破烂的白色窗纱照进来，薄雾一般。林芳洲借着这月光，走到外间，翻找到一把生了锈的菜刀。

找刀的途中她还不小心踢到一只老鼠，吓了一跳，引得她低声咒骂："你这没见识的畜生，老子一粒米都不曾有，床上倒有块肥肉，你去把他叼走吧！"

那老鼠大概是来惯了，也不怕人，被林芳洲踢了一下，翻个身，左顾右盼一番，发觉似乎真的没什么东西可吃，这才扬长而去。

林芳洲心想，她家必定是风水宝地，连老鼠都要成精了。

她拿着菜刀走进卧房，床上的人正安分地躺着，一动不动，死人一般，想必是已睡得沉了。林芳洲一手举着菜刀，一手轻轻按住他的肩膀，她有些心虚，便轻声唤他："小傻子？小傻子？你睡着了吗？"

他纹丝不动，没有给她任何回应。

林芳洲的手有些汗湿，微微发着抖。她在心里不停地对自己说：杀了他，他是反贼，早晚会死，杀了他，把他埋掉，神不知鬼不觉，就太平无事了……

杀了他！

她咬了咬牙，握刀的手渐渐用力。

床上的人却突然缓缓睁开眼睛。

月光下，那双眼睛乌黑莹亮，定定地看着她。

林芳洲呼吸有些急促，那菜刀举在半空中，仿佛被千钧重的无形力量阻挡着，落不下去。

如此僵立了一会儿，林芳洲突然将菜刀重重往地上一掼。

终究，是下不去手啊……

她翻身躺在床上，气呼呼地说："睡觉！"

第二天，林芳洲想到一个新的办法。

她之所以不敢报官，是因为她救了反贼，而且还窝藏了他——可谁知道这些呢？她只要一口咬定，这小傻子是突然闯进他家里，还偷了她的东西，她抓到他之后发觉他不同寻常像个反贼，这才去报官……那样不就能把这祸害转交出去了？

林芳洲找了根绳子，把小傻子绑起来扔在床上，接着便出门直奔县衙。

那县太爷正有些焦头烂额。

近日山中出了老虎，吃了好几个过路的人，他昨日发下文书，重金招募勇士上山杀虎，当天便有一个远近闻名的猎户上了山，结果到现在还没回来，只怕是凶多吉少了……

不仅如此，那两个找小孩的杀神又回来了，脸色阴沉地坐在他的会客室里。

县令感觉特别委屈。明明这几天什么都没查到，他们怎么就死赖着不走了呢……

"会不会……"县令壮起胆子，说出了自己心中的猜测，"会不会，他已经被山中的野兽吃了？"

两座杀神齐刷刷把目光盯向他，他果断地闭了嘴。

室内一阵沉默，县令如坐针毡，他低垂着眼睛，目光落在他们的腰刀上，突然脑中灵光一闪，说道："两位大人勇武过人，定是世间难得一见的高手。"

大杀神沉着脸纹丝不动，二杀神笑道："你这马屁，我弟兄们已经听腻了。"

县令赔笑道："下官无德，使境内招致虎患。我县内百姓所不幸者，有我这等无德无能的父母官；所幸者，有两位大人贵趾驾临……"

二杀神不耐烦道："啰唆什么，你有话直说。老子最烦你们这些文官掉书袋！"

县令吓得一抖，连忙说道："下官是想说，能不能……请二位大人助我一臂之力，去除掉那祸害人间的虎患……"

嘭！大杀神突然重重一拍桌子，冷冷说道："我们是来找人的，不是来打畜生的。"

"是，是……"

这时，外面有衙役禀报道："太爷，有个叫林芳洲的，说是要见太爷。"

"让他走。我不是说过今天不见客吗？"

"可是他说……他说，此事关系重大，能让太爷加官晋爵。"

县令正没好气呢，"胡闹！让他滚！再不走就打二十板子！"

"且慢，"二杀神似笑非笑地看了一眼县令，说道，"不如叫他进来看看，是怎样加官晋爵的好事。"

自从做了那个决定，林芳洲总感觉有些不对劲，可又说不出是为什么。她觉得可能是自己太紧张了。走进会客室时，她发现除了县太爷，里面还坐着另外两人。

其中一人的面相很不好，凶巴巴的，目光如狼一般凶狠锐利，林芳洲被他看了一眼，立刻吓得浑身一冷，头皮发麻。

她仿佛被他的目光钉住了魂，站在那里，讷讷不言，如痴如傻。

"大胆刁民，见到本官为何不跪？"县令见到她，可算能抖一点威风了。

二杀神突然说："又不是在公堂之上，就不要拘礼了。你看，他都吓坏了。"

县令点点头，端坐着，问林芳洲："你是林芳洲？"

"嗯。"林芳洲傻傻地点了点头。

"你找本官，是要禀报何事？"

"我抓——"路上背了无数遍的词，她几乎要脱口而出了，可是看到那两人听到"抓"字时陡然冰冷锋利的目光，林芳洲脑海内突然五雷轰顶——她明白到底哪里不对劲了！

如果是官府想要抓反贼，为什么不大张旗鼓地下海捕文书？为什么要偷偷摸摸地搞事情？为什么明明卫拐子与反贼毫无瓜葛，还要杀他？就算是他们觉得卫拐子真的和反贼勾结了，那么为什么不将他被杀的原因公之于众，以此告诉大家不要和反贼勾结，否则下场会很惨很惨？

他们要秘密地抓人、杀人。

秘密地！

只要知道他们的秘密，或者有可能知道他们的秘密，都有可能被杀掉！

林芳洲心中仿佛拍过惊涛骇浪，吓得她肝胆俱碎，冷汗如雨。

县令见这小子才说了两个字就满头大汗，他很是莫名其妙，追问道："你抓到什么了？"

"我抓……抓老虎的方法想到了！"

"哦？真的吗？说来听听！"县令喜形于色，心想这少年真可谓及时雨，本官正为此发愁呢!

"我，我觉得……老虎太凶猛，我们，嗯，不能硬碰硬，最好是智取。"

县令点头道："确实如此。虎患总不该用人命去搏，是本官鲁莽了，枉送了那猎户的性命——你有什么智取的好办法？"

为了保命，没办法也要想个办法出来。林芳洲此刻心眼子转得比陀螺还快，只顿了一顿，便答道："我听人说，老虎最怕狮子了。不如，我们糊一个假狮子，去吓唬那畜生？它害怕时定然只顾着逃跑，届时让一些射箭的好手在狮子后面射它……"

她话还没说完，县令已经气得拍桌子，"来人! 给我打出去！！！"

两个衙役推门跑进来，提着林芳洲的胳膊便走。

林芳洲急道："太爷，太爷你考虑一下吧! 便是不行也不要打我，打了我，以后谁还敢给你出主意呀太爷!"

虽然出了个馊主意，最后一句话倒让县令有些顾虑，便吩咐道："轰走他便是，以后不许他踏进县衙半步!"

衙役们提走林芳洲之后，那二杀神终于憋不住了，拍着桌子狂笑："哈哈哈哈哈哈! 这哪里来的活宝? 要糊个纸狮子去吓唬真老虎，哈哈哈哈哈哈!"

大杀神似乎也觉得可笑，轻轻哼了一声，哼完之后，他有些疑惑，问道："他看起来很怕我？"

二杀神已经笑出了眼泪，听到这话，他边擦眼泪边道："你还不知道? 莫说人了，连狗看到你都躲得远远的!"

县令赔笑道："不要说他一个平民百姓了，就是我这朝廷命官，第一次见大人，也被震慑住了。"

那大杀神便不疑有他。

夜里，林芳洲躺在床上，睁着眼睛想事情。

三更的梆子敲响时，她突然推了推身旁熟睡的人，"小傻子，醒醒。"

那小孩被她弄醒，打了个哈欠，想要接着睡，她却把他推起来，"别睡了!"

他呆呆地看着她。

"走，我带你出去玩。"她说着，找了件衣服给他披上。

那孩子虽呆呆的，倒很听她的话，她拉着他的手，把他领出去，他便乖乖地跟着。

林芳洲自小在永州城长大，对这城里的每一处都分外熟悉。那县城的东北角，有一年下了大暴雨，城墙根被水冲得松动了，附近居民谁家短一两块砖时，便去那松动的墙角里拿，拿着拿着，城墙被拿出一个窟窿，大小刚刚够一个半大孩子钻进钻出。

林芳洲骨架小，身体又瘦，她试过，她自己也能钻过去。

现在，林芳洲把那孩子领到这墙根处，两人都钻了出去。

然后她领着孩子继续走，不一会儿，走到了河边。

月亮很大，河水泛着白光，岸上杂草盘踞，树影婆娑，万物都沉睡了去，连虫鸣也不曾有。

林芳洲怕他回去找她，她用一根绳子绑了那孩子的双手，绳子另一端拴在树上。她摸了摸他的头，叹气道："生死有命，富贵在天。我从救你那一刻起，就错了，你……不要怨我。"

他并没有挣扎，只是看着她的眼睛。

林芳洲突然有些难过。她不敢再看他，转身大步走了。

他却固执地盯着她的背影。她的身影渐渐消失不见，独留他于这天地之间。

于这天地之间，眼前满地月光，身后一波寒凉。

林芳洲回到家，倒头便睡。

她一向睡得好，这次却失眠了。闭上眼睛，满脑子都是那孩子。他呆呆地看着她，傻傻地跟着她，他那么信任她，那么听话……

他那么可怜。

他明日被人发现，必死无疑。

这样害死他，与直接用菜刀砍死他，有什么区别？

林芳洲用被子蒙上头，强迫自己入睡。

迷迷糊糊刚睡过去，却梦到那孩子被人砍死，满身是血，提着头来找她，问她为什么不救他……

"我不能救你！我不能救你！"林芳洲梦里急切地呼喊，一下子醒了。

满头都是虚汗。

她扒着窗户，透过破败的窗纱，看向外面的街道。

更夫提着灯笼经过，咚——咚咚咚。

四更天了。

再过两个时辰就该开城门了。

再有两个时辰，他就会被人发现了。

再有两个时辰，他就要死了。

林芳洲害怕极了，她不知道该怎么办。她既不想害死他，也不想害死她自己。难道这世上，就没有一个两全的办法吗？

就算有，也等不了了。因为他就要死了。

他要死了，他要死了……林芳洲不知道自己吃了什么迷魂药，她突然抓起衣服跑出去，钻出城墙，一直跑一直跑，跑到河边。

他还站在那里，连动作都不曾变过，仿佛他是一尊雕像，在这天地洪荒之中静立了千年。

林芳洲跑过去，解掉绳子。她不敢看他，只是埋着头，小声说道："走吧，我们回家。"

说着拉起他的手。

他站了太久，早已双脚发麻，迈一步，差一点摔在地上，好在她拉着他。

于是林芳洲将他背在背上。

夜有些凉，方才跑得太急，出了一头汗，现在河风一吹，竟吹得她打了个喷嚏。打完喷嚏，林芳洲问道："我说，你冷不冷啊？"

她也不指望他回答。

突然，滴答——滴答——

她感觉有热烫的液体滴在脸上，一滴一滴，雨点一般。

然后，她听到耳边一个声音说："谢谢你！"

那之后林芳洲一路都没说话。

两人回到那四面透风的屋子时，那孩子突然说："对不起！"

林芳洲有些咬牙切齿，"所以，你一直都在装傻？"

"嗯。"

"原来你他妈的一直在装傻？你差点害死我！"

"对不起！"

他像个八哥一样只会重复这一句话，夜色中他的身形显得有些单薄，身姿却是倔强的。

林芳洲丝毫不怀疑，如果再让他选一遍，他肯定还是会装傻。她忍着暴打他一顿的冲动，冷冷问道："为什么装傻？"

"我……多年来屡陷险境，已无人可信。"

"吹牛吧你就！你才多大，你就屡陷险境？"

林芳洲话一问出口，就觉得自己这质疑站不住脚——这臭小子正被人追杀呢！

她轻轻吐了口气，莫名地，心中那股愤怒竟消散了不少。也许……他真的有不得已的苦衷吧。

林芳洲又问："你他妈到底是谁？！"

他仰头看着她，轻声问道："你真的要知道？"

"我……"她突然有些不确定。

好奇心，谁都有。可这个小子的来历有点可怕，林芳洲不确定自己一旦知道他的真实身份后还能不能睡安稳，还能不能装得毫无破绽，还能不能……

"算了算了，"她摆了摆手，"谁关心你是从哪个石头缝里蹦出来的！"

他突然轻轻叹了口气，用几不可闻的声音喃喃道："其实，你不该回去找我的。"

"你说什么？"

"没什么，睡吧。"

果然人还是要做好事才能睡得安稳。林芳洲这下半夜睡得很熟，次日天光大亮时，她才被胡饼的叫卖声吵醒，睁开惺忪的睡眼。

那小傻子也已经醒了，不，现在不该叫他小傻子了，他比猴子都精。

林芳洲打了个哈欠，问他："我说，我还不知道你叫什么名字。"

"你想叫我什么？"

"那我就叫你'元宝'吧。"

"……"

"怎么，不喜欢？"

"能不能，换一个？"

"哦，那就'二筒'吧。"

"……我选'元宝'。"

林芳洲坐起身，听到窗外卖胡饼的货郎还在吆喝，声音特别脆亮："胡饼嘞——刚出炉的胡饼——又香，又脆，又大的芝麻胡饼——"

她吞了一下口水，隔着纱窗的破洞喊道："卖胡饼的！"

"欸！小娘子可是要买胡饼？"

"你爹才是小娘子！睁开你的狗眼看看！"

货郎心想，你隔着纱窗，我便是千里眼，也不能隔空视物。他脾气好，也不和顾客抬杠，此刻只管赔笑道："小人有眼不识泰山，小官人莫要和小人一般见识。你要几个胡饼？"

"你有几个？"

"还有十五个，今天就剩这么多，卖完就回家了。"

"多少钱一个？"

"两文一个，五文三个，官人若是包圆，还可再算便宜一些。"

"我只有一文钱，能不能卖给我半个？"

"……"

"能吗？"

"不能……"

"让我咬一口也行。"

"滚！"

林芳洲讨了个没趣，本想骂他几句，奈何自己肚中饥饿，实在没有力气与人置气。她下床翻箱倒柜地找了一圈，想看看还有什么东西可以当一当。

她倒是找出几件值钱的东西，可惜全是那个小傻——不，小元宝的。

林芳洲抖了抖他那副甲胄，问道："这东西是用什么皮做的？我竟然摸不出来。"

"蛟。"

"蛟……是什么东西？"

"水里生的恶兽，吃人。"

林芳洲打了个寒战。紧接着她继续摸那甲胄，目光变得有些缠绵，"这个，一定很值钱吧？"

小元宝被问得愣了一下，摇头道："不清楚。"

林芳洲继续爱抚它，"我若是拿去卖掉……"

"会招致杀身之祸。"

"……"差点把这茬儿给忘了！

那样一副怪兽皮做的甲胄，到头来连个胡饼都换不到，林芳洲暗道可惜。她扔开甲胄，又去看那美玉，一边看一边赞道："你这小飞蛇真好看！"

小元宝的眉角抽了一下，"那不是蛇。"

"不是蛇是什么？"

"龙。"

"胡扯，你真当我没见过世面吗？龙怎么可能没有脚？"

小元宝耐心地解释："那是仿古，仿的是上古的龙。"

"你的意思是，上古的龙没有脚，到后来才长出脚来？"

小元宝竟被她的胡搅蛮缠噎得无话可说，他本就不爱说话，更没什么辩才，这会儿噎了一下，便扭头说道："你说什么便是什么。"

林芳洲点了点头，问："这个也不能卖？"

"那……小飞蛇，口内含珠，珠上刻着我的名字。"

林芳洲觉得很新奇，把那小飞蛇凑到眼前仔仔细细地找，"真的？我怎么看不到？"

"字很小，用水晶透镜才能看到。"

林芳洲知道水晶透镜是什么，她在蒋玉匠那里见识过，小小的一块，能把眼前的东西放大十数倍。那水晶透镜很珍贵，是蒋玉匠的心肝，碰都不让旁人碰。

总之一句话，这些东西千好万好，就是不能卖！

林芳洲把它们归在一处，连同小元宝换下来的那套白色中衣，说："一会儿都烧掉。"

"嗯。"

她看着那玉佩，又有点心疼，于是拿过来揣进怀里，"这个归我了。"

小元宝欲言又止，最后只是垂着眼睛点点头，"嗯。"

林芳洲饿得难受，出门了。

今日有些奇怪，也不知吹了什么风，大街上十个人里倒有八个会停下来跟她招呼一声，还冲她笑……笑什么笑？！

还有人站在不远处，对着她指指点点。

林芳洲摸了摸鼻子，朝他们吼道："怎么，不认识你大爷爷了？"

"林大爷爷，我们可都等着你的纸狮子呢！有了纸狮子，才好上山打老虎！哈哈哈哈哈……"

林芳洲终于明白她今日备受瞩目的原因了。

她也有些臊得慌，骂了他们几句，在一片哄笑声中，快步走了。

这城里是没法待了，她便打算出城逛逛，抓几条鱼，掏个鸟蛋，都可以救急。

初夏时节，还不很热，那城外风光真不错。草树葱茏，天气和畅，鸟鸣啾啾，甚是悦耳。林芳洲饿得肚皮都要扁了，已无心欣赏鸟鸣，只想着若把那鸟拔了毛烤来吃，不知要有多香……

走着走着，走过一片青绿的瓜田，离着很远就闻到了甜瓜的阵阵香气。林芳洲悄悄蹲下身，扒开瓜秧，看到的是碧莹莹、圆滚滚的甜瓜，如狗头那般大！

嘀！

林芳洲喜得两眼放光，撸起袖子刚要摘瓜，又担心被人抓个现行，她小心地抬起头，四下张望，只看见远处有一架瓜棚，那瓜棚纹丝不动，看不见里面是否有人，也不知瓜农在不在。

"就算有人，想必也是在懒睡。"林芳洲自言自语着，给自己鼓了鼓气。

她在瓜田中挑了两个大甜瓜，摘下来一手一个抱在怀里，刚站起身，陡然听到一阵狗吠："汪汪汪汪汪！"

林芳洲暗道不好，抱着甜瓜转身便跑。

身后的狗吠中，夹杂着一个苍老的声音："站住！那偷瓜的小贼！"

林芳洲哪里会站住，一溜烟跑了。

她跑得倒也不慢，可惜两条腿的跑不过四条腿的，听得身后的狗吠声越来越近，林芳洲有些怕，却始终舍不得扔掉手中的大甜瓜。

恰在这时，她看到不远处的小道上走过来一抬四人小轿。林芳洲来不及细看，便冲着那小轿跑去，心里想的是人多呢，那畜生分不清敌我，必不敢乱来。

她大概是真的吓糊涂了，活生生一个人，去揣测狗的想法。

看到一个瘦弱的男子抱着俩甜瓜一阵风似的跑过来，身后是一条狗，再后面是一个颤颤巍巍的老汉……这画面真是太美了，抬轿的人也吓了一跳，急忙停下来惊慌道："干什么？干什么的？"

那轿子因着惯性左摇右摆的，可怜了里头的人，被摇成了"汤圆"。

林芳洲围着那轿子跑了一圈，那畜生竟始终追着她不放，眼看着追上来，一口咬下去——刺啦，把她的裤脚咬掉了一块。

林芳洲吓出了一身冷汗，紧急之下，看到轿子停在地上，她一弯腰，刺溜——钻进了轿子里。

老汉总算赶上来，发现事态有些混乱，他喝止住了正打算冲进轿子里的狗。

"你们，我，那个……"老汉试图解释。

抬轿人怒道："你们要干什么？若是冲撞了——"

他话还未说完，却听到轿内一个暴怒的声音吼道："林！芳！洲！"

接着是一个惊惶到几乎失禁的声音："太太太太太太爷！"

林芳洲跌跌撞撞地从轿子里滚出来，看到那老汉竟已经跪在地上，连他的狗都跟着趴下了，尾巴摇得蒲扇一般，要不怎么说狗眼看人低呢！

林芳洲也跪下了。

县令整理好歪掉的官帽，这才从轿子中慢吞吞走下来。凡是做官的，走路都是不紧不慢，步子沉稳阔气，这叫作官威。

林芳洲涎着脸笑道："太爷，你怎么在这里？"

她却不知。这县令今天是去猎户家吊唁，顺便颁发个忠勇表彰，回来时恰好遇到她偷瓜被人追赶。

县令不想理她，他更不想回忆自己刚才被一个大男人抱着甜瓜压倒……的那种尴尬。

那老汉见小贼和太爷套近乎，生怕自己吃亏，连忙说："太爷，这小贼偷我的甜瓜！"

此刻林芳洲怀里还抱着甜瓜呢，人赃并获。

县令只看林芳洲一眼，便沉下脸，斥道："大胆刁民！昨日你戏弄本官，本官不予理睬，没想到你今天变本加厉，光天化日，这是明抢！还有什么是你不敢做的？！"

"太太太爷，我我我我就是闹着玩呢，跟他闹着玩，我这就还给他……"林芳洲说着，赶紧把甜瓜还给那老汉，对老汉说，"爷爷，我错了，只是开个玩笑，你饶我这一次吧，以后再也不敢了……"

县令问那老汉："本县判他将瓜归还于你，你看如何？"

老汉忙道："谢太爷为我做主！"

林芳洲以为自己终于逃过这一劫，哪知那县令判完这事，突然把眼睛一瞪，又呵斥她："林芳洲。"

"啊？太爷，你看我们俩的事已经完了……"

"你和他的事完了，咱俩的事没完，"县令冷笑道，"你不是聪明吗？不是想智取吗？不是成天游手好闲、无事可做吗？本官限你三日之内给我想个除那虎患的方法，若想不出管用的，我让你吃一辈子牢饭！"

"别别别，太爷，这太难为人了，这个这个……你这是公报——"她意识到自己说错话，连忙把后面那俩字吞了回去。

"嗯？你想说本官公报私仇？"

"不不不，我不是那个意思……"

"不是就好。来人，起轿。"

"太爷，等一下啊，太爷……"

林芳洲跪在地上，眼巴巴地看着那顶小轿飘然离去。

她瘫坐在地上，哭丧着脸，"完了……"

老汉听得稀里糊涂的，此刻有些同情她，说道："只是偷两个瓜，还了就罢了，不必吃一辈子牢饭。我也没说让你吃一辈子牢饭啊……"

林芳洲摆摆手，"不是因为你。这事说来话长。"而且她一点也不想说。

老汉竖着耳朵想听那话到底有多长，结果林芳洲只是说："对不起啊，老爷爷，我……我只是太饿了。"

那老汉便有些心软了。看着眼前的年轻人，瘦弱苍白，年纪大概比他的孙子还要小呢。他犹豫了一下，把一个甜瓜塞到林芳洲的手里，"拿去吃吧。平常的过路人，或有饥渴，讨一个半个的瓜吃，我也不收钱的。可是你该和我招呼一声，不要偷东西。"

林芳洲很高兴，"嗯！我明白了！下次想吃了我直接去找你要！"

老汉弱弱地说："我不是这个意思……"

林芳洲："哈哈哈，我开玩笑呢！"

"你这小子！"老汉也笑了。

林芳洲抱着甜瓜回去，砸成两半，与小元宝分着吃了。

一边吃瓜，林芳洲一边跟小元宝讲了自己的悲惨遭遇。讲完之后，她问他："你见过老虎吗？"

他慢条斯理地吃着瓜，听到她问，便点点头，"见过。"

"不是年画上的，是真的老虎。"

"见过。"

"胡扯，你若见了老虎，老虎早已把你吃了。"

"我见的老虎，都关在笼子里，"小元宝说到这里，突然抬起头，轻轻眯了一下眼睛，"我有办法了。"

第四章

金蝉脱壳

晌午时分，林芳洲来到县衙。

那县令有些意外。他给林芳洲出难题，只是想教训他，从不指望他真的能想到办法，更想不到，他这么快就想出"妙计"了……

县令正襟危坐，问道："这次，你不会是想糊个大象吧？"

"不是。太爷请放心，我这次的方法保管能用！"

"哦？说来听听。"

"太爷……"林芳洲抚了抚肚皮，嘿嘿嘿地笑。

县令联想到自己被压那一幕，顿觉这小子的笑容怎么看怎么猥琐。

罢了，为了黎民百姓，他且忍一忍吧！于是县令和颜悦色地问："到底是什么？"

"太爷，我还没吃饭呢……"

县令有点怀疑，林芳洲真正的目的只是来蹭个饭。但是为了黎民百姓……忍了！

于是县令让人布好饭菜，两人入席，边吃边聊。林芳洲好几日不曾饱餐，见到满桌吃的，便仿佛采花贼见到美娇娘，很不顾形象。那县令是读书人出身，见他这样吃相，嫌弃得直翻白眼。

林芳洲一边吃一边说："太爷，你听说过蒙汗药吗？小小的一撮，便能把一个大汉麻翻，这蒙汗药，对狗、猫、猪、狼，都起作用。我想，对那老虎，应该也有效果。"

"本官只当你有什么高见，原来是这些陈词滥调。蒙汗药我听过，也知它的功效，自然早就想过这个方法。但是这方法说得轻巧，做起来却难。那山上范围太大，搜索困难，先不提我们能不能麻翻它，就算真的能，我们怎么找到它呢？蒙汗药的效用有时限，若是好不容易将它麻翻，却不能及时找到它，等那老虎药劲过了醒过来，这岂不是白忙一场？

且这样一来，它学聪明了，以后怕是不会再上当，此其一。其二，放诱饵，搜老虎，这都需要很多人力。让这些人漫山去找，万一和老虎狭路相逢，岂不是又要搭进去人命？不到万不得已，还是不要这样冒险。"

"太爷，我又没说直接去放诱饵。"

"你待怎样？"

"笼子。"

"呵呵，"县令笑得很不以为然，"你当那老虎傻吗，自己走进笼子里？就算真能行得通，还是那句话，谁去放笼子？"

"太爷，我没说用笼子捉老虎。我的意思是，这笼子，正好是用来保护人的。老虎若是被关进笼子里，它自然是出不来的；反过来，把人关进笼子里，老虎也进不去啊。"

县令也是聪明人，听到此话，便如醍醐灌顶一般，突然想了个通透。他摸着下巴，赞叹道："高，实在是高！"

林芳洲左手鸡腿右手猪蹄，赞叹道："香，实在是香！"

县令突然眸光一转，满面狐疑地看着林芳洲，问："这方法，是你自己想出来的？"

林芳洲怕他起疑，早就想好说辞，"不是。"

"我料也不是。是谁想的？"

"回太爷，我回来的路上，遇到一个老头儿，穿一身道袍，花白的胡子，腰里别个大酒葫芦……是他教我的。"

"如此世外高人，怎会让你遇上？"县令有些不服。

林芳洲心想，你以为我愿意遇上？

吃饱了，林芳洲要把桌上剩下的东西都打包走，县令就从来没见过这么穷酸的。

然后林芳洲问县令："太爷，等真的抓到老虎，那个赏金，还作数吗？"

"自然作数，一文也不会少你的。"

"嘿嘿嘿……太爷……"

"你要做什么？离我远点……"

"太爷啊，我已到了山穷水尽的地步，家里一粒米都没有，你看，能不能，嗯，让我先预支点赏金花花？"

县令没想到世上真有这么臭不要脸的人，八字还没一撇呢，就先伸手要钱。他沉下脸说道："这不合规矩。"

"那好吧。等抓到老虎，小人我怕是已经饿成一副皮影了。太爷，你到时候把老虎烧给我吧！太爷，不要想念我，逢年过节我会回来看望你的！”

县令的眉毛重重地抖了一下。终究，他拿此等无赖没有办法，只好说道："抓到老虎之前，你可以每天来县衙吃饭。"

"好嘞！谢太爷！！！"

得到了太爷的承诺，林芳洲很高兴，提着那一堆剩饭，兴高采烈地跑了。

留下县令一人，对着那盆光碗净的餐桌，自言自语道："本官，好像做了一个错误的决定？"

林芳洲提着一堆吃食回来，那小元宝到今天终于吃了一顿饱饭。林芳洲发现，他不管多饿，吃东西总是慢条斯理的，看起来竟然有点好看。

林芳洲问他："我说，你今年多大了？"

"十岁。"

"看起来不像。隔壁陈小三今年才八岁半，和你个子差不多。"

"我自幼便身体虚弱。"

"你们富贵人，就是矫情。"

小元宝埋头吃东西，对她的挖苦，也不辩解。

县令召集全城的铁匠，向他们定制了一批铁笼子。那铁笼子与一般的笼子有些不同：门朝里开，里面横着根木梁，人站在里面，可以抬着笼子行走；笼子外有些钩子，方便挂东西。

铁匠们用一天时间，便赶制出十个这样的铁笼子。第二天早上，县令招募的二十个胆大的好汉也都到齐了，两人一组，抬着笼子，背着干粮、火种等物，笼子外挂着用蒙汗药泡过的新鲜猪肉，浩浩荡荡地出城进山了。

林芳洲身为此次打虎行动的策划人之一，有幸混进了官方送行队伍，露了回脸。她长得风流俊俏，待在一堆糙汉中间，仿佛一块磁石，吸引着大姑娘、小媳妇的目光。

县令更讨厌她了。

仪式结束时，县令拒绝了林芳洲公款聚餐的无理要求，林芳洲只好回了家。到家时她看见小元宝正抓在窗户上往外看。

林芳洲奇怪道："你在看什么？"

"打架。"

"谁在打架？"林芳洲好奇，也凑上来，一把将小元宝拎到一边，十分霸道，然后她扒在那个位置上，"我看看。"

刚看一眼，林芳洲气得鼻子都歪了，"原来是猫和鸟打架，这有什么好看的？！"

是没什么好看的，可是小孩无聊嘛……闲得都快长毛了，又不能出门。

小元宝问林芳洲："那是什么鸟？"

"好像是猫头鹰。"

"猫头鹰不是会飞吗？"

"对啊，它怎么不飞？"林芳洲有点奇怪，再仔细一看，见那猫头鹰蹲在地上，翅膀耷拉着，看起来有点孱弱。那狸花大猫正一步一步地缓缓靠近它。

林芳洲说道："它受伤了。"说完转念一想，千载难逢的好机会，怎能便宜那野猫？

于是她跑出去，拾起一个小石子，一边打向那狸花猫，一边说道："哒！你也是猫，它也是猫，大家都是兄弟，你怎么能欺负它？本是同根生，相煎何太急！"

小元宝在里面听得眉毛直跳。

野猫被赶跑了，林芳洲过去把猫头鹰按住，塞进一个破鸟笼里。那猫头鹰翅膀上流着血，可能是因为失血过多导致脑子发蒙，它竟然没有挣扎。

她提着鸟笼走进来，边走边说："这几天不缺粮食，先将就养着，等养肥了再拔了毛烤来吃。"

小元宝的嘴角抽了抽，终究什么也没说。

林芳洲把鸟笼放下，回想起方才小元宝看猫鸟打架时那种兴趣与投入……她问他："你是不是很无聊？特别想出去？"

"嗯。"

"再等等吧，我想到一个好办法。"

"什么办法？"

"过几天再说，先等他们打到老虎。"

小孩子都对小动物感兴趣。小元宝看着鸟笼中的猫头鹰，问林芳洲："这猫头鹰吃什么？"

"同猫一样，吃老鼠。"

"我有老鼠。"

林芳洲没听明白，"什么意思？"

小元宝下床，引着林芳洲来到厨房，指指那灶台。林芳洲好奇地掀开锅盖，看到漆黑的锅里趴着一只小耗子。

林芳洲："……"

小元宝："我看到一只老鼠掉进去，就把它盖上了，防止它逃跑。"

林芳洲："你有病吧？"为什么要防止它逃跑？不应该让它赶紧有多远滚多远吗？

小元宝低头抿着嘴，不说话。

林芳洲弯腰，从锅里捏着那小老鼠的尾巴，提着它出来。那小老鼠大概也就刚刚断奶，很小的个头，毛色尚浅，被林芳洲抓着尾巴，拼命挣扎，吱吱乱叫。

林芳洲赞道："真嫩！不如今天晚上合着半块萝卜炖一下，给你补补身体。"

眼看着小元宝惊得脸色大变，林芳洲哈哈大笑，捏着那小老鼠扔进鸟笼。它的身体滚了一下，还没来得及逃，便被猫头鹰一口叼住。

猫头鹰吃老鼠的情形有点……一言难尽，林芳洲和小元宝都不想看。然后林芳洲指着那口锅，说道："我给你看个好玩的东西。"

她站上灶台，笨拙地把那口锅挖出来放在一边，露出一个黑乎乎的大圆洞。她跳进那个圆洞里，也不知在鼓捣什么，过了一会儿，她身体一沉，整个人都不见了。

小元宝吓了一跳，忙凑近些看，却见她正伏在那洞底，仰头笑眯眯地看着他。

这灶下竟另有乾坤。

原来林芳洲的娘一直觉得自己能发财，在发财之前，就把藏银子的地方想好了——往灶下挖个地洞，用石板盖着，平时烧火做饭，真是神仙也找不到的好地方！

林芳洲蹲在那洞底，对小元宝说："这个洞很大，危急时刻，你还可在此藏身。"

"我藏在下面，上面有人烧火怎么办？"

"那你就成叫花鸡啦！"

小元宝眉毛跳了跳。

"要不怎么说你笨呢！"林芳洲从里头爬出来，抖着一身的黑锅灰，道，"只消把烟囱一堵，就算是三昧真火来了，也烧不着。"

林芳洲本以为把那老虎抓住需要些时日，哪知第二天天一放亮，她就被外面砰砰砰的砸门声吵醒了。

"大郎！抓到了！那老虎真的抓到了！"

林芳洲披起衣服跑出去，"真的？"

"真的！昨天夜里那老虎前来食肉，笼子里的人都睡着了没发觉，今早醒来就看到外面那老虎睡得死沉！"

"谁发现的？"

"陈屠户他们。陈屠户担心老虎醒来，用屠刀往它颈子上刺了两刀，放了血，那老虎想必已经死了。"

"死了好，要活的又没用……他们人呢？"

"他们还在路上，打发几个腿快的先回来报信。大郎，这次竟真被你算到了，我以后再也不嘲笑你纸糊的狮子了！"

林芳洲心想，你真是哪壶不开提哪壶。

两人正说着话，却见王大刀王捕头颠颠颠地跑过来，见到林芳洲，他招手道："大郎！太爷叫你过去。"

"过去干吗？"

"迎接打虎队凯旋。你要不要换身衣服？"

林芳洲紧了紧衣服，摇头道："不用，我没有衣服可换了。走吧！"

那王大刀和报信的汉子一路把林芳洲奉承得有些飘飘然。到得县衙，太爷也是面带喜色，早已换好官服。林芳洲心想那老虎真是好大脸面，还要劳动太爷穿着官服迎接。

陈屠户他们抬着老虎，走路必定会慢，太爷倒也不急着出门。

太爷毕竟是矜持的。

林芳洲一边吃着太爷家的小点心，一边对县令说："太爷，如今天气炎热，那老虎已经死了，运回来怕不出一天就会长蛆，咱们得早点将它剥了皮。"

"只是剥皮吗？"县令摇头笑了笑，"何止是皮，这老虎一身都是宝。虎肉能吃，虎骨、虎胃等可入药，虎鞭……"

"虎鞭怎么了？"

"咳，虎鞭本县倒是不稀罕。"

"太爷，老虎身上有这么多东西可用，那要找个精干的人来解虎才行。"

"说得也是。我这就派人去请猎户。"

"等等，太爷，不急。"

县令扫了林芳洲一眼，冷笑，"你又在打什么主意？"

"太爷，我听说，你前番招请猎户上山打虎，那么多猎户都回绝了你，只有一个猎户去了。"

确实有这事。县令派人请过他们，结果他们都称病不来。畏死是人之常情，可以理解，但理解归理解，不代表他心里能舒服。

此刻被林芳洲提及此事，县令自是有些耿耿于怀，只是表面不动声色。

林芳洲继续说："他们不给太爷脸，太爷何须给他们脸？这解虎的好事，万万不能落到他们头上。"

"嗯？解虎怎么成好事了？"

"你想啊，太爷，老虎闹得满城风雨，还害死那么多人，我们费那么大劲才把老虎抓到，这老虎一定要当众解，让全城百姓都晓得太爷你为他们扫除了祸患。"

这话说到了县令的心坎里。做亲民官的，谁不想图个好名声？在百姓中口碑好，对往后升迁也有帮助。

可是县令又有着读书人都有的矫情，摇摇头道："不妥，本县不是那爱出风头之人。"

"可是老百姓们都想看，都爱看，太爷，你就屈尊成全一番吧！"

县令发现这林芳洲心眼子很多，并不是他一开始以为的那种糊涂蛋。

于是县令最后"勉为其难"地点了头，话题又绕回方才，他问林芳洲："猎户不成，还能找谁？屠户吗？"

"我觉得陈屠户就很好，他做了许多年屠户，猪、羊、牛都杀过。"

"本官听说，你与那陈屠户是邻居？"

林芳洲一愣，"嘿嘿，嘿嘿嘿嘿……"

县令冷冷哼道："别以为我不知道你打的什么主意。你与他是邻居，有此等好事，必定变着法揽到他头上。他给了你什么好处？！"

"太爷，陈屠户名声很好，刀工也好，而且这次的老虎是他抓到的，这等好事，也理应是他的。"

"话虽不错，可他毕竟只是个屠户，哪里杀过老虎？"

"那老虎又没有长八个犄角、六条腿，和猪、牛、羊想来是差不多的，陈屠户怎么就不能杀了？"

"你这是歪理。"县令摇了摇头，却终究没说什么。

陈屠户抬着老虎回来时，听说县太爷委任他在全城老百姓面前解虎，一时又荣幸又激动，又紧张又不安。

林芳洲拍了拍他的肩膀，道："陈大哥，趁此机会好好露脸，往后你就是永州第一刀了。"

"好兄弟，我知这事定是你从中周全，哥哥我客套话就不说了，有空去家里喝酒。"

"好说好说……我嫂子乃妇道人家，脸薄，给你打下手没问题吧？"

"她是人多了就扭捏，我也没办法。不过只是让她洗洗涮涮，想来不会出差错。"

"唉，我就好人做到底吧，"林芳洲拍了拍肩膀，"反正我无事可做，届时看情况给你帮个手。"

陈屠户很感动，"好兄弟，够义气！"

下午时分，陈屠户准备了好些个家什，去河边的空地上摆了台子解剖老虎。那里宽敞，方便人围观。

全城轰动，有腿的都来看了，里三层外三层挤了好多人，还有好些个卖葵花子、冰甜水、绿豆汤等小吃的穿梭其中。这么大规模的事件足以写进县志里了。

陈屠户把老虎剖开，先将内脏都扯出来扔在一旁，接着开始剥皮剔骨。林芳洲在一旁，帮着屠户娘子捡了一盆内脏，搬到河边去洗。

大部分人都喜欢看剥皮剔骨，挤不进去的人才去看洗内脏。

林芳洲端着盆，又过来捡内脏。她撸着袖子，把一个圆滚滚的东西装在盆子里，几乎装满了一小盆。她问陈屠户："这是什么？"

"那是虎胃，可以入药。"

"哦，那这个胃，让嫂子自己切开吗？用哪把刀？"

陈屠户拿起另一把刀，刚要递给林芳洲，想想自家那不争气的婆娘，又担心她把手割破，于是他举着刀在那胃上轻轻一划，动作流畅迅速，划出一道细细的刀口。

周围人一片叫好：

"好功夫！"

"好刀！"

"以后买了羊只管请陈屠户来杀！"

陈屠户面色有些意气风发，放下刀对林芳洲说："直接拿去让她洗了便罢。"

"好嘞！"

林芳洲把虎胃端给屠户娘子，坐在旁边看她洗。她一打开虎胃，周围的人全吐了……老虎昨晚吃的猪肉，到现在还没消化完，血淋淋肉乎乎的一片，恶臭熏天。

林芳洲拍着胸口，说："要不，嫂子，你直接把它扔了吧。"

屠户娘子强忍着恶心，将虎胃里的东西都抖了下来。

周围人也不知是什么心态，明明恶心还一定要坚持看完，见她这样做，都朝她竖起大拇指，赞道："女中豪杰！"

屠户娘子发现，倒出来的一堆恶臭扑鼻的血淋淋的东西中间，竟有一个白色扁圆形的物事，不像是肉也不像是骨头。她好奇地把它捏出来，发现竟是一块玉佩。

"啊！"她惊叫一声，引起了周围人的注意。

许多本来正在呕吐的人，也好奇地看过来，见她手中拿着块玉佩，便道：

"这是怎么回事？"

"老虎也吃玉吗？是误食吧？"

"我看不简单，定是吃人的时候不小心将这玉佩吞下了。玉就是石头，消化不了，便存在胃里。"

"定是这样！老先生高见！"

"不敢不敢，也只是以常理推断而已。现今最要紧的是将这玉佩送官，看看是谁家的苦主。"

"是这个道理。"

"唉，可怜！"

众人都在讨论那可怜的苦主，谁也没发现，林芳洲撇过脸，轻轻弯起嘴角。

周围人的目光都集中在那屠户娘子身上，她便有些不知所措，看着玉佩呆愣。林芳洲一把将那玉佩抢过来，说道："是我先发现的。"

众人见他睁着眼睛说瞎话，都有些鄙夷。老先生道："大郎，你莫要贪财，先找到苦主要紧。"

林芳洲将那玉佩在河水中涮了涮，倒是涮干净了，只是臭味还萦绕不散。屠户娘子鼓了鼓勇气，说："大郎，事关人命，要不，先报官吧？"

"是啊，虽说人已经不在了，可那苦主的家人说不定还在找他。等把死信送到，他们感念你打虎的恩情，你想要块玉佩，还能不给你？"

这种情况，若是放在平时，大家早该对林芳洲冷嘲热讽了，还有可能直接将他扭送见官。只是现在，老虎是他出主意抓到的，那虎腹中的东西，他若是想拿一份，倒也说得过去。况且，连太爷都对他青眼有加呢……因此众人只是好言相劝，并不敢惹怒林芳洲。

林芳洲最后勉强说道："好吧，但是说好了，这玉佩是我的，你们都是见证人。"

众人心里纷纷骂娘。

通向山的小路上，远远地走过来两个人。正是县令眼中的大杀神与二杀神。

二杀神边走边道："找了这么久，还没找到。我看他多半已经不在人世了。一个孩子，从那么高的悬崖上落下来，本就是十死无生。"

"活要见人，死要见尸。"

正说着，二杀神看到河边有一群人，也不知正在做什么。他本能地按住佩剑，问大杀神："怎么那么多人，今天是什么日子？"

"不知道。"

"看看去。"

两人走近时，看到原来是聚众解剖老虎。他们觉得很无聊，正要离开，却见几个人簇拥着一个少年，边走边说话。

"大郎，不要玩了，先去报官吧！"

"急什么？反正人都死了，早一会儿晚一会儿不都一样吗……这小飞蛇真好看！"

二杀神定睛一看，见那少年手里正把玩着一块玉佩。他瞳孔一缩，上前一把抓住少年的手腕，"这东西，哪里来的？！"

林芳洲吓了一跳。她本想做戏做足了然后假装被众人催着去报官，哪知他们突然出现在眼前。她本来就对他们怕得要死，这会儿吓得脑子一瞬间有些空白，说不出话来。

老先生算见过大世面的人，此刻壮起胆子说道："两位好汉说的可是这玉佩？这玉佩是我们刚刚从虎胃里剖出来的，正要拿去报官，寻找失主。两位好汉，看样子认识这玉佩的主人？"

林芳洲的胳膊已经被攥得快失去知觉了。大杀神从她手中拿过玉佩，二杀神才放开她。大杀神仔细看着玉佩，问："谁第一个发现的？"

众人看着林芳洲，林芳洲有些不知所措，"我我我我……"

"你？"

众人面面相觑，也不知是吉是凶，都不敢说话。

这时，屠户听闻了动静，拨开人群走出来，边走边中气十足地吼了一声："怎么回事？！"

他面相凶恶，提着一把血淋淋的剔骨刀走近，二杀神只当他要捣乱，便握着佩剑抬手轻轻一挡他的身体，那陈屠户立刻觉得自己半边身体被震得麻木无力，坐倒在地上。

周围人都吓坏了。

大杀神："都带走，仔细盘问。"

　　连同陈屠户在内，俩杀神带走了十几个人，浩浩荡荡地直奔县衙。二杀神坐在公堂上审人，那大杀神去找县令，也不知要做什么。

　　被带回来的人不敢扯谎，一五一十地都交代了。屠户娘子洗虎胃时发现一枚玉佩，那林芳洲想占为己有，众人好言相劝他才答应先报官，又贪玩迟迟不肯去……把锅都甩给了林芳洲。

　　林芳洲知道杀神们的真正目的，她此刻已经镇定下来，知道自己不会因为"想要贪图一块玉佩"而被砍死。

　　审完了，他们都被关在县衙不许行走，二杀神还威胁他们，今日之事不许对外透露半个字，否则不保证他们能寿终正寝，把众人吓得脸色发白、冷汗如雨。

　　直到大杀神再次出现时，众人才被放了。

　　大家都屁滚尿流地跑了。

　　公堂之内只剩下大杀神与二杀神两人。那二杀神问道："每一家都搜过了？"

　　"嗯。"

　　"可搜到了什么？"

　　"不曾。"

　　"我早就说过了，十死无生。"

　　"以防万一。"

　　"现在还有万一吗？"

　　"没有。"

　　那二杀神松了口气，"终于可以回去交差了。"

第五章

如此兄弟

　　林芳洲回到家时，心口跳得还有些快。她仔细检查了一番，发现家里确实被动过了。

　　小元宝脑子有毛病，每日起床后必须把被子叠好，偏偏他根本不会叠被子，总是叠得奇形怪状，旁人根本难以模仿。

　　现在被子的形状不对了，说明有人来过，搜过她的家。

　　尽管对方想要做得隐秘，搜过的地方尽量复归原样。

　　林芳洲锁上门，去厨房把锅搬开，从灶底的坑里掏出小元宝。

　　小元宝一身的灰，脸也脏了，被拉出来时，第一句话就是："方才有人来过。"

　　"我知道。他们应该不会再来了。"

　　正说着，有人咚咚咚地敲窗户，林芳洲脸色一白，赶紧又把小元宝塞了回去，然后抬高声音问道："谁啊？"

　　"我。"是陈屠户。

　　林芳洲松了口气，打开门，"怎么了？"

　　陈屠户神秘兮兮地说："我家里被翻过，但是银钱不曾丢失。"

　　"嘘——"林芳洲悄声说，"我家里也被翻。吓死人了。"

　　"到底怎么回事？"

　　"我也想知道。不过我们还是不要打听了，没听那人说吗，"林芳洲说着，抬起手掌往脖子上比了比，"要不要命了！"

　　陈屠户脸色一变，"走了。"

　　"慢走不送。"

　　林芳洲回去再次把小元宝掏出来，抱怨道："你到底是什么来头？"

"我来头可大了。"

"你给我闭嘴。"

小元宝看着林芳洲吓得面无人色，突然笑了。

他总是板着个小脸，林芳洲第一次看到他笑。小孩子轻轻牵起嘴角，笑得矜持又漂亮，仿佛春雪消融一般，柔软干净，温和沁润。

林芳洲拨了一下他的脑袋，"笑什么笑？"

"谢谢你，林芳洲！"

"林芳洲的大名也是你叫的？"

"那我叫你什么？"

"叫爹。"

"……"他皱着脸，叫不出口。

"我救你一命，让你叫一声爹你还委屈了？"

"我叫你哥哥吧，芳洲哥哥。"

林芳洲刚要说话，小元宝连忙问道："芳洲哥哥，你刚才经历了什么？给我讲讲。"

她的注意力被转移了，唾沫横飞地给他讲了自己方才是怎样机智勇敢。虽然过程多有夸张，小元宝倒也能想象出那场面有多么刺激紧张。

听她讲完，小元宝说："你很聪明。"

"那是！金蝉脱壳这种方法，不是谁都能想到的。"

"不止如此。更难得的是，玉佩被发现之后，你没有隐藏自己，而是主动出来抢风头。那些人个个心狠手辣，生性多疑，做事滴水不漏。此事你本来就干系其中，是证人之一，若退后不声张，他们必定存有更多疑虑，倒不如先主动吸引目光，借此排除自己的嫌疑。这叫置之死地而后生。这一招看起来有风险，一旦做成，却是最保险的。"

林芳洲摸着下巴，"被你一说确实是这么回事。其实我当时没想那么多，卫拐子死了，我不想让陈屠户夫妇再为我顶风，当然也可以借此去去他们的疑心病。我觉得，他们肯定会想，没有人做了勾当还傻乎乎地往前凑……我偏偏往前凑，令他们意想不到。"

"你是一个聪明绝顶之人。"

"哈哈哈哈，你这样夸我，我都不好意思啦，我其实——"

"只是见识有些短浅。"

"……"林芳洲一口喜悦的呼吸还没享受完，就被他又敲了一棍子，怒道，"谁见识短浅了？！你这臭小子，会不会聊天？"

那小元宝愣了一下，连忙改口道："你并非见识短浅之人。你心胸开阔，眼界宽广……"

林芳洲并没有感觉好一点，她翻了个白眼，"你给老子闭嘴！"

小元宝于是闭嘴了。

林芳洲感觉气氛有点尴尬，真是莫名其妙，刚才明明大家聊天聊得很火热……她摸了摸鼻子，突然问他："嘿，我救你这一命，你打算拿什么报答我？"

小元宝问道："你想要什么？"

"我想要黄金万两，你又没有。"林芳洲摊了一下手，"这样吧，我救了你，你这个人以后就是我的了。"

他想了一下，点点头，"好。"

"我让你做什么，你便做什么。"

"好。"

多年以后，每每想到今时今日这段对话，林芳洲都只能用一个成语来总结自己：自掘坟墓。

小元宝在灶底沾了一身脏灰，泥猴一般，林芳洲去井边打了一桶水，让他洗了个澡。那井水有点凉，她又懒得烧，小元宝生平第一次用凉水洗澡，那滋味很不好受。

他洗澡时，林芳洲坐在门口，提着鸟笼子逗那猫头鹰。猫头鹰的血已经止住了，有了些精神，可惜它叫声难听，长得也不好看，因此除了吃肉，她想不出这东西还能有什么用处。

王大刀王捕头挎着他的大刀，走过来说："大郎！真是好消闲。"

"王捕头，你吃过猫头鹰吗？好吃吗？"

王大刀慌忙摇头，"却是不曾吃过！"

"想尝尝吗？"

"不想……"

林芳洲放下鸟笼，见王捕头不像是路过的，她问道："你找我可是有事？是太爷让你把赏金送过来吗？"

"不是。太爷派我来请你，让你晚饭去望月楼，他要请客。"

"哦？他都请了谁？"

"都是为打虎出过力的兄弟。"

林芳洲明白了。太爷这是要摆庆功宴，那宴上的吃食想必不会太差。她很高兴，"有劳王捕头，我晓得了，晚上必定过去。"

王捕头告别林芳洲之后，又去请别人了。

林芳洲在卖馒头的小贩那里赊了五个馒头。小贩一边捡馒头一边说："大郎好智谋，好英雄！区区几个馒头，拿回家吃吧，什么赊不赊的！"

林芳洲平生第一次被夸赞好英雄，她都要飘起来了，笑嘻嘻地说："你都道我是英雄了，我还吃你白食？今日手紧，等宽松了，必定还你。"

"不急不急，大郎宽裕时再说。不够再来拿。"

林芳洲拿着馒头回到家时，小元宝已经洗好澡了，穿了一身林芳洲很久以前的破烂衣服。林芳洲走进门时，他连着打了好几个喷嚏。

她把馒头放在桌上，"吃吧。都是你的。"

小元宝问："你怎么不吃？"

"晚上太爷摆庆功宴，我要把肚子多腾出些地方，吃他个十斤八斤的羊肉！这一餐便免了。"

小元宝头一次听说这样的奇谈怪论，他无奈地摇了摇头，自顾自拿起馒头来吃。

林芳洲摸着下巴，看着小元宝斯斯文文的吃相，说道："我得给你找个新的身份。"

"嗯？"

"想换个新身份，就得取个大名，麻烦。"

小元宝说："不如说我是来投奔你的远亲，也姓林。"

"那你叫林元宝。"

"不妥。这样的名字做大名，除非那些山野粗鄙人家，我看起来不像。"

林芳洲翻了个白眼，"你就直接说我俗就好了。"

小元宝低头沉思一番，说道："我是你的远亲，也姓林，应该就是同宗旁支，和你平辈，名字也要带一个芳字。林芳洲，林芳洲……"小元宝说到这里，突然问道，"你的名字是谁给你取的？"

"我不知道。怎么了？"

"芳洲，出自《九歌·湘君》，'采芳洲兮杜若'。为你取这名字的人，当是个读书人。"

"我也是读书人。"

小元宝像看怪物一样看着她。

　　林芳洲怒道："你不服吗？你忘记了，我可是会写字的！"

　　"哦。"小元宝不忍心说，那字是他见过的最难看的，没有之一。

　　小元宝说："我也从《九歌》中取名吧，《九歌·山鬼》，'折芳馨兮遗所思'，我便取名林芳思，如何？"

　　"折……什么？喂……喂什么？"

　　"折芳馨兮遗所思。"

　　"什么意思？"

　　"折下香花，送给我所思慕的人。"

　　林芳洲乐了，"哈哈，你小小年纪，毛都没长呢，你思慕谁？！你还要脸不要了，哈哈哈……"

　　小元宝愣了一下，接着有些窘迫，面色发红，撇开脸解释道："诗以言志，借物托喻，并不是字面那种意思。"

　　林芳洲还在说胡话："乖，你要听话，等你长大了就能娶婆娘了。你长大了必定是个美男子，一表人才，肯定能娶个漂亮媳妇。"

　　小元宝红着脸，埋头只是吃馒头，不再理她了。

　　傍晚，林芳洲出门赴宴，小元宝一人在家中。他有些无聊，头昏沉沉的，只当是因自己这些天没能出门憋的。

　　他见那猫头鹰蔫蔫的，像是饿了，便把吃剩的馒头掰碎扔进锅里，过了没多久，果真有老鼠上了钩，跳进锅里吃馒头。

　　小元宝听过关于老鼠的故事。在他曾经的理解里，老鼠都是狡猾的，可是这几天的经历使他发现，原来老鼠是一种又蠢又笨的东西。

　　他不想碰老鼠，于是把那鸟笼子的门打开，将猫头鹰倒进锅里，然后盖好锅盖。

　　好了！又可以喂猫头鹰，又不用看到那么血腥恶心的场面，他很满意。

　　做完这些，他还是觉得头晕，四肢乏力，困倦得很。看看窗外，霞光渐渐暗淡，天也快黑了。于是他把被子一掀，睡觉。

　　林芳洲在望月楼吃喝正酣。

　　县令把赏金放下来了。原本悬赏文书上写的是白银五十两，到了林芳洲手里，只有十两。她有些不高兴，质问道："太爷，为何只得十两？"

　　太爷解释道："赏金总共五十两。主意是你出的没错，可还有二十个义士冒险进山，他们理应得些好处。本官便做了主，将赏金分作二十一份，你一人独得十两，其他人每人二两，你可有异议？"

如此倒也有理。林芳洲虽穷，却不是那吝啬之人，听县令这样解释，便道："太爷英明得紧，正该如此。"

晚宴很丰盛。有烤猪、羊羹、丸子、鱼片、酿螃蟹等等，还有各色点心。有些点心林芳洲吃都没吃过，算是长见识。她把那些点心拣了几个偷偷藏在袖中，打算带回去给小元宝也尝尝。

许多人给林芳洲敬酒，把她喝得七荤八素。

太爷很高兴，找了花楼里最红的姑娘来唱小曲，还特地点了一曲《送瘟神》。这种曲子只有过年节会唱，平日不多见。

众人都以为此处的"瘟神"是指那老虎，觉得十分应景。

只有林芳洲知道真正的瘟神是谁。

酒宴一直摆到深夜，林芳洲喝得醉醺醺的，摇摇晃晃地回了家。进家门时，她听到厨房里有奇怪的响动，便走进去查探，原来那声响来自灶台。

"闹鬼呢？"

若是在平时，她早已吓出冷汗，不过现在喝醉了，她整个人飘飘的，都快成了仙，自然看不上这些鬼。

锅里有东西砰砰砰的，好像在撞锅盖？

她使劲把锅盖掀开，一个黑乎乎的东西直冲出来，飞走了。

"还是个飞天鬼。"

林芳洲走回卧房，黑暗中见小元宝已经睡下，她一把将他的被子掀开，笑嘻嘻道："看看，看看，哥哥给你带回了什么？"

说着，把各色点心都掏出来。

小元宝却一动不动。

林芳洲将点心都放在桌上，"明早再吃吧！"说着也翻身躺在床上。

睡在小元宝身边，她感觉他在瑟瑟地发着抖。她奇怪地推了他一把，"怎么了？"

小元宝迷迷糊糊地呓语："冷……"

林芳洲一把将他拉进怀里搂着，"这样就不冷啦。"

小元宝醒来时，一眼看到的是卧房内破烂的纱窗。太阳当是已经出来了，那纱窗被阳光晃得亮白一片。他眯了眯眼睛，感觉身子有些僵，想要翻个身，突然发现自己身在一个怀抱里。

林芳洲似乎把他当枕头抱了。一条腿横过来压着他，手臂绕过来揽着他，下巴压在他肩膀上，还打着小呼噜。

小元宝有些愣神。

从来没有人这样抱过他。他从生下来起，就是一个人睡觉。奶娘偶尔会抱着他走路，但是他知道，她们抱着他的时候，心里也是害怕的。她们不敢和他太亲近，也不敢太冷漠，小心翼翼地和他保持着距离，能让她们心里感到安全的距离。

纱窗外又响起了胡饼的叫卖声。

林芳洲每天都能听到卖胡饼的吆喝，每天都买不起，但这不妨碍她被那吆喝声唤醒。

她昨日宿醉，睡得不太尽兴，此刻被吵醒了，气呼呼道："吵死了！"

小元宝拨开她的胳膊和腿，吃力地坐起来，接着咚——又倒下了。

直接倒进了她的怀里，把她彻底砸清醒了。

林芳洲怒道："你做什么？！"

"我有点晕。"

林芳洲觉得不对劲，扶起他看了看，见他面色蜡黄，眼下乌青，神态看起来很憔悴，像个鬼。她奇怪得很，"你怎么了？昨天还好好的。"

"可能是因为昨天洗了个冷水澡，伤风了。"他开口时，嗓子也沙沙的。

"我每次洗澡都用冷水，从来不曾伤风过，"林芳洲有些不屑，"你这身子真是纸糊的。"

小元宝有些敬佩，"你这身子真是铁打的。"

"行了行了，不用拍马屁了，我去找黄大夫给你讨服药吃吃。"

林芳洲下了床，刚要出门，突然想起一件事，"喂，昨天晚上，你有没有听到什么动静？"

"什么动静？"

"好像……闹鬼了？"

"鬼神之说不可信。"

"我好像真看到鬼了，还会飞！妈呀！！！"

林芳洲有些害怕。小元宝安慰道："无妨，就算真的有鬼，你没做坏事，它们也不会找你麻烦。"

"我做过坏事，做过很多！"

小元宝有些无语。想了一下，他又道："你救我一命，可抵十七年罪孽。"

"我也害死过人，卫拐子就是我害死的！"

"卫拐子是我害死的。我……害死过很多人。"

林芳洲看着他说这话时突然黯淡的神色，有些替他难过。她挥了一下手，粗着声音道："行了行了，生个小病就胡思乱想！"

"明明是你胡思乱想……"

"你闭嘴。"

他闭嘴了。她出门拿药了。

过了一会儿，小元宝突然听到纱窗下咚咚咚地有人在敲，他立刻警醒起来，起身下床，想要去厨房钻灶台。

"小元宝，是我。"

虽然那声音刻意压低，小元宝还是一下子听出来了，那是林芳洲。他有些奇怪，凑近到纱窗前，叫她："芳洲哥哥？"

"是我。"

"你怎么不进来说话？"

"我不敢。里面有飞天鬼，我绝对亲眼见过。"

"那你要做什么？"

"小元宝，我刚才没拿药，你先忍一忍。方才我看到城门口那些怪人都散了，我问守城的人，守城人说，他们昨天就走了。所以你可以出来了。"

小元宝很高兴。

林芳洲："不过你先不要急。穿好衣服，衣服弄脏一点，然后你偷偷地从后门出去，尽量避着人，出去之后走在街上，往西走，去一个胖大娘开的早点摊上，我在那里等你。按照我们昨天说好的那样做，记清楚了吗？"

"嗯。"

早点摊上有很多人，陈屠户父子也在。陈屠户这几日不曾杀猪杀羊，只宰过一只老虎，因此今日不用卖肉，倒很消闲。他儿子陈小三坐在他旁边，吃得满嘴油光，见到林芳洲时，早已忘了"夺糍糕之恨"，招呼她道："林大哥，坐在这里。"

陈屠户听到这话，一巴掌扇向儿子的脑袋，怒道："他叫我大哥，你叫他大哥，这是什么狗屁辈分？"

逗得周围人哈哈大笑。

林芳洲坐下之后，问道："怎么今日嫂子不给你们做饭吃？"

"她昨日……嗯，不太舒服，今早还没起来。我一会儿还要给她带回些吃食，找大夫看一看。"

林芳洲知道她为什么不舒服，多半是昨天吓的，便道："我料不是什么大毛病，休息一下就能好，你也莫要担心。"

"嗯。"

林芳洲点了两根油条、一碗粥，对那胖大娘说："我没零钱，过会儿去钱庄兑了散银子再给你送过来。"

胖大娘总是笑呵呵的，"急什么，大郎先吃饱再说吧！"

陈屠户说："不用那么麻烦，林兄弟的饭钱，一并算到我账上。"

林芳洲道："那怎么好意思？"

"往后你就是我亲兄弟，不要和我见外了！再说，你那蚂蚱一般的食量，能多花几个钱？"

"如此，便多谢陈大哥了。"

"我都说了，不要见外！"

"好好好……"

林芳洲一边吃饭，一边同周围人聊天说笑。正吃着，不远处走来一个小乞丐。

看那小乞丐，穿着一身仿佛被一千只耗子咬过的烂衣服，手里捧着个缺口的脏碗，脸色蜡黄，目光呆滞，也不说话，只是把碗伸出去等人给他施舍。

林芳洲指着那小乞丐，对陈屠户说："你看，这乞丐行乞时间定然不长。"

"何以见得？"

"讨饭讨惯的人，为了口吃的，爷爷奶奶地乱叫，便是让他认个祖宗他也愿意。这个乞丐，像个哑巴一样，还拉不下脸来乞讨呢。"

"林兄弟真聪明！"

小乞丐看到他们看他，便径直朝林芳洲这一桌走过来，看着她盘中的油条发呆。

林芳洲："算了，我昨天发了财，今天便日行一善吧，老板娘，给他一碗粥。"

"好嘞！要油条吗？"

林芳洲心想，小元宝伤风了，不宜吃油腻，于是便道："吃什么油条，两文钱一根的东西，他也配吃？给他个炊饼吧。"

小乞丐低头，矜持地道了个谢。抬头时，看到林芳洲正朝他挤眼睛。

他忍着笑，等到那胖大娘将炊饼和粥端上来时，他仰着头，小声问她："我能坐下来吃吗？"

"坐坐坐，这小孩真乖，还问我。是怕我嫌你脏是吧？你坐吧，没事，我一会儿再擦。"

小乞丐坐下来吃饭，慢吞吞地吃不快。陈屠户看了他一会儿，问道："孩子，我看你举止谈吐都不像个乞丐，你可是有什么隐情？"

周围人都很好奇，竖起耳朵听他的隐情。

只听那小乞丐答道："我原本是登州人士，家境不敢说富贵，也算殷实，我亦上过几年学。只因家父犯了案子，在狱中受不得折磨，死了。我母亲悬梁自尽，一夜之间家破人亡。我走投无路，只好乞讨为生。一边走一边讨饭，走了两个月，来到贵宝地。听说永州人心善，今日一见果不其然。我已经不记得上次饱餐是什么时候了。"

胖大娘听得直抹眼泪，周围人也都是唔叹。陈屠户说道："你是从登州来的？我这位林兄弟，原先也是登州人。"

小乞丐道："这位哥哥也姓林？真是巧了，我也姓林，我叫林芳思，我小名叫元宝。"

"林芳思，林芳洲……"陈屠户把这俩名字叨了一遍，发觉不寻常，便道，"你们都姓林还都排'芳'字，会不会是本家？"

林芳洲挠了挠后脑勺，答道："我离开登州时才两岁，我哪知道本家有谁？"

"家谱可还记得？"

"只记得一些。"

小元宝说道："家父林讳信清，祖父林讳月檀，曾祖林讳明朝……"

林芳洲突然叫道："林明朝！"

陈屠户来了精神，"怎的？"

"我家谱里真有这个名字。"

砰！陈屠户兴奋得直拍桌子，"哈哈哈，真是太巧了！他果真是你的本家，你们亲戚真有缘分！怎么就在这里遇到了呢？！左一寸右一寸都不行，早一分晚一分都不行，偏偏就遇到了！哈哈哈，我真是太高兴了！"

林芳洲看起来有点骑虎难下的意思，连忙解释道："只是很远的亲戚。"

"远亲也是亲！来，孩子，我告诉你，我这位林兄弟最是义气，你求一求他，求他收留你，好过流浪乞讨，不知哪一天饿死在荒郊野外喂了野狗！"

小元宝连忙跪下给林芳洲磕头，"芳洲哥哥，好歹救我一命！"

胖大娘抹着眼泪走过来说："大郎，要不你就留下他吧，多可怜的孩子，又懂事。你留下他，这顿饭钱我给你免了。"

周围食客也纷纷劝林芳洲。

林芳洲就在他们的推动下，"收留"了这个叫小元宝的乞丐。

她带着小元宝离开，走到无人处，两人相视一笑。

林芳洲："演得不错。"

小元宝："你也是。"

回到家时，林芳洲站在门口，迟迟不肯走进去。

小元宝："怎么了？"

林芳洲："有鬼。"

"你为何如此肯定有鬼？"

"我亲眼看到了。"

"在哪里？"

"在……"林芳洲回忆了一下，"在锅里，厨房的锅里飞出来的！"

"……"小元宝没说话。他靠着墙，笑了。早上的阳光有些温柔，照着他精致的面庞，一口小白牙，笑眯眯的眼睛。他犹带着病容，可目光早已没有方才那么呆滞，而是灵动又清澈。

他笑看着她，说："那不是鬼，是猫头鹰。"

说着把事情解释了一遍。

林芳洲听罢，气得跳脚，两手卡着他的脖子把他提进了屋子里，边走边气急败坏地说："你这臭小子，竟然敢耍我！我今天就让你吃猫头鹰炖老鼠！"

"猫头鹰已经飞走了。"

"不怕，还有老鼠。"

"我吃完老鼠，睡在你身边。"

"……"

"那样你夜里做梦，就会梦到身边躺着老鼠。"

"老子就不该收留你！滚回去接着乞讨吧！"

"晚了。"

第六章

要命的礼物

林芳洲让小元宝先滚去床上休息，她出门去找黄大夫抓药。

黄大夫心情不错。县太爷把那老虎的各个部分拿出来售卖，说是卖的钱用来修葺城墙。黄大夫买不起虎骨，想买虎胃，另一个也想买虎胃的大夫，与他出的价格差不多，但是太爷怜惜他是个哑巴，所以做主把虎胃卖给他了。

林芳洲来时，看到他正把洗干净的虎胃剪成一块一块的，放在太阳底下晾晒。

林芳洲："黄大夫，拿服药吃吃。"

黄大夫问她怎么了。

"我没事，我家有个小孩子，洗冷水澡伤风了。"

黄大夫了然，洗了手，去给林芳洲写药方。

林芳洲四顾无人，悄悄问黄大夫："我家有个小孩……这事你没跟旁人提过吧？"

黄大夫白了她一眼，然后指了指自己的嘴巴，意思是：我一个哑巴，我能和谁说？

林芳洲点点头，"嗯，以后也不要和人说你曾经见过他。我不是危言耸听，此事若走漏半分，莫说你了，便是你妻儿的性命，也都要搭进去，咱们一个都跑不了。"

黄大夫吓得脸色大变，给林芳洲抓好药之后，说什么也不肯收她的钱。

林芳洲怒道："我说那些话，不是来敲诈你的。"然后不由分说，扔下钱便走了。

林芳洲劈了几块柴火，在外面给小元宝煎药。好久不烧火了，她有点手生，弄得浓烟滚滚，仿佛妖怪渡劫一般。

小元宝在屋里躺不住，跑出来坐在林芳洲身边，看着那可怕的煎药场面，他有些犹豫，说道："我感觉，我已经好了，不用吃药。"

　　林芳洲一手扇着破蒲扇，一手伸过来摸他的额头，摸到他的额头还有些烫，她说道："老子花了钱的，便是砒霜，你也得给我咽下去。"

　　"哦。"

　　坐在外面，林芳洲看着自家房子，颓败的墙，漏雨的屋顶，挂着蛛网的窗棂，破烂的窗纱……她对小元宝说："等明日，我先找人把这房子翻修一下，然后再扩建一间，那样就不用两人挤一张床了。"

　　小元宝连忙说："我不嫌你打呼噜和说梦话。"

　　林芳洲翻了个大大的白眼，"我……嫌……你。"

　　小元宝不打呼噜也不说梦话，但他毕竟是个小子。林芳洲身为"女流之辈"，成天睡在他身边，会被发现的。她总担心她的秘密败露，然后被赶去西域种西瓜。

　　正忧愁着，一个汉子戴着草帽，挑着担子路过，边走边喊："西瓜，西瓜……沙如雪，甜如蜜，正宗的西域头茬大西瓜……大郎！你买个西瓜解解渴？"

　　"不买！！！"

　　"不买就不买，大郎好大的火气。"汉子有点委屈。

　　小元宝悄悄地问林芳洲："那真的是西域的西瓜吗？"

　　林芳洲有点不屑，"要是西域的西瓜运到这里还没烂掉，那瓜早该成精了。"

　　"未必。可以用冰镇着，快马加急。我记得，西域的葡萄都是这么运过来的。"

　　林芳洲很不可思议地看着他，"你发个烧把脑子烧坏了吧？冰块、快马，这要花多少钱？等那瓜运到这里，还要挑着担子一文钱一斤地卖？一两银子一斤都不够！天王老子才吃得起那样的瓜，普通人家吃一口，嘴上都要长泡！"

　　"原来如此，"小元宝被她说了，也不恼，他点头赞道，"世事皆学问。"

　　他的样子很像书院里的酸腐先生，看得林芳洲连连摇头。

　　小元宝又问："一两银子，等于多少文钱？"

　　林芳洲觉得，说小元宝酸腐真是太抬举他了，他简直就是个白痴。

　　药煎好了，黑乎乎一碗，看起来令人作呕，林芳洲逼着小元宝喝下去。

　　待他喝完了，她问道："喝药难受不难受？"

　　"我从未喝过如此难喝的药。"

　　"那以后就不要生病了。"

　　"嗯。"

　　林芳洲从屋子里把昨日带回来的点心拿出来，她捧在手里，递给小元宝，说道："这点心都是甜的，可以刷一刷药味儿。"

白面的皮儿，里面是各种馅料，用模子做出来，染上颜色。那形状有老虎、小兔，还有小美女。老虎没了尾巴，小兔没了耳朵，只有小美女是完整的。

于是小元宝选了小美女来吃。

林芳洲嗤道："小小年纪专挑美女，长大后定是个色坯。"

小元宝被她说得红了脸，也不知该如何争辩。

这时，陈小三抱着一个包袱走过来，边走边叫林芳洲："林大哥！"

"你不要叫我林大哥了，再叫，你爹该抄着屠刀来打我了。"

陈小三只好叫了她一声"林叔叔"。

林芳洲点点头，指指身边的小元宝，说道："我是你林叔叔，往后他就是你林小叔叔。"

"他看起来比我还小哪！"

"辈分比你大就行。"

陈小三硬着头皮叫了一声，小元宝老气横秋地端坐着，矜持地点了一下头。然后他把林芳洲手里的点心拿了几块给陈小三。

林芳洲有点奇怪。

小元宝解释道："初次见面，长辈要给晚辈见面礼。"

陈小三得了点心很高兴，把那包袱塞到林芳洲怀里，说道："我娘听说你领了个小孩回来，和我一般年纪，就挑了几件我的衣服让我送过来。她让我跟你说，不要嫌弃。"

"嫂子真是有心了，"林芳洲有点感动，"你娘身体可好些了？"

"好多了。"

"嗯，明天我去看看你爹和你娘。"

陈小三离开后，小元宝对林芳洲说："我感觉，我的身体变好了。"

"莫急莫急，还有药没吃完呢，老子花钱买来的。"

"不是说这个。我是指，我现在的身体比曾经在家的时候好了。我以前生病，从来一口东西都吃不下。"

现在呢？现在正在吃小美女点心，吃得特别香甜。

林芳洲深深地怀疑，这臭小子是因为小美女好看，才吃得那么香。

呵呵，她是厚道人，就不拆穿他了……

　　下午，林芳洲想烧点热水洗澡。锅里犹沾着血迹，还有一条老鼠尾巴，她把锅刷了三遍，还是闻着有一股子猫头鹰和老鼠味儿，用这种锅烧出来的水洗澡，她真怕会长出老鼠毛。

　　最后她无奈，只好去铁匠家里又买了一口锅，吭哧吭哧地扛回家。

　　回到家时已经累得快吐血了，林芳洲对小元宝说："我上辈子一定是欠你的，这辈子你来讨债。"

　　她又吭哧吭哧地去井边打水，打完水回来烧水，两人先后洗了个热水澡，面对面坐在一处擦头发。小元宝笨手笨脚的，林芳洲擦完自己的，还要给他擦。

　　他坐在床上，温顺地任她摆弄。

　　林芳洲一边擦头发，一边说道："往后让你做点什么呢？你这样的年纪，不能做活，只能去上学。老子不仅要养你，还要供你上学？亏大发了！"

　　"你不想我上学，我便不上学。"

　　"不上学你能做什么呢？你肩不能扛手不能抬。"

　　"你让我做什么，我便做什么。"

　　"算了算了，咱现在有钱，还是上学吧。等钱花光了你就退学。"

　　"嗯。"

　　过了一会儿，小元宝突然问道："我没有户籍也能上学吗？"

　　"娘的，怎么把这事给忘了……明日我去打听打听，看看能不能先给你入个户籍。"

　　"嗯。"

　　夜里，小元宝的烧退下了些，林芳洲累了一天，睡得比他早、比他沉。他躺在她身边，借着月光看她的睡颜。

　　月光有些微弱，那面目模模糊糊的，静夜里，他听着她均匀的呼吸声。

　　可能是洗过澡的原因，空气清新而湿润。

　　他握了握她的手，轻声说道："这辈子，是我欠你的。"

　　早上，林芳洲没有被卖胡饼的吆喝声吵醒，而是被摇醒的。

　　小元宝一边摇她的肩膀，一边唤她："芳洲哥哥？芳洲哥哥？"

　　他的声音压得很低，似乎怕惊动了什么。

　　林芳洲迷迷瞪瞪地睁开眼睛，看了他一眼，又闭过眼去，接着睡。

　　"芳洲哥哥，醒醒。"

"做什么？吵死了。"

"芳洲哥哥。"

"怎么？"

"回来了。"

三个字把林芳洲吓出一身冷汗，她"噌"地一下坐起来，搂着被子左顾右盼，"谁？谁回来了？是他们吗？！"

小元宝的表情有点一言难尽。他抬手，往头上指了指。

林芳洲仰头，见那横梁上，落着一只猫头鹰。

她松了一口气，"回来就回来吧，一只破鸟，也值得如此大惊小怪！"说着，抹了一把额头，一脑门的虚汗。

"它还带了礼物。"小元宝说着，指了指床头。

林芳洲扭脸看过去，赫然看见一只硕大的老鼠。

"你大爷！"林芳洲恶心得头皮发麻。

那猫头鹰立在横梁上，咕咕了两声，似乎是对她的回应。

林芳洲冷漠地看着它，"这东西在说什么？"

小元宝："区区酬谢，不成敬意，请慢慢享用。"

"谁让你回答的……"

本来就恶心，现在变成了非常具体的恶心。

林芳洲捏着老鼠尾巴，推开窗把它扔了出去。

小元宝说："把床单、被子、枕头也换一下吧？"

"你就给我穷讲究吧，明天我用老鼠皮做个坎肩，让你天天穿着。"

吃早饭时，小元宝一直在她耳边穷讲究，搞得好像她不换床单，以后睡觉必定夜夜老鼠入梦。之后林芳洲只好去绸缎庄扯了块布，把那旧床单替换下来。

他这才消停了。

林芳洲见小元宝这么能折腾，想来病已经好了，于是带着他出门逛了逛，买了一些生活用品，不过是些鞋袜衣物、巾皂牙刷之类。小元宝认识牙刷，却不认识牙粉，以为那是往脸上涂的，还小声提醒林芳洲："我是男子汉我不涂脸。"

林芳洲说道："你这白痴，你没刷过牙吗？"

"刷过，在家时天天刷。"

"那你在家刷牙用什么？"

"牙香。"

"牙香是什么？"

"用麝香、冰片等香料和蜂蜜熬出来的。"

"啧啧啧，用麝香和冰片刷牙，你们富贵人的牙，都是金子做的吧？"

小元宝摸着那装牙粉的小瓷盒，问道："所以，这也是牙香吗？"

"你过奖了，这可一点也不香。"

买完了东西放回家，林芳洲找了泥瓦匠过来修缮扩建房子。

小元宝问道："为何如此着急？"

"你不懂。趁着钱还没花光，赶紧建。"

小元宝确实不懂。他一直对钱没什么认知，之所以有点了解，全在这些天，但是还不够清楚。

泥瓦匠们修房子时，房梁上的猫头鹰被吓跑了。

林芳洲很满意。

但是她的满意并没有持续很久。第二天，她又被摇醒了。

"芳洲哥哥，芳洲哥哥……"

"怎么了？"

"又回来了……"

林芳洲睁开眼睛，看到房梁上落着猫头鹰，侧过脸，看到床头躺着老鼠——两只。

她气得要死，朝那猫头鹰怒吼道："谁要吃老鼠？！你他妈能不能滚啊？！"

猫头鹰：咕咕。

林芳洲："破鸟又在说什么？"

小元宝："一人一只，不要打架。"

然后他被林芳洲一脚端下了床。

泥瓦匠们来做工了，猫头鹰被吓跑了，林芳洲……林芳洲又去买了块床单。

然后她带着小元宝出门了，今天有重要的事情。

给一个黑户上户籍，是比较麻烦的。又要找人做担保，又要打点衙门里户房的官吏，少不得请人喝酒吃饭塞银钱，否则谁都可能挡你一道。

不过小元宝有一点好，因为他年纪小，一看就不是那等犯罪逃亡、隐姓埋名的恶人，所以办事的官吏们倒也没怎么去查他的底细。

有钱能使鬼推磨。林芳洲前后花了二两多银子，那户籍办得很快，只用了三天，小元宝便有了正式的身份。

办好户籍的次日，猫头鹰又回来了。这次，它给他们带来了一条蛇。

林芳洲吓得屁滚尿流，她深刻地认识到，老鼠这种小动物，也有其可爱之处。她和小元宝用了比较恶心的办法，终于让猫头鹰相信，这两个人喜欢吃老鼠。

于是它又改为送老鼠了。

林芳洲日日盼夜夜盼，就盼着把房子修好，把这房中所有的洞都补上，那样猫头鹰就可以有多远滚多远了。

她也想过把猫头鹰打死，但是那厮有着非常尖锐有力的爪子，能把坚硬的木头挠破，她……恐怕不是它的对手……万一它恼羞成怒……后果不堪设想……

她像个龟孙一样又忍耐了好几天，房子终于建好了，她有了新的卧房，还散发着泥土的芬芳。

林芳洲搬到新卧房那天夜里，外面打雷下雨妖风阵阵，那闪电几乎把黑夜照成了白昼，那雷声仿佛平地狂敲的鼓点。

小元宝抱着被子，站在林芳洲的房间门口，小声叫她："芳洲哥哥……"

"怎么了？"

一道闪电划过，林芳洲看到他惨兮兮的小白脸。

他看着她，说道："我怕打雷。"

"没事，习惯就好了。"

"我能不能和你一起睡？"

林芳洲躺在床上把被子一卷，不耐烦道："不能，赶紧滚滚滚。你多大了还怕打雷？要脸不要了？打雷有什么好怕的？不就是雷公敲锤子吗？他敲他的，你睡你的，谁碍着谁了？他的锤子又敲不到你头上。再不走，老子把你绑在外面，给你壮胆子。"

他果断地走了。

林芳洲没睡着，她在想事情。小元宝要读书，她把他送去哪里比较好呢？是普通的蒙学，还是书院？蒙学是启蒙阶段的，好处是束脩便宜；书院里学的知识从启蒙到高级的都有，而且里头的先生学问都好，品德也好，但是束脩有点贵。啧啧啧，那么多钱呢，够她去赌场玩好些天了……算了，先把小元宝培养成才，以后他考个秀才什么的，也算光耀门楣。她这辈子没什么指望了，就指望他孝敬她吧……

林芳洲把以后的人生道路乱七八糟地都想了一下，甚至还想到"小元宝做个大官，那样她就能恢复女人身份了，就不用担心去西域种西瓜了"这样的可能性。想到半夜里，她还很兴奋，睡不着。

外头，雷公还在敲他的破锤子，也不嫌累。

林芳洲多少还是有点担心，怕小元宝真的吓破胆，那就没救了。她披衣下床，悄悄走到隔壁房间，见小元宝躺在床上，身子轻轻起伏，一道闪电划过，她看到了他安安稳稳的睡颜。

呵，睡得很香嘛……

睡成这样，怕打雷？

怕你大爷！

她忍住上去揍醒他的冲动，转身回房，也睡下了。

第二天，林芳洲发现，猫头鹰从烟囱里钻进来，千辛万苦地，再次带来了他们"爱吃"的老鼠。不仅如此，它还很贴心地把两只老鼠分开放，每人床头一只。

看着猫头鹰站在房梁上簌簌地往下抖黑灰，林芳洲感动得想哭。

小元宝问林芳洲："它为何如此执着？"

林芳洲摇头叹道："它大概把这里当家了吧。"说着猛戳自己的胸口，咬牙切齿道，"以后老子再做善事，就他娘的下十八层地狱！"

小元宝早已适应了林芳洲间歇性的精神暴躁。他抱着胳膊，离得老远，看那猫头鹰抖羽毛，看了一会儿，他说："既然把此处当家，我们给它取个名字吧。"

"畜生也要名字？我是老大，你是老二，它是老三。以后它就叫'老三'吧。"

"不妥，隔壁已经有一个小三了。"

"那你说这东西该叫什么？"

"我说叫'扶摇'，怎么样？"

"不怎么样。"

小元宝解释道："古代传说中有大鹏鸟，《庄子·逍遥游篇》云：'鹏之徙于南冥也，水击三千里，抟扶摇而上者九万里。'这猫头鹰虽长着一个猫头，想来也是鸟，用这个名字，很合适。"

那么长的句子，林芳洲就听懂了俩字——九万。

于是林芳洲说："为什么不叫'九万'呢？也是出自你那个什么《庄子》。"

小元宝张了张嘴，见林芳洲不像是在开玩笑。他最后无力地摇了摇头，道："你喜欢'九万'，那便叫'九万'吧。"

就这样，猫头鹰的名字从一只高贵的大鹏鸟，变成了一张麻将牌。

林芳洲仰头朝那猫头鹰喊道："九万！你去死吧！"

九万：咕咕。

小元宝："它说——"

林芳洲："你给老子闭嘴。"

当天晚上没有打雷下雨，小元宝这家伙又抱着被子出现在林芳洲的门口，"芳洲哥哥，老鼠很恶心，我能不能和你一起睡？"

林芳洲气得直翻白眼，"你恶心我就不恶心了？你莫要忘了，人人有份！"

"两个人一起面对，总比一个人强。"

"滚……"

小元宝实在太恶心老鼠了，过了两天，他又想到一个新的办法。

两人假装吃了老鼠，然后假装倒地不起，直愣愣地躺在地上好半天不动。九万竟然有些着急，在他们身边跳了好久，最后叼了不知名的草回来。

没用，他们依旧"挺尸"。

等他们"苏醒"过来，九万又抓了老鼠来"慰问"，两人故技重施，再次倒地不起。

如此试了三回，那猫头鹰终于不送礼物了。

"啊哈哈哈哈哈哈！"林芳洲简直要喜极而泣了，激动地抱着小元宝，又笑又跳，"终于不用吃老鼠了，哈哈哈哈哈！"

小元宝被她抱得快要窒息了，"我们从没吃过老鼠……"

第七章

误入正途

林芳洲从骆少爷那里借了几本书。

她打算把小元宝送去蒙学，一年只需要一两银子的束脩。

但是呢，蒙学的先生也不是什么学生都收，太笨的、太顽皮的、品性不好的，都不行。临入学时，先生还要考一考学生的基础。考查的目的主要是因材施教，倒不会因为学生基础太差而拒收。

林芳洲觉得，既然要考，那么考得好总归是能给先生留个好印象的。

所以她打听了先生的考查范围，从骆少爷那里借来了参考书，然后把书一股脑儿甩给小元宝，说道："把这些都背下来。"

小元宝看了一眼，那些书无非就是《千字文》《算学启蒙》等小儿启蒙书籍，最难的不过是一本《诗经》，还是精选版本，只选了几十首诗，里面有备注和释义。他问道："背这些做什么？"

"让你背你就背，过几天先生考你基础，你若答得不好，回家不给你饭吃。"

"不给饭吃"这样的威胁是很可怕的。小元宝最近很喜欢吃饭，并且他感觉自己的饭量越来越大。他怕林芳洲嫌弃他，因此一直没敢说。

过了几天，林芳洲带着礼物和封好的银钱，去了附近一所私塾。那私塾里有十几个学生、一位老先生，老先生留着山羊胡子，看到林芳洲引着小元宝到他面前，他摸着胡子，心里想道：这家人的孩子，都生得好面相。

先生扫了一眼小元宝，问道："叫什么名字？"

林芳洲连忙答道："林芳思。"

"多大了？"

"十岁。"

"嗯，十岁才启蒙，是有些晚了。不过闻道有先后，学然后知不足，是以为可也。"

"是，是……"林芳洲连忙应承，其实并没有听太懂。想了一下，她又赶紧补充道，"他往常在家时，上过几年私塾。"

"哦？那我先考考你。"

先生拿起书，开始考小元宝。

林芳洲就在一旁喝茶，她本想装作一副全神贯注的样子听一听，结果呢，那些文绉绉的词，像千百只瞌睡虫一般，直顺着耳朵钻进她的脑子里，不知不觉，她竟然趴在桌上睡着了。

后来是小元宝把她摇醒的。

林芳洲揉了揉眼睛，问道："考完了？"

小元宝点了点头，欲言又止，神情有些歉意。

林芳洲见状，便知不妙，把脸色一沉，斥道："考得不好？我在家是怎么教你的？！"

"好了，你不要教训他了。"老先生的面色也有些难看，他抬手轻轻挥了一下，"你们请回吧，东西带回去。"

林芳洲有些意外，"先生，你不收他吗？"

"你这弟弟，我教不了。"

"为……为什么？"

老先生面上有些挂不住，重重哼了一声，道："我这小庙，容不下这么大的菩萨！快走吧！"

然后林芳洲和小元宝就被轰出来了。

林芳洲问小元宝："你到底怎么回事？"

"他考我的东西，我都背出来了。"

"然后呢？"

"然后，他就很生气。"

林芳洲重重一拍脑门，恍然道："他怕是以为我带你去踢馆了吧？"

"想来是如此。"

"你这笨蛋，谁让你把那些书都背下的？"

"你。"

林芳洲最后把小元宝送进了书院。永州县只有一个书院，名叫停云楼书院。停云楼原先只是一个富人起的一座小楼，后来富人家来了一位有学问的先生做客，住在停云楼，方圆几百里的学子都去停云楼听他讲学，渐渐地形成一个书院。如今那位大有学问的先生早已作古，书院却保留下来了。

本着"有教无类"的办学理念，停云楼书院也设有蒙学班，学费一年二两银子，比一般的私塾要贵上整整一倍。虽然贵，那些稍微有些底子的人家，还是愿意把孩子送去停云楼启蒙，因为那里的先生好，氛围也好。

停云楼书院的启蒙先生也是要考基础的，小元宝这次学聪明了，进行答对时刻意藏个拙，那先生一会儿点头一会儿摇头，后来又让小元宝写几个字。

小元宝写了自己的名字，那先生看着黑黢黢三个大字，眉头紧锁，道："功课倒还说得过去，只是这字……也太难看了。"

小元宝低下头不说话。

林芳洲站在旁边，往他脑袋上扇了一巴掌，"听先生的话，以后要好好练字，知道吗？"

小元宝乖顺地点点头。

"不要打孩子，"先生皱了一下眉，对林芳洲的粗鲁感到很不满意，"你让他回去准备一下，明日便过来吧。"

离开书院时，林芳洲问小元宝："你是故意背不出的，还是之前背下的已经都忘了？"

"故意的。"

"为何？"

"我身份特殊，不宜出风头。且，入学前水平一般，入学后突飞猛进，那功劳都是先生的，先生想必更加喜欢。"

林芳洲点点头。她想到了这个层面，却没料到小元宝也已经想到。

想起小元宝的真迹，她又嫌弃地摇摇头，"你写的字，比我的还要难看。"

小元宝："我不宜暴露自己的笔迹，所以从今日起，要改换字体。"

"原来如此，"林芳洲摸着下巴，乐了，"小小年纪，心眼很多嘛！"

解决了上学问题，林芳洲很高兴，感觉最近压在身上的包袱总算通通甩光了。一边走，一边忍不住哼起了歌，那歌词道：

送郎出去并肩行，

娘房前灯火亮瞪瞪。

　　解开袄子遮郎过，

　　两人并作一人行。

　　小元宝听着那歌声曲调欢快动听，可是仔细一品歌词，他有点尴尬，红着脸提醒林芳洲："我还是个孩子……"

　　林芳洲有点得意忘形。

　　这时，赶马车的孙驼背看到林芳洲，唤她道："大郎，这就是你那远房堂弟？"

　　"是，明日要去停云楼书院上学了。"

　　"好后生，往后考个状元回来，给你哥哥争脸！"

　　"哈哈哈，状元哪有那么好考，考个探花就好啦！"

　　"大郎，多日不见，你不去赌场耍个？"

　　"走啊，去！"

　　林芳洲近日烦心事多，许久不沾牌了，今天被孙驼背一说，登时起了赌瘾，便要去赌场玩。

　　小元宝问道："你做什么去？"

　　"我去玩，你先回家。"

　　"我跟你去。"

　　"回家去！你不回家，今晚便不要吃饭了。"

　　"我回家没事情做。"

　　"把柴都劈了吧，成天好吃懒做的，也不干活。"

　　小元宝只好回家劈柴了。他没劈过柴，便学着林芳洲的样子尝试，劈了一会儿，手上起了泡。他找了块干净的白布，把水泡裹起来，继续劈。

　　后来水泡还是破了，白布被浸湿了一块，他握着手，疼得面色发白，额角冒汗。

　　小元宝终于把柴都劈完时，天已经黑了。

　　他肚子饿得咕咕叫，想要出门去找林芳洲，刚打开门，却见她回来了。

　　林芳洲失魂落魄的，看见小元宝，突然一把抱住他，"呜呜呜……"哭了起来。

　　小元宝吓了一跳。她哭得那么伤心，令他也有些难过。他小心翼翼地抱住她，轻声安慰道："别……别怕……"

　　"小元宝！"

　　"嗯。"

　　"我把钱都输光了！呜呜呜……"

小元宝悄悄松了口气。潜意识里，他始终觉得与钱有关的问题不会是很大的问题。

"你不知道我今天运气多好！我已经赢了六十多两，银钱都堆成了山！可是后来……都输回去了……呜呜呜，我命怎么那么苦啊……"林芳洲越说越觉委屈。六十多两！她长这么大从没见过那么多钱，如果不曾得到过，也不会觉得可惜，可是明明都已经进了她的口袋，又给人家掏回去，还把自己的好几两银子都搭进去了……苍天哪！心在滴血啊！

小元宝笨拙地安慰她："没关系，钱没了，再赚。"

"哪有那么好赚？"

"好赚的，不要担心。"

林芳洲以前也输钱，但是从没输过那么多，精神着实有点崩溃。她哭了一会儿，泪水渐渐止住，理智回来了，发觉自己刚才抱着个孩子哭了半天，很丢脸。

她用帕子擤了一把鼻涕，假装方才什么都没发生过。

小元宝问道："你晚饭吃了吗？"

"没有！钱都输光了，拿什么吃饭？"

"哦。"

因饥饿得不到满足，小元宝的精神有些低落。

林芳洲感觉有点愧疚，她摸了摸鼻子，"不……不好意思啊……"

"没事，我也不是很饿。"

刚说完这句话，小元宝的肚子很不配合地咕噜噜响了起来。

林芳洲站起身，"我去陈屠户家借点米吧。"

"不要去，"小元宝拉住她，"不要轻易有求于人。"

林芳洲正有点纠结去还是不去，却听到扑棱棱有什么东西在拍打窗户。林芳洲推开窗，一道影子呼啦啦飞了进来。

她惊叫道："天哪，九万今天抓的老鼠好大！"

那个惊喜的语气是怎么回事啊……小元宝吓得一抖，也抬头望去，一边望一边说："它已经不给我们送老鼠了。"

九万嘴巴一松，把叼着的东西扔下来，恰好落在床上。

灰扑扑一团影子落在床上时，两人才看清楚，那竟然是一只灰色的兔子。

小兔子还没死透，奄奄一息的，翻着白眼，无力地蹬着后腿。

这天林芳洲和小元宝的晚饭就是烤兔肉。兔肉鲜嫩又美味，林芳洲吃得很满足。连那兔子的内脏也没浪费——九万看到他们把内脏扔了，它就都叼到一边吃了。

吃完饭，小元宝在床上放了张小桌子练字。林芳洲懒洋洋地躺在桌子的另一边抚肚皮，一边抚着肚皮，她一边朝梁上的九万招了招手。

九万箭一样冲下来，落在林芳洲的身边。林芳洲轻轻摸了一下它的后背，它很温驯地接受了。

"九万哪，"林芳洲一下一下地摸着它，说道，"以后你就是我亲兄弟了！"

小元宝握笔的手一抖，一个字就这么写岔了。他看了林芳洲一眼，无奈地摇了摇头。

过一会儿，又忍不住轻轻一笑。

早上，小元宝起床比较早。

因书院离家有些远，他一无轿子二无鞍马，林芳洲也舍不得花钱给他雇马车，当然，现在就算想雇也已经雇不起了。

总之他只能走路去上学。

小元宝轻手轻脚地穿衣洗漱，整理好文具、书本之类，他看着簇新的书本、文具、衣服，突然明白了林芳洲为什么要"趁着钱还没花光"赶紧建房子、买东西。

——因为她真的有一夜之间将所有积蓄挥霍一空的本事。

小元宝正要出门，却见林芳洲从里间走出来，一边走一边揉眼睛。

林芳洲："我兄弟呢？"

小元宝抬手道："这里。"

林芳洲扫了他一眼，"谁说你，我说九万。"

"九万也要休息。"小元宝知道林芳洲打的什么主意。

林芳洲把小元宝上下打量一番，干干净净、妥妥帖帖的，孩子长得也好看，讨人喜欢。她挺高兴，严肃地点点头，"还真像那么回事。"

"我走了。"

"等一下，"林芳洲叫住他，说道，"你去胖大娘那里吃早饭吧，多吃些，吃饱些，吃完告诉胖大娘，我有空再去结账。中午呢你就忍一忍，晚饭回来吃。"

"那你呢？"

"我今天有事，不要管我。"

"哦。"

林芳洲去了修城墙的工地。

县太爷已经募集好资金，打算把那城墙已经破的地方和可能破的地方都修一遍。他老人家早就在招干活的劳力，今天开工了，不过因为钱少活多，征到的人还未满，所以那招工文书到现在还管用。

虽然工钱少，还必须每满十天结一次钱，但这个工作有一点好处——管饭。

林芳洲去到工地，先记了个名，然后吃了早饭。早饭只有三样：炊饼、咸菜、稀粥，管饱，但不许私自带走。

她既不会砌墙又不会和泥，只好去运土。用独轮车从城外挖了土运回来，运一车就满头大汗、腰酸背痛，那监工还嫌她慢，一个劲儿地提醒她："大郎，你做活这么慢，还不抵你吃下去的那几个炊饼，太爷在你这里要折本了。"

"你自己来推一车试试！这车也不知有多少年头了，又破又重，空着推都压手！"

监工又嘲笑她力气小如家猫，林芳洲很想往他脸上揍几拳试试力气，奈何还要在人家手下吃饭，此刻只好忍了。

午饭时，县令穿着便服前来视察，他站在不远处，正在吃饭的劳力们没有看到他。

县令往人堆里扫了一眼，看到正在领炊饼的林芳洲。林芳洲领了两个炊饼，回去蹲在一旁只吃了一个，另一个塞进怀里，接着又去领。

县令啼笑皆非，走过去断喝一声："林芳洲！"

"啊？太爷……"

"你这厮贪得无厌，连公粮都要冒领。怀里装着炊饼，干活有劲是吧？"

林芳洲连忙赔笑道："太……太爷……我……我家里还有孩子呢……孩子不能饿着呀……"

"胡说八道，你从未娶妻，哪儿来的孩子？"

"捡来的。"

县令感觉自己受到戏弄，很生气，"还敢顶嘴？来人！"

"有！"

林芳洲快被太爷的官威吓死了，连忙把怀里的炊饼掏出来，"我我我我开玩笑，我装个炊饼就是怕一会儿干活时饿，我现在就把它吃掉，太爷息怒，息怒……"

县令冷哼一声，拂袖离去。

监工朝人群说道："都看到了吧？我看你们谁还敢偷拿公粮。"

众人皆道不敢。

林芳洲心知太爷是想拿她杀鸡儆猴，这次没打她一顿算仁义。虽说道理如此，可是让她当众丢脸，这口气又难以咽下，少不得在心内把那狗官的父母长辈都凌辱一遍。

且说那县令离开之后，气还没消，边走边骂："这个林芳洲，真是死不悔改！他不是前些天得了十两银子的赏金吗，怎么还跑到这里来骗饭吃？"

王大刀听太爷如此问，连忙答道："太爷有所不知，林大郎他昨天在赌场玩到晚方归，钱都输光了。"

"这，这……"太爷摇头道，"本官若是有这样一个儿子，定然打断他的狗腿！"

那王大刀与林芳洲的交情还不错，见太爷这样恼怒于他，便说道："不过，太爷，有句实话，属下不知当讲不当讲。"

"说。"

"林大郎那句话并没有说错——他真的捡了一个孩子。"

"哦？"

王大刀便把林芳思的来历解释了一番，县令听罢，神色有些缓和，道："这厮愿意收留一个远房的落难亲戚，倒也算有情义。"

"他还让那小孩去上学了呢，也不知是怎么想的。一年学费二两银子呢！"

县令瞪了王大刀一眼，"不上学，难道把钱都捐给赌场吗？！"

"太爷说得是……"

林芳洲干了一天体力活，累得快要去见她娘了。吃完饭时她不敢往怀里装炊饼，又怕小元宝挨饿，最后她一不做二不休，嘴里叼着一个炊饼，扬长而去。

监工看得眼睛都直了，终究是拿无耻的人无可奈何。

天还早，林芳洲回家找了个篓子，去城外的河边打了一会儿渔。她运气不错，打上来几条泥鳅、几只小虾米，还有一条巴掌大的鲫鱼。

她很高兴，背着篓子哼着歌回了家。回家时见小元宝正在提着水往缸里倒，林芳洲凑过去低头看，见那缸里已经有了半缸水。

"谁让你提的水？"

"我想找些事情做。"

"那你去做功课。"

"已经做完了。"

"这一桶水你提得动？"

"提不动，我每次只提半桶。"

林芳洲摸着下巴，道："也好，练练你的力气，不然以你这样的小身板，往后只能做个'手无缚鸡之力'的书生了。"

林芳洲提着篓子走进厨房，看到灶上放着一块猪油，她很奇怪："哪儿来的猪油？"

"陈屠户方才送来的，他说，陈小三明日也要去书院上学了，和我结伴去。"

把小鱼、小虾放在一起加一点猪油煮了一小锅，加上一个咬了一口的炊饼，这就是小元宝的晚饭。林芳洲指着那炊饼说道："我为了给你拿个炊饼出来，可是冒着死罪，你敢嫌弃我？！"

"不敢。"小元宝捧着炊饼咬了一口，问道，"你吃什么？"

"我已经吃饱了，工地上的东西可以随便吃，只是不能拿。"

小元宝问道："你去工地了？"

"嗯，可累死老子了！"

小元宝犹豫道："要不，我也不去上学了，和你一起去工地？"

"算了吧，老子学费都交了，你不上学，岂不是亏大发了？你不仅要上学，还要好好地学，把学费给我赚回来。"

"好。"

小元宝吃饭是很慢的，吃鱼就更慢，慢得要死。林芳洲看着都觉得不耐烦，问他："你在家时吃鱼也这么慢？"

"不是。"

"为什么现在吃得这么慢？"

"要挑刺。"

"你以前吃的鱼都没刺？"

"不是。"他摇了摇头，"不过，我以前从未自己挑过刺。"

林芳洲简直要惊呆了，"你吃饭还有专门给你挑刺的？不会还有专门帮你夹菜的吧？"

"嗯。"

"有人专门帮你拉屎吗？"

小元宝眉头抖了一下，面无表情地摇了摇头。

林芳洲问道："所以，你到底有多少个丫鬟？"

他想了一下，再次摇头。

"没有丫鬟？"

"没数过。"

　　"你过得像个废物一样。"林芳洲倒在椅子上，感叹道，"好想过上废物一般的生活啊！"

　　小元宝不理会她，淡定地吃着饭。

　　林芳洲拄着下巴，看着他抿嘴咀嚼，不紧不慢，从容优雅，她说道："我现在更加好奇你的来头了。"

　　"我——"

　　"不要说。我怕说出来吓死我。"

　　"我有一个问题。"他突然停下吃饭的动作。

　　"啊？你问。"

　　他静静地看着她的眼睛，问道："为什么愿意送我去上学？"

　　林芳洲垂着眼睛，笑了一下，她难得有这样一本正经的时刻。她低声说道："这个问题我也想过。我想，大概是因为你和我不是一类人。你不属于这里。"莫名的，说出这些话，她竟有些惆怅。

　　"可是，这里的生活，我很喜欢。"

　　林芳洲正要说话，忽然听到外头有人砰砰砰地砸门，接着是一个中气十足的声音："大郎？在不在？我来给你道喜了！"

第八章

谣言与危机

林芳洲吓了一跳，连忙去开门，见外面站的是王大刀。

她今日被太爷骂了，现在看到衙门里的人，便有些惧怕，问道："王捕头，喜从何来？你莫要戏耍我。"

王大刀高兴地拍她的肩膀，他那铁铲一样的手掌，力道有些大，拍得她肩膀沉了三沉。

王大刀笑道："太爷让我来告诉你，明早去见他。"

"太爷为何找我？还是因为今日白天的事吗？这算什么喜事？"

"放心，太爷不是要骂你。你明天见到太爷便知分晓，我现在不方便告诉你。"

林芳洲一头雾水，"你又不告诉我是什么事，还要给我道喜？"

"是好事。"

林芳洲这晚因惦记着明日见太爷的事情，觉都没睡好。次日早上，小元宝上学前，轻轻敲她的房门，就把她吵醒了。

林芳洲说道："你还去胖大娘那里吃早饭吧，告诉她，我有空就去还账。"

小元宝："你今日不要去工地了。"

"不去工地喝西北风吗？"

"我来想办法，总之你不要去了。"

"小兔崽子，还知道疼人了，老子没白救你一命。"

小元宝似乎被她说得有些不好意思，背着书包走了。

林芳洲起床之后直奔县衙。她在太爷的会客厅里一边喝茶一边等太爷，那奉茶的丫鬟只当她是太爷的客人，还给摆了点心、瓜果之类，林芳洲也不客气，吃了个溜饱，把丫鬟逗得掩唇偷笑。

　　林芳洲："这位姐姐，你笑什么？"

　　丫鬟："谁是你姐姐？"说着，端着茶盘转身走了。

　　林芳洲摸了摸鼻子，有点莫名其妙。

　　县令走进来，林芳洲慌忙起身拜见太爷。

　　"林芳洲，你来得倒早。"

　　林芳洲赔笑道："太爷传唤，小人不敢怠慢。"

　　太爷坐在主位上，见林芳洲桌上的果盘一片狼藉，很是看不上眼。

　　林芳洲问道："太爷，今日召小人前来，所谓何事？"

　　"林芳洲，你今天还打算去工地骗吃骗喝？"

　　"太爷说笑了。太爷修城墙是大功德，小人再不识好歹，也分得清轻重，不敢骗吃骗喝。我昨日做了一天活，可从未偷懒，不信太爷请看，"林芳洲撸起袖子，"你看，我胳膊都磕肿了，膝盖也是。"

　　"那只能说明你笨。"

　　林芳洲在心里悄悄翻了个白眼。

　　县令继续说道："本官看你这体格，就算一刻不停地干活，也帮不上什么忙，白白浪费粮食。今日就不要去添乱了。"

　　"太爷……"林芳洲快哭了，"我真的要养家糊口啊，太爷……"

　　县令轻轻一抬手，止住她的话头，道："本官已经了解清楚了，你收留未曾谋面的同族子弟，又愿意送他去上学，由此可见，你这人倒不算全然无可救药。你有向善之心，我便给你一条出路。我这二门上还少一个杂役，无非就是传信跑腿，听从里外吩咐调遣之事，正适合你这手无缚鸡之力的瘦猴。你可愿意——"

　　"愿意愿意，我愿意！"林芳洲早已喜笑颜开，"多谢太爷恩典！太爷，你就是我的再生父母！"

　　县令嗤笑："我若有你这样的儿子，早就气进棺材里了。"

　　"嘿嘿嘿嘿，太爷……"

　　林芳洲的笑容有些猥琐，县令特别看不上眼，冷冷一哼，说道："你还想要什么？"

　　"太爷，我家里已经断炊了，孩子上学不能没饭吃，你看，能不能让我先预支点工钱花花？"

　　"这种事情滚去问主簿吧。真当我是你爹了？"

太爷不耐烦了，林芳洲很有眼色，赶紧告退跑去找主簿。

林芳洲路上遇到王大刀，王大刀朝她拱了拱手，"大郎，恭喜！"

林芳洲笑嘻嘻道："谢谢王捕头，等支了工钱，请你喝酒。"

"大郎，你好好做事。这个活计是太爷格外的恩典，工钱够养活你和你兄弟了，做着也不累。等你在这衙门里干几年，缝上有缺位，你还可补进去，便有了正式的编制，以后这营生可以传给儿子。"

"哦？这是太爷说的？"

"太爷是这个意思。只是，你不要出错……也不要再赌钱了。"

"晓得了晓得了，多谢王捕头提点。"

人逢喜事精神爽，林芳洲又找到营生又支到工钱——她今日才发现原来有个固定的营生是如此可贵和必要，反正她再不用担心自己饿肚子以及小元宝饿肚子了，心情好得快要飞起来，比在赌场赢六十多两银子还要高兴。

她走在路上，见谁都是笑眯眯的，一不小心对不认识的大姑娘、小媳妇送了"秋波"，把人家逗得脸红疾走，她还无知无觉。

晚饭，林芳洲买了荠菜馒头和酱牛肉，还煮了一锅小米粥，静坐着等小元宝回来。

小元宝回家时脸红扑扑的，还出汗了，林芳洲问道："你打架了？"

"没有。我跑回来的。"

"着急什么，你怎么知道今晚有肉吃？"林芳洲把碗盖一揭，将那香喷喷的酱牛肉展示给他。

小元宝看看桌上的饭菜，抬头问林芳洲："你今日没去工地吧？"

"没有，我找到事情做了。"林芳洲将今日在县衙发生的事情讲给小元宝。

小元宝听罢，肃容点头，赞道："这县令还算一个好官。"

他背着手，那样子老气横秋的，看得林芳洲想揍他。于是她往他头上捂了一巴掌，道："装什么大人，你还把自己当皇帝了？"

小元宝倒也不恼，他从书包里掏出一个油纸包，放到林芳洲手里，"给你的，趁热吃。"

林芳洲好奇地打开那油纸包，惊喜道："欸，网油卷？！"

网油卷做起来并不麻烦，难得的是食材娇贵。把猪肠上那一层油网撕下来，里头裹上用香料拌好的熟羊脸肉，外面滚上鸡蛋糊糊，下油锅炸，炸得金黄酥脆，外焦里嫩，又香又鲜，那口感，啧啧啧，吃一口赛神仙……

　　林芳洲捏一个网油卷扔进嘴里，缓慢地咀嚼，仔细体会味蕾上那贵族般的享受。她闭着眼睛，吃得很是陶醉，小元宝看着她的表情，感觉有些滑稽，他忍不住扑哧一笑。

　　林芳洲睁开眼睛，问道："这东西贵得要死，你哪儿来的钱买？"

　　"不是我买的。"

　　"谁买的？"

　　"胡家四郎买的。"

　　胡家是大户人家，那四郎在家时，家里给请过几个西席，都被他气走了，他爹不得已，才将他送去书院。

　　胡四郎淘气是出了名的，这些事情，林芳洲也有过耳闻。她问小元宝："胡四郎为什么要给你买网油卷？那小子很淘气，你不要和他走得太近。"

　　"我帮他做功课，他给我买东西，这是交易。"

　　林芳洲被逗笑了，"你鬼点子还挺多。"想了一下，她觉得不妥，"你给他做功课，他就给你买口吃的？"

　　"嗯。"

　　"傻孩子，"林芳洲拍了拍桌子，"不能要吃的！"

　　"那要什么？"

　　"钱啊！你收钱，明码标价！"

　　"哦。"小元宝若有所思。

　　林芳洲摸了一把他的小脑袋，"现在不用想了，下次再说。乖孩子，我就知道你这学不白上，来，尝尝。"说着，递给他一个网油卷。

　　小元宝摇头道："我已经吃过了，这是给你的。"

　　"少废话。"她说着，直接把那金黄的网油卷塞进他的嘴里。

　　第二天，小元宝带回来一个金锞子。那金锞子做成梅花形状，古朴可爱，小小的一枚，怕有半两重呢，林芳洲看得眼睛都直了，低声问小元宝："这是你捡的，还是偷的？"

　　"胡四郎给的。"

　　"他为什么要给你金子？"

　　"我帮他做功课。"

　　"……"林芳洲久久不能言语，过了好一会儿，她还是觉得很难理解，"你帮他写几个字，他就给你金子？"

　　"他钱袋里只有金子。"

"所以就给你金子？"

"嗯。"

林芳洲自言自语道："原来不止我家孩子是傻的……"竟然莫名有点欣慰。

她把玩着小金锞子，说道："我先收着，如果他回头跟你要，你再还给他吧！"

小元宝不以为然："功课已经做了，钱货两讫，概不退还。"

林芳洲突然很后悔当年没有好好读书。如果她好好读书了，她一定能认识很多傻子。

小元宝的代做功课业务越做越大。林芳洲发现，小元宝替人做功课，收钱是很随意的。金子也收，银子也收，铜板也收，甚至有一次，他收回来两个鸟蛋，据说是因为对方暂时没有钱，先押两个鸟蛋权当借据，等有钱了再来赎回去。

林芳洲哭笑不得，深深觉得自己做的坏事报应到小元宝的头上了——她往常游手好闲、吃了上顿没下顿时，就经常赊账。

小元宝做功课的方式也越来越多样，一开始只是帮同窗写写字，后来发展成代作对子、作打油诗，甚至在课堂上偷偷用手势协助同窗回答先生的提问……反正五花八门的，亏他想得出来。

渐渐地，只因为代做功课这一项，他竟然赚回不少钱。林芳洲把那些钱都汇总，算了一笔账，然后她发现，照这样的速度下去，小元宝一个月可以赚她一年的工钱。

除了小元宝，九万也经常给这个家庭创收。九万叼回来的兔子，兔肉被她和小元宝吃了，能省顿饭钱；兔子皮剥好了留着，冬天可以卖钱。

娘的，林芳洲觉得自己在这个家越来越抬不起头了。

小元宝前前后后赚的钱，金银铜都算上，有一大捧了，林芳洲高兴地对小元宝说："你真是我的小摇钱树。"

小元宝也很高兴，"够你去赌场玩多久？"

这句话令林芳洲感到意外。她问道："你希望我去赌钱？"

"嗯。"

"为什么？"

"因为你喜欢赌钱。"

"你不怕我把钱都输了？"

"千金难买一笑，花钱买高兴是值得的，"小元宝说着，又连忙补充道，"只是这次输钱不要哭了。"

林芳洲有些感慨，还有点感动，"你是第一个劝我去赌钱的人。"

往常有好多人劝她不要赌钱，她偏不听，赌瘾永远戒不掉。现在突然有人劝她去赌，莫名其妙地，她又不想赌了。

林芳洲把那堆钱归在一处，笑嘻嘻道："要留着给你做聘礼，娶媳妇用。"

一句话，又把小孩逗个脸红。

第二天，小元宝回到家，问了林芳洲一个很奇怪的问题："什么是炒茹茹？"

林芳洲听到此话，勃然变色，质问道："这种混话是谁教你的？"

小元宝深知林芳洲虽偶尔脾气暴躁，却很少真的发怒，这次动这么大肝火，令他感到很意外，他放下饭碗，小心翼翼地看着她，不敢说话。

他不说话，她更加恼火，"你最近是不是和什么不三不四的人厮混了？给我老实交代！"

"没有……"

"没有？没有，这胡话是谁教给你的？你说出来，我去打断他的狗腿！"

"没有别人教我，我听说的。"

"听谁说的？"

"乙班的人，我不认识，没来往过。"

书院除了蒙学班的小孩外，其他学子按照其自身的学问水平分三个班，从高到低依次是甲乙丙，学问够了可以往上升。这些学子都比小元宝他们大，胡说八道倒是有可能。

林芳洲听到小元宝这么说，便松了一口气，瞪他一眼，道："以后听到那些脏话就赶紧躲开，知道了吗？有人胆敢对你说这个，二话不说朝他老二上踢，记住了吗？"

"嗯。"小元宝点了点头，到底还是有些疑惑，脑海中仿佛团了一个疙瘩，忍了忍，终于忍不住了，他又问道，"那，你和县令是在炒茹茹吗？"

林芳洲大怒，"我炒你爹！"

小元宝轻轻缩了一下，小声自语道："我爹你可不敢炒。"

"你说什么？"

"没什么……"

林芳洲一连几天，值班时都无精打采，几次欲言又止，与她一同值班的汪铁钉便有些看不下去，问道："大郎，我见你这几日蔫得像霜打了一般，可是在赌场又输个精光？"

汪铁钉形容瘦削，人品尚可，只是说话不中听，人送绰号"铁钉"。

林芳洲听那汪铁钉如此问，便摇头道："我好些天不去赌场了。"

"是不是想去赌场又没钱，手痒得慌，所以没有精神？"

"不是。"

"是不是……"他嘿嘿一笑，"是不是犯了哪家桃花劫……"

林芳洲心里有事，其实很想找个人倾诉一番，但是她又不好意思告诉别人，有人背地里嚼舌根说她和县太爷搞断袖……太难以启齿了。

这个嚼舌根的人还是她兄弟同书院的学子，也算同窗了。

她左顾右盼一番，见四下也没什么人，便低声对汪铁钉说道："我问你一个问题，你老实回答我。"

"你问。"

"你们，嗯，是不是都觉得……觉得我喜欢男人……"

汪铁钉听罢狂笑，又担心惊动了旁人，连忙捂住嘴巴。

林芳洲："所以，是的，你们都这么以为？"

笑过之后，汪铁钉说道："何止呢，大家背后都说你是个二刈子。"

"二刈子"是骂人的话，本意是太监，或者和太监类似的男人。

若是正常男人被骂二刈子，怕是有一场血架好打，不过林芳洲毕竟是个女人，并没有男人固有的那种自尊，只是汪铁钉说话时那幸灾乐祸的表情，令她稍微有些不痛快。她问道："为什么说我是二刈子？"

汪铁钉："我问你，你平常为何总是系个围巾，把脖子遮住？即便是三伏天热得出汗时，围巾也不摘下来？"

"这个啊？"林芳洲指了指自己的脖子，"我这颈子上有道疤，是幼时爬树被树杈扎伤留下的，因为太难看，所以一直系着围巾。系习惯了，也并不觉得热了。"

"真的？"汪铁钉有些狐疑。

"真的。不然呢，你以为是什么？"

"我以为是因为你到年纪了不长喉结，怕被人笑话，所以才用围巾挡住。"

"这是哪里话，不信你看，我的疤就在这里，好多年了。"林芳洲说着，拉开围巾，把脖子上那疤痕展示给汪铁钉。

汪铁钉果然看到一道疤痕，啧啧摇头，道："原来是这样。"

林芳洲整理好围巾，问汪铁钉："不长喉结就是二刈子吗？"

汪铁钉摇头道："也未见得，我有个表弟，喉结就不很明显，他成亲一年后就有了个大胖小子，现在孩子都三个了。"

林芳洲觉得这汪铁钉脑子不甚清楚，颠三倒四墙头草一般，她摇了摇头，接过他的话说道："其实我也差不多，我这喉结虽没有旁人那么大，在床上也是把婆娘干得哭爹喊娘的。可见从喉结大小去推断一个人是不是二刘子，这样不可靠。"

汪铁钉来了兴趣，"你都没娶亲，把哪个婆娘干得哭爹喊娘？"

林芳洲神秘一笑，"良家女子，不能跟你说，坏人名誉。"

"嘿哟嘿嘿嘿……"那汪铁钉笑得很下流。

林芳洲又和汪铁钉胡诌了一会儿，无非是双方各自吹嘘自己的勇猛，娘们儿的放浪……她其实无聊得很。聊了一会儿天，终于让汪铁钉相信，她不是二刘子，也不是龙阳爱好者。

下午散值回家时，林芳洲一边走一边想，往后不仅要积极参与讨论那些男女之事，多吹牛多放屁，她平时走在街上还要调戏良家女子，如此这般，往后必定要塑造一个"林芳洲很好色"的"正面形象"，不要让人以为她专门炒茹茹。

否则，若是不巧沾惹上哪个没羞没臊的断袖，她就有的麻烦了。

正胡乱想着，林芳洲一头撞见王大刀。王捕头正带着几个人急匆匆往外走，身边还跟着另一个人，看样子是书院的先生打扮。林芳洲有些好奇，问道："王捕头，这么着急去做什么？"

"书院出事了。"王捕头见是衙门里的人，也不隐瞒什么，答道，"打群架，见血了，有一个是抬着出去的，生死不明。"

"读书人也会打架吗……"林芳洲咋舌，叹道，"还抬着出去呢，真可怕！"

"你兄弟不是也在书院上学吗，要不要跟我们去看看？"

林芳洲摇头笑道："不用，我家小元宝可听话了，我回家给他做饭。"

"嗯，那我带几个弟兄先过去看看。"王捕头说着，与她告辞。他一边走一边同身旁的先生说话，林芳洲听到他问先生："多少人？"

"七八个，有大的也有小的。"

"领头的是谁？"

"林芳思！"

第九章

天降小魔王

林芳洲听到小元宝的名字，大惊，连忙转身追上去，问那先生："你说谁，林芳思？"

"对，就是他！看着斯斯文文的一个孩子，没想到竟如此顽劣！"那先生说起他，有些咬牙切齿。

"可是蒙学班那个林芳思？"

"除了他还能有谁？"

林芳洲感觉自己仿佛被人兜头浇了一盆冷水，三伏天里吓得她身上竟冷飕飕的。她脑海里浮现出小元宝浑身是血被抬出去的画面，一时又急又气又怕，颤着声音问道："被……被抬出去的是谁？"

"武照临。"

还好还好，不认识……林芳洲立刻松了口气，接着又问："那个，林芳思现在怎么样了？"

先生醒悟过来，冷眼看她，问道："你是林芳思的什么人？"

"我是他哥哥。"

先生一听，把眉毛一立，扯住她的手腕，道："我正要找你！走，跟我去看看你家林芳思干的好事！"

林芳洲并不反抗，跟着他们很快来到书院。

那聚众斗殴的一班人已经被关押在一个房间里，几个捕快提着锁链闯进房间，只见一群小孩子正蹲在地上玩石子。

一群小孩子，一个个身上都染了血。

方才一同过来的那位先生，是一出事就去报官的，此刻也不知眼前到底是怎么个情况。

林芳洲从人群里一眼找到小元宝，她跑过去将他提起来，见他脸上、襟上全是血迹，吓得头皮发麻，扯着他的衣服问道："哪里受伤了？"

小元宝连忙答道："放心，不是我的血。"

林芳洲一颗心总算落下来，继而看到一地小孩子个个染血，再看小元宝那吊儿郎当死猪不怕开水烫的样子，越看越生气，越看越窝火，再一想还有个生死不明的在等着——她脑子一热，抬手就是一巴掌。

啪！

小元宝被打蒙了，脸不由自主地歪向一边。

林芳洲破口骂道："我将你送来为的是让你学人话办人事，你倒好，给我聚众闹事！还打架？三天不打你上房揭瓦，我今日还管不住你了？！我，我……"说着，撸起袖子又要打他。

王大刀连忙上前拦住林芳洲，"好了，先不要闹，先看看那个武照临的伤势如何吧。"

这时，不知谁道了一句："山长来了。"

山长是书院的领头人物，德高望重，他走进来时，室内众人都恭恭敬敬地行了个礼。山长看到王大刀，说道："书院的孩子顽皮，又惊动王捕头了，老朽身为这一院之长，深感惭愧。"

"老先生哪里话，这——"王大刀指了指地上的小孩们，"到底是怎么回事？找过大夫了吗？"

山长无奈地摇了摇头，"他们，都没事。"

"那这血……"

山长点了小元宝的名："林芳思，你来给王捕头解释一下，这血到底是怎么回事？"

小元宝方才被林芳洲扇了个耳光，此刻脸已经迅速红了一片，隐隐盖着个巴掌印。他听到山长点名，拱了拱手，道："是。"接着对王捕头说，"我弄了一瓶猪血，本想打架时洒出来吓唬对手，哪知他竟十分胆小，吓得晕过去了，我们见他晕过去，便收手了。"

山长呵呵一笑，不疾不徐的样子，说道："可是我怎么听说，你们被发现时，正围着晕过去的武照临狠揍？那武照临今年二十岁，你们怕自己年纪小打不过他，于是先用猪血将他吓晕，等他晕过去后，再来围殴，是不是？林芳思，你小小年纪，倒是好算计。"话说到这儿，山长面色已经渐渐冷了下来。

小元宝虽肿着半张脸，竟还从容有度，答道："先生过誉，弟子不敢领受。使用猪血，只是为了迷惑对手，哪知他竟如此胆小——"

"他不是胆小，"山长打断他，"他是——晕血。"

"原来如此啊！"小元宝装出一副若有所思的样子。

林芳洲都有点看不下去了，喝问道："臭小子，你为什么要打人？老实交代！"

这个问题也是在场众人都关心的。小元宝答道："那武照临平时总是毁谤师长，我气不过，这才想要教训他一顿。"

"他，毁谤师长？"

"嗯。"小元宝点了点头。接着举了几个例子：某月某日某时某刻某处，说了什么，听众有谁；某月某日某时某刻，又说了什么，听众有谁……他一口气列举了几条，其中包括关于山长的坏话，听得旁人有些尴尬。

先生出言制止了他。

山长是很有涵养的，听到关于自己的坏话，脸色倒并无不快，只是说道："你若再自作聪明，我也救不了你。"

"弟子不敢胡言，山长若是不信，自可去问。"

"我自然会去问。"山长说着，转向王大刀道，"我的问题已经问完了，王捕头请自便。"

王大刀抓过很多犯人，今天是头一次面对这么多儿童犯。他有点犯难，抓，还是不抓？

小元宝说道："从头到尾，主使、策划皆我一人，出了事情也是我一人担当。"

王大刀乐了，"看不出来嘿，你这小子，还挺仗义？行，我今天就把你一人先带回衙门吧，其他人，都回家吃饭。"

那些孩子，方才看到挎刀的捕快和严肃的山长，早已吓得战战兢兢，此刻听说自己被放回家，便四散跑了。

只有陈小三留在原地不愿离去，眼里含泪看着小元宝，道："小叔，你不会死吧？"

"不会，我过几天就回家。"

林芳洲本来很心烦意乱，听到小元宝这样回答，气得又想抽他，一抬手，看到他肿着的半张脸，她终究是忍下了。

小元宝就这么被王大刀带走了，暂时关押在衙门里。林芳洲给他送了些必需之物和一些吃食。王大刀安慰她道："大郎莫急，这个案子怎么判，最关键的，还是要看那武照临的伤势。为今之计，你还是先去看看武照临吧，若能和解，那最好不过。"

林芳洲提着礼物去看望武照临，不承想连门都未进，便被人轰走了。不得已，她立在墙外仔细听里头的动静，哭哭闹闹乱作一团，弄得仿佛在办白事。

林芳洲内心便有些惴惴不安，生怕这武照临真的有个三长两短，小元宝要给他偿命。

一想到小元宝，她又有些气，气的是他无事生非；又有些愧，愧的是她那一巴掌；又有些怪，怪的是他平时乖得紧，怎么今日就性情大变、好勇斗狠了？

思来想去不得结果，林芳洲只好提着礼物回衙门——去找太爷求求情吧，兴许还能有条生路！

且说那王大刀，将小元宝带进刑房关押，他见四下无人，便低声对小元宝说："你这孩子，算是条好汉。"

小元宝没说话。

王大刀又问："不过，你到底为什么打那武照临？"

"因为他毁谤师长。"

"说实话。"

小元宝垂着眼睛，面色平静，他说道："那武照临在书院散播谣言，说县令大人与我兄长做那断袖分桃的勾当，说我兄长正是因此才能在衙门里当差。你说，"他抬起头，看着王大刀，"这样的人，该不该打？"

他目光沉静，优游不迫。王大刀被这小孩看得一愣，连忙答道："该打，该打！"

王大刀觉得，小元宝说的这番话很重要。县太爷的一片好心，被旁人传得下流龌龊，王大刀都要替太爷抱屈了。他把小元宝关好之后，便去找太爷，想要汇报此事。

太爷正有些不耐烦。因为林芳洲死赖着不走，陈说她兄弟的事情。见到王大刀来，太爷说："你来得正好，他弟弟到底是怎么回事？"

王大刀说到底还是偏心自己人的。他把今日在书院里的初步审问，以及刑房中小元宝回答的真实目的，都交代清楚了。县令听前面书院里的事情还好，听到林芳思利用对方晕血的弱点而出奇制胜，还忍不住暗暗道了声好计谋，可是一听说自己和林芳洲的谣言……他登时恶心得隔夜饭都要吐出来了，狠狠一拍桌子，"岂有此理！胡说八道！"

林芳洲也有些愣神。原来是因为这样？小元宝反常地打架，只是为她抱不平啊……

县令见林芳洲愣神，生怕这厮因为那谣言而受什么启发，轻咳一声，呵斥道："林芳洲，你不要胡思乱想！"

"啊？是，是，小人不敢……"

王大刀问道："太爷，现在怎么办？"

"你过来。"县令将王大刀唤至身前，如此这般低声吩咐了几句，那王大刀一边听，一边点头。

林芳洲等县令交代完，问道："太爷，我能去看看我弟弟吗？"

"去吧。"

"谢谢太爷！太爷，你真是清如水，明如镜的——"

"行了行了，赶紧滚！不要再来烦我！"县令发现，有林芳洲在，他的好修养总是会不翼而飞。

林芳洲赶紧滚了。她来到刑房，见小元宝坐在桌边，手里拿着一个馒头发呆，也不吃。

她推门时，他抬头看她。此时太阳就要沉下去了，屋子里昏昏暗暗的，她背着光走进来，他看不清她的表情。

等到她走近时，他看到了她脸上堆起来的笑容。那笑容有些生硬和怪异，却莫名让他悄悄松了口气。

林芳洲问道："怎么不吃？"

小元宝将馒头递到林芳洲面前，林芳洲摇了摇头，道："我已经吃过了。"

他收回手，却还是没吃，垂着眼睛，看着馒头，沉默不语。

林芳洲只当他还在生气。她看着他浓密修长的睫毛，以及那还未消肿的半边脸，心中很是自责，沉了沉气，她终于说道："那什么……对不起。"

小元宝突然抬眼看她。她看到他眼圈红了红。

林芳洲硬着头皮道："我不该打你，你，不要生气了……"

他却扭过脸去，看都不看她了。

林芳洲耐着性子说："不要生气了，好不好？等你出去我给你炖鱼吃。脸还疼吗？我给你吹吹……"说着也不管他同不同意，凑过去轻轻吹他的脸。

小元宝被她吹得直向后仰，躲了好几次。她却追着不放，越吹力气越大，那气息都灌进他的脖子里，又轻又痒。他终于忍不住，扑哧一笑，露出一口整齐的小白牙。然后笑着推开她的脸，"别闹了。"

林芳洲坐下来，问小元宝道："你打那武照临，是因为他说了我的闲言碎语？"

"嗯。"

"你这脾气，还挺大。"

接着在林芳洲的询问下，小元宝把事情前前后后都交代了。原来他今日打人，都是提前谋算好的：先收集武照临说过的坏话作为证据，顺便找到他的弱点；然后每天准备猪血，放在怀里静候时机；等到武照临落了单的时刻，几人一拥而上，泼血打架。

一切都按照他的计划进行，可惜他们没打多久，就被人发现，给拉开了。

林芳洲完全可以想象到当时那个场面该有多可怕：到处是血，还有一个人晕死在地上……目击过现场的人，一定都以为闹出人命了。

她禁不住打个寒战，道："你胆子太大了。那武照临现在也不知怎样了，若受伤不重，应该能和解。"

"不会太严重，我们力气小，也没下重手。"

这臭小子，太沉得住气了。林芳洲摇摇头，又问："你早就听到他胡说八道了，忍了这么久才动手，只是为了搜集他说的其他坏话？"

小元宝点了点头，老神在在的，"师出有名。"

林芳洲觉得很稀奇，"你这小孩，怎么鬼点子这么多，还师出有名？你这都是从哪儿学来的？"

"从书上学来的。你看历史上那些诸侯想要犯上作乱，起兵时，尚要扯面大旗'清君侧'。我若因他说你坏话而打他，那是私仇；若因他毁谤师长而打他，那是公愤。"

林芳洲翻了个白眼，道："你以为旁人真的会相信你这借口？"

"信不信不重要。"

"那你为什么又把我和太爷的谣言透露出去？这样一来，你所谓的'师出有名'岂不是不攻自破了？"

"我所谓师出有名，只是针对书院那边；在县令这里，还是让他知道真实原因较好。"

林芳洲不傻，她知道为什么要让县太爷知道真实原因，并且她知道县太爷必定不肯声张这种丑话。她挂着下巴，仔细端详小元宝，看了一会儿，说："我感觉，你要成精了。你真的只有十岁吗？"

小元宝突然叹了口气，轻声说道："我若不聪明一些，根本活不到现在。"

林芳洲有些伤感。她敲了敲桌子，"最后一个问题。"

"嗯？"

"猪血是会凝固的，我亲眼见过。你是怎样做到让瓶子里的血不凝固，随时可以泼出来的？"

"猪血是陈小三给我的。他说在猪血里放盐，一边放盐一边搅拌，等到猪血凉了，就不会凝固了。"

"原来是这样。现在的小孩都这么奸诈吗？"

县令听说书院闹事，有学子受伤，很是关切，当天就派一个大夫前去慰问探视伤者武照临，次日又派另一个大夫再次探视，把武照临一家感激得直念佛。

第三日，那武照临的家人和林芳洲一起跪在县令面前，进行调解。武家人要求林芳洲赔偿医药费五百两银子，县令问林芳洲："林芳洲，你可愿赔偿他们五百两银子做医药费？"

林芳洲苦着脸道："太爷，小人实在拿不出这么多钱。"

"嗯。"县令点点头，问武家人道，"令郎病在哪里，需要这么多钱诊治？"

"我儿现躺在床上下不来，浑身都疼，补品流水似的吃，早花去许多银两，往后还不知要花多少钱，要他五百两，还不见得够呢！"

"是吗？"县令冷笑，"本官连派了两名大夫前去探视，两人回答如出一辙，武照临只是受了些皮外伤，没有伤筋动骨，更没有内伤，又如何会卧床不起？"说着，重重一拍桌子，把地上跪的人吓得重重一抖，那县令声色俱厉地说道："分明是你坐地起价，借机敲诈，你还敢在本官面前做鬼？如此刁民，不打不行！来人，给我拉出去打板子！"

左右吆喝一声，这就要将他拉出去，那人见情势急转直下，登时慌了神，连忙说道："不敢了不敢了，小人不敢，求太爷放条生路……"

县令一抬手，左右退下。他缓声问道："吃补品花了多少钱？"

"五……五两银子……"

"嗯，林芳洲。"

"在，太爷。"

"本县判你赔他五两银子的补品钱，此事一笔勾销，你待如何？"

"全凭太爷做主！"

那武照临的父亲也不敢再说什么，两家就这么和解了。

林芳洲虚惊一场，把小元宝领回家，劝了几句，叫他以后无论遇到什么事情都不要再打人，然后她又买了些礼物，去找书院的先生们说情，希望他们网开一面，不要把小元宝赶出去。

此次打架事件虽然伤害不大，可是动静不小，把书院从上到下都惊动了，还闹到衙门里去。关于怎样处理两个学子，书院先生们的说法不一。有说把两个人都除名的，有说除名林芳思的，也有人觉得武照临品质太恶劣应该除名——那山长果真派人私底下询问了一番，有些学子怕自己惹上祸事，不敢隐瞒，结果表明武照临确实喜欢背后嚼舌根，"毁谤师长"的行为是存在的，且比较严重。

最后讨论了几天，书院决定大事化小小事化了，两人都被训斥一顿，最终还是留在了书院。

武照临平白无故挨一顿打，自然是怀恨在心。

这一日，小元宝正在看书，胡四郎从外面跑进来，"不好了不好了……"一直跑到小元宝身边，附在他耳边悄悄说，"武照临找先生告状，说你给我们写大字，怎么办呀？"

小元宝轻轻一笑，摇头晒道："如此离谱的谣言，先生不可能相信。"

装得跟真的似的。胡四郎呆了一呆，心想，难道之前发生的事都是幻觉？

第二天，胡四郎又跑出去打听，打听完了回来跟小元宝学："先生说：'林芳思写的字全班最丑，怎么可能给旁人写大字呢？'先生还说武照临无事生非，把他骂了一顿。"说完大笑，觉得很解气。

小元宝点点头，自此之后把"写字"一项从自己的生意列表里划掉了。

又过了两天，武照临埋伏在小元宝放学回家的路上，把他拦下来了。

一起被拦下的还有陈小三，陈小三见到高高壮壮的武照临，吓得双眼开始飚泪花。

小元宝背着双手，从容地看着武照临，"你要打我？"

武照临幻想过无数次把林芳思打得屁滚尿流的画面，在他的想象里，林芳思除了哭就是求饶，可是眼前的人，镇定非常，不似个孩童，让人看了就生气。

武照临道："我打你怎的？"

"你可要想好了。书院已经警告过我们，再有下次，直接赶出去。你今日打我，明日就会被书院除名。停云楼书院是方圆几百里内最有名的书院，你被停云楼书院除名，其他书院也不会再收你。那样你就会前程尽毁。读书无用，功名成泡影，你只能去饭馆做个账房先生了。"

"你……"武照临握了握拳头，咬牙切齿地看着他。

这小兔崽子，太可恨！

小元宝继续说道："除非你把我打死，毁尸灭迹，还一定要保证不会被发现，否则你会被斩首，你家就断了香火。哦，没断，你还有个小弟呢。你弟弟是你父亲的小妾所生，若你死了，庶子承家，主母的地位，多少会有些尴尬。不过你也不要过于担心，你娘没了亲儿子，说不准会把庶子视如己出，母慈子孝，倒也很好。所以你可以放心地去死。"

"闭嘴，不要再说了！"

武照临气得够呛，抢起拳头想要打他，看到他冷冷的目光，武照临终于还是怕他一语成真，只好虎着脸骂道："往后有的是机会教训你！你给我等着！"说完，转身走了。

陈小三擦掉眼角的一滴泪珠，呆呆地看着武照临的背影，"他就这么……走了？"

"外强中干。"小元宝用四个字做总结。

陈小三眨眨眼睛，"什么意思呀？"

小元宝一边走，一边给陈小三讲了"黔之驴"的故事。

从此陈小三——哦，不止陈小三，几乎整个蒙学班的人，都以小元宝马首是瞻。

县令闲来无事，把书院打架事件回想一番，想到那林芳思的所作所为、所谋所略，越想越觉震惊。最难得的是，从头到尾，那十岁的小孩不曾有半点惊慌，那"泰山崩于前而色不变"的从容气度，真仿佛天潢贵胄一般。

他暗自忖道：没想到这小小永州县竟也出了这等人物，此子往后必成气候，林家飞黄腾达、光耀门楣全在他了。林芳洲那等泼皮败类，也不知几世修来的福分，前不久才遇到隐士高人，现在又捡到一个旷世奇才……

这都是命啊！

县太爷有些嫉妒，心里不太是个滋味。

他想得长远。林芳思好好读书，往后他与他也许能在官场上相遇，不如此时结个善缘。因此，县令对待林家兄弟倒有些格外照拂，逢年过节会赏些东西，偶尔见到小元宝时也会提点几句，虽依旧看不上林芳洲，态度上终究和缓了一些……这是后话，且不提。

中秋节这天，学生不用上课，衙役不用当差。小元宝早起惯了，无事可做，便又去提水，半桶半桶地把一个大水缸灌得满满当当。九万站在树上看着他提水，偶尔叫一声，看到太阳快出来时，它就去睡觉了。

林芳洲也终于起床了。

她带着小元宝去吃早餐，在早餐摊上遇到王大刀。王大刀说："大郎，小元宝真的已经十岁了？看着十分瘦小。"

"真的，他乞讨时哪里吃得饱，自然没长够个子。"

王大刀觉得很有道理，点点头，又说："这样可不行，他这么小，在书院被人欺负可怎么办？"

这话说出来，旁边有人笑出了声。王大刀扫了那人一眼，那人连忙止住笑，埋头狂喝豆浆，心里却想道：天降的小魔王，只有他欺负别人，满书院从大到小，谁敢欺负他？

王大刀继续对林芳洲说："我看不如这样，让他跟着我习武吧？不仅可以强身健体，还能学些武艺傍身，技多不压身嘛。"

林芳洲有些犹豫，"倒是不错，可是他还要上学，哪有时间习武？"

"让他早起半个时辰，放学后早点回来，时间总是能抽出来的。"王大刀说着，又想到另一点，"上学放学要么坐马车，要么干脆跑着，可以省出不少时间。"

林芳洲哭笑不得，"你以为我弟弟是牲口吗？可是要累出人命的！"

"不会出人命的，他活动活动筋骨，上学也精神呢，不犯困。"

"这是什么歪理。"

那王大刀不管林芳洲，只看着小元宝，问道："小元宝，你可愿意跟我习武？"

小元宝看向林芳洲，"你觉得呢？"

林芳洲："你想学就学，不想学就不要学了。"

王大刀锲而不舍地劝他："往后假如有人欺负你哥，你可以打回去。你看你哥，细胳膊细腿的，还等你这做弟弟的护着呢！"

林芳洲有些听不下去，"喂……"

小元宝却点了点头，"好，我学。"

永州一带的风俗，中秋夜几乎家家户户都放河灯。林芳洲买了两个河灯，晚上同小元宝一起出城放。那河边早聚集了很多人，男男女女，老老少少，林芳洲怕与小元宝走散，便一手拿着河灯，另一手牵着他的手。

林芳洲的手又细又软，小元宝反握住她的手，跟着她在人群里穿梭。

天上挂着一轮月亮，银盘一样，地上千千万万点亮的灯火，把本来冷清的河岸映得有些温馨。小元宝一开始被林芳洲牵着走，走着走着，他突然走到前面，牵着她。

又走了一会儿，他停下来。

林芳洲问道："怎么了？"

小元宝站在一棵树前，说道："就是这里。"

他仰着头，她看到他在笑。月光与烛光的映照下，他的眸子灿若星辰般，那样明亮干净，他笑吟吟的，嘴角微微弯起来，又重复了一遍："就是这里。"

林芳洲有些莫名其妙，她说："这里就这里吧。"

然后领着他，把灯送进河里。

　　两盏莲花形的小河灯随着水流悠悠漂走，越漂越远，接着混进千万盏灯里，顺流而下。河面上浮着一盏盏小灯，仿佛一条镶了无数宝石的锦缎。

　　林芳洲终于再无法分辨哪一块宝石是她的。

　　她站起身，眼望着河面，问他："小元宝，你想家吗？"

　　小元宝摇了摇头，"不想。"

　　"胡说，你不想你娘吗？"

　　"我娘生我时难产死了，我从未见过她。"

　　林芳洲觉得小元宝好可怜，摸了摸他的头，又问："那你爹呢？"

　　"我爹听信谗言，认为我与他命格相克，父子不宜照面，因此，我很少见到他。"

　　林芳洲简直无语，很想痛骂一顿，但那毕竟是小元宝的爹，她也就不好意思骂了，只是说道："你爹他怎么可以这样对你？"

　　"我也想知道。"

　　"那你家里就没有值得你惦念的人吗？如果现在可以平安回去，你会回去吗？"

　　"我希望永远不要回去。"

　　林芳洲听得一阵心酸。她低头看他，见他面色平静、无悲无喜的样子，她很难想象一个小孩到底经历了什么，才会导致像现在这样心坚如铁。

　　她弯腰，额头抵着他的额头，笑嘻嘻地看着他的眼睛，"小元宝。"

　　"嗯？"

　　"以后我们就是一家人。"

　　"嗯。"

　　他宁静的面庞绽开笑意，她看到他眼里泛起晶莹的泪花。

　　"小元宝？"

　　"嗯？"

　　"你刚才有没有许愿？"

　　"嗯。"

　　"你许的什么愿？"

　　"我今晚想和你睡。"

　　"滚……"

　　"果然，说出来就不灵了。"

第十章

有弟初长成

寒来暑往，秋收冬藏，不知不觉间六年过去了。

这一年林芳洲二十三岁。她十七八岁时还偶尔有人给她说亲，后来因为经常调戏良家妇女，渐渐地花名在外，媒婆们就集体放弃她了。

有人说林芳洲活该。对于这个局面，林芳洲很满意。

她总是管不住自己的嘴，小元宝有时候也说她几句，可惜她是"长兄"，所谓"长兄如父"，小元宝奈何不得她。

小元宝的变化很大。

以前瘦瘦小小的，野鸭子一般，这六年，他就像风调雨顺年景里的一棵高粱，长势喜人，如今他个头蹿得已经比林芳洲高出了多半个头。

林芳洲以前还能提着他的耳朵教训他，如今只能仰着头和他说话了。她若想再提他耳朵，还需他弯腰配合。

这让她觉得自己有那么点……嗯，威严扫地。

王大刀说，小元宝之所以能长高个子，是因为他坚持跑步、习武，强身健体，王捕头真诚地建议林芳洲也这样做。

林芳洲懒骨头一把，坚持了半天就喊累，从此不了了之。

有时候她很佩服小元宝，说做就做，说做多少就做多少，绝不偷懒耍滑，哪怕累得要死，也咬牙拼着那一口气。

林芳洲承认自己做不到。不仅她做不到，这世上的绝大多数人都做不到。

小元宝不仅跟王大刀学了他祖传的刀法，还和县里一个有名的镖师学暗器。他学了三年，暗器打得有模有样，那镖师赞不绝口，经常劝小元宝跟着他去走货。

嗯，反正小元宝能文能武，智勇双全，他就是林家的骄傲。

林芳洲这辈子最大的成就就是培养了小元宝。

清明节刚过，天气渐渐暖和起来。林芳洲吃过早饭，搬了桌椅在外面晒太阳。昨天下了一场小雨，今日空气清新湿润，天空碧蓝碧蓝的，看着让人心生欢喜。

她懒洋洋地坐在椅子上，一边吃瓜子，一边看不远处的小元宝练暗器。

今日休沐，她不用当差，小元宝也不用上学，此刻他抓着一把暗器往树上打，练那"百步穿杨"，林芳洲也看不出他的章法，只知道那树上的鸟都被他吓跑了。

有行人路过时，都要忍不住多看他两眼。

十六岁的少年郎，出落得芝兰玉树般，俊美不凡，气度从容，神采飞扬。见者都要从心底赞一声"好后生"！然后再叹一声：啧啧啧，这样的美少年，怎么会和林大郎那种货色是兄弟呢……

林芳洲见怪不怪，心道：我十六岁时，也是被赞美少年的！

可惜她这么多年把名声都败坏了，旁人看她时，总忍不住联想到她调戏妇女时的嘴脸，导致她虽脸蛋还是那张脸蛋，气质却平添了几分猥琐。

骆少爷一手提着鸟笼子，一手牵着他四岁的儿子走过。见到林芳洲时，骆少爷朝她招呼一声："芳洲，吃了？"

"早就吃了，骆少爷，你又去斗鸟？"

"嗯，去玩会儿，你去不去？"

林芳洲很想去，可惜……她摇摇头，"我没有鸟。"

骆少爷不以为意，道："看看热闹。"

林芳洲犹豫了一下，抬头见小元宝已经停下来，正在看他们。她摇摇头，"不去了，没钱。"

斗鸟的时候难免要押胜负，这也是一种赌钱的花式。林芳洲已经不怎么赌钱了，只偶尔手痒得极了，才玩一两把。

骆少爷了然地点头，笑道："我知道。你把钱都送给美玉娘子了。"

骆家小少爷仰头问他爹："爹，美玉娘子是谁呀？"

"小孩子不要瞎打听。"骆少爷说着，扯着儿子与林芳洲告别。

林芳洲看着他渐渐远去的背影，和手里提的画眉鸟，多少有点羡慕。

她也是养过画眉的，养过好几只，都没来得及调教，就被九万吃了。

九万不喜欢他们身边养别的鸟，养什么吃什么。

后来林芳洲就不养鸟了，也绝了斗鸟的心思。

骆少爷走后，小元宝继续练暗器，林芳洲继续一边嗑瓜子一边看他练暗器。

提壶卖浆的婆婆走过，一手提着装凉浆的大瓷壶，另一手挎着个柳条编的篮子，篮里装着五颜六色的鲜花。

“凉浆——又酸，又甜，又好喝又开胃的凉浆——大郎，你喝碗凉浆？”

“好呀！”林芳洲正好吃瓜子吃得口干，于是进屋拿了一个黑色的瓷碗。

婆婆往那瓷碗里倒了整一碗，说道：“大郎，你这碗大了一些，多的算是饶你的吧！”

白色的半透明凉浆倒进黑色瓷碗里，黑白相衬，倒很好看。林芳洲一边掏钱，一边看那花篮里的各色鲜花，问道：“花也是卖的？”

“是呢，昨日下了雨，今天刚摘的，新鲜得滴水。”

林芳洲又买了两朵花，一朵红的山茶，一朵白的玉兰。

婆婆把凉浆和花都放好，接着对林芳洲说：“我前两天看到临县那说媒的张婆子，她说临县的张大官人家有个小女儿，今年才十四岁，出落得……啧啧啧，嫩葱一般……女红做得很好，又孝顺。”

林芳洲问道：“是要给我说亲吗？”

扑哧——婆婆笑了。

林芳洲有些尴尬。

婆婆也有些尴尬，掩了掩嘴角，道：“姑娘才十四岁呢，比你小太多，怕不对你的脾气。那张婆子，和我打听的是你兄弟。”

林芳洲了然，点点头道：“行，我问问他的意思。不是我吹牛啊——给我兄弟说亲的太多了，要踏破门槛了呢。只是这小子脾气拧得很，也不知怎的，这个也不愿那个也不要。”

婆婆劝道：“他是个年轻人，脸皮薄，你是他哥哥，长兄如父，该给他做主，不能由着他性子来。”

林芳洲点头称是。

婆婆走后，林芳洲端碗喝了口凉浆。那凉浆是用米汤发酵所制，又酸又甜，十分爽口。林芳洲喝得美滋滋，又拈起那朵山茶花，往头上一插。

小元宝扭头看了林芳洲一眼，但见林芳洲头上簪红花，正笑吟吟地望着他，那一瞬间他看着她的笑脸，只觉精神摇荡，一支暗器就这么打偏了。

他不再练功，走过来坐在她旁边。

林芳洲递给他一方擦汗的帕子，他没有接，而是凑过头来等着她来帮他擦。

她直接把帕子扔在他脸上，"多大的人了，还撒娇。"

"没有撒娇。"小元宝拿下那帕子，自顾自地慢慢擦汗。一边擦汗，他一边问道，"美玉娘子是谁？"

他耳力很好，方才她与路人的交谈，他都听到了。

林芳洲说："小孩子不要瞎打听。"

"我已不是小孩子了。"

"是呢，该成亲的人了，我说小元宝——"

他突然打断她："你不要再叫我小元宝了，我已经长大了。"

"那叫你什么？大元宝？"

他低下头，林芳洲只看到他轻轻牵起的嘴角，也不知他在想什么。

林芳洲问道："你笑什么笑？可是又在憋什么坏水？"

"没有。"

林芳洲指了指自己头上的红山茶，"好看吗？"

他认真地盯着她，轻声答道："好看。"

"来，你也戴上。"林芳洲说着，把白玉兰递给他。

"不戴。"

"来啊，戴上，戴上给我看看。"

"不戴。"

"来，哥哥帮你戴。"林芳洲笑嘻嘻的，一把抓住他，揽着他的肩膀将他拉过来，他也不躲，任由她胡闹，最后她一手按着他的脑袋，把玉兰花簪在他的鬓上。

"无聊。"他说着，坐直身体，装作漫不在意的样子，脸庞耳后却微微发烫。他有些心虚，连忙用手扇着风，"有点热。"

然后低头看到桌上喝剩的半碗凉浆，他也不嫌她，端起凉浆喝了一大口。

一个亭亭玉立的小娘子走过去，林芳洲看着那小娘子，淫笑着哼起了歌，歌词道：

　　傻俊角，我的哥，

　　和块黄泥儿捏咱两个。

　　捏一个儿你，捏一个儿我，

　　捏的来一似活托，

捏的来同床上歇卧。

将泥人儿摔碎，着水儿重和过。

再捏一个你，再捏一个我。

哥哥身上也有妹妹，妹妹身上也有哥哥。

小娘子羞得满面通红，脚步加快，逃似的一溜烟走了。

林芳洲还要再唱一首，却听到身旁"啪"的一声脆响。她吓得身体一颤，转头看时，见是小元宝不小心把碗打碎了。

打碎了碗，他的脸色很不好看。

不几日，那张婆子果然登门了。林芳洲与她相谈甚欢，等小元宝放学回来，林芳洲又和小元宝提娶亲的事。

小元宝有些不耐烦，神色淡淡的，"你若觉得中意，就——"

林芳洲很高兴，"就怎样？"

他低眉扫了她一眼，"就自己娶了她。"

林芳洲气道："你这孩子，怎么这么倔？今日这张家小姐，可是天仙一般的人，又温柔体贴，与你正好相配，你连问都不问一句，就直接回绝……你到底想要一个什么样的？难道还要我去天上给你绑个真正的仙女下来？"

小元宝早练就了死猪不怕开水烫的终极秘技，此刻仍不为所动。

林芳洲突然停下来，狐疑地看着他，问道："你，是不是已经有了意中人？"

他眼帘轻轻掀动，睫毛微微抖了一下。

"被我说中了？是谁？你说出来，我去给你提亲。虽然咱家家底不太好，但你是可造之才，往后是要考状元的！所以……"

他打断她，道："我要读书考状元，考上状元之前绝不成亲。"

"这是什么话？"林芳洲翻了个白眼，"如果你一辈子考不上呢？你就一辈子不成亲？"

"嗯。"

"你这孩子，太死心眼了！你你你……"林芳洲好生气，用手指点他的额头，"你是不是傻？太不让我省心了……"

他突然说道："你呢？"

"我？"

"你为何一直不成亲？"

"我……"林芳洲早就想好了说辞，"我也想啊，可是——"

"不要说没人给你提亲。几年前，给你提亲的大有人在。"他打断她，她的借口还未说出口，便被他堵了回去。

他看着她，那目光在她脸上流连，林芳洲被他看得有些不自在，瞪了他一眼。

他突然说："你一直排斥娶亲，是不是有什么隐疾？"

"我……"

"哦，你没有，"不等她回答，他又恍然地摇头，皮笑肉不笑地看着她，"你与那美玉娘子，在床上战了个七进七出呢。"

这都是坊间传的荤话，终于还是被他打听到了。林芳洲平时和人斗嘴时什么都敢说，此刻这话被小元宝说出来，她竟有些尴尬，"咳咳咳，不要乱说。"

"我年纪小，不懂，"他突然凑近一些，近得几乎挨到她的身上，然后他压低声音问道，"兄长能不能帮我答疑解惑——七进七出是什么意思？"

林芳洲老脸一红，推开他，"滚去读书，你不是要考状元吗？"

他起身离开，走出去没多久，又折返回来，把一个小瓷瓶重重往桌上一放。力道太大，砸得桌子震山响。

林芳洲吓了一跳，抬头看时，他已经走开，她只看到他的侧脸。他眯着眼睛，唇角向下压着，昭示着他此刻心情不太好的样子。

林芳洲觉得，小元宝长大之后脾气有些阴晴不定，远不如小时候那般乖巧可爱。她叹了口气，收回目光，拿起桌上的小瓷瓶，打开盖子闻了闻。

嗯，又是痔疮膏。

林芳洲觉得这事有点一言难尽。她没有痔疮，但是她跟小元宝说她有痔疮，从此之后小元宝经常惦记着给她买痔疮膏。至于她为什么要跟小元宝说她有痔疮，那个原因更加一言难尽……

算了，不提也罢。

这日林芳洲去衙门里当差时，汪铁钉问她道："大郎，这个月的十五，望月楼摆宴，咱衙门里的兄弟给太爷践行，你可知道？"

"知道，王捕头跟我说了。"

汪铁钉叹道："太爷真是好人，咱们凑钱给他践行，也是一番心意，他非不肯，到头来竟要自己贴钱给自己践行。"

林芳洲："太爷说咱们都要养家糊口。若是有三五个出两百钱，剩下的就不好意思出一百钱，攀比下来，为一顿饭让我们家里老小挨饿，不值得。"

"太爷真是菩萨心肠。这几年来，咱永州县在太爷的治下安居乐业，连盗窃案都少了许多。太爷不只心肠好，而且治下有方。"

"那是，人家正经的两榜进士。"林芳洲说着，比了个大拇指。

"唉，"汪铁钉又叹气，"可惜太爷要走了。"

一句话，把林芳洲说得也有些伤感。

县太爷潘人凤，真不愧是人中龙凤，二十六岁中进士，当年放到永州来做知县。六年来把永州治理得井井有条，连续两次朝廷的政绩考核，他都是优。

三年前考核结束时，县太爷本有机会调任别处，但是他上表自请留任，这才有了他在永州县的第二个三年。

可惜他不可能再连任第三个三年了。

林芳洲和汪铁钉在一处长吁短叹一番，接着汪铁钉问道："你可知道，新的县令是谁？"

林芳洲答道："不是那号称'杨老虎'的杨仲德吗？衙门里都传遍了。"

"这杨仲德的名声很不好，说是比老虎还可怕呢！据说他贪得无厌，恨不得连地皮都要刮走。"

"我还听说他好刑酷杀，最喜欢屈打成招，冤死过好多人命呢！"

"啧啧啧。"

"啧啧啧。"

走一个受人爱戴的潘人凤，来一个人见人怕的杨老虎，这样的心理落差太大了，林芳洲和汪铁钉都蔫头耷脑的。

过了一会儿，林芳洲说："你说，怎么没人告那杨老虎呢？"

"告有何用？官官相护。"

"朝廷不是有政绩考核吗？太爷的考核每次都是优，想必那杨老虎每次都该是差，怎么他还能做官？"

汪铁钉神秘兮兮的，"我听说，现在朝局乱着呢！人心浮动，官场也乱。"

"啊？为什么？"

"大皇子和二皇子在抢皇位，抢了好几年了，两人各自有一班势力，朝廷上天天都是党争，今天你踩我一脚，明天我伤你一箭的……谁还关心国事呢！"

"为什么要抢皇位？"

汪铁钉把眼睛一瞪，"你可不是傻了吗？皇帝谁不想做？"

"我知道，我的意思是……皇位不应该就是嫡长子的吗？谁能有资格抢，不要命了？"

"没有嫡长子。大皇子和二皇子都是贵妃生的，皇后死了十几年了，可是贵妃就是没能坐上凤位。贵妃的两个儿子就都是庶出嘛。两个皇子，老大年长，老二才高，你说选谁？"

林芳洲扑哧一笑，"我可不能说。"

汪铁钉道："他们在朝堂上打得风风雨雨，遭殃的还是我们小老百姓啊。"

"就是说呢！皇后要是有个儿子就好了，也就不用打了。"

"原先是有的，后来夭折了。"

"是吗？唉，天意啊！"

十五这天，县太爷在望月楼大摆宴席，底下官员胥吏们从高到低轮番给县令敬酒，那县令不胜酒力，前面还喝一些，到后来，就是"我随意，你也请随意"了。

轮到林芳洲时，县令早就不喝酒了。

林芳洲举着酒杯，甫一开口，没料到，眼泪竟滚了下来，她有些慌张，一边擦眼泪，一边道："太爷，你……你……"千言万语，却仿佛一团丝线缠在喉间，吞不得吐不得。"你"了半天，后来她说道："你一路走好……"

太爷眼圈也有些红，却是笑骂道："什么一路走好，本官又不是去死！"

一句话，把伤感的众人逗得捧腹。

林芳洲坐回位子上，一杯接一杯地喝酒，到后来，她和王大刀、汪铁钉他们都喝得有点多。

宴席散时，林芳洲走到外面，冷不防雨丝扑面，她仰头，借着灯光看那如流星般漫天坠落的雨滴，"下雨了啊……"

王大刀碰了一下她的胳膊，"大郎，那不是你兄弟吗？"

林芳洲定睛看去，见果然是小元宝，他一手撑伞一手提灯，正在和太爷说话。太爷不爱说话，但是他喜欢和小元宝说话。

人人都喜欢小元宝。

林芳洲摇摇晃晃地走过去，对着县令唱道："执手相看泪眼，竟无语凝噎……"

县令生怕这醉鬼真的去执他的手，他拧着眉重重一拂袖，对小元宝说："快带着你哥哥回去吧。"

"嗯。"小元宝便与县令告别，接着把灯笼塞进林芳洲手里，"走吧，回家。"

林芳洲喝得醉醺醺的，走路一步三颠，若不是小元宝扯着她，她怕是早就摔在地上啃泥了。那灯笼被她晃得上上下下、明明暗暗，看得人眼花。

小元宝突然按住她的肩膀，"好好走路。"

他一只手臂绕过去揽着她，几乎把她带进怀里。

她靠在他身上，走路便稳当了些，一边走，她一边唤他："小元宝。"

"嗯？"

"太爷要走了……"

然后他听到她小声地啜泣。

哭得那么伤心，仅次于在赌场输光家当。

他一边扶着她，一边轻声安慰道："以后或许有再见之日。"

林芳洲也不管他说什么，只管自己哭。醉鬼发起疯来，向来没什么理智可言。

小元宝悄然叹息。寂寂黑夜、春风春雨之中，他的声音几不可闻，"我陪着你啊。"

她哭得正尽兴，没听到他说什么，也没回答。

回到家时，林芳洲哭累了，往床上一滚，睡死过去。小元宝帮她除了鞋袜，盖好被子。他又打了热水，用湿手巾把她的脸和手都仔细擦拭了一番。看到她的指甲长了，他拿过剪刀，坐在床边帮她把指甲剪了。

他一边剪指甲，一边时不时抬眼看她的睡颜。

她睡得很安稳，长睫毛翘着，往脸上投下一片羽毛般的影子。睡梦中她舔了舔嘴角，说起了梦话："还吃想酥油鲍螺。"

烛影摇曳里，他低头轻轻牵起嘴角，道："没心没肺。"

林芳洲宿醉有些难受，第二天当差时无精打采的。衙门里最近也无甚公事，王大刀他们在一起一直讨论做万民伞、立功德碑诸事。太爷离开那天的仪式比较多，全城百姓都会去相送，又要做万民伞，又要脱遗爱靴，还要立碑，还有人提议要立生祠的……林芳洲也插不上什么话，就在一旁听着，王大刀问她意见，她就说："我不懂这些，需要我们凑多少钱，你直说，我绝无二话。"

王大刀说："我也不懂，咱们就是在一起说些闲话，真正主事的是主簿他们。但是主簿说了，希望兄弟们都出些主意，把事情办得又红火又好看，给咱太爷扬威立名。"

"我回家问问我兄弟吧，他读书多。"林芳洲说起小元宝，连眉毛上都是自豪。

傍晚小元宝回来时，带了一包酥油鲍螺。

林芳洲很惊喜，"这个好吃！我昨天在太爷的践行宴上都没吃尽兴呢！端上来就被抢了。汪铁钉吃得最多，气死我了！"

小元宝莞尔，"不要生气，管够。"

酥油鲍螺是比较珍贵的点心。用牛奶的油做成，里头加了蜂蜜和糖，挤出来时一枚一枚的状似螺蛳，因此得名"酥油鲍螺"。这小点心，入口即化，香香甜甜，味道和口感都绝佳。全永州县，只有望月楼有卖，还贵。平常人家自然不吃，只是请客或者过节时才会买来尝尝。

林芳洲一边吃着美味的酥油鲍螺，一边对小元宝说："我问你个事。"

说着把王大刀他们商量的太爷的送行仪式说给他听。

小元宝耐心地听完，最后摇头道："我看不必。"

"啊？"

"你们不了解县令。"

"什么意思？"

"潘县令从来思虑周全，不会让县民大张旗鼓送行的。以我之见，等新旧县令交接完成后，他多半会轻车简从低调离开。"

林芳洲不太信，"为……为什么？县令挺喜欢热闹的呀……"

"他是喜欢热闹，且并非淡泊名利之人。只是，你可知道，那杨仲德离任之时，他治下百姓送了他什么？"

"什么？"

"送了一块匾，上书'天高三尺'。"

"什么意思？"

"天高了三尺，是因为地低了三尺，地之所以低三尺，是因他杨老虎贪得无厌，刮地三尺。"

林芳洲恍然，拍手道："妙哉乎，真奇妙也……"她激动得开始扮斯文了，样子有些不伦不类。

小元宝眉头跳了一下，无奈地看着她。

林芳洲问道："可这和咱太爷有什么关系？杨仲德被人侮辱是他罪有应得，咱太爷受百姓爱戴，这也不是他的错吧？为何要低调？"

"官场之人，都要脸面。杨仲德被人送个'天高三尺'，已沦为笑柄，他在县衙坐镇，你们去县外送行。你们越是大操大办、依依不舍，就越是往那杨仲德脸上扇。杨仲德心胸狭隘，昏庸无道，若因此记仇，遭殃的是全县百姓。潘人凤若考虑到这些，必不肯受你们的惜别之情。"

林芳洲觉得小元宝说得有些玄乎，她将信将疑。

万民伞啊，功德碑啊什么的还在做着，主簿已经统计好想要脱太爷遗爱靴的人。所谓"脱遗爱靴"，就是送行时百姓上前把太爷的靴子脱下来珍藏好，以示对太爷的敬爱和不舍。统计好人数，主簿才好给太爷多备几双靴子，总不能到时候光着脚走路。

把这些都打点停当后，那杨仲德来和潘人凤交接了。

杨仲德今年五十多岁了，留一把稀疏的胡子，一双耗子眼，看人时总让人觉得他不安好心。

杨仲德看到潘人凤的第一眼，就很不喜欢这个人。

原因无他，潘人凤是进士，而他杨仲德只是个举人。

在官场上，家世也好，师承也罢，这些差距都不重要，可以弥补。但是官场上有条泾渭分明的线，这条线仿佛一条天堑鸿沟，把人分为两大类。

这两类人就是进士和非进士。

进士们升官快，前途好，朝廷重臣，除了那些武将，都必定是进士出身，这是不成文的规定。非进士们只能给进士打个下手，有些甚至连官都捞不到做。像他杨仲德，举人出身，能做到县令，已经算出类拔萃了。

潘人凤是两榜进士，天子门生，长相也是器宇不凡，与杨仲德站在一起，判若云泥，杨仲德面上很是挂不住。出身是杨仲德的心病，交接时潘人凤自觉说话办事没什么疏漏，奈何看在杨仲德眼里，全是疏漏，全是不安好心的炫耀。

交接完，潘人凤不愿多留，当天便走了。走时只乘一辆马车，带了两个家丁，留余下的家人随后打点好再追上去。

他走得太快，永州的百姓们都来不及相送。

杨仲德听说此事，捋着胡子心道：倒还有几分识相。

潘人凤离开后，王大刀他们都向林芳洲竖大拇指，"你兄弟真神啊，这也料到了。"

"那是呢，我都怀疑他会算卦，"林芳洲有些得意，又说，"我家小元宝还说了，新县令来了，必定要先立一立威，处置几个人，再奖赏几个人，这都是常见的套路。咱们都留心一些，不要被杨老虎抓到把柄。"

众人笑，"还说我们呢，你且先改一改口吧！"

这几人在衙门里行走越发谨慎，没几天，那杨老虎果真下重手处置了几个胥吏，幸好林芳洲他们一帮兄弟提心吊胆的，倒不曾犯错。

可惜，林芳洲在衙门里不曾做错事，在衙门外却做了一件错到离谱的事。

第十一章

误惹风流债

这一日休沐，林芳洲闲来无事，就和小元宝一同去城外的卧佛寺里玩。卧佛寺的香火很旺，和尚们很有钱，用金子把卧佛镀了。好大一尊卧佛，连脚趾缝都是金的，在太阳下一晒，金光闪闪的，能亮瞎人眼。

诸神佛鬼怪，小元宝通通不信，不只不信，还有些反感。林芳洲很理解他，毕竟他爹就是因为信了和尚、道士的话才鲜少与他见面，他从小就被其所害。

不过，小元宝觉得佛门劝人向善这一点也还可取。

林芳洲也不是什么善男信女。她去卧佛寺玩，纯粹就是去玩，顺便买些卧佛寺特有的素食。卧佛寺的和尚们很会迎合俗人口味，用素食做了各种仿荤菜，什么假鱼翅啦，假燕窝啦，假蟹粉啦，应有尽有，吃起来很像那么回事，还便宜。

卧佛寺建在半山腰上，大殿东边是一条环绕各殿的小路，路边种着许多树，郁郁葱葱，时有鸟鸣，往山下望，是一个月牙形的湖，波光粼粼，湛蓝清澈，仿佛嵌在山间的一块宝石。倒是好一个观光的所在。

林芳洲顺着小路往上走，一边玩一边看，见到那路边种着的一排大桃树，此时桃花已经谢了，树上结了许多桃，还没长开，只有弹丸般大小。大桃树上边，有个鸟窝。

卧佛寺不许杀生，这里的鸟尤其多。

林芳洲玩心顿起，爬上桃树，想要看看那鸟窝里的是什么鸟。小元宝在下面说道："不要掏了，掏回去还是要被九万吃掉。"

"我不掏，只是看看。"

"你当心些。"

林芳洲爬上树，见那鸟窝里的是三只小黄鹂，大鸟不在。黄鹂鸟一般住在高树上，卧佛寺不杀生，惯得这些鸟胆子也大了，不怕人，在桃树上筑巢。

小元宝在下边问："看够了吗？"

"看够了，是黄鹂，不能养。"林芳洲有些遗憾。

黄鹂鸟不能养，倒不是因为它难养活，而是因为它的毛色深黄，与龙袍的颜色相近，寻常人家禁养此鸟，只有皇室才有资格养。

"看够了就下来。"小元宝说。

林芳洲正要下去，不经意间往下一瞥，看到那高墙里边一个院落。院子不大，种着一棵老梅，几株花草，疏疏落落，倒很别致。

梅树下有一个石桌，桌旁坐着一个小娘子。

小娘子打扮得素净淡雅，身段风流，林芳洲往下看时，她也抬头往上看，四目相对，林芳洲暗暗赞道：好一个美人！

小娘子歪着头，好奇地看她。

林芳洲朝她咧嘴一笑。

小娘子看着那墙外桃树上的年轻人，也笑了，问道："现在桃子还没熟，又不能吃，你摘桃子做什么？"

林芳洲有个见到漂亮娘子就想调戏的臭毛病，见院中这娘子穿得朴素，想必不会是什么富贵人家，她又嘴欠了，淫笑道："我这里却是有个熟了的好桃。"

小娘子似笑非笑地看着他。

林芳洲调戏过很多姑娘，都是听到她说荤话就红着脸逃开的，头一次遇见这种不怕的，她也有些愣，心道：难道没听懂？

正在这时，那屋子里走出一个丫鬟，手里端着一个茶碗。那丫鬟，林芳洲是认识的，正是县衙里头奉茶的丫鬟月香。

月香走过来，一看到树上的林芳洲，登时柳眉倒竖，怒骂道："林芳洲！你狗胆包天！杨太爷的如夫人，也是你能冲撞的？！"

林芳洲吓得魂飞魄散，手一松，竟从桃树上掉下来。

幸好被小元宝接个满怀。

小元宝拦腰抱着林芳洲，见怀中人面如土色，他问道："怎么了？"

"小元宝，我好像闯祸了……"

此刻，那院中，月香将茶碗呈给坐着的如夫人——也就是杨仲德的小妾，接着月香说道："夫人没受惊吧？"

"没事。"如夫人摇了下头，接着美目一转，问道，"方才那人是谁？"

"是咱衙门里二门上的林芳洲，一等一的登徒子！夫人，他没有跟你说什么荤话吧？"

"那倒没有。他喜欢说荤话？"

"何止呢！成天流连花丛，是个色中饿鬼，据说他与那美玉娘子……"月香说到这里，突然把话停住了。

如夫人追问道："与美玉娘子怎样？美玉娘子又是谁？"

月香红着脸道："没什么，底下那帮人乱传的，我也只是听了一句，过后就忘了。"

如夫人了然笑道："我知道了，那美玉娘子多半是风尘中人吧？"

月香面色一变，"奴婢不是有意提起她的，奴婢该死。"说着就要掌嘴。

如夫人拦住她，道："你这又是何苦？我出身青楼，满世界的人都知道。你不说，人家也知道。"

林芳洲回家打听了一番那杨仲德的如夫人。

原来这如夫人名唤春露儿，原先是一个青楼的头牌，被杨仲德一眼相中，买来做了妾室，春露儿自此从良。杨仲德十分喜爱她，走马上任也只带她在身边，正妻儿女都放在老家。

林芳洲在衙门里时，人人噤若寒蝉，没人敢传杨太爷的闲话，因此对于杨仲德这位妾室，她反而知道得晚了。

"怎么办？怎么办？这可怎么办……"林芳洲吓得六神无主，"杨老虎若是知道此事，定不肯轻饶于我！"

小元宝安慰道："不要担心，此等丑事，她未必会和杨仲德说。"

"万一说了呢！"林芳洲哭丧着脸，"你说她也是，都是县太爷的如夫人了，怎么也不打扮得好一些，我一开始以为是哪家的漂亮村姑呢！"林芳洲也不是谁都敢调戏的，她又不傻。

小元宝道："佛门清净之地，她怎好打扮得花枝招展？再者，妓女从良，为显其志，也不肯再插金戴银、涂脂抹粉。"

"你说得有道理，那现在怎么办啊？"

"不要担心，"小元宝温声宽慰道，"先想办法能在她面前说句话，再送些礼品。她一个妇道人家，肯定也不愿惹这种是非。"

"对，"林芳洲一拍手，"就是这样！找谁与她说话呢……男人肯定不行，必须找女人，找……"

"美玉娘子？"

"你闭嘴啊！"林芳洲翻了个大白眼，"这事已经揭过去了，谁都不许再提。"

"好，你也不许再和那等人厮混了。"

"好了，知道了，"林芳洲摆了摆手，突然眼前一亮，"我知道找谁了！"

没过几日，骆少爷的媳妇提着礼品登门去拜访，与那春露儿叙了些闲话，后来又说起林芳洲，道："那小子得知自己冲撞了你，回到家就病了一场，我只说他是活该。那厮胡作非为，佛祖都看着呢！他还千求万求的，非要托我带些东西与你赔罪，只求你能消消气。我家官人与林芳洲称兄道弟的，他算是我的小叔，我推却不过，答应他了。这些香料都是他托我带来的，你看若是能用便用，若不喜欢，便随意赏了底下的人吧。"

春露儿笑道："我只是看他一眼，我又没与他说话，他也没与我说话，没料到竟然把他吓成这样，这是我的罪过啊。东西怎么敢收，烦劳你再带回去。"

两人推辞一番，春露儿最终把礼物收下。又打点了一些玩意儿赏给林芳洲，这笔账就算勾销了。

骆夫人把春露儿赏下来的东西带给林芳洲，告诉她如夫人已经原谅她了，此事休提。

林芳洲满心欢喜，送走骆夫人之后，将那东西打开一看，登时色变。

那竟是一盒子寿桃，白面做的，点了颜色，栩栩如生。

林芳洲吓道："这是什么意思？摘桃吗？她不会是想阉了我吧？！"

小元宝想起林芳洲在树上说的那荤话，面上不自觉竟带了几分讥讽："也许是看上你了。"

"别瞎说！小元宝，我问你，你看到这寿桃，第一个想到的是什么？"

"断袖。"

"……"

林芳洲目光悠悠地看着小元宝。

小元宝低下头。

她干咳一声，问："你为什么第一反应是断袖？"

"我……"

"你莫不是个断袖吧？"不等他辩解，她又质问，"给你说了那么多亲，你都不愿意，为什么？是不是因为不喜欢女人？"

小元宝漫不经心答道："长兄不成家，哪轮得到我这弟弟成亲？"

这个理由是无懈可击的。

林芳洲又问："那为什么看到桃子就想到断袖？"她拿起一个面桃，"这跟断袖有什么关系？"

"源于一个典故。"

说着，小元宝把那个分桃的典故给林芳洲讲了一下，讲完，说道："与桃子有关的典故很少，这个最有名，因此一下想到了这个。"

倘若小元宝面前站的是个饱读诗书的人，说不定会质问他"二桃杀三士、投桃报李这些典故都被你拿去喂狗了吗"……可惜林芳洲读书不多，说起典故时，她就很好糊弄了。听罢，她啧啧摇头，"读书读傻了你。"

不是断袖就好。林芳洲放了心，掰开手里的面桃，吃了一口，味道不错，把另一半丢给小元宝。小元宝接过半个面桃，愣愣地看着她。

林芳洲登时醒悟，有些尴尬，忙把那面桃又抢过来，抱怨道："以后还得记着桃不能分着吃！你们读书人就是麻烦！"

林芳洲吃面桃，小元宝看她吃面桃，看了一会儿，小元宝突然说："你往后不要去衙门里当差了。"

"为什么？"

"那杨仲德刻薄寡恩，你难保什么时候又得罪他。不如离得远远的，清净。"

"说得轻巧，好歹是个营生，辞了它我去做什么？我又不会读书，又没有手艺，你养我啊？"

"嗯。"

林芳洲心中一暖，拍了拍小元宝的肩膀，"行，没白疼你！"接着又道，"哥哥我就等你金榜题名做大官了！到时候杨老虎看到你都要下跪迎接，哈哈哈哈！"

"我不想做官。"

"你什么意思？"

"我的意思是，我不想考试，更不想做官。"

"为什么？'万般皆下品，唯有读书高'你懂不懂？"

"朝堂上有认识我的人，倘若我去应试，身份败露，恐怕会惹来杀身之祸。"他说着，缓缓垂下眼眸。

林芳洲看着他低垂的眼角，竟有些心疼。她扼腕叹息了一下，最后想道，不管怎样还是性命重要。于是她点点头，"不考就不考吧……不对，你前些天不才说要考状元吗？"

他扭开脸，"是你先逼我成亲的。"

"好了好了，"林芳洲顿觉这一团乱麻扯不清楚，她摆手道，"你现在年纪还小，等大一些再议亲也可以。"

小元宝悄悄松了口气，"如此，不如我们去经商？"

林芳洲摸着下巴答道："倒也可以，我这么聪明，你这么奸诈，倘若我们联手经商，肯定能富甲一方。"

小元宝莞尔道："正是。"也不介意被她说奸诈。

正所谓"谋定而后动"，既打算经商，总要先好好筹划一番，且不提。

花开两朵，各表一枝。且说那春露儿，并非表面上那么一本正经。她自那日见了林芳洲一面，又听了些许关于他的传言，心里头便"吹皱了一池春水"。

春露儿是风月场上的老手，阅人无数，纵情声色，以前的日子也有快活也有不如意。自从跟了杨仲德，她便收起心思打算做个良家妇女。

可是杨仲德年纪大了，又丑又老，还不解风情。他家中妻妾成群，年轻时太不知节制，上了点年纪就不中用了，床笫之间总是草草了事，春露儿与他过日子，无论白天还是夜晚，都很没滋味。

正所谓"自古嫦娥爱少年"。林芳洲长得那么俊俏风流，又有好本钱（一夜七御呢），倘若能与这样的人物共度良宵，岂不美哉？

春露儿又想挑逗他，又不敢挑逗他，一颗心蠢蠢欲动，到后来也只敢借着他认错的机会，送一盒子面桃试探。

林芳洲没那个胆子，过后不久就把差事都辞了。

春露儿心知其意，也就掐了那红杏出墙的心思。

虽然下决心做个良家妇女，可她还是会想啊。绿树掩映中那一张似玉的面庞，笑起来眉眼精致又风流……越想越爱，总是忘不掉。

算了，反正想想又没有罪过，她就想吧，在自己脑子里意淫，又不犯法。

夜里躺在床上时，她也会想林芳洲。

杨仲德把她搂在怀里，拼了老命地埋头苦干，他那条命还真是老命，拼也拼不出什么了。春露儿紧闭双眼，想象着身后的人是林芳洲，渐渐地有了些感觉，娇啼阵阵，形容放浪。杨仲德一激动，就……

嗯，偃旗息鼓了。

杨仲德有些不好意思，面皮发红，喘着粗气，颤巍巍仿佛行将就木一般，"睡……睡吧。"

春露儿扭过脸去，也不理他，把被子一拉，自顾自睡觉。

杨仲德一直醒着，思虑着怎么才能多收些夏税和秋税——春天还没过完呢，他就开始想怎么盘剥农民了。

那杨仲德使尽办法来永州做县令，只因永州在潘人凤的治理下渐渐物阜民丰，不只百姓生活富足，每年给朝廷纳的税还一分不少，也不知他是怎么做到的。杨仲德看中了永州县的油水，使了许多银子，这才如愿。

他花出去那么多钱，自然会想方设法在这三年里翻倍地捞回来。否则他图什么呢？

千里求官只为财！

杨仲德左思右想，直到后半夜还未睡去。

春露儿突然一翻身，把杨仲德抱住了。

杨仲德只当她又来了兴致，内心叫苦不迭，道："这么晚了，先睡觉吧。"

春露儿拱着他的身体，口内呓语："芳洲……"声音十分娇媚缠绵。

杨仲德心里一沉，怒道："芳洲是谁？！"

那春露儿睡梦中痴痴而笑，竟与他对话道："你不知你自己是谁了？"她的声音又柔又媚，酥到骨子里，还不时地扭动身体，磨蹭他的身体，显然是在做春梦。

杨仲德压着怒意，道："我见了你，早已忘记自己姓什么了。你倒说说，我姓什么？"

"冤家，你姓林啊……"

林芳洲！

这个名字，杨仲德是知道的。倘若春露儿在梦中念叨以前那些相好，杨仲德兴许还能忍受，可这林芳洲分明是他们到永州县才见的人物，这说明什么？

说明这对狗男女搅到了一起！

杨仲德气得"三尸神暴跳，七窍内生烟"！他起身一个耳光扇过去，破口骂道："贱妇，淫性不改！"

接着怒气冲冲地翻身下床，仓啷啷——把墙上挂着的一把宝剑抽下来，冲向床前。

春露儿已被他一巴掌扇醒了，她也不知发生何事，迷迷糊糊地坐起身，却见黑夜中一把雪白锃亮的宝剑递过来，把她吓得魂飞魄散，方才所梦之事，早已忘在九霄云外。

"官人，你做什么？可是梦游了？不要吓唬我……啊！"

她倒在床上，他的剑尖指向她的喉咙。

　　春露儿吓得瑟瑟发抖，也不敢动，只盼着杨仲德快快醒来。那杨仲德冷冷地看着她，正要责问她与林芳洲通奸之事，忽又想道：我现在问她，没有证据，她必不肯说。这贱妇贪图那林芳洲年轻貌美，也是人之常情，可恨林芳洲那直娘贼！淫人妻女，天打雷劈！敢在太岁头上动土？看我治不死你！

　　这样想着，杨仲德便决定先不打草惊蛇，于是把宝剑一扔，假装睡梦方醒，问道："怎么回事？"

　　春露儿扑进他怀里，失声痛哭，讲他梦游的可怕。杨仲德安慰她几句，两人就睡下了。

　　次日，杨仲德把丫鬟月香召过来仔细询问，月香不禁打，把那日所见所闻说了，实际上她也说不出更多，杨仲德却据此认定，春露儿与林芳洲早已暗通款曲。他压下此事，找来人牙子把月香卖掉，对春露儿只说月香犯了错，伺候不好，给她换新的。

　　春露儿虽感觉有些不对劲，却终究说不上是哪里。

　　杨仲德找人来询问那林芳洲，却得知此人已经辞去衙门里的差事。这厮才刚得到补缺，欢天喜地的，怎肯轻易辞去？必定是因为心虚！

　　杨仲德压着一腔怒火，想着把林芳洲抓过来毒打一顿。但是打一顿，他不过吃些皮肉之苦，痊愈之后，又能勾三搭四、眠花宿柳了，这不能消掉他杨仲德的火气。

　　他要的是他家破人亡！

　　杨仲德冷笑，鼠目一眯，计上心来。

第十二章

祸从天上来

　　林芳洲和小元宝两人商量了一番，决定先从容易上手的绸缎生意做起。他二人毕竟都没做过买卖，再足智多谋也不能代替经验，打算先历练一下，赚多少钱无所谓。

　　林芳洲说："先头不要在乎钱，这和赌场上是一个道理：先赢的是铁，后赢的才是银子呢。"

　　他们就在离家不远的地方盘了个店，从临县张大官人那里进了各色绸缎。张大官人是批发绸缎的大商户，自己也有十几家绸缎庄。他把绸缎批发给附近各县的散户，自然要从中赚个差价，不过他显然还没有放弃让小元宝做东床快婿的打算，卖给林芳洲的货，都是原价。

　　小元宝却觉得这不是好事，道："他让你几分利，你就要还他几分情。"

　　林芳洲打趣道："又不用我还，到时候把你卖给他还债就好了。"

　　小元宝扭脸不搭理她。

　　林芳洲："嘿，生气啦？"

　　"嗯。"

　　要不要承认得这么干脆啊……她有些哭笑不得。有时候她觉得小元宝还是个孩子，当然大多数时候他板着脸老气横秋的，像个八十岁的老头。

　　不管怎么说，林氏兄弟的绸缎庄红红火火地开张了。开张那天放了一千响的炮仗，还进行了开业大酬宾、让利销售等活动，引得许多人来捧场。

　　自从不小心调戏了杨老虎的小妾，差一点吓掉半条命，林芳洲便有所收敛，再不敢跟女人胡言乱语。小元宝给她出了个主意，让她花钱买通县里的几个长舌妇，给她说好话。说什么"林家大郎睡梦中被佛祖点化，从此收敛脾气，一心向善，再也不敢调戏妇女，每个月还要吃斋念佛"云云，林芳洲跟那些妇人约好，假如后续她名声变好了，她还有额外奖励给她们。

那些妇人很有干劲，把此事吹得天花乱坠，有些胆大的娘子实在好奇，便来林氏绸缎庄转转，见那林大郎果然不说荤话了，都很满意。

林氏绸缎庄的两个小主人，比那画上的仙人还要俊，往那儿一站，都不消说话，便引得人忍不住去看他们。这世上无论男女，谁不爱美人呢？又不勾搭他们，又不搞三搞四，只是看一眼，饱一饱眼福也挺好。

既然来了，难免会看看那陈列的货品。林氏绸缎庄的东西价格公道，也不比别处贵，在这儿买和在别处买又没区别，何必再往别处跑呢？

渐渐地，林氏绸缎庄的生意竟然很好。生意太好，林芳洲忙不过来，只好又雇了两个伙计。

她本意是想雇个能说会道的小娘子，奈何小元宝死活不同意，也不知是脑子里哪根筋没搭对。

小元宝在店里主要负责算账。他买了一把旧算盘，天天在柜上把算盘打得噼啪响。竹木做的框子，黑色的算珠儿，小元宝没做过粗活，手指修长玉润，往算珠儿上一拨，那算珠儿仿佛有了生命一般，说不出的灵动好看。

他脑子好使，打算盘也快，最快的时候，林芳洲根本看不清他的动作，只看得见手指在算盘上虚晃出的一片影子。

林芳洲站在柜台前，单手挂着下巴看他打算盘，看了一会儿，她突然羡慕道："小元宝，你真厉害！"

小元宝按住算盘，抬眼看她，"想学吗？"

林芳洲摆摆手，"算了算了，我学不会。"

"你那么聪明，肯定一学就会。"

她眼前一亮，"真的吗？"

"嗯。"他眼睛里浮起浅浅的笑意，"过来。"

正好快到午饭时间了，店里没有顾客。林芳洲也就不怕耽误事情了，走到柜台里，伸手去拨那算盘珠儿。小元宝道："你的手势不对，应该这样。"说着给她做了个示范。

林芳洲学着他的样子拨算盘，小元宝给她解释算盘上各部分的用法。

然后他念了几句口诀，一边念一边飞快地拨动算珠儿。

林芳洲有些恼，"你慢点慢点，都像你脑子那么好使吗？我记不住！"

"好。"小元宝放慢语速，一句一句地教她，一边念口诀，一边配合着口诀教她打算盘。

他站在她身后，整个身体几乎将她罩住，一条胳膊绕到前面，指导她的动作，看到她打错了，他说："不对。"说着，直接将手掌扣到她的手背上，指尖叠着指尖，引导她正确的指法。

林芳洲学得正入神，"好神奇呀，嘿嘿嘿嘿……"

小元宝低头，从上到下看她笑得弯弯的眉眼，也笑了。

可苦了两个伙计。那俩伙计，一个唤作黄小六，一个唤作傅小七，长得也算白净周正（毕竟要迎来送往呢），此刻见两个东家真会玩，他们俩恨不得自戳双目。

黄小六悄悄对傅小七说："我呢，还是喜欢女人的。"

傅小七给他递过去一个"你请放心"的眼神，道："我也喜欢女人，只喜欢女人。"

黄小六有些郁闷，"要不我们跑了吧？"

傅小七："为什么跑？"

黄小六的视线往东家身上飘了一下，"万一东家让我陪他睡觉怎么办？"

"放心，"傅小七安慰他，"东家还不至于这么饥不择食。"

黄小六并没有感觉受到安慰。

林芳洲学会算账时，小元宝打算出远门走一次货。

兄弟二人已达成一致，决定不再从张大官人那里进货。张大官人让的利，他们已经给补回去，正因如此，绸缎的进价就显得偏高，利润单薄，倒不如去更远处进货。

林芳洲还有些担心，"路上遇到那拦路的土匪怎么办？"

"我与几个商户一同出门，大家凑钱雇了武师。"

"唉，土匪们都是杀人不眨眼的，也不知武师能不能扛住呢。"

"你放心，"小元宝轻轻拍了一下腰间的一把刀，"我这把刀舞起来，寻常人不能近身。我还有暗器。"

"那好吧，早去早回。万一路上真的遇到土匪，不要惦记货物，保命要紧。"

小元宝听着她的叮咛，心中一暖，点点头，"嗯。"接着也叮嘱道："你好好在家，不要惹事。"

林芳洲给他翻了个白眼。

小元宝带走了黄小六，留下持重一些的傅小七与林芳洲一同看店。他走了不过三日，林芳洲正在店里看柜台，王大刀突然带着两个捕快走进来，他一手扶着刀，面容严肃。

林芳洲感觉不太对劲，却还是笑脸迎上去，道："王捕头，你可是要给嫂子买些绸缎裁衣裳？"

王大刀摇头道："大郎，有人告你杀人。"

"啊？怎么可能？！"

"我知你不是那样的人，可是杨太爷让我来提你，你还是去衙门里解释一下吧。"

"哦，好。"林芳洲让傅小七先关了店回家，她跟着王大刀去趟衙门。她一开始想得简单，正所谓"身正不怕影子斜"，她又没杀人又没犯法，那杨仲德还能把她怎样？

走进衙门，到了公堂之上，两边都摆开了，地上跪着一个人，那个人林芳洲认识，是个比她还无赖的无赖，因长了一脑袋癞子，外号便唤作"冯癞子"。

这冯癞子坏得冒油，没干过好事，父母给他买了个姑娘做媳妇，他天天把媳妇打得鬼哭狼嚎、遍体鳞伤，后来那小娘子被他给活活打死了。他已经把他亲爹气死了，家里还有个瞎老娘。

林芳洲很讨厌冯癞子，从来不同他说话。

那杨仲德把惊堂木重重一拍，道："大胆刁民，还不跪下！"

林芳洲"扑通"跪下，问道："不知大人找小人所为何事？"

杨仲德指指林芳洲，问那冯癞子："是他吗？"

冯癞子道："就是他！我亲眼所见！他半夜三更闯进我家中行窃，被我娘发现，就……就……就痛下杀手，把我娘活活勒死了！"

林芳洲觉得他简直是在讲笑话，"胡扯！我为什么去你家里行窃？你家除了老鼠还有别的？还勒死你娘？你亲眼看到？既然亲眼看到我勒你娘，你怎么不出手阻止？"

"我……也是刚从外边回来，见到你时，你已经跑了！"

林芳洲觉得这冯癞子真是莫名其妙，她扭头刚要和杨仲德说话，见到杨仲德的表情时，她突然心里一凉，脑门上仿佛被一颗炸雷击中，那一瞬间她全明白了。

冯癞子这番可笑至极的胡话，不会无缘无故地说出来，他也不会无缘无故地去坑害别人。冯癞子坑人时，通常意味着那有利可图。

冯癞子与她无冤无仇，为什么要坑她？

必定是有人指使！

杨仲德那奸计得逞的样子，表情仿佛看到鱼儿已上钩，接下来要考虑的是红烧还是清蒸。林芳洲心里大呼不妙，忙高喊道："口说无凭，证据呢？！"

杨仲德一摆手，指了两个衙役，道："去搜搜他的家。"

林芳洲心道我家里无人，他们还不是想栽赃什么就栽赃什么？想到这里，忙道："我家中无人，我跟他们一起回家搜！"说着就要起身。

"放肆！竟敢藐视王法，你给我跪着！"

两个衙役上来把林芳洲按住了。

林芳洲知道自己中了圈套，心里早凉了半截，待那搜索的人回来，拿着一包"赃银"呈递给杨仲德，她的另半截心也凉了。

杨仲德冷笑道："人证赃物都在，林芳洲，你还有什么话要说？"

林芳洲又急又气，浑身发抖，道："冯癫子在冤枉好人！他一个街头混混，哪儿来这么多银子？这首先是一个疑点！二则他住的那条街上有至少三家养狗，他邻居也养狗，我若是半夜三更去偷盗，连人都能察觉，狗必定也能察觉狂吠，肯定吵得邻居惊觉，大人把那邻居叫过来询问一番，自然明了。最后一点，也是最重要的一点——冯癫子的娘是个瞎子！瞎子如何能认出我？若我真的去行窃，我只要不说话，就算被她察觉，也可全身而退，我怎么可能被她发现然后又杀人灭口？此案疑点重重，破绽百出，还望大人明察！"

"还敢狡辩？来人，给我打！"

林芳洲早就猜到幕后主使有可能是杨仲德，现在见他根本不听她辩解，她吓得几乎失去理智，高喊道："你屈打成招！草菅人命！"

行刑的人提着棍子上前时，那杨仲德突然想道：胥吏奸猾，打板子也有很多打法，若他们出工不出力，也是麻烦。想到这里，他一抬手，"不要打板子了，上夹棍。"

此话一出，连王大刀都变了脸色。

夹棍上了，两边人提着绳子一拉，林芳洲立刻疼得死去活来，惨叫连连。

杨仲德一抬手，夹棍停下来，林芳洲早已面如金纸，满头的冷汗。

杨仲德："招不招？"

"不……招。"

"继续。"

接着又是惨叫。

如此再三，林芳洲晕死过去一次，后来被水泼醒，再受刑，她已疼得仿佛经受十殿阎罗业火焚烤，十八层地狱大概也不过如此吧？

反正都是死，不如死个痛快！

林芳洲哭着喊道："我招！我招！我招！！！"

直到被下进牢里，林芳洲的精神还有些恍惚。

前脚她还高高兴兴地算账呢，一边盘算着小元宝走到哪里了，一边算计着这个月能赚多少钱……转眼竟已经成了阶下囚、死刑犯。

天意弄人！

她摊着双手发呆。那双手大概已经废掉了，不动都疼，动一下更是钻心地疼。她已经疼得有些麻木，呆呆地靠在脏兮兮的墙上。

林芳洲才发现原来死亡离她如此之近。她甚至觉得，她根本等不到秋后处决，就会先死在这囚牢之中。

她悲痛难忍，小声抽泣着，渐渐地哭声越来越大，最后是号啕痛哭。

有人粗声粗气地骂道："哭什么哭，死娘了？"

林芳洲骂回去："你爹要死了！"

"直娘贼，你骂谁？！"

"骂我那不孝子！"

林芳洲把那人气得跳脚，骂骂咧咧地说了许多脏话，还脱下一只鞋隔空扔过来，自然是没打中她。

林芳洲被他一闹，悲伤情绪竟也稍稍消减了一些，她收住眼泪，问那人："你也是死囚犯？"

另一只鞋也扔过来了，"臭小子，你他妈少咒我！"

他不是死囚犯，林芳洲觉得和他没什么共同语言，于是不理他了，接着哭。

这时，王大刀来了，带着一些食物和水，林芳洲见到王大刀，连忙说："王捕头，我是冤枉的！我没有杀人！"

王捕头叹了口气，拧着眉说道："大郎，你是不是哪里得罪了杨太爷，他一定要治你于死地？"

"我……是有点得罪他。"林芳洲想起自己对春露儿说过的那句话。此事想必已经暴露，那杨仲德竟然心胸狭隘至此，只因她一句调笑，就要她性命！

王大刀问道："你到底怎么得罪他了？我们想想还有没有补救的方法。"

"事已至此，连死刑都判了，还能有什么办法？"林芳洲摇了摇头，但同时她突然又想道：假如我告诉那杨仲德，我实际是个女人，那句玩笑就不会那么致命了吧？

她正有些高兴，再转念一想，变作女人，那杨仲德就肯轻饶她？一定就要流放了。她现在身受重伤，假如流放，只怕这条命还是要断送。

林芳洲仰头叹道："天要亡我，天要亡我啊！"

王大刀："小元宝呢？"

"他出门进货了，也不知什么时候能回来。"

"这也太巧了。"王大刀也不知该说些什么。过了一会儿，他道，"我去看看能不能给你带点药回来。"

"多谢王捕头！"

"你我之间不必言谢。"王大刀摇头叹气，又道："我看你这手应该是骨折了，若不及时复位，往后只怕会废掉。可惜我若带郎中来给你接骨，怕招那杨太爷反感，更有大麻烦。"

林芳洲凄凄然一笑，"无所谓了，反正我要死了。"

王大刀不忍看她，匆匆离去了。

夜里，林芳洲疼得睡不着觉，睁着眼睛发呆。这牢房里只有一个小天窗，比脸盆还小，怕只有能缩骨的人才有机会从这里钻出去。

林芳洲早断了求生的念头，只是看着那天窗发呆，心里想着小元宝到哪里了，也不知她与他还能不能见上最后一面。

所思所想，全是悲苦不能言。

天窗上突然落了一只鸟，林芳洲眼睛一亮，惊道："九万？"

九万冲下来，落在她身边。它似乎在等着她像往常那样抚摩它，然而她已经不能抬手了。

林芳洲苦笑道："九万，我摸不了你了。"

九万咕咕叫了两声。

林芳洲心一酸，又流下眼泪。她这辈子的眼泪大概都在今天流光了。她对九万说道："九万，你若能听懂我的话，就去找小元宝吧，叫他快点回来和我见最后一面，我有话要嘱咐他呢。你快去找他！"

九万也不知是不是真的听懂了，翅膀一抬，又飞了出去。

小元宝一行人坐着马车走到江州地界时，遇到连绵大雨，他们走不了路，停了一天，晚上便在江州的客栈休息。

次日一早打点停当正打算继续上路，小元宝听到熟悉的叫声，他抬头四下寻找，立刻发现枝头上落着的九万。

他有些奇怪，"九万？你怎么来了？"

九万飞下来，落在马车顶上，一边逡巡一边叫着，看起来很着急。

小元宝脸色一变，"我家中可能出事了。"

同行人奇怪道："单从这鸟叫，何以看出家中有事？"

"这猫头鹰是我家养的，若非有事，它定不会追我到这里。"

那人觉得很新奇，想问问猫头鹰怎么养，见小元宝心急如焚的样子，他又不好问，只是说道："如此，要不你先让伙计回家看看？"

"不用，我亲自回去。"

"啊？你买卖不做了？"

"不做了。"

小元宝跟同行人借了一匹脚力最好的马，他把九万放进怀里，翻身上马，抱拳与各位道了别，接着一夹马腹，走了。

九万累了一夜，身体在他怀里，缩着爪子，只露出一个脑袋，眼睛一闭，睡了过去。

小元宝突然很庆幸他们来时乘的是马车，走得不算快，更庆幸昨日下了一天的雨，耽误了行程，因此他此刻离永州并不太远，死命地快马加鞭，一天就到了。

傍晚赶在关城门之前，小元宝进了城，进城后直奔家中，却见家中房门大开，但没有人，且有被翻过的痕迹。他心中一沉，立刻出门想要去绸缎庄看看。

刚出门，遇到探头探脑往外望的陈屠户。陈屠户见到小元宝，眼睛一亮，唤道："二郎！快过来，有话要说。"

小元宝走过去，问道："陈大哥，你可知我哥哥去哪里了？"

"二郎，你哥哥出事了！"说着把冯癫子指认林芳洲盗窃杀人、县太爷一通夹棍下来把林芳洲判了死刑之事，与小元宝讲了。

小元宝面似寒冰，冷冷说道："那狗官，不过是想借机报复。"想到林芳洲被上了夹棍，也不知疼成什么样，他心里难过得要死，心口仿佛在被鞭子抽打。

陈屠户压低声音，道："王捕头也是这么说的。王捕头让我给你带句话，说芳洲兄弟得罪了县太爷，县太爷要治他。如今死刑已经判了，只等着秋后问斩，他说他也没办法了。"

小元宝问道："我哥哥怎么样了？"

陈屠户便摇头叹气。

小元宝压着心中怒火，道："我想先看看他。"

他去找了王大刀。王大刀因为偷偷给林芳洲递药，被人告发，今日被杨仲德斥责一顿，除了捕头的身份，降级为普通捕快，那告发他的人，升任了捕头。

小元宝不想王大刀太为难，拿出了许多银钱让他去打点，王大刀把银钱一推，道："不用这样，我没事，在衙门里待了这么多年，兄弟还是有几个的。他杨老虎也不敢把我怎样，我就不信，凭他那几个狗一般的亲信，能做成什么事。"

小元宝执意把钱给他，"有钱才好办事，若有兄弟帮我们，他们也要冒风险。我也拿不出别的，用这些钱聊表心意吧。"

他这样老成稳重，阵脚未乱，让王大刀莫名地也悄悄放了些心。

王大刀立刻把小元宝带到牢房，小元宝始终板着一张脸，沉默不语地跟在他后面。

王大刀打开牢房的门，把小元宝放进去。

小元宝脚步踉踉跄跄地走近，见到地上躺着的人，发丝凌乱，面白如纸，气息微弱，他突然眼睛一红，滚下泪来。

小元宝跪在地上，将林芳洲的身子拖起来，搂在怀里。他动作轻得仿佛羽毛，似乎是怕碰碎了怀中人。

他一手揽着她，另一手抚了抚她凌乱的发丝，低声唤道："哥哥，哥哥？你醒醒，看我一眼……"

林芳洲悠悠醒转时，感觉嘴里一片咸苦，还有水滴滴到她脸上。她睁开眼睛，看到满面泪痕的小元宝，便扯着嘴角笑了笑，说道："我好像又做梦了……又看到我家小元宝了……"

"不是做梦，我就在这里，是真的。我回来了。"

"回来了？能见最后一面，真好呀！"

小元宝低头，轻轻托起她的手，见往日那细长的手指，如今肿得似胡萝卜一般，他心疼得肝胆俱碎，冷冷说道："如此狗官，我必杀之。"

"不要这样，小元宝。"林芳洲此刻面上并无怨怼之色，只是有些疲倦，"我已经想通了，我落得今日这样的下场，都是我自作孽，怨不得人。民是草，官是天，民不能与官斗。你往后好好活着，不要想着给我报仇。咱家的银子都藏在厨房灶下那个大洞里，已经攒了很多，都是你赚来的呢，你从小就会赚钱，难怪要去经商。我藏钱不是给自己藏的，是留着给你娶亲用的。你也大了，早些成亲，娶个漂亮媳妇，生几个孩子，也算给咱林家传宗接代了。我，怕是看不到那一天了……"

小元宝咬牙道："林芳洲，你若敢死，我就敢终身不娶。"

林芳洲苦笑，"你这傻孩子，怎么还是那样执拗？"

"我现在就找大夫，给你看病。"

"没用的，王捕头不过带些活血化瘀的药丸，都被收缴了。那杨老虎，见不得我多活一日。"

小元宝冷笑，"刀架在他脖子上，我看他救不救你。"

林芳洲立刻急了，也不管手上有伤，连忙拦他，"不要去！我已经快死了，不能再把你搭进去，我们俩，总要活一个！我都被判死刑了，就算伤治好，也活不了多久，只是早晚的事。"

小元宝扣住她的手腕，"不要动。"

林芳洲突然笑了笑，说道："其实，我有一个秘密，我从来没告诉过别人。"

他伸手挡住她的嘴唇，"不要说，等你伤好了再和我说。"

然后把她轻轻放回地上，"你先忍一忍，我去去就回。"

"小元宝，不要冲动。"

"放心，我自有分寸。"

小元宝走出牢狱，王大刀生怕他一时冲动犯了大错，一直紧跟着他。走到外面时，小元宝突然对王大刀说："我要见杨仲德。"

王大刀面色一变，道："你冷静一些，大郎说得有道理，他已经……那样了，你更要保重自己，你不为你自己想，也要为大郎想，为林家想。"

"我知道你的意思，我不会去杀他。手刃此贼易如反掌，然而我兄长尚在他手中，身受重伤。当务之急，是先给兄长治伤。"

"可是杨仲德不会答应的。"

两人正说着话，却见不远处一个人朝他们走过来，走近时才看清，来人是骆少爷。

骆少爷道："二郎，你果然在。"

"骆少爷，找我何事？"

骆少爷从怀中掏出一沓东西，递给他道："芳洲的事我听说了，我也帮不上什么忙，你在衙门里打点，总是要钱的，这些你先拿去用。"

小元宝低头一看，那竟是一沓银票。他平时从不轻易受人恩情，可此刻为救林芳洲，也顾不得许多，于是把钱接过来，说道："多谢。他日我定当十倍还你。"

"不用，"骆少爷摆了摆手，"芳洲没跟你说过吧？他小时候救过我的命，那时候我才九岁。"

那时候他九岁，林芳洲只有七岁，两人逃课去山上玩，骆少爷遇见毒蛇，那毒蛇吐着芯子朝他游走，眼看着就要咬上他。他早已吓得瘫软在地，林芳洲本可以跑的，可是她没有跑。

她没有趁手的武器，不知道怎么打那蛇，一着急，从背后袭击了它，直接提起蛇尾巴。

"他当时捏着蛇尾巴，一边哭一边问我怎么办，后来我让他把毒蛇扔到沟里去，我们俩撒腿就往回跑。"骆少爷说到这里，眼圈也红了，"别看芳洲平时四六不着，没个正形，他实际是最最心软的人。"

小元宝心中一阵悸动，仿佛又回到曾经那个最绝望也最温暖的夜晚，河水的潮气向他涌来又全部退散。他轻声道："我知道。"

第十三章

十步杀一人

杨仲德刚泡完脚，都快睡觉了，外头突然有人禀报道："太爷，林芳洲的弟弟林芳思求见。"

"不见！"

"他说，关于夏粮收税，他有妙计，等着献给太爷。"

"嗯？"杨仲德一听有了点兴趣，"那就见他一面吧。"

小元宝在花厅里等了一会儿，见那杨仲德迈着方步走进来，他便起身行礼，"草民拜见大人。"

"你是罪犯林芳洲的弟弟？"

"回大人，正是。"

"见了本官，为何不下跪？"

"我是秀才之身。"

"哦？你还是个秀才？"杨仲德一挑眉毛，问道，"读书怎样？"

"不好。我已放弃求取功名，正在学着经商。"

杨仲德有点满意。他平生最讨厌读书好的人，尤其讨厌会考试的。他捋着胡子，问道："听说，你要给本官献计？"

"是。大人有所不知，先前潘大人在任时，收税不太上心，许多地方便有遗漏，今日大人来了，正好可以查漏补缺。"

这话说得让杨仲德感觉十分熨帖，心里那个受用，点头道："正是此理。"他突然话锋一转，问道，"不过，你这个计策，也不可能是白献的吧？"

"大人明察，我与兄长相依为命，如今只求放过他这一次。"

"哼，"杨仲德冷笑，"你那哥哥盗窃杀人，死刑已经判了，如何放得？今日放了他，明日本官就要被百姓戳脊梁骨。"

小元宝知道对方不肯答应这个条件，他装作为难的样子，不说话，也不走。

杨仲德也没轰他走。

两人都等着对方做出让步。

僵持了一会儿，小元宝突然叹气摇头，"罢了，案子已经判了，他命里合该有此一劫，也怨不得别人。"

"你知道就好。"

"不过，长兄如父，他待我不薄，我理应孝顺他。如今他身受重伤，指骨尽断，我只求能帮他医治，全须全尾地走。如此一来，他魂归九泉时也能少些怨气。我听说人若是肢体不全，死时怨气最重，灵魂盘旋不肯解脱，到时候他若是不肯离开这县衙……"

"够了，不要说了！"

"还望大人成全我这份孝心。"

杨仲德眼珠一转，道："你说要来给我献计，可是你说了这么多废话，我一个计策也没听到。"

小元宝如此这般跟他陈述一番。

那杨仲德越听越高兴，摸着小胡子点头道："妙，妙！"

"大人，我兄长……"

"林芳思，你怎么这么容易就把计策都告诉我了，没留后手？"

"大人，待我哥哥医治周全，我尽了孝心，另有秋收计策若干，献给大人。"

"哈哈哈哈哈！"杨仲德大笑，"林芳思啊林芳思，你真是个妙人儿。可惜你哥哥做了我不能容忍之事，所以他死罪难免。不过，看在你的一片孝心上，去给林芳洲请个大夫吧。他能有你这样的弟弟送终，也不白活。"

"大人，狱中阴暗潮湿，虫鼠成群，不适合病人休养。"

"嗯？你还想怎样，难道要他回家治病？"

"正有此意。大人若不放心，可以派人看着他。"

"你别得寸进尺。"

小元宝从怀里拿出二百两银票，恭恭敬敬地递给杨仲德，说道："要加派人手，必定劳师动众，这些银两，权当一点酬资，希望大人不要嫌弃。"

要派一两个人去看住林芳洲，总共花不了二两银子，眼前摆着的可是二百两！

　　杨仲德心里美得要死，表面还要装装样子，"勉为其难"地答应了。

　　杨仲德写了封手令，盖了官印，派了身边常伺候的一个小厮跟着小元宝，来到狱中。小元宝弯腰轻轻将林芳洲抱在怀里，转头对呆立在一旁的王大刀说："王捕头，烦请你帮我请一个好的骨科大夫，去我家中。"

　　王大刀还没从震惊中回过神来呢，"杨老……"差一点说出"老虎"，看到一旁的家丁，他立刻改口，"太爷，他同意了？"

　　"嗯。"

　　虽一头雾水，但反正是件高兴的事，王大刀忙说道："我立刻去请大夫，一定请最好的！"

　　王捕头动作很快，小元宝到家时，那大夫已经在等候了。大夫是全城最好的骨科大夫，王大刀去时他已经睡下了，结果王大刀直接把他从被窝里扒拉了出来。

　　那大夫本来还一肚子怨气，看到林芳洲肿成萝卜的手时，怒道："怎么不早点送来？！"

　　小元宝承受着大夫的怒火，耐心说道："昨日受的刑，被上了夹棍，你看看，现在怎么救？"

　　大夫检查一番，把林芳洲疼得直号叫，小元宝心疼得要死，又不敢让她乱动，只好按住她的肩膀，柔声宽慰道："忍一下，忍一下就好了……明日给你买酥油鲍螺。"

　　大夫说道："十根手指头，断了八根，只有两个拇指是好的。那夹棍是十分凶狠的酷刑，当堂被夹死的大有人在，你这兄长算运气好的了。"

　　"断骨能接吗？"

　　"能接是能接，但我也不敢保证一定能接得和原先一样好，我尽力而为。"

　　"如此，拜托了。"

　　大夫给林芳洲接骨头，把她弄得又是一阵鬼哭狼嚎。小元宝的心揉成了一团，仿佛在被一个巨大的手掌一边拧一边撕。他才发现，原来人的心可以疼成这样，疼得他只恨不得全盘代他受过，哪怕痛苦多十倍也愿意。

　　接好了骨，大夫又开了内服的药方，然后说道："我今晚回家熬上膏药，明天再给他敷。"

　　"有劳大夫。"

　　小元宝和王大刀一同把大夫送走，回来时，见林芳洲竟已睡过去了。

　　方才接骨实在耗费体力，她早就累得不行了。

王大刀也要告辞，但告辞之前，他有一个疑惑必须要小元宝解答一下，"你到底是如何说服杨仲德的？"

小元宝也不隐瞒，三言两语交代了。

"你……唉。"王大刀摇头叹气。给杨老虎出那等计策，岂不是助纣为虐？往后他不定要怎么盘剥百姓呢。

可是小元宝为了林芳洲活命才出此下策，王大刀又不好意思说他什么。

小元宝知道王大刀为何叹气。他说道："不要担心。"

"你年纪小，还不通晓苛捐杂税的可怕。"

"无妨，将死之人，且让他再猖狂几天。"

王大刀听到此话，心里一惊，抬头看他。

但见他眼里铺天盖地寒意一片，仿佛数九寒天里冰冻三尺的河面。他冷冷说道："那狗贼加在我哥哥身上的罪孽，我必定百倍还之。"

说着，垂目看了一眼床上睡着的人。

看着林芳洲，他的目光里终是染上了一点雪绒花般的温柔。

林芳洲后半夜醒了，醒时见烛光亮着，小元宝躺在她身边，睡得安详。她轻轻坐起身，低下头，见自己两只手被包裹得仿佛熊掌，只拇指还有些自由，能活动。

她刚要下床，却听到身后小元宝轻声唤她："你做什么？"

"我……方便一下……"

"别动，穿鞋。"

他按住她，接着下床，帮她把鞋穿好了。林芳洲的脚掌落在他的手掌里，肌肤贴着肌肤，她有些别扭。

小元宝也有些赧然，穿完鞋，说道："你的脚这么小，只有我一个巴掌大。"

林芳洲翻了个白眼，道："我个子就这么高，还能指望我长一双巨灵神的脚？"

小元宝觉得有道理。

她下床，吊着两个熊掌走出去，小元宝提着灯笼跟在她后面，直到她走到茅房门口，他还紧跟不放，林芳洲很惊奇，"你也尿尿？"

"不是，"小元宝有些不好意思，移开眼睛不看她，抿了抿嘴角，道，"我……帮你。"

"不用，你在这儿等着。"

"你的手不能动。"

"不是还有两个好指头吗，我没问题，有人在旁边我根本尿不出来。"

他突然靠近，微弱的灯光中，他高大的身影压下来，让林芳洲吓了一跳，"你你你干吗？"

他没有说话，双手扣向她的腰间，三两下把她的腰带解下来。

林芳洲用腕端按着裤腰，以防裤子掉下去，她有些哭笑不得，"你脑子有病吧？"

小元宝："去吧。"

林芳洲方便完，出来时小元宝又帮她把腰带系上。

夜色安静，两人都沉默不语，气氛有些尴尬。

林芳洲感觉羞羞的，红着脸，说道："小元宝，其实不用的。"

小元宝垂着眼睛帮她理了理衣角，"这衣服都有馊味了，明天换一套吧。"

林芳洲："……"

次日一早，小元宝早早地起来，出门给林芳洲买了早餐，又去望月楼订了她爱吃的点心，回来时恰好林芳洲醒了。

林芳洲的手不能动，早餐是小元宝一口一口喂给她吃的，羊肉荠菜馅的包子，还有炖得嫩嫩的蛋羹，蛋羹里放了葱花和芝麻油。

她早已经看开了，人活一世，早晚是个死，临死前还有人这样服侍她，她也算心满意足了。林芳洲一边吃早餐，一边说："小元宝，你知道吗，有你给我送终，我应该能死得很安详。"

"不许胡说。"小元宝拧着眉，把一大勺蛋羹喂给她，堵住她的嘴，"你不会死。"

林芳洲有些难过，"小元宝，你别这样。"

"你不会死。"他直勾勾地看着她，固执地重复了一遍。

"案子都判了，板上钉钉，无力回天。等我死的那天，我要告诉你一个秘密，现在不能说，说了怕连累你。"

"你不会死。"

"小元宝……"

他又喂她吃蛋羹，林芳洲扭开脸不肯吃，狐疑地看着他，"你不会要带我跑吧？我不跑，跑了之后咱俩都是通缉犯，还得连累你。"

"我会让你正大光明地活着。"

"哎，你说，咱哥俩如果跑了，扮成女装，肯定就没人认出来了吧？到时候我们就做一对如花似玉的姐妹花。"

这是什么馊主意……小元宝无奈地摇了下头，说："所有的死刑案，都要经过刑部复核，若发现有冤情，还可改判。"

"我当是什么好办法，你说得好轻巧！我跟你说啊，官官相护！那杨仲德明明作恶多端，为什么还能做官？吏部的人是瞎子吗？不是，是因为杨仲德使银子打点了。吏部的人能买通，刑部的人就不能买通了？而且我听说啊，现在朝局很乱，那些做官的，都忙于党争，哪有心思为民请命呢？！你省省心吧，民告官首先就是一罪，不仅不能为我平反，还要把你也搭进去，那杨仲德岂能容你去告他？你年纪小，不懂江湖险恶。"

"我懂。"小元宝不想因为此事争执，便说道，"先吃饭。"

喂完林芳洲早饭，小元宝又去熬药，药熬好时，骨科大夫来了。

骨科大夫给林芳洲上膏药，小元宝在一旁给他打下手。上完膏药，大夫嘱咐了几句，又号脉，号完脉，他突然笑了笑，"果然如此。"

林芳洲感觉大夫的笑容好奇怪，忙问道："什么意思？"

大夫摇摇头，"没什么，只是突然想起一桩旧事，"说着，看向小元宝，道，"给你哥哥买个丫头吧。"

林芳洲突然瞪圆了眼睛看着大夫。

那大夫却看也不看她一眼，只是对小元宝说："你一个大小伙子，毛手毛脚的，伺候人这种事情，还需细致周到的丫鬟。"

小元宝被嫌弃了，有些闷闷不乐，"好。"

林芳洲突然对小元宝说："你去把药端来，我该喝药了。"

小元宝点头出去了，林芳洲立刻问大夫道："大夫，你，你看出来了？"

"老夫从医多年，若连男女都看不出来，岂不是眼瞎？"

"咳咳咳……那个，不要告诉别人。"

"我没那么多事。不过我倒有点奇怪，你弟弟与你一起生活了这么久，没看出来？"

"没有。"

"他多大了？"

"十六岁。"

大夫点点头，"还小，没见过女人，什么都不懂。等他再大些，你藏也藏不住。"

"我不用藏，我已经被杨老虎判了死刑，秋后就问斩呢！"林芳洲说着，抬起熊掌往脖子上比了比。

大夫有些气愤，"我救一条人命殊多不易，他们说砍就砍。"

林芳洲："节哀。"

大夫轻轻翻个白眼，"这话该我来说吧……"

小元宝的效率很高，喂林芳洲吃完药，转头立刻去找来人牙子，要买丫头。

人牙子问道："你有没有具体的要求？比如模样俊、年轻的、女红做得好……这些。"

"我要丑的。"

"……"人牙子张了张嘴，只当自己没听清，"要什么样的？"

"人品靠得住，做事情细致周到，会伺候人，要年纪大一些，稳妥。最好长得丑一些。"

"哦，要伺候人的，这我能理解，可……为什么一定要丑的呢？"

"丑的便宜。"

"……"好有道理，无法反驳。

人牙子回去在自己掌握的人口里扒拉一番，找到一个绝佳的人选。

此人名叫韩牛牛，十分厚道勤快，手也巧，只是长得不好看：一双绿豆眼；两片厚嘴唇；鼻梁塌塌的，仿佛有人迎面打了她一鞋底；下巴上有一小块胎记；五短身材，胖胖的，有些壮；一双大脚板，很费鞋。

韩牛牛今年二十二岁，没有丈夫。她之前许过一个人家，那家人底子不好，能娶上媳妇就谢天谢地了，哪知那家的儿子却还挑三拣四的，眼睛长在天上，听说自己配了个丑妻，不得拜堂就先郁郁而终了。

因为有婚约，韩牛牛一直把自己当作他的未亡人，还在家中给他上了灵位。

小元宝围着那韩牛牛转了三圈，越看越满意，最后一手交钱一手交人，将那韩牛牛领回了家。

小元宝以为林芳洲看到丑陋的韩牛牛会不高兴，他早已为此想好说辞。哪知林芳洲第一眼看到韩牛牛时，脸上并无不快，甚至还有些小惊喜，"牛牛，扶我出恭去！"

"嗯！"韩牛牛第一天来，决定好好表现，争取不要再被卖掉。

一主一仆高高兴兴地去如厕——小元宝很不理解，如厕有什么可高兴的……

他呆呆地看着他们的背影，待那背影消失后，他垂下眼眸，心道：也太荤素不忌了……

林芳洲回来之后，支走了小元宝，留下韩牛牛一人说话。她把自己怎么受刑，怎么被冤枉，怎么判的秋后问斩，都与韩牛牛说了。

韩牛牛听得好悲伤，失声痛哭。

她哭声太洪亮了，吵得林芳洲耳膜疼。林芳洲安慰她道："好了好了，不要哭了，我现在不还没死呢吗……"

"可是……公子，你太可怜了，你明明是被冤枉的……"

"不要哭了，牛牛，我还有事拜托你呢！"

"啊？什么事？公子你说。只要不占我的身子，让我做什么都行，我家有亡夫呢。"

"我……不会占你身子的……绝对不会……"

"那公子需要我做什么呢？"

林芳洲把自己女扮男装的事情跟韩牛牛说了，韩牛牛不信。她让韩牛牛摸她的胸，摸完她的胸，韩牛牛更不信了。

林芳洲说："我这里是缠着的，等脱下来你就明白了，你帮我脱下来看看。"

韩牛牛总算信了。

林芳洲又说："你要伺候我，这事瞒不了你。我是快要死的人了，也不想让更多人知道。我当年落户籍时有人给我做担保的，现在若东窗事发，会平白连累别人。你只要不和人说，那就万事大吉，否则万一泄露出去被杨老虎抓着把柄治你，谁都救不了你。"

"我知道了，我一定打死也不说！"韩牛牛说着，指天发了个誓，发完誓，又问，"小公子知道吗？"

"他不知道，以后我会亲自告诉他。"

小元宝观察了几日，见那韩牛牛把林芳洲伺候得很好，主仆二人相处得极其融洽，他有些欣慰，又有些莫名其妙的郁闷。

家里暂时稳定下来，小元宝决定出一趟门。

林芳洲一听他要出门，立刻反对，"我知道你要做什么去，你是不是想去上诉？我告诉你，没用！你不要去，我不能眼睁睁看着你也涉险。"

她那么着急，令小元宝心中春风拂面般温暖。

"你放心，我有分寸。"他说着，忍不住摸了摸她的头。

林芳洲有些别扭，"哥哥的头你也摸，没大没小！"她挥舞着熊掌想要拍开他。

小元宝躲了一下，轻松扣住她的手腕，笑呵呵地看着她。

"我生气了!"

"好了,不生气。"小元宝轻轻地放开她,接着说,"我不会去上诉。我出门确实有事情,现在还不能和你说。"

"好吧,你自己注意点,不要惹事,安全回来。我,我还等着你给我送终呢!"

"等你一百岁时我再给你送终。"

小元宝与林芳洲告别之后,独自一人牵马出了门,到城门口时,那守门的人把他拦住了,"二郎,杨太爷有令,不许你出城。"

"为什么?"

"这倒不知。"

"他可否说过到什么时候才许我出城?"

"也没说,就说不许你出城。二郎要不自己去问问杨太爷?我可不敢违逆他,上有老下有小呢!二郎体谅则个。"

杨仲德不让小元宝出城,无非是防着他去上诉。虽说杨仲德用银子把上下都打点到了,但是他觉得林芳思才思敏捷,口才了得,不得不防。

小元宝找到杨仲德。杨仲德以为林芳思会质问他为什么阻止他出城,哪知这少年郎只是说道:"我知大人所虑。只是,我前几天与人约好去廊县贩货,路上听闻家中出事,这才折返回来。我这生意也不能耽搁了,大人既然担心,不如派人跟着我,这样你也方便,我也方便。"

杨仲德捋着胡须心想:谅你也耍不出什么花招。

于是他笑道:"我是担心你年少,行事不稳重。你给我献计有功,我今天派个人帮你吧,让老康跟你去廊县。他做事稳当,且假如路上遇到什么事,他是公门中人,也可照应你一二。"

小元宝肃容拱手道:"多谢大人。"

老康就是康捕头,通过举报王大刀上位,目前是县太爷眼前的红人,对县太爷极尽谄媚之能事。那康捕头知道自己此行的目的是监视林芳思,态度便倨傲得很,小元宝与他说话,他十句里大概只答五句。

小元宝倒也不生气,该怎样还是怎样。

两人一路快马加鞭,过了全县后,越往前,路越难走。

康捕头感觉不太对头,问道:"你确定没走错吗?"

"嗯。"

　　"我看是走错了！你看这路，这么难走，荒无人烟，连个人家都看不到。这到底是哪里？"

　　"这是小路。"

　　"罢了罢了，天都黑了，客栈还有多远？"

　　"还有很远。"

　　"啊？"

　　"今日只能在这野外过夜了，康捕头将就一晚吧。"

　　康捕头很不高兴，"年轻人做事毛手毛脚的，你怎么不早和我商量？这地方能睡人吗？蚊子、毒蛇、老鼠、蝎子，什么没可能有啊？要是遇到狼群呢？"

　　小元宝望着夜色中远方山的轮廓，答道："有狼群最好。"

　　"你说什么？你疯了吧？！"

　　小元宝回头看了康捕头一眼。

　　月光下，他的目光冰冰凉凉的，波澜不惊，仿佛在看一具尸体。

　　康捕头心里一惊，本能地感觉不妙，他立刻掉转马头想跑。

　　小元宝突然从马背上跃起，腾空而过，与此同时钢刀出鞘，仿佛苍鹰展翅一般，雪亮的刀片在空中画出一道白色弧影，那康捕头慌忙一手握在腰间的佩刀上，未及拔刀，颈间突然喷出一摊鲜血。

　　仿佛枯叶一般，他从马背上落了下去。

　　小元宝踩了一下他的马背，借力往后一腾身子，一招干净漂亮的鹞子翻身，坐回自己的马背上。

　　与此同时，钢刀归鞘。

　　他策马，奔向茫茫夜色之中。

第十四章
柳暗花明

那韩牛牛尽心尽力，把林芳洲照顾得很好，闲时就做鞋和绣花，林芳洲觉得很新奇，啧啧称叹。

韩牛牛更觉新奇，"公子，你都没绣过花吗？"

"没有。不过我会补鞋袜。"

小元宝自从习武之后，每日勤学苦练，又跑又跳，衣服鞋袜很费，隔不了多久就破个洞。他还有些富家公子的习性，东西坏了就扔，林芳洲看得好不心疼，抢过来给他补上。

第一次补得很难看，小元宝也不嫌弃，非常给面子地穿着去上学了。胡四郎以为他脚上落着大蜘蛛，吓得不敢坐在他前面，小元宝又懒得解释。后来同窗们瞎传，莫名其妙地就说林芳思开始养蛊了……

再后来林芳洲多摸索几次，补得也就很像样了。

韩牛牛说："公子，以后你的鞋袜都由我来补。"

林芳洲赞道："牛牛，你真是一个好姑娘。"

韩牛牛不好意思地笑了笑。

林芳洲又问："你有没有考虑过改嫁？"

韩牛牛摇了摇头，"我生是我亡夫的人，死是我亡夫的鬼。"

林芳洲心道：现在他是你的鬼。

两人正说着闲话，王大刀来了，一手提着几包药。

"王捕头，又麻烦你帮我取药。"

"这是哪里话，我反正顺路，正好取了，也省得你们麻烦。"王大刀将药放在桌上，问林芳洲，"小元宝走几天了？"

"七天。"

他便沉吟不语。林芳洲看他神情有些不太对，便问道："怎么了？是不是小元宝出事了？！"

"不是不是，"王大刀连忙摆手，"你不要急，我只是有点奇怪。"

"奇怪什么？"

王大刀往窗外望了一眼，答道："你家门口，东边一个卖栗子的，西边一个卖西瓜的。"

林芳洲点头道："是呢，卖栗子那个根本不会炒栗子，半生不熟，我今日买了一些，不好吃。"

王大刀愣了一下，"不是，我说的不是这个……那两人，都很面生。"

"这有什么，全永州县有那么多人，王捕头，你也不可能个个都认识。"

"但是这两人不简单。面生还罢了——他们都会功夫。"

"是吗？"林芳洲觉得很新奇，也伸脖子看向窗外，"你怎么看出来的？"

"他们在刻意隐藏，寻常人可能无法察觉，不过我练了多年武功，这一点还是能看出来的。这两人不只会功夫，且功夫还不低。"

"武功这么好，还卖炒栗子？而且炒得又不好吃，是哪里来的落魄好汉？"林芳洲喃喃念叨了一下，也觉得有说不出的奇怪。

王大刀神色有些戒备，道："这是我能看到的，我看不到的，还有没有其他人，这我就不知道了。"

一番话把林芳洲说得有些紧张，"连你都看不到吗？"

"人外有人，天外有天。"

韩牛牛听着他们俩谈话，立刻说道："我今天在后门看到一个乞丐，我还给了他一口吃。有个经常在附近行乞的，想要打跑他，被他拎起来轻轻一扔，摔出去一丈多远！"

"前门有，后门有，屋顶上会不会也有啊？"林芳洲突然很没有安全感，"怎么我家里突然围上来这么多人，是不是那个杨仲德派来监视我的？外边有一个捕快还不够吗？那杨老虎以为我能长翅膀是怎的！"

王大刀立刻摇头，"不会是杨仲德的人。县衙里的人手是什么水准，我比杨仲德清楚。那两人虽有些深不可测，但看起来并无敌意，我感觉不是杨仲德能驱使的。"

"那会是谁呢？会不会是小元宝找来的人？"

"我与你想到了一块儿，小元宝走的这些天，可有音信？"

"没有。这臭小子，好歹让人捎句话回来啊……"

仿佛是专等着打她的脸，林芳洲这话音刚落，冷不防外边一声异响，韩牛牛跑去看，回来时拿着一封信和一个暗器。

林芳洲拆开那信，点头道："是小元宝的笔迹。"

三个人中，只有林芳洲是个半文盲，另外两个全盲，于是这封信便由林芳洲来读。大概是考虑到这一点，小元宝的信写得很简单，他写的字，林芳洲竟然都认识，怪难得的。

信的内容无非是报个平安，让林芳洲不要惦念。

念完信，林芳洲思索道："难道真是小元宝花钱雇来的人？这么多好手，要花多少钱呀？唉，我都快要死的人了……"

王大刀劝道："也是孩子的一片心意。"

林芳洲到底是不太放心，到夜里睡下后不久，突然高声喊道："救命啊！救命啊！救命——"

第三句还没喊完，呼啦啦——屋子里突然闯进三条大汉。

虽早有心理准备，林芳洲还是被他们吓了一跳。她缩在床上，韩牛牛勇敢地挡在她面前，她数着那突然闯进来的三人："你是卖栗子的，你是卖西瓜的，你是乞丐吧？你们还有别人吗？"

三人面面相觑，没有回答这个问题。卖栗子的恭恭敬敬朝她一拱手，问道："公子，方才为何高喊救命？"

"我……做噩梦了。"

"公子请安歇，我等告退。"

"等……等一下，"林芳洲叫住他们，问道，"那个，小元宝最近在做什么呢？他给我的信里也没写。"

"我们不认识小元宝。"

"他大名叫林芳思。"

"也不认识林芳思。"

"那是谁派你们来的？是不是一个小孩，十六七岁，长得很俊？"

"我等……无可奉告。"说着又要走。

林芳洲忙说："等一下，急什么，聊会儿天再走啊……"

他们不打算和她聊天。

林芳洲说："最后一个问题，你们到底是来监视我的还是来保护我的？"

"保护你。"

"会偷看我吗？"

"不会。"

林芳洲感觉事情的走向越来越神秘，简直莫名其妙。

最后她思考一番，还是倾向于这帮高手是小元宝雇来的，江湖豪杰嘛，总要为雇主保守秘密，可以理解。

韩牛牛问道："公子，你为什么这么确定他们是小公子派来的？"

"因为这世上除了他，不会再有第二个人对我这么好。"

这样过了将近半个月，林芳洲的日子还算太平。在韩牛牛的指导下，那个卖栗子的终于学会炒栗子了，林芳洲很满意。她每天都在家门口蹭他们的栗子和西瓜吃，吃了还不给钱。

栗子需要韩牛牛给剥，西瓜呢，林芳洲可以自己吃。她用两个手腕的顶端托着弯弯的一块西瓜，吃得又快又干净。

像个猪八戒。

骆少爷看林芳洲吃得那样香甜，也过来买西瓜，买了西瓜他就蹲在林芳洲旁边吃，又一个猪八戒。

骆少爷一边吃西瓜，一边对林芳洲说："芳洲，听说了吗？最近朝中出大事了。"

"什么大事？"林芳洲对朝廷的事情不太上心。就因为朝堂上搞风搞雨、尸位素餐，才有杨仲德那样的狗官当道。

所以她觉得朝堂就是乌烟瘴气的。

不过永州县离京城并不远，所以京城发生了什么事情，一般情况下很容易就会传到永州。

骆少爷说："前阵子蒋国舅从河里淘到一个六十八斤重的大狗头金，这事你听说了吗？"

提到"蒋国舅"时，那个卖西瓜的低头扫了他一眼。

林芳洲点头道："听说了，六十八斤呢，澄黄澄黄的！老天也太不开眼了，一个国舅，又不缺钱花，为什么让他淘到狗头金？！"

"他淘到了也不是他的，论理，这是祥瑞，要献给官家的。"

"哦，这样啊？"

"对，官家迷信道教，养着好些个道士，你想啊，他是不是特别喜欢祥瑞？"

"对对，唉，那句话怎么说，普天之下莫非王土——都是官家的！"

"我跟你说，奇事还在后面呢！你听说过没，原先那个死了的皇后有一个死了的儿子——"

卖西瓜的突然打断他："皇后去世该称'薨'。"

骆少爷翻了个大白眼，"你一个卖西瓜的哪里来的这些讲究……芳洲，我接着跟你说，国舅就派人把祥瑞献给了官家。献祥瑞的几个兵丁里有个十几岁的孩子，官家看到那个孩子，觉得眼熟，仔细一询问，你猜怎样……芳洲？芳洲？你做什么？"

骆少爷正讲到关键处，林芳洲却不理他了。她缓缓站起身，西瓜也忘记吃了，望着前方，满脸震惊。

骆少爷有些奇怪，抬头一看，登时惊得西瓜脱手，"太爷？潘太爷？！"

潘人凤骑着高头大马，身后跟着一队官兵，都骑着马。这一行人，从头到脚，连头发丝都威势煊赫。

他们从进城前就减速了，奈何因人马众多，一路走，还是扬起了许多烟尘。

百姓们早已在烟尘中认出了潘人凤。这些天夏粮丰收，杨仲德贪得无厌，横征暴敛，弄得民不聊生。此刻看到潘人凤，许多百姓激动得泪流满面，"太爷回来了！太爷回来救我们了！永州有救了！"

潘人凤拧着眉头对身旁人道："我花了六年时间，才把永州治得安民乐业，现在才离任几个月而已，杨仲德已经将永州糟蹋成这样！"

"大人息怒，我们今日前来，不正是要除掉此等奸吏。"

潘人凤点了点头，见路边站着一个人，捧着一块大西瓜，正呆呆地望着他。

他摇摇头道："这个林芳洲，怎么还是这么呆头呆脑的？"

潘人凤骑着马走到林芳洲面前时，林芳洲惊喜地叫他一声："太爷！真的是你啊？我没做梦？！"

潘人凤竟然下了马。

林芳洲简直受宠若惊，"太爷，你进屋坐会儿？吃块瓜歇歇？要不让兄弟们也吃块瓜歇歇脚？放心吃，他的瓜不要钱。"

卖西瓜的冷漠地看了她一眼。

潘人凤忍着翻白眼的冲动，答道："不了，我还有要务在身。"

"哦哦，太爷，你来永州要做什么？不对，我不该打听这些……太爷，你带着这么多士兵，你弃文从武啦？"

潘人凤终于还是翻白眼了，"没有。"

"那太爷你……"

"林芳洲。"

"小人在。"

"你随我去县衙。"

"啊？我不去，我是——"林芳洲凑近一些，掩着口压低声音道，"死刑犯！我调戏了杨老虎的小妾，他要弄死我呢！我可不敢去戳他的眼眶。"

"你且随我去，我给你出气。"

"真的吗？好！"

林芳洲乐颠颠地跟着潘人凤来到县衙，一直跟着潘人凤的一个官兵高喊了一声："圣旨到——"

她吓得膝盖一软，差一点跪倒在地。

潘人凤拉了一把她的胳膊，哭笑不得，"现在先不用跪。"

那官兵喊一声也只是个形式，实际上潘人凤来之前早已派人通知了杨仲德，此刻杨仲德已摆好了香案，跪在大堂外迎接圣旨。

潘人凤一手握着圣旨高高地举起来，满院子人都跪下了。

然后他宣读圣旨。

那个圣旨写得有些……若是有十成，林芳洲只能听懂一成。

听不懂不要紧，从别人的反应里也能猜出个大概。读的人声色俱厉，接的人瑟瑟发抖，想必是很厉害的事。

果然，潘人凤读完圣旨，给左右使了个眼色，立刻有士兵上前控制住杨仲德，摘了官帽，把他押了下去。

杨仲德一边走还一边高呼"臣冤枉"。

林芳洲啧啧摇头，"亏他说得出口。"

外头早已有百姓听闻风声，前来围观。听说杨仲德被官家一道圣旨臭骂一顿，摘了官帽，还要押到京城去审判呢。众百姓不由得拍掌相庆，早有人回家挂起鞭炮来放，渐渐地鞭炮越来越多，全城噼里啪啦的，比过年都热闹。

潘人凤又指了两个官兵，道："你们带着捕快，去把那冯癞子抓来，一并押送进京。"

官兵得令去了。

潘人凤又派人分别去搜卷宗、去抄杨仲德的家等等。等把事情分派完，堂前只剩下他和林芳洲两人。

好事来得太快，林芳洲感觉还有些轻飘飘的，仿佛做梦一般。

潘人凤这才对林芳洲说："我此行专为传旨拘拿杨仲德，顺便料理一下永州的事务，新的县令应该很快就到。过几天我押着杨仲德回京，你也跟着我一起去。"

林芳洲知道自己有望平冤，连道"苍天有眼"，不过她转念又问："必须过几天就走吗？我能不能晚些时候再去？小元宝还没回来呢，我想等他回来。"

"他在京城等你。"

"欸？"

潘人凤奇怪地看了林芳洲一眼，"你不知道？"

林芳洲一怔，"知道什么？啊！"她恍然拍手，"我知道了！"

潘人凤点了点头。

林芳洲："小元宝去告御状了吧？他胆子也太大了，真有他的！"

潘人凤："……"

莫名其妙地，潘人凤突然有些恶趣味地想：假如我不说，到时候这小子会是什么样的反应？

呵呵，竟然有点期待……

潘人凤让林芳洲和韩牛牛暂时住进县衙，他调查了一下杨仲德这些天作的孽，心里有了个谱，等到新县令上任，他仔细交代一番，尤其强调"还税于民"，便带着人马浩浩荡荡地往京城进发。

杨仲德和冯癞子被关在牢笼里，囚车走在队伍的中间。围观的百姓纷纷往他们身上扔石子，打得他们头破血流、狼狈不堪。有个百姓举着块青砖，押送的官兵立刻喝住他："放下！打死了他，你也要偿命的！"

那人心不甘情不愿地放下青砖。

另一个百姓准备了一桶大粪，一路走一路泼，泼得杨仲德和冯癞子臭气熏天。

官兵有气无力地说："熏死了我，你也要偿命……"

林芳洲离开永州城时，卖西瓜那三位悄然撤退。离开前，卖西瓜的给了林芳洲一个锦囊，"我家主人说，等你离开永州时，将此物交与你。"

林芳洲打开锦囊，从里头翻出一张字条，字条上的字是小元宝写的。她哼一声，道："还说你不是小元宝派来的。"

字条上只有五个字：王状元娶妻。

韩牛牛好奇地凑过来，问林芳洲："公子，这上面写的什么呀？"

林芳洲迷茫地摇摇头，"字倒认得，可我也不知道他葫芦里卖的什么药。王状元娶妻只是一个故事，说的是一个小孩，因为小时候体弱多病成天吃药，家里养不起了，又不忍心看着他病死，就把他给扔了。这小孩命大，被一个穷人捡回去养大了，哪知道他竟然聪明绝顶，读书很好，考上了状元，后来定亲，好死不死的，恰好定了自己的亲妹妹。真相大白之后，他妹妹自杀了。"

韩牛牛叹道："好可怜的妹妹！"

"是呢，这个故事后面不好，但是前面还有点意思，我给小元宝讲过，当时主要是激励他考状元，后来他又不考了。"

韩牛牛也觉云里雾里，问道："小公子是不是又想考状元了？"

林芳洲摇了摇头，"应该不是。"

一行人走了三天，终于到了京城。林芳洲在车内，正要一览京城的风光，不料马车突然停下。

潘人凤在车外边唤道："林芳洲。"

林芳洲连忙探出头，"太爷，何事？"

"我要押着杨仲德去刑部交接，你的住处已经准备好了，会有人带着你去。"

"好，大人，就此别过，以后我们再叙话。"

潘人凤正要与林芳洲别过，却见远处一队内侍打马走过来，见到潘人凤，内侍们早已下马，为首一人道："前面可是潘大人？"

"正是。这位中贵人，可是宫里有什么吩咐？"

"潘大人，林公子何在？官家要见他。"

林芳洲的脑袋还没收回去呢，坐在马车里看着外面的热闹，听到有人叫"林公子"，她也没意识到在喊她。

从来没人喊过她林公子。

潘人凤见林芳洲还在那儿傻头傻脑地看热闹，有些哭笑不得，说道："林芳洲。"

"啊？太爷？"

那内侍便朝林芳洲说道："林公子，官家传旨，让你即刻进宫面圣。"

"啊？！"

　　林芳洲没想到，她才刚进京城，还没落脚呢，皇帝陛下就迫切地想听她陈述冤情。看来官家还是很关心民情的……

　　潘人凤也是一愣，心想怎么官家这么着急。他本想亲眼看看林芳洲得知她捡来那弟弟的真正身份时，吓得屁滚尿流的表情，可惜现在不能够了。

　　潘人凤直到此刻也没同林芳洲讲小元宝的真正身份。他不知内里，又哪里知道，因他这一时的恶趣味，差一点惹下大祸。

　　林芳洲被韩牛牛服侍惯了，问那内侍能不能带着韩牛牛一起去，内侍对她很客气，答应了。林芳洲更觉得官家真是个好官家。

　　皇宫里戒备森严，隔不远就有人站岗放哨，穿着锃亮的铠甲，拿着长刀，好不威武。林芳洲不敢多看他们，一直低着头走路，眼里晃过许多平整干净的地砖。也不知走了多久，经过许多房屋，终于走进一个不太大的殿里，韩牛牛被留在外面，没资格面圣。

　　那内侍让人先进去通报了一声，听到里头宣召，他才引着林芳洲进去。

　　林芳洲走进去之后，一眼见到当中主位上坐着个穿黄衣服的，她不敢看他，跪下行了个大礼，"草民参见陛下。"

　　她有些紧张，声音带着些许颤音。

　　一个有些苍老的声音说道："林芳洲，你抬起头来。"

　　林芳洲有些激动，缓缓抬起头来，得见天颜。她心想：我是见过皇帝的人啦，就算死也无憾了！

　　官家穿着家常便服，瘦瘦的，一把花白胡子，看起来老态龙钟。除了宫女和内侍，他身旁还站着别人。

　　右边站着两个人，一个看起来四十上下，穿玄色衣服，稳重内敛，一个看起来三十左右，穿蓝衣服，器宇不凡，两人都是衣饰华贵，正好奇地看着她。

　　再往他左边看，是一个朱衣少年，少年面似美玉，俊采风流，正望着她，唇角挂着淡淡的笑意。

　　林芳洲看到他，登时内心狂喜，失声唤道："小元宝！你果然在这里！"

　　然后她听到那官家几近咬牙切齿的声音："你管朕的儿子叫小……元……宝？"

　　"他的小名叫小元宝，大名叫——"林芳洲正要解释，说到这里却突然停住，仿佛被雷击中一般，一双眼睛瞪得溜圆，直勾勾地看着官家，又看看小元宝，又看官家，又看小元宝……目光在两人之间来回了好几次。

官家身边的一个近侍看不下去了，正要责问林芳洲言行无礼，却被官家抬手制止。

林芳洲惊得心肝乱颤，嘴唇发抖，上下牙齿碰在一起嘚嘚嘚嘚嘚嘚跑马一般。她结结巴巴地说："他他他他他是是是是是谁谁谁谁谁……谁儿子？"

近侍终于忍不了了，"放肆！"

小元宝见到这样的情况，也有些惊讶，问道："你还不知道？"

"我我我我知道什么啊……没人和我说……"林芳洲吓得快要哭了。

站在官家右边的两个人面面相觑。

小元宝解释道："我也才恢复记忆不久，便前来与父皇相认，没有告诉你，是我疏忽了。我只当接你入京的人会告诉你。"

"你……"林芳洲看了他一眼。

他面色平静地看着她。

官家突然说道："你平身吧。"

林芳洲此刻两腿发软，要旁人搀扶才能起来。她站起身之后，说道："我我我我想出恭……"

官家知道这人是怕得尿急，"去吧。"

林芳洲离开之后，小元宝对官家说道："他是个布衣百姓，从未出过永州城，没见过什么世面，此番也是无心，请父皇免他无礼之罪。"

那蓝衣服的人道："三郎看来很关切此人，关切得连礼节也不顾了。"

小元宝一愣，连忙对官家说："儿臣有罪。"

官家轻轻摆了一下手，"你知恩图报，何罪之有？他于你有恩，就是于我皇家有恩，朕岂是那忘恩负义之人？"

这一番话说得另外两人眼皮直跳。

且说林芳洲走到殿外，韩牛牛看到她，奇怪道："公子，怎么脸色这么差？可是不舒服？"

林芳洲摸了一把额上的冷汗，道："尿急。"

引领她的内侍想笑又不敢笑，掩着嘴往前走。林芳洲追上去，问道："这位贵人，请问方才站在官家右边的那两位是谁呀？"

"公子有所不知，那两位是大皇子和二皇子，一个封了赵王，一个封了齐王。"

哦哦，大皇子和二皇子，也就是小元宝的大哥和二哥。

小元宝是皇子。

皇子皇子皇子皇子皇子……

林芳洲心念电转，突然想起此前听过的一个关于皇室的传闻。官家有两个儿子，大皇子和二皇子在抢皇位，三皇子是皇后所出，可惜夭折了……现在这个最小的皇子，怕就是那"夭折"又"诈尸"的嫡出皇子。

这样一来，小元宝为什么被暗害，简直太明显了。

嫡庶有别，庶子想要上位，只能先把嫡子弄死。至于是老大要弄死老三，还是老二要弄死老三，还是两人合伙要弄死老三……这就不得而知了。

林芳洲更倾向于两人要合伙弄死小元宝。诸葛亮想打曹操，还要和东吴合伙呢！

从官家今天的反应看，小元宝被害，他应该是不知情的，至少，他肯定没参与——哪个皇帝会把亲儿子弄死？虎毒还不食子呢！

小元宝还说过，他爹听了人的谗言，很少与他见面，如此看来，多半也是他那两个哥哥搞的鬼了。

小元宝说他生下来时母亲就难产死了。

后宫一直是贵妃当权——贵妃就是那两个皇子的生母。这样一来，小元宝长在深宫之中……很凶险啊？

难怪一直那么瘦小，也长不大。

还有还有，小元宝那个小飞蛇，不是蛇，是真的龙，那龙是皇子的象征。

太傻了，我太傻了，怎么会觉得那是蛇呢？那明明就是龙啊！

小元宝说得对，我果然见识短浅！

林芳洲一边走一边想，思路转得飞快。走着走着，内侍突然唤她："公子，到了……公子，公子你往哪儿去？"

韩牛牛一把将林芳洲拉住。

林芳洲回过神来，立刻去如厕。

她在里边蹲了好久，消化自己震惊的心情……直到有内侍过来催："林公子，可好了？官家吩咐要开宴了！"

林芳洲出来后便没有回方才那个殿，而是去了另外一个殿，参加御宴。

官家的这次御宴只是一个简单的家宴，因为林芳洲救过三皇子，这才特地请她，以示恩典。

林芳洲在御宴上如坐针毡，官家问话，她也答得不好，近侍说了几次"放肆"，把她吓得连筷子都不敢提了，坐在那里不敢乱动。

　　酒过三巡，齐王突然朝林芳洲举杯，道："本王听说你在那虎腹藏玉，以此保全了我这弟弟，真乃智谋无双，我敬你一杯。"

　　咣当！

　　林芳洲吓了一跳，定睛看时，是小元宝不小心把酒杯打翻在地。

　　服侍的宫女们连忙清理现场，小元宝起身告了罪，坐下时，他低头看了林芳洲一眼。

　　轻飘飘的一眼，目光幽沉。

　　林芳洲只与他对视一下，便仿佛心有灵犀一般，心下只一思索，便恍然而惊惧。

　　那齐王这般说，分明是在给她挖坑，挖一个天大的坑！

第十五章

暗藏玄机

所谓"虎腹藏玉，保全皇子"，有一个前提是林芳洲知道小元宝的身份。

明知道对方是皇子还设法传递"此人已死"的消息，这算保全他？这是扣押！人家可是皇子，天家血脉，还是唯一的嫡出！你一个小小草民，私自扣押皇子，是何用心？！

或者林芳洲也可以说自己不知道他的身份，但是知道他在被追杀，可这样一说，她又拿不出证据——卫拐子的死不能作为证据，因为没人能证明卫拐子的死是他杀而非自杀，现在过了这么多年，也已经无从追查。并且这样一说，就是暗示皇帝他另外两个儿子在搞鬼——人家可是亲父子，你当着爹的面给儿子上眼药？像话吗！

就算你说自己当时脑子有病想错了，所以才觉得他被追杀，那么接下来还是会有更严重的问题：明知道这孩子在被追杀，为什么不报官？什么？觉得官府也在追杀他？你凭什么说官府也在追杀他？官府怎么可能追杀堂堂皇子？就算你脑子出问题了，觉得追杀他的正是官府，那么为什么不把他交给官府？被官府追杀的人，能是好人吗？

怎么解释都解释不清楚了……

并且，只要有"虎腹藏玉"这件事存在，就算林芳洲说自己不知道小元宝的身份，也没人会相信。她倒想告诉官家，她真以为那块玉只是一条小飞蛇——这是真话，可这更像一句玩笑话。

所以，她必须不能知道小元宝的身份，更不能知道他在被追杀。

"藏玉"一事莫名其妙，"保全"一事无从谈起。

小元宝那么聪明，不可能轻易向齐王透露这件事情，唯一的解释只有一个——齐王在诈她。一旦她承认了，要么她完蛋，要么小元宝完蛋，要么两人一块儿完蛋。

此刻不止齐王，连官家和赵王，也一齐看向林芳洲。

　　林芳洲迷茫地看着齐王，问道："'虎腹藏玉'是什么意思？哦，我知道了——"她恍然一点头，引得室内众人都全神贯注地盯着她，生怕错漏过什么，她说道，"我那日跟着剖老虎，确实看到从虎胃里掏出来一块玉，很好看，想必值不少钱。我们本来是想拿去报官的，但是半路上被人抢走了，那人很凶，还威胁我们不许同人说……这和小元……和三殿下有什么关系？王爷的话我听得不太明白。三殿下是皇子呢，需要我一个小小草民去保全什么？难道还有人敢加害于他？"

　　此话出口，赵王和齐王脸色都是微微一变。那齐王被林芳洲反将一军，立刻又说："我三弟天子血脉，自然没人敢害他。本王只是想不通，你区区一介草民，捡到他之后，为何不报官？"

　　"我也不知道他是皇子啊……早知道，我肯定早就报官了……"

　　"你难道没从他身上看到什么，比如玉佩之类的？"

　　林芳洲继续迷茫，"没有，什么都没有。"她突然想到方才小元宝说自己才恢复记忆不久，便知小元宝是怎么跟官家说的，于是她立刻又补充道，"他醒了之后傻傻的，什么都不记得了，我追问半天，也问不出什么。"

　　"既如此，想必林公子认为，是皇子，就需要报官，而如果平白捡到一个大活人，便不必报官了？"齐王说到这里，声色已经有些严厉。

　　林芳洲发现，自己躲过了一个坑，似乎又掉进另一个坑里……

　　捡到一个人，活的，没有报官。不仅没有报官，而且和他演了一场戏，误导所有人以为他们是远亲兄弟。

　　这场戏，全县人都听说过，林芳洲毫不怀疑，官家已经打听到了，就算现在没打听到，往后也一定能打听到。

　　所以，她还要编个理由，来解释自己为何在不知道小元宝身份的情况下私自帮他伪造身份，然后留下他。她冒着得罪官府的风险，留下一个素不相识的陌生人，这很不符合常理。

　　她突然想到小元宝留给自己的那张字条。

　　王状元娶妻，王状元娶妻……

　　娶妻不是重点，重点是王状元的身世。王状元是因为体弱多病被家人扔掉的，扔掉的时候他没有记忆，而捡到他的那家苦人家，是个绝户，突然捡到一个小孩，如获至宝，悉心养大，这才有了后来的金榜题名。

　　这是小元宝给她的暗号。因为小元宝回来时肯定已经和官家讲过他的遭遇，所以在林芳洲这里，她需要和小元宝讲得一致。

于是林芳洲答道："我只当他是被人遗弃的呢！"

齐王冷笑，"怎么可能，谁敢遗弃他？"

"我不知道他是谁啊，就……在山里玩的时候，捡到一个小孩。荒山野岭，四下没人也没车马，只有一个小孩，又瘦又小，看着像是有病。这样的小孩，不是别人扔的，还能是天上掉的吗……我当时想，我要是不救他，他肯定就被豺狼吃了，所以……就把他捡回家了，他晕了几天，就醒了。"

齐王步步紧逼，"他身上穿着盔甲，你不好奇？"

林芳洲心想：玉既然被老虎吃了，老虎也不可能只吃玉不吃人，所以这个玉应该是被人偷走，然后那偷玉的人被老虎吃掉，这才合情理。

既然偷玉，那一身盔甲价值不凡，肯定也会被偷的……

这样一来，才能完全洗清她的嫌疑——她捡到人的时候，人没有穿盔甲，也没有玉，什么都没有。所以才不知道身份，而且不会紧张地去报官。

林芳洲更加迷茫地看着齐王，"他没有穿盔甲。王爷，你为什么总说一些无中生有的话，小人愚钝，王爷到底是什么意思，能不能说明白一些？"

"想来是我记错了，"齐王道，"所以，你为何没有报官？"

"报官也没用啊，如果你扔了什么东西，官府让你去领，你领吗？"

"为何又帮他伪造身份？"

"这是我的一点私心。我是家中独子，大夫说我不能生养，我林家很可能绝后，我……挺着急的，捡到一个小孩，就觉得是老天爷赐给我的……"

小元宝突然看着她，恍然道："原来如此，难怪你一直不愿成亲。"

林芳洲埋着头不看他。

齐王还要说话，小元宝突然打断他道："二哥问得这么仔细，看来是不相信我了。既然不相信……父皇，不如放我回永州，我继续做个布衣百姓。"

官家突然说："二郎，林芳洲是三郎的恩人，你不该像审犯人一样审他。"

"事关国体，儿臣是为父皇着想，这才……"

"好了，不要问了。"

"是，儿臣知错，请父皇降罪。"

"你方才吓到林公子了，你看他汗如雨下的样子，给他赔个不是吧。"

齐王立刻朝林芳洲作揖道："本王只是心中存了些疑惑，这才再三追问，多有唐突，还请林公子见谅。"

林芳洲连忙说："王爷不要折杀小人了……"

这一顿御宴，林芳洲一点胃口都没有。最后宴席要散时，官家赐给她一颗金丹。这金丹据说是官家亲自炼的，炼了七七四十九天，一炉只得十几颗，只有最得官家荣宠的人才配享用。

林芳洲是小元宝的恩人，这才有机会分得一颗。

说是金丹，实际是赤红如血的颜色，比弹丸还大，看着怪吓人的。这一口吞下去，就算不毒死，大概也能噎死。

官家还等着她感激涕零地亲口吃下去。

林芳洲虽不感激，倒也真的快"涕零"了。她心想：这是报恩的态度吗？这是在报仇吧？

最后还是小元宝帮她解了围，"你前不久才受了刑，身体虚弱，此等宝物吃下去，可能会补过了，反而对身体不好，辜负父皇的一番美意，不如拿回去等身体养好了再吃。"

官家答道："对，是这样的道理，金丹虽是好物，但你也不要着急吃。"

林芳洲如蒙大赦。

宴席散后，林芳洲早已心力交瘁，身体仿佛被掏空，脚步虚浮得很，还需韩牛牛扶着才能走稳路。

走出皇宫后，她和小元宝上了同一辆马车。

马车里宽敞而精美，因是夏天，还放着一桶冰降温纳凉。

林芳洲却无心欣赏这样的奢侈，她缩在马车的角落里，目光幽幽地盯着小元宝。

他朝她招了一下手，轻声唤她："过来。"

林芳洲摇了摇头。

他只好移动身体，主动凑过去。

林芳洲撇着嘴角看他。

小元宝抬手轻轻盖上她的肩膀，柔声说道："是我错了，对不起。"

"哇——"她突然失声痛哭。

方才神经绷得太紧，此刻终于松懈下来，情绪得以宣泄，她哭得惊天地泣鬼神，把他吓了一跳。他手忙脚乱地掏出帕子帮她擦眼泪，轻轻拍她的后背，说道："对……对不起……"

"呜——呜……你为什么不早点说啊，早点说你是皇帝的儿子！"

"我本以为潘人凤会告诉你。"

"他什么都没说！是不是你不让他说？！"

"不是……"

"你吓死我了，呜呜呜——刚才我还以为我要死了！"

"你做得很好，你很聪明。"

"为什么不提前跟我说？！我刚才要是出了什么差错，你早就看不到我了！呜——"

小元宝低声说道："事关重大，我不能回去当面和你说，只好留一锦囊。我想以你之聪明，两三日之内定能想通各节关窍，哪知你直到面圣都还蒙在鼓里，是我疏忽了。"

"还好我聪明，但凡说错一句，我就得去见我娘了！"

"不会的，我还有别的办法，大不了把他们都拖下水。我说过我会保护你的。"他顿了顿，静静地看着她，一双眸子幽深安静，"你救我一命，我护你一生。"

林芳洲心里有一点点感动，但是一想到自己方才险象环生，立刻又翻白眼，"哼，谁信啊，差点吓死我的也是你！哼哼哼！"

他突然抱住了她。一条胳膊绕到她后背，将她圈进怀里，另一只手轻轻扣在她脑后。他的下巴垫在她的肩上，手臂轻轻一收，将她紧紧地搂在怀里。

林芳洲就这么突然间陷进他宽大火热的怀抱里，她有些慌乱，举着两只熊掌也不知该如何安放，"你不要以为撒个娇就管用了……"

她听到他低声唤她的名字。

"林芳洲。"

"嗯？"

"谢谢你！"

"哼！"

"还有。"

"什么？"

"我好想你！"

林芳洲最后败给了小元宝。

反正他一撒娇她就心软，她早就知道。

她的熊掌轻轻放在他后背上，停了一会儿，见他没有放开她的打算，她只好说道："你……热不热呀……"

他终于松手了，向后拉开一些距离仔细端详她，看了一会儿，说道："胖了。"

"那当然，我吃了睡，睡了吃，什么都不能干，过得像猪一样。"

"韩牛牛这丫鬟用着怎样？"

"她很好，特别好。"

小元宝突然不说话了，盯着她的脸打量，目光充满探究。

林芳洲有些奇怪，"怎……怎么了？"

"你方才殿上所言，是真的吗？"

林芳洲压低声音答道："你脑子坏掉了？我方才说的哪句话是真的？"

"是……你不能生养的那句。"

"当然是假的啦，我怎么可能不能生养？我身体好好的！"

小元宝轻轻拧了一下眉，小声说道："倘若你以后娶妻生子，今日之言就是欺君了。"

"欺君……的后果很严重吗？"

"轻则砍头。"

林芳洲心惊肉跳的，"轻的是砍头，那重的呢？"

"重则灭门。"

林芳洲快哭了，"当皇帝都这么霸道吗？要是以后你——"

他突然抬手挡住她的嘴，食指的指肚轻轻压在她柔软的嘴唇上，拦下她将要说的话。林芳洲看到他的面色严肃非常，他说："不要说。有些话，永远都不能说出口。"

林芳洲呆呆地点了点头。

小元宝被她傻乎乎的样子逗得笑了一下，安慰她道："好了，也不用那么怕。"

林芳洲眼珠转了转，又问："只要对官家撒的谎，都算欺君吗？"

"是。"

她欲哭无泪，"那我这个……"

"怎么？"

"不能说……"

小元宝好奇道："我记得你曾经对我说过，你有一个秘密，要等脱险之后告诉我。现在你已经脱险了，那么——"

"现在没有脱险，"林芳洲摇头打断他，"现在更危险了！"

"到底怎么回事？说出来，我帮你。"

"不要，还是不要连累你了。"林芳洲怕他追问，连忙岔开话题道，"说说你吧，我想听。"

"你想听什么？"

"什么都行。"

小元宝眉目低垂，缓声说道："我出生那日，母后便过世了。我母后先时流过两个孩子，怀上我时又已年近四十，我刚出生时很小，许多人都觉得我活不到成年，只是没人敢说。后宫无主，一切事务都是贵妃主持——她是赵王和齐王的生母。"

"这个我知道。"林芳洲心想，小元宝小时候体弱多病，恐怕也和这位贵妃脱不开关系，否则怎么一到她家就长得那么茁壮呢？明明在她家吃得不可能有皇宫里好。

小元宝点了一下头，道："我十岁那年，第一次随父皇一起去打猎，猎场距离永州不远，只是在悬崖那一边，要翻山越岭才能到，且一直有官兵把守，闲杂人等不得入内。所以你们都不知道。"

"然后打猎的时候出事了？"

"嗯。"

"出了什么事？"

"我骑的那匹马，本来性情很温和，可是不知怎么回事，突然发疯，朝着猎场外狂奔，我又制不住它，直到跑到悬崖边上，它突然收住脚。"

"那你……"

"我被它甩出了悬崖。"

"啊！"林芳洲光是听他这三言两语，也能想象出当时情形有多可怕。她想要说话，又怕被人偷听到，于是凑到他耳边，悄声问道，"会不会是有人动了手脚？哪有那么巧的事，好好的马突然狂性大发？"

热热的气息喷进他的耳朵里，他感觉自己的耳根子有些烫，想躲开，又舍不得。他端坐着，动也不敢动，答道："出事之后，养马的人、看护我的人，全都被处死了。"

林芳洲撇一下嘴，继续在他耳边说："肯定是有人从中作梗，训练一匹马的难度并不大，我还见过训练蚂蚁跳舞的呢！"

他点了下头，低低地"嗯"了一声，声音自鼻腔中发出来，有些深沉，又有点说不清的缠绵。

林芳洲没发觉他的异样，她坐直身体，靠在车壁上，摇着头说："果然生在皇家就是凶险……那你后来是怎么回来的？"

小元宝挪动身体，再次挨近她，压低声音给她讲了他的经历。

他甩掉康捕头之后，先去找了他的舅舅。

　　蒋家在二十年前有些势力，皇后薨逝之后，被天子冷落，在朝中受赵王和齐王的排挤，自己族中也没出能成气候的人物。三皇子活着的时候，他们还有能与两位皇子抗衡的底气，三皇子夭折的消息，也同时宣告着蒋氏一族的没落。

　　蒋国舅虽还有个国舅的名头，但实际没什么官职权力，闲散逍遥得像个野鸡。他偶尔也在官家那里邀邀宠什么的，官家现在年纪大了，反而有些思念当年与皇后的夫妻情意，因此偶尔会拿正眼看一眼蒋国舅。

　　在赵王和齐王看来，这些都无所谓。反正老三死了，蒋家还能兴什么风浪？他给官家送礼物、送祥瑞，无非是摇尾乞怜，不用理会。

　　正是如此，小元宝跟着进献祥瑞的队伍面圣，一路畅通。他长在深宫之中，见过他的人本来就少，何况相隔六年，他变化很大，几乎没人能认出他。

　　官家能觉得他眼熟，也只因他的眉眼与故去的皇后有些像。

　　皇后离世十六年，如今还能记住她长相的，大概也没几个了。

　　林芳洲听到这里，打断他，道："不对啊，就算你爹觉得你眼熟，可事关皇室血脉，不要说你两个哥哥会从中作梗了，便是朝廷重臣们，也要好好商量一下，不可能轻易认了你吧？就算你有儿时的记忆，他们也可以说是你从别处偷听来的，借着自己与那小皇子长得有几分相似，前来浑水摸鱼，富贵险中求。你到底是怎么说服他们的？"

　　"这倒不用我说服。我爹喜欢占卜算卦，他认为人身上的痣和胎记，与天上的星辰对应。我身为皇子，事关国运，所以我刚出生时，他就找人给我算命，我身上哪里有胎记、哪里有几个痣，这些史官都记下来了，无法篡改。"

　　"这样也行……"林芳洲有些哭笑不得，"我竟然有点相信命中注定这种事了。"

　　他看了她一眼，轻声道："我也是。"

　　"那你真名到底叫什么？"

　　"我姓云——"

　　林芳洲翻了个白眼，"废话，全天下人都知道你姓云。"

　　他抿着嘴角笑了一下，道："云微明。我叫云微明。"

　　"这个名字一般般。"

　　"是，不如芳思好听。"

　　"我还是喜欢叫你小元宝。"

　　"你既然喜欢，便继续叫我小元宝吧。"他说着，又在心里补了一句：只有你能这样叫我。

第十六章
静观其变

马车走了不久，便到了一个府邸。林芳洲被云微明扶着下了车，抬头看那高墙和大门，问道："这是谁家？"

云微明答道："我现下住的地方。"

林芳洲疑惑道："你不是住在宫里吗？"

"我已成年，不能久住宫中。"

"你才十六。"

"十六已经很大了。"说到年龄，云微明总是有些不服气，又有些没底气。

林芳洲随着云微明走进府里，但见奇树香花，雕栏玉砌，童仆丫鬟穿梭往来，都是毕恭毕敬、规规矩矩，不出一点差错。

林芳洲何曾见过这样的人家？她一路走一路看，只恨自己没有长六只眼睛。走到一座桥上，她停下来，往桥下一看，荷花底下数不清的锦鲤结伴游行，有大有小，肥肥壮壮，她禁不住高兴道："这鱼可真肥！"

"嗯。"

"也不知好吃不好吃。"

云微明弯起唇角笑了笑，问道："喜欢这里吗？"

"嗯！"

"那就住在这里吧。"

"啊？"林芳洲有些惶恐了，"这个……好吗？"

"没什么不好。"

林芳洲叹道："我真像做梦一样。前不久还在狱中，以为自己要死了，现在竟然住进这神仙般的地方，啧啧啧，人生如梦啊！”

她这边正在发感慨，却见不远处走过来两人，由仆从引着，见到云微明，那两人倒头拜道："十二，十七，见过三殿下。"

"免礼，起来吧。"

林芳洲有些好奇，等那二人起身，她看清他们的长相时，立刻"啊"的一声惊叫，把旁人都吓了一跳。

云微明问道："怎么了？"

"这两人……我见过。"

就是六年前在县衙里见的那二位杀神，大杀神总是一副"老子一个手指就能立刻碾死你"的凶样，二杀神总是一副"虽然我看起来笑眯眯的，但是我翻脸比翻书快，信不信我翻脸立刻碾死你"的样子……反正看着就让人腿软哆嗦，恨不得跪下磕头。

那种心有余悸的感觉，她记忆犹新。

那位名唤"十七"的二杀神说道："林公子，别来无恙？六年前我兄弟只因着急寻人，多有得罪，林公子，不要放在心上。"

"不不不，不会……"林芳洲慌得连忙摆手，接着恍然道，"原来你们是好人呀？"

十七失笑，道："对，我们是好人。"

云微明解释道："十二和十七是禁中的侍卫、父皇身边的人，父皇因挂念我，派他二人前来给我镇宅。"

他说得有些风趣，那十二和十七连忙道："微臣不敢当。"

那之后，林芳洲一路有些惆怅，连景致也无心欣赏了。云微明察觉出她情绪不对，将她送到他住的院子之后，屏开众人，问道："怎么了？"

"小元宝，六年前我在县衙里看到了十二和十七，他们当时就在找你。"

"嗯。"

"我的意思是，要是我当时把你交给他们，应该也没事吧？这么大费周章的，我感觉自己兜了个大圈子，做了件蠢事。"

"事情没你想的那么简单。我问你，卫拐子为什么会死？"

"呃……会不会真的是自杀？"

"不会。"

"那是为什么？"

"永州城里，当时在官面上找我的，是一路人，但实际上，潜伏着三路人。"

"啊？！"

"我身份有些敏感，连父皇都不敢大张旗鼓地找，一来怕有人趁机浑水摸鱼，二来怕丢了皇家脸面。"云微明说到这里，摇了摇头，"我也不知道这是父皇自己这样主张，还是有人给他出的主意。"

林芳洲点头道："所以我当时还好奇呢，假如你是反贼，怎么没有官兵搜城？"

"嗯。十二和十七，还有另外一些侍卫，都是父皇派出去的。另外两路人，一路是我舅舅派去找我的，还有一路，是我两个哥哥的势力。"

"卫拐子就是你哥哥的人杀的？"

"应该是，他们一心想杀我，从卫拐子那里问不出什么，又担心另外两拨人问出我的消息，干脆直接灭口。"

"太可怕了，"林芳洲拍了拍胸口，"我还把你带出去过！"想到这里又是一阵后怕。她半夜三更把小元宝拴到河边的树上，这样对待一个小皇子……这个不管被哪拨人看到，恐怕都难逃一死。

"三路人马，谁都不敢太高调，永州城那么大，他们也不可能每个角落都盯到。并且，其实这三路人都觉得我根本没命活下去，只是没找到尸体，不能最后确认。所以你从那虎胃里把玉佩掏出来后，他们就都散了。"

"我没想到原来这里边竟然有这么多危机，"林芳洲说着，突然一拍手，恍然道，"卫拐子死了，说明是你哥哥的人先找到的他？"

"对。禁中侍卫在明，那些杀手在暗。倘若我真的现身——"

"倘若你真的现身，是生是死还不一定呢！"林芳洲接过他的话，说道。

云微明点了点头，又说："就算侥幸回京，又怎能保证平安度过这几年？"

"也对，你聪明归聪明，毕竟是个小孩。"

他望了她一眼，道："现在不是了。"

林芳洲住的那个院子花团锦簇的，种着花，养着蟋蟀和小鸟，叽叽喳喳的，很热闹，也有不少奴仆，可惜没有了丫鬟。

她逗了会儿鸟，突然说道："小元宝，我想回去了。"

云微明仿佛与她心有灵犀，问道："你是不是想九万了？"

"嗯。"

"那你快去快回，让十七跟着你。回去与王捕头他们道一声平安，我暂时不能亲自去了。"

"好！"

这一头林芳洲带着人马富贵还乡，自不用提。

林芳洲走的第二天，云微明把潘人凤叫到自己府上一叙。

皇子明面上不会和官员们过从甚密，为的是避嫌。不过潘人凤有点特殊，也不用顾虑那些。

但是现在潘人凤有点不敢见这位三皇子，因为他发现自己似乎做错了一件事。

果然，三皇子与他说了一些场面话之后，突然把茶碗轻轻放下，说道："潘大人真有意思，明知我早已身份大白，却迟迟不肯向林芳洲透露，也不知你有何顾虑？"他端坐着，不嗔也不怒，眉宇间却自带着几分贵气与威严。

潘人凤被问得冷汗都下来了，连忙离席，下跪叩首，道："微臣一时糊涂，罪该万死！"

云微明淡淡说道："倒不至于罪该万死。我只是好奇罢了。"

潘人凤都不知道怎么解释这个问题了。

对于林芳洲和云微明，他倒是没有赵王、齐王那样的怀疑精神，毕竟那两位是拿着水晶透镜恨不得挑出一丝差错，潘人凤没有这样的动机。

三皇子身份大白时，听了他的经历，潘人凤并不觉得有任何问题，只是觉得奇之又奇，仿佛听故事一般。说到底，他太相信林芳洲了——不是相信林芳洲的人品，而是觉得，林芳洲这样傻头傻脑的人，不会耍什么花招，只是运气好些罢了。所以他和朝廷里所有人都一样，只是把这段经历当个传奇来听。

再见到林芳洲时，见这小子依旧不知道他捡回来那孩子的身份，潘人凤更加不疑有他。

他瞒着林芳洲，只是开个玩笑。

但是潘人凤现在不得不承认，这玩笑开得有点大。林芳洲一介草民，没有丝毫准备就去面圣，万一说了什么不得体的话，惹得龙颜不喜，被降下罪来，三皇子不可能记恨圣上，所以最后背锅的还是他潘人凤。

说到底，潘人凤在地方上做官时的思路还是没转过来。面对林芳洲时，他总是不自觉地带着些优越感，林芳洲前后对他的态度始终如一地谦卑，也促成了这种优越感，导致他没有为林芳洲着想，想戏弄林芳洲时，也没有太大压力。

现在，悔之晚矣……

"殿下，微臣只是……见林芳洲始终不知你的身份，便与他开个玩笑。"

"开玩笑吗？"

"殿下！微臣对殿下忠心耿耿，绝无二心！"

云微明没说话，低头看着茶碗里细细的茶沫子。

潘人凤怕的不是三皇子怪罪他，他怕的是他怀疑他。

他潘人凤在地方上做了六年官，一直远离党争，不是赵王党也不是齐王党。三殿下在他治下做了六年百姓，这样的联系，让他无论愿不愿意，都只能是三皇子这条船上的，没有第二种选择。

如果三皇子抛弃他，他的仕途也就到头了。

潘人凤有些急切，"殿下，微臣以项上人头担保，微臣真的只是一时糊涂，绝对没有其他用心！倘若微臣对殿下有二心，便教我天打雷劈，不得善终！"

云微明终于正眼看了他一眼，淡淡说道："你先起来吧。"

"谢殿下！"

"以后这样的玩笑，不要开了。"

过了有十来天，林芳洲带着九万高高兴兴地回来了。回来时，正赶上云微明要出门。

林芳洲问道："你去做什么？"

"我去见父皇。"

"你爹现在愿意多见你啦？"

云微明轻轻摇了一下头，"今日有要事。"

"哦？什么要事？"

"我要亲自审理杨仲德那狗贼。"

"你爹能同意？"林芳洲表示很怀疑。

云微明眼睛一眯，"想办法让他同意。"

林芳洲抬起熊掌拍了拍云微明的肩膀，道："我知道你是想给我出气，不过这个事情也不用强求啦，杨老虎落得现在这样的下场，早已有了报应。"

"他该死。"云微明说着，竟摇了摇头。

他离开之后，林芳洲感觉似乎有那么一点不对劲，于是问一旁的十七："那个杨仲德，不会死吗？"

十七也摇头，道："杨仲德贪赃枉法，罪有应得，不过，死倒不至于。"

"为什么？他害死那么多人。"

"本朝惯例，不杀文人。"

"……"林芳洲张了张嘴，"这个，这算什么呀？"

"总之杨仲德有举人之身，又是朝廷命官，出了这样的事，最多是流放，遇到大赦，还能放还。"

十七也是朝廷的人，林芳洲不好当着他的面骂这莫名其妙的惯例，只好在心里悄悄翻了个白眼。

她带着九万回到自己住的院子里。院中小鸟们叽叽喳喳叫得很欢快动听。九万本来是在睡觉，听到鸟叫声，醒了，它飞起来，在空中盘旋了一会儿，选了个长得最好看的小鸟，叼着走了。

十七看得有些呆，过了一会儿，问林芳洲："你也不管它？"

"我管不了。一会儿让人把这些鸟都拿走吧，要不然过不了多久这里就只剩下一地鸟毛了。"

林芳洲走到廊下，看着那里挂着的一个黄鹂鸟，摇头叹道："唉，可惜，从来没养过黄鹂呢！"

十七给她出了个主意："公子要不试着弄个铁笼子？又粗又大的，那猫头鹰撕不坏。"

"不行，九万会吃醋的。"

十七第一次听说鸟也能吃醋，他摇头道："鸟也会吃醋吗，不过是一只畜生。"

"你不知道，九万救过我的命。"

林芳洲正要说自己在狱中的经历，突然想道：这事情里涉及小元宝，十七是皇帝的人，我可不能乱说话，能不提小元宝就不要提他。

于是她目光一转，道："我有段时间穷得吃不起饭，九万就天天送老鼠给我……"

"你别说了！"十七脸色发绿，打断她。

韩牛牛招呼来几个小厮把鸟都提走了，林芳洲多少有些失落，又想道：幸好还有蝈蝈和蛐蛐玩。

云微明回来时先去找林芳洲，一进院门，只见树荫下围着一群人，一个个卖命地吆五喝六。林芳洲挤在最外面，跟着嚷嚷，也不知在说些什么，急得满头是汗，被树叶间漏下来的太阳光一照，亮晶晶的。

云微明好奇地走过去，跟着低头看，视线越过一群脑袋，看到的是两个蝈蝈在斗盆里，正抱在一起撕咬。

群情激昂。没过多久，一只蝈蝈把另一只蝈蝈的大腿咬下来了。

有一半人拍手欢呼，另一半人神色失落。他们一起想要站起来，刚一抬头，陡然见到正上方三皇子那俊美无俦的脸庞。

哗啦啦——都吓了一跳，滚到地上又爬起来，跪好。

林芳洲也不知怎么回事，见大家都吓得跪下来，她也从善如流，跪了。

跪完才发现是云微明。

云微明不喜欢林芳洲对他卑躬屈膝。他把她扶起来，拉着她走进房间，韩牛牛像个小尾巴一样尾随着他们，最后被云微明拦住，"你在外面等着。"

两人走进客厅，把门关好。

林芳洲坐在椅子上说道："你回来怎么也不说一声？吓我一跳。"

云微明坐在她身边，自己倒了杯茶喝，答非所问："以后不要见人就跪。"

桌上摆着点心和果盘，果盘里有葡萄、雪梨和香蕉。大热天的，林芳洲方才在外面玩得一头汗，这会儿有些口干，看着葡萄，想吃又没法吃。

云微明仿佛她肚子里的蛔虫，此刻拿下一颗葡萄，慢条斯理地剥了皮，送到她嘴里。指尖不小心碰到她的嘴唇时，他心里有些异样的感觉。

林芳洲吃得很开心，吃完一颗，说道："继续。"

他抿着嘴角笑了笑，"嗯。"

云微明一边剥葡萄，一边说道："下个月初二，你随我一起去升堂，审杨仲德。"

林芳洲惊得差一点把葡萄生吞下去，她咳嗽了几下，他轻轻拍她的后背。

总算顺过气了，林芳洲问道："你怎么做到的？我听十七说，朝廷里管断狱的那些官都要考试呢，考试过了才能胜任。你没有官职，也没考过试，年龄还小，你爹怎么就答应了？"

"父皇本来是不同意的。"

"嗯，后来呢？"

"后来，我告诉他，杨仲德说我是王八生的。"

"……"这也行吗？林芳洲还是有些不敢相信，"所以他一生气就同意了？"

"嗯。"

"你爹也太……"都不知道说什么好了。

云微明解释道："其实他能答应我，并不是因为生气。"

"那是为什么？"

"我流落民间六年，他觉得该补偿我。我从回来之后，只向他提了这一个要求。"

"这倒是说得通。"林芳洲点了点头，又问，"可是你这样做，会不会有人说你坏话呀？"

"会。一定会有人上奏本说我破坏法度。"

林芳洲有些担忧，"要不就别这样了，我觉得得不偿失。你才刚回来，好多人盯着你，想你出错呢！你哥哥也不会轻饶你，一定会抓着这件事，在你爹面前说那个……谗言。"

云微明却是轻轻一笑，"没关系。我才十六岁，正是任性的年纪。杨仲德欺我辱我，还不许我报一箭之仇？"

林芳洲有些无语，"你也记得你才十六岁吗……有时候你说话做事我都觉得你像六十岁的老头子。"

云微明看她一眼，道："这话，我只当是夸我了。"

"唉，可任性终归是不好的。要不就……"

云微明却摇头，目光深沉，"但是，很多人都希望我是任性的。"

他这话似是而非的，林芳洲没太明白。

云微明却也不继续说这些，他剥了一个香蕉送到她嘴边。林芳洲张口要吃，他却突然往后一撤。

林芳洲："给我。"

他便把香蕉又递过来，等她要吃时，他又撤走，眼睛带笑地看着她，逗猴子一般。

林芳洲大怒，"给我！不让我咬它，我就咬你了！"

他怔了怔。

林芳洲趁机抢过香蕉，用熊掌捧着，泄愤一样大口吃起来。

他撇过脸去不说话。她低头吃着香蕉，也没看到他早已羞得满面飞红，连脖子都是红的。

三皇子要主审杨仲德这件事，确实在朝堂上引起了很大波动，有人上奏章反对此事，认为三皇子年轻气盛，不该破坏法度，说了许多不太中听的话。

反应最激烈的是赵王一派的官员，有几个御史伶牙俐齿，把三皇子数落得有些难堪。大意是说三皇子在民间流落这几年，没有学到皇子该有的气度威仪，只学了民间百姓的小肚鸡肠、斤斤计较，希望三皇子回来之后不要想着扰乱朝堂，应该先虚心学习。

来来去去都是对云微明的人身攻击。

但与此同时，弹劾杨仲德的奏章也如雪片一般飞到御案上。奏章上的罪名五花八门，什么强抢民女、贪污受贿、敲诈勒索、横征暴敛……数不胜数。

官家把这些奏章都给了云微明，云微明研究一番，做了个归纳总结，认认真真地写在一个小本子上。

奏章里的罪名比较多，最有意思的是，杨仲德贿赂过赵王派系的官员，还给赵王送过礼，直接送一车金银，简直肆无忌惮。

云微明冷笑，"难怪赵王这么反对我做主审。"

潘人凤对云微明说："殿下，这证据确凿，正是打击赵王的机会。"

云微明反问道："我为什么要打击他？"

潘人凤愣住，"殿下？"

云微明低着头，一边翻奏章，一边漫不经心地说："嫡就是嫡，庶就是庶。"

第十七章
报仇雪恨

初二这天，云微明去刑部升了堂。他爹大概是被赵王他们说动了，也有些怕他胡闹，就派了个官员前来辅助他。

除了他们，林芳洲也在，她是涉案人员，按理该跪在堂下。但是没人敢让她跪，她就大大咧咧地坐在椅子上。

云微明一拍惊堂木，让人先把冯癞子带上来。

那冯癞子听说林芳洲认的弟弟突然成了皇子，早已经吓破胆，云微明问什么他答什么，没等到用刑，就全招了。

冯癞子很不孝顺，曾经威胁过母亲要扔掉她，这个全城人都知道。杨仲德听说之后便找到他，让他配合演一出好戏，等到事成之后，答应给银钱多少多少……冯癞子为了钱，杀了自己的亲生母亲，嫁祸给了林芳洲。

在场众人气得牙根痒痒，世上怎么有这等天打雷劈之人？！

云微明让冯癞子画了押，接着说："带杨仲德。"

杨仲德的官服还没换下来，这些天在狱中待着，很有些狼狈。他知道自己这次大祸临头，也不敢奢求别的，只求保全一命，他日遇到大赦什么的，或许有东山再起的机会。

可是，一看到堂上坐着的是被他鄙视过的"林芳思"，杨仲德腿一软，"扑通"跪了下来，"罪官杨仲德，参见三殿下。"

"杨仲德，听说你伙同那冯癞子，杀了人，污蔑到林芳洲身上，借此报私仇，可有此事？"

"微臣冤枉！"

"不要对我称臣，你早已经除了官身。"

"是……是……草民冤枉，还望殿下明察。"

"冯癫子已经招了。"

"那是冯癫子为了自己脱罪，污蔑好人！"

"是吗？果然是刁民，还敢嘴硬。杨仲德，你今年已经五十有四，年纪大了，我就不让人打你了。"

杨仲德一阵感激，"谢殿下！"

"来人，上夹棍吧。"

杨仲德："……"

夹棍比棍棒可怕一百倍！

夹棍放到手指上，两头的衙役牵着绳子，云微明神态悠闲，轻轻一抬手指，"收。"

衙役便卖力地拉起来。

一时间堂上只闻杨仲德杀猪般的号叫。

林芳洲看也不敢看，抬着熊掌挡在眼前，光是听那号叫，她就感觉心肝乱颤。太可怕了，太可怕了！！！

云微明："停。"

夹棍松动了，杨仲德得以喘息。

云微明："招不招？"

"草民……冤枉……"

"看来是不疼。"云微明看了一眼那执刑的衙役，不满道，"你们没吃早饭？"

"回殿下，吃了。"

"吃了早饭，就这点力气？杨仲德都不疼。"

"殿下，小人知罪，这次一定狠狠使劲。"

那杨仲德方才疼得要死要活，此刻听衙役这么说，吓得浑身发抖，心道：反正这道坎我躲不过去，招就招了，至多不过流放！

想到这里，杨仲德高喊道："我招！"

说着把买通冯癫子杀人栽赃的事情都说了，与方才冯癫子讲的，分毫不差。说完之后，他不甘心，又补充道："我之所以恨那林芳洲，只因他奸淫了我的妾室，这才想要报复，一失足成千古恨。"

云微明看了林芳洲一眼。

林芳洲感觉他的眼神很危险，仿佛也要给她上一上夹棍，她莫名地有些害怕，连忙说："我没有！杨老虎，你不要血口喷人！"

"是我妾室亲口泄露的！"

"你那妾室脑子有病吧！我，我……我去你大爷！"

"好了，不要吵了，"云微明轻轻拍了一下桌子，"下一条。"

杨仲德一愣，"下……下一条？"

"对。某年某月某日，你欺占通县王玉奇家良田千亩，气死了王玉奇的老父亲，可有此事？"

"这，这……草民冤枉……"

"上夹棍。"

这次夹棍只夹了一下，杨仲德便招了。

云微明翻着自己总结的小本本，继续念道："某年某月某日，通县的刘玉郎杀了人，向你贿赂六百两银子，你就判他无罪，可有此事？"

"冤枉……"

"上夹棍。"

"招！我招！"

后来云微明一条一条地念，那杨仲德心想虱子多了不怕咬，横竖都是流放，招就招吧！招了还省得这小阎王给我施酷刑，先保这一命要紧！

因此，后面都招得很顺利。

"最后一条，"云微明翻到小本本的最后一页，说道，"诽谤国君。"

"冤……冤枉！这个是真冤枉！"

"所以之前冤枉来冤枉去，都是假冤枉。"

"不，我不是这个意思……"

"说吧，怎么诽谤国君的？"

"没有！我冤枉！我怎么敢诽谤圣上？！"

"你在背地里骂我龟儿子。"

"……"杨仲德心想，我只是随口一骂，谁知道你是皇子！

但是这个事情，杨仲德是绝不会承认的，诽谤国君等同于谋逆，这样的罪名，谁沾上谁死！

杨仲德大呼冤枉，上了两次夹棍，晕过一次，还是不招。

云微明怕把他弄死，于是道："来人，带证人。"

　　林芳洲很好奇谁是证人，却见一个小娘子施施然走上堂，跪下来道："民女春露儿，参见殿下。"

　　林芳洲没料到云微明竟把春露儿弄来了，她觉得很有意思，盯着那春露儿瞧了一会儿，转头时，发现云微明正看着她。

　　"咳。"她赶紧正襟危坐，目光飘向空中。

　　云微明："春露儿，杨仲德可在人前背后说过我什么？"

　　"有，他说你奸诈，说你是个龟儿子！"

　　"你！"杨仲德方才受刑，已经快崩溃了，此刻听闻春露儿竟背叛他，一口血喷了出来，道，"贱妇！我待你不薄，你为何害我？！"

　　"待我不薄吗？那你为什么总是打我？把我打得遍体鳞伤，还总是骂我！我承认我以前是风尘中人，可是从良之后，从没做过对不起你的事！"

　　"你与人通奸！"

　　"我没有！"

　　"没有吗？那为何梦中呼唤林芳洲的名字？"

　　"我……"春露儿红着眼睛，看向林芳洲。

　　林芳洲："……"我也想知道，这女人为什么梦里喊我？天哪，难道就因为她一句梦话，所以我才被杨仲德报复吗？

　　感觉自己好委屈！！！

　　春露儿："反正我没有！"

　　林芳洲："对，没有！"

　　眼看着众人的注意力将要被拉向某个奇怪的地方，云微明敲了敲桌子，问："所以，说我是龟儿子这样的话，是真的？"

　　"殿下，我冤——"

　　"还想说冤枉吗？人证都在，你就认了吧。不认？好吧，夹棍——"

　　杨仲德疼得神志有些混乱，他觉得，他宁可被砍头，也不想承受夹棍了。砍头只不过一刀，夹棍却能将人活活熬死！

　　"我招！"

　　随着这两个字，本次审讯基本进入到收尾阶段。接下来不过是按按手印、画画押，最后送一下祝福："杨仲德，你滥用酷刑无数，今日尝一尝自己作下的罪孽，正是天道好轮回。希望你下辈子好好做人。"

对于此案，云微明最后没有做出判决。他让人把杨仲德带下去好好看押，还派了郎中给他治伤，以防他死在狱中。

然后宣布退堂。

林芳洲颠颠地跟在他身后，"唉，方才真可怕，我都不敢看。"

他背着手，快步走着，目不斜视，也不理她。

林芳洲小跑着跟上，"哎，你走慢点。你的腿太长了。"

云微明还是不理她，脚步也没有放慢。

林芳洲："你是不是生气啦？"

"哼。"

林芳洲很奇怪，"为什么生气？刚才不是好好的吗，我们都报仇了。"

他偏偏不理她，弄得她一头雾水。走到外面，他翻身上马，动作干净利落，旁边的轿夫暗暗道了声漂亮！

林芳洲坐进一抬四人小轿里，他策马走在轿子旁，她一掀轿帘就能看到大白马悠闲地甩着尾巴。

一根杂毛都没有的矫健白马，一身朱衣、头戴金冠的美少年，贵气天成，画一般的人物，这样走在街上，十个人里有八个目光会追着他看，一边看一边交头接耳，谁家少年郎？这般俊俏……那轿子里的是谁？探头探脑的，笑得有点猥琐呢……

林芳洲的脑袋探出窗外，对云微明笑嘻嘻道："小郎君，你这样美貌，可曾婚配？不如，我给你介绍个好人家的姑娘吧？"

她本意是逗他笑，哪知他的脸更黑了。

林芳洲吐了吐舌头，在大街上又不敢和他说太多话。

回到府上时，林芳洲还是一头雾水，没想明白这小子到底生什么气，她小跑着跟在他身边，说道："该吃午饭啦，你想吃什么？"

云微明没去饭厅，而是一头扎进了书房。

林芳洲尾随着他走进书房，一下子跳到他的书桌上，盘腿坐着，抱着胳膊看他。云微明坐在椅子上，两人虽是面对面，但她的位置比他高出不少。

林芳洲弯腰，凑近一些，盯着他的脸看。

两人离得太近，云微明向后微微仰着身体，不敢和她对视。他移开眼睛，道："你下去。"

"你先告诉我，为什么生气？"

"你在堂上，与那春露儿为何眉目传情？"

"我……哪有啊？"

"有。"

林芳洲有些无力，"就为这个？你怀疑我与她旧情未断？拜托，你明明那么聪明，你用脑子想一想啊，她是杨老虎的人，我哪有胆子招惹她？！"

"她为何梦中唤你的名字？"

"我哪知道为什么！我也好想知道为什么！"林芳洲有点崩溃。

"当真没有？"

"没有！你应该相信我。"

"我相信你，只是……"只是，还是生气。那感觉很莫名其妙，仿佛一斤铅灌进胸口，堵得难受，想找人打一顿出出气。

"好了好了，不要生气了，生气就不可爱了。"林芳洲说着，用两个熊掌拍了拍他的脸蛋。

云微明忍着翻白眼的冲动，道："我已不是小孩子了。"

"走吧，去吃饭。"林芳洲说着，想要从书桌上跳下去。

"慢着。"他拦了她一把，然后把她抱下去了。

林芳洲说："不用这样，桌子又不高，摔也摔不坏。"

云微明把她放下之后，突然表情奇怪地看着她，"为什么你的身体总是这么软，是不是有病？"

"没有，天生的。韩牛牛的身体就很硬。不信你试试。"

"我不试……你碰过韩牛牛？"

"啊？"林芳洲看着他的表情，感觉这个"碰"字似乎有不同寻常的意味，她连忙摇头道，"没有！我跟你说，我其实十分洁身自好！"

"没碰过她，怎么知道她身体硬？"

"我……被她抱过。"

云微明想象了一下韩牛牛把林芳洲拦腰抱住的情形……画面太美，不能细想。

吃过午饭，云微明在书房里写奏章，林芳洲在他旁边看书。说是看书，实际书里一多半是画，只有很少的字，这是专给识字少的人看的故事书。目前市面上流行的画本，有很多才子佳人之类，云微明说那些故事烂俗无聊、伤风败俗，因此只给林芳洲买了《哪吒闹海》《山海经》《三国志》等故事书。林芳洲看那妖魔鬼怪之类的东西看得十分带劲，时悲时叹，又时而狂喜。

云微明一边写奏章，一边时不时抬头看一眼林芳洲那生动活泼的表情，他低头牵着唇角轻轻地笑，仿佛又回到永州那座破落的小房子里。

时间过了那么久，他们都没有变，真好。

云微明把审判的过程大致交代了一下，杨仲德的罪名总结了九九八十一条，呈给他爹，等着他爹的最终判决。

也不知怎么那么巧，奏折呈上去这一天，正赶上官家的一炉丹给炼毁了，所以圣上的心情不太美妙。

三皇子只审不判，官家对于这一点，还是比较满意的，点点头说：“虽然任性了些，倒还知道分寸。”

说着翻开奏章。九九八十一条罪名，条条触目惊心，官家虽然自己也不怎么关心政事，但他毕竟是天下之主，一看到底下竟然有官员败坏成这样，加上本来心情就不好，一下子气得七窍生烟，把奏章往地上一摔，说道：“如此蠹虫，千刀万剐都不解恨！”

一见龙颜大怒，屋子里的人都跪下了。

云微明不在场。他和他爹“八字相克”，有些事情能在奏章里说就在奏章里说，能不见面就不见面。

官家扔完奏章，又让人捡起来，再看一遍，见这八十一条罪名里，并没有任何一条涉及赵王。

他合上奏章，轻轻叹了口气，“是个老实孩子。”

杨仲德的案子最后是御笔亲批，判了个剐刑。

这很不多见。本朝法度，比较讲究恤刑慎杀，读书人很少有被判死刑的，更何况千刀万剐这种惨烈非常的死刑。基本上，只有那些谋大逆的，才会被判剐刑。

可杨仲德被判剐刑，也不能说过分，毕竟他也骂过皇帝，算是“谋小逆”了……

杨仲德行刑那天，林芳洲不敢去看，闷在云微明的书房里看画本。一整套的《目连救母》，她今日看到最后一本了。

其实，她也不是那么喜欢看书……只是没办法……因为云微明不许她出门。

他的意思是，等她把手养好了再出门玩。手骨没长好呢，太脆弱，万一磕到碰到，岂不麻烦？！

　　林芳洲喜欢在云微明的桌上看书，遇到不认识的字，还可问他。云微明有问必答，他什么都懂。

　　对此，林芳洲有点羡慕，有点嫉妒，又有一点小小的自豪。

　　云微明喜静，林芳洲不与他说话，他就不说话，只是低头看书或者写字，偶尔抬头看一眼旁边的人。

　　有时候这份安静会被他的婢女打扰。

　　荷风与荷香是云微明身边使唤的两个人，一对双生姐妹花，长得十分漂亮，说话行止又大方温柔，可谓赏心悦目。

　　林芳洲有些奇怪，问云微明："为什么荷风、荷香这两个丫头，与别的丫头穿得不一样？看着不像丫头。"

　　云微明低头翻书，只当没听到她说话。

　　他越是这样，林芳洲越是好奇，"为什么呀？你快说！"

　　云微明无奈，答道："她们是父皇送给我的。"

　　"你不要蒙我，别的也是你父皇给你的，当我不知道吗？"

　　"她们……"云微明抿了抿嘴，神情有些不自在，"放在我房里。"

　　"我懂了……"林芳洲恍然笑道，"是你爹给你练手的吧？哈哈，想不到啊想不到，你小小年纪——"

　　"我没有！"他急忙打断她的话。

　　"好了，不要害羞，我们小元宝已经长大啦！"她说着，还轻轻拍了一下他的肩膀。

　　他一口气哽在喉咙里，又强调一遍："我没有！"

　　他的脸色仿佛乌云罩顶，看着怪吓人的，林芳洲一缩脖子，嘟囔道："没有就没有呗。"

　　正好这时，外面一个温柔似水的声音道："殿下。"

　　"进来。"

　　荷风推门走进来，袅袅娜娜，像一枝带着露水的鲜花。她先往书桌上看了看，见墨汁还够用，便又往香炉里添香。

　　林芳洲有些无聊，便没话找话道："荷香，你今年多大啦？"

　　"公子，奴婢是荷风。"荷风笑道，"奴婢今年十五了。"

　　"你长得真好看，手也巧。"

　　荷风被人夸了，俏脸红了一红，道："公子过奖了，奴婢容貌粗陋，拙手笨脚，贻笑大方，殿下和公子不嫌弃，奴婢就知足了。"说着款款一福身，抬头见殿下脸色不甚好，她连忙住了嘴，告退走了。

云微明冷笑，"兄长真有趣，当着我的面调戏我的婢女。"

"这就算调戏吗？你也可以调戏我的韩牛牛。"

"闭嘴！"

她听到他咬牙切齿的声音，心道小孩长大了，心思越来越多，动不动就生气。看了一会儿书，林芳洲又觉得无聊，朝外面喊道："荷风。"

"奴婢在，公子有何吩咐？"

"唱首歌来听听。"

"是。"

过不多会儿，外面响起悠扬的琴声，接着是一副黄莺般动听的嗓子，唱起了歌。那歌词是：

　　　金井梧桐秋叶黄，珠帘不卷夜来霜。

　　　金炉玉枕无颜色，卧听南宫清漏长。

　　　奉帚平明金殿开，暂将团扇共裴回。

　　　玉颜不及寒鸦色，犹带昭阳日影来。

好听是好听，可惜一个字都没听懂……

林芳洲问云微明："她唱的什么意思？"

"这是唐人的一首诗。"云微明简单地给她解释了一下这首诗的意思。

林芳洲听罢恍然，"她是不是在暗示你什么？"

"你既然这么体贴，不如我让荷风去陪你？她为你叠被铺床，你解她闺中寂寞。"云微明说着，直勾勾地盯着她，那目光有些意味深长。

直觉告诉林芳洲，他这话，有且只有一个正确答案。她连忙摇头道："不用不用，我有韩牛牛呢！"

"……"不知道是该高兴还是难过了。

这时，荷风的歌声突然停止了，只听外头一个尖细的声音道："殿下，宫里使人带话说，圣旨正在路上，请林公子准备接旨。"

林芳洲有些担忧，"我我我吗？为什么是我？"

云微明道："应该是封赏的圣旨下来了。你此前是戴罪之身，所以一直拖到现在才封赏，不要担心。"

他所料果然不错。

那圣旨把林芳洲大大地夸奖了一番，赏银千两，还封了个爵位。

爵位是"公侯伯子男"里最末等的男爵。

林芳洲拿着圣旨回到自己住的小院子里，满院的下人都上前来恭喜，她有些心烦意乱，随便给了些钱打发了他们。

关起门来，林芳洲忧心忡忡地对韩牛牛说："完了完了，官家封了我一个男爵，他日若发现我实际不是个男的，会不会气得胡子翘起来？"

韩牛牛见她着急，也跟着着急，"那怎么办呀？要不说实话吧？你是三皇子的救命恩人，官家不会砍你头的吧？"

"你不懂。我现在说了实话，就是欺君！官家不一定砍我，但是小元宝还有两个哥哥呢！"说着，声音压得低低的，道，"我救了小元宝，他两个哥哥一定恨我入骨，巴不得把我弄死呢！"

"啊？怎么办？要不，公子，我们跑了吧？跑到别处去，隐姓埋名，你换回女装，也没人认识你。"

"你傻了吗？跑了不正是告诉别人我有问题吗？再说，全天下都是他云家的，我能跑到哪里去？"

"要不……要不告诉小公子？小公子聪明，没准能想到办法呢。"

"不行不行，"林芳洲摇了摇手，"不能告诉他。倘若他知道了，他要不要告诉他爹？若是不说，他就和我一同欺君了。我要是不告诉他呢，最多算是我连他一起骗，到时候让他来一个弃车保帅就好。"

"那……那怎么办呀……"韩牛牛好着急，泪花在眼睛里打转。

林芳洲很怕她牛蛙一般响亮的哭声。她拍了拍她的肩，"没关系。我活了二十多年，都没被发现呢，说明我伪装得好。往后小心行事，想来也不会有人怀疑。"

韩牛牛点了点头。

林芳洲悠悠叹了口气，过了一会儿，她突然问道："牛牛，你说……到底是做男人好呢，还是做女人好呢？"

"做女人好，不用砍头。"

"我不是这个意思。假如你可以选，你愿意做个男人，还是女人？"

"当然是男人。"

"为什么？"

"我长得丑，自小就被人嫌弃嘲笑，嫁不出去。好不容易说个亲，还把人吓死了。倘若我是个男人，只要勤劳厚道，就会有人喜欢我。别人不会笑我丑，只会说，韩牛牛虽形貌不好看，却是一等一的忠厚可靠。"

"是这个理，"林芳洲点点头道，"唉，其实就算好看的姑娘，命也未见得有多好。"

"为什么这么说？"

"杨老虎的小妾，那个叫春露儿的，杨老虎天天打她，我看她挺命苦的，虽然我也不知道她为什么做梦会喊我的名字……还有，我今天听小元宝的丫鬟唱歌，那个丫鬟长得很好看，唱的歌……好可怜。"

韩牛牛问道："她唱什么歌呀？"

"唱的是……是……哦，'我长得这么漂亮，活得还不如一只乌鸦'。"

韩牛牛有些茫然，"什么意思呀？"

"就是说女人命苦。"林芳洲下巴垫在胳膊上，撇着嘴角说，"如此看来，还是做男人自在啊！"

突然好希望自己真的长个小弟弟……

过了几天，林芳洲又回了一趟永州。她娘的忌日到了，她去给娘烧纸，顺便看望一下父老乡亲。云微明让人打点了许多财物，一并带回去。

林芳洲去骨科大夫那里复诊，大夫把她的熊掌一层层地拆掉，检查一番，说道："骨头长上了，往后不用缠布了。"说完又开了药，让她回家每天泡药洗手，洗一个月就能痊愈。

然后又叮嘱她，最好每天给手按按摩，痊愈之前不许用力握东西、提重物等等。

林芳洲回到京城，给云微明看自己的手。

云微明握着她的手仔仔细细地看。那一双手裹了将近三个月，比往常还要白嫩，也没留什么疤痕。他便放下心，又听说要每天给手按摩活血，于是握着她的手，一根手指一根手指地轻轻按摩，动作十分温柔。

她的指骨出奇地软。握着这样的手，云微明也不知自己在想些什么，反正脑子里乱乱的。

林芳洲突然说道："我听说，你爹要给你议亲啦？"

他的动作顿住，闷声答道："我已经拒绝了。"

林芳洲觉得很稀奇，"你想拒绝就拒绝啊？"

　　"我对他说，他这几年修炼正进行到关键时刻，我身为他的儿子，帮不上什么忙，只好每日斋戒，不近女色，也是一番孝心。"

　　"你爹真是……一言难尽。"林芳洲摇着头，接着又问，"不对啊，你到年纪了，为什么不成亲？不许说兄长没有成亲这种话，你那两个亲哥哥可都成亲了，都有儿女了呢。"

　　"我不想成亲。"

　　"为什么呀？"

　　"没有为什么。"

　　他低垂着眼睛，浓长的睫毛遮住了目光。

　　林芳洲突然有一个非常大胆的猜测：她之所以不娶妻，是因为女扮男装，那么小元宝呢？会不会也……

　　这个猜测太可怕了，林芳洲捂着嘴巴，小声问道："你，你不会……"

　　他突然抬眼看她，提着一颗心，等着对方说出那个要命的猜测。

　　林芳洲："你不会是个女人吧？"

　　那一瞬间，他一直以来紧绷的某个弦仿佛断裂了。他啼笑皆非，既觉得荒唐，又怒不可遏无处发泄，一冲动，抓着她的手按到自己腿间。

　　林芳洲："……"

　　"摸到了吗？"

　　"……"

　　"我是不是男人？"

　　"……"

　　"是不是？嗯？"

　　"……"

第十八章

情愫如丝

林芳洲一连好些天没有理云微明，吃饭不和他一起吃，也不去他书房看画本了。

云微明也没敢来找她。

两人之间与往常大不相同，仿佛都恨不得忘记对方的存在，这令府里的人觉得很奇怪，又不敢问。

林芳洲一个人闷在府里更加无聊，她对韩牛牛说："我们出去玩吧。"

韩牛牛："好呀，可是……小公子会同意吗？你的手还要洗二十来天呢。"

"为什么要他同意？我又不是犯人。"

"可这是他的家呀！"

韩牛牛这么一说，林芳洲更觉不满，轻撇嘴角道："他的家？往常他在我家时，也能自由出入，我从来不看着他。"

林芳洲带着韩牛牛走出院子，一抬头，看到树上坐着个人，一身白衣，两条腿垂下来。林芳洲手搭凉棚，朝那树上的人道："好汉，你穿得这么风骚，不怕鸟往你身上拉屎吗？"

十七本来在树上吹凉风呢，顺便逗逗呼呼大睡的九万。他听到这话，脸一黑，立刻跳了下来。

他低头看了看自己的衣服，问道："我风骚？"

"别动！"韩牛牛突然说。

十七立刻站着不动，也不知怎么回事。

韩牛牛从他背后抓下来一条绿色的胖乎乎的虫子，拿在手里玩，"真可爱！"

十七："……"

他看向林芳洲，问道："公子，你要出门？"

"嗯。"林芳洲点了一下头，忽然又目光幽幽地看着他，"不行吗？"

"行，我跟着你。"

"为什么？"

"我奉殿下之命保护你，要寸步不离。"

于是林芳洲又多了一个尾巴。

十七唤来人去准备车马，接着问林芳洲："公子想去哪里？"

"我也不知道，就随便走走看看吧，也不用坐车了，我正想见识一下京城的风光呢，虽然来了许多天，却是没有正经见一次。"

十七也不废话，林芳洲说什么他都照做。

出了门，十七对林芳洲道："京城很大，此路往北是马行街，也是药铺一条街，没什么看头，往南是潘楼街，那里专门卖飞禽走兽。"

林芳洲来了兴趣，"都卖什么？"

十七笑道："只有你想不到的，没有你找不到的……再往南走就远了，最好是乘马车去，有个相国寺，公子想必也听说过。那相国寺很热闹，每月五次的万姓交易大会，是很大的集市，货品应有尽有，可惜今日没有赶上。不过相国寺有个叫慧普的和尚，做得一手好猪肉，公子可以去尝尝，不知今日还有没有。"

林芳洲呆了一呆，"和……和尚卖肉？"

"那有什么稀奇？"

"是，是……我是小地方来的，没见过世面……"

十七接着道："相国寺附近还有一个好去处，就是瓦舍。说故事的、唱剧的、耍杂技的、相扑的都有，还有蹴鞠比赛，逢上大比赛，那可是一票难求。"

林芳洲听得十分神往，"我们往南走。"

"好。"

十七领着她们俩一路往南，没走多久，便见到一条街市，街市从高大的宫门外延伸出来，两旁摆满了摊位，挨挨挤挤的，行人如织。交谈声、吆喝声、讲价声有高有低，有长有短，杂在一起，仿佛错落有致的热闹小曲。

林芳洲好奇道："这就是潘楼街吗？怎么只有几个卖小鸡、小鸭子的，这也算珍禽走兽？"

"潘楼街还远呢，这里是御街。"

"御街？"

"嗯。"

林芳洲顿觉惊奇，"御街不该是威武肃静、戒备森严的吗？"她一边说一边比画，"好多士兵守着，有人胆敢靠近，就抓起来。我见皇宫里都是这样的。"

十七失笑，"逢上皇帝出宫时，确实如此。不过官家平时很少出宫，这样一条街，闲着也是闲着，渐渐地便有很多人在这里摆地摊，也没人管束，只有大日子时才戒严，每年也就一两次。"

林芳洲走上那御街，左顾右看，目不暇接。她拿起一盒胭脂，打开闻了闻，花香扑面，好喜欢，可惜她不能用，于是买了送给韩牛牛。还有从那波斯运来的花露，喷在衣服上香香的，买两瓶，她和韩牛牛一人一瓶。

娘的，好贵！

往里走，穿梭卖花的，在桃树下砸杏核、剥莲子的，编鞋箍桶的，现做现卖豆腐、皮兜子的……有的她见过，有的她没见过。

仿佛乡巴佬进城一般，她在这条御街上逛了好久。

直到十七催她——不催不行啊，他提了满满两手东西，脖子上还挂着一堆，此刻他真恨不得自己是哪吒。

林芳洲恋恋不舍地离开御街，继续往南走。走了一会儿，方才御街的人声鼎沸渐渐消失，路上的行人越来越少。

直到她走进一条宽敞却清静的街道。

林芳洲指指路旁的一个大红门，问十七："这是谁家？比你们三殿下的府上气派得多。"

"这是赵王的府邸，"十七说着，又给林芳洲解释，"三殿下是没有受封的皇子，用度上便没有很铺张。其实当初官家给三殿下选了一处更大更豪华的宅子，殿下说自己喜欢清静，便换了个小的。"

"那个还算小的？"林芳洲吐了吐舌头。

正说着话，却见一辆非常奢华的马车慢悠悠地走到大门前，车旁跟着许多随从。林芳洲有些好奇，站在不远处看那马车，马车停下后，从上面下来一个人，却是她见过的。

——就是在御殿之上把她逼问得冷汗直流的齐王。

齐王没有注意到他们，他下车之后，整了整衣服，便走进了赵王府。

林芳洲自言自语道："老二找老大，要做什么？"

十七以为是在问他，便答道："贵妃的生辰快到了，想来赵王与齐王要一起商量怎样给贵妃庆贺生辰。"

林芳洲心想，指不定要一起憋什么坏事呢！

这一头，那齐王见到赵王，两人寒暄了一会儿，分外热情，仿佛都已经不记得此前六年的明争暗斗、你死我活。

兄弟二人商量了一番给母妃过生日的事情，不一会儿，屏退众仆从，两人关起门来，这才说起别的事。

齐王问赵王："怎么那小崽子没拿杨仲德的事情给你做文章？我看不清他葫芦里卖的什么药。"

"我也不知道，"赵王摇头道，"这事出乎我的意料。想来是他刚回到朝中，脚跟不稳，怕惹事情。"

齐王冷冷地哼一声，说道："没想到，他竟然如此命大。"

"就是说呢，"赵王压低声音，叹气道，"要我说，还是你太心急。当初母妃那个药，说是只要用够了十年，一定能暴毙，你非不听，着急下手。"

"我着急？若不是父皇在群臣的推动下打算立他为太子，我何必着急？母妃说的药，她也是第一次用，死了皆大欢喜，倘若不然呢？我们只能眼睁睁看着他唾手而得那天下！再说了，"齐王冷笑着看他，"我急你就不急了？别忘了，这事也有你一份，咱俩谁都跑不了。"

赵王摆摆手道："你不要担心，所有和此事有关的人都死了。死人最让人放心了。唉，他摔下去之后我以为他必死无疑，就算侥幸获救也至少是个残废，谁知道他运气这么好。你说，会不会真是上天在保佑他？"

"我只问你一句话，大哥，倘若老三坐上那位子，还有没有你我兄弟二人的容身之处？"

赵王摇头叹气道："不要说容身了，恐怕连活命的机会都不一定有。"

齐王轻轻眯起眼睛，"所以——"

赵王的神色变得狠厉，"一不做二不休。"

"好！解决了他，天下不还是你我兄弟二人的。"

赵王又有些犹豫，"可是要解决他，谈何容易？他毕竟是嫡子，什么都不用做，天下就是他的。"

"嫡子也是会犯错的。"

"你觉得老三能犯什么错？错到需要废嫡立长的地步？"

"废嫡立长"这四个字让齐王心头有些不痛快，毕竟他既不是"嫡"也不是"长"。不过现在不是争论这种事的时候，齐王收起情绪，说道："那可不一定。"

赵王很不放心，"但是老三这个人，我现在有点看不透。我希望他是真傻，但我现在就怕他是装傻。他自己肯定也知道，只要不做错事，父皇就没有废他的理由，江山他唾手可得。你说说，他能犯错吗？我看，我们只能从他身边的人入手了……"

齐王突然问道："你有没有觉得，那个林芳洲有问题？"

"什么问题？你那天不都问了吗，没有破绽。此事可能真的只是巧合。"

"不，我说的不是这个问题。"齐王说着，冷冷一笑，"就算没有问题，我们也能找到问题。"

潘楼街又分潘楼南街和潘楼北街，十七所说的飞禽走兽一条街，在潘楼南街。

那飞禽走兽果然无所不包，林芳洲竟然还看到卖孔雀的了。孔雀产自大理，这只孔雀据说是某个富贵人家养的，现在家业败了，只好把鸟兽卖掉。孔雀被关在栅栏里，开着屏，围观者啧啧称奇。

林芳洲走过去时，那畜生转了个身，把光秃秃的屁股对着她。

她问那卖孔雀的小贩："这鸟是不是你们这里最贵的了？"

"以前是，现在不是了。"小贩笑道，往街角指了指。

街角围着好多人。

林芳洲更好奇了，走过去一看，只见那路旁放着一截枯树，枯树上立着一只巨大的金雕。

好大一只雕！

立着的时候比羊还要庞大，若是伸开翅膀，只怕能有一丈长吧？

那金雕毛色光亮，一双爪子粗壮有力，此刻正闭目养神。

金雕旁边站着一个男子，二十多岁的年纪，身形高大，浓眉大眼，长得很精神。有人问那男子道："你这雕，多少钱？"

"一千两银子，少一文也不卖。"

林芳洲倒吸了一口凉气。

有人不服，问道："也见过别人卖金雕的，最多不过百十两。你的雕凭什么这么贵？"

他反问道："别人的雕有这般大吗？"

那人哑口无言。

他又道："别人的雕，最多能抓羊；我这雕，能杀狼，"顿了顿，他环顾一周，"也能杀人。"

林芳洲吞了一下口水。

十七说道："公子若是喜欢，可将它买下来。"

"不不不，买回去九万该和它打架了。它这么大，九万不够它一盘菜的。"

又有人问那卖雕的："你这雕这么好，为什么还要卖呢？"

"我急用钱。"

林芳洲摇头对韩牛牛说："这人不会做买卖。他告诉别人自己急用钱了，谁还愿意给他出高价？还不都等着趁火打劫？"

"公子说得对！"

林芳洲在潘楼南街玩到很晚才回去，回去的路上买了点月饼——今日是中秋节，若不是看到卖月饼的，她几乎要忘记了。

到家时，月亮已经升到树梢上。她望着天上那一轮银盘，心里有些感慨，脚步一转，朝着云微明住的院子走去。

一进院子，她就看到海棠树下坐着一个人。一身的月白衣衫，没有戴冠，宽大的衣摆垂铺在地上，被月光一照，仿佛粼粼的湖水。

海棠花开得正盛，往他衣上投下满身的花影。夜风一吹，花影乱摇。

他正在往杯中倒酒，听到脚步声，抬头看了她一眼。

林芳洲还是有些不自在，顿住脚步，遥望着他，不知该说点什么。

倒是他先开口了："我以为你打算一辈子不见我。"

一句话把林芳洲说得有些惭愧，她走过去坐在桌旁，满不在乎地答道："不至于，多大点事呀，你有的我都有。"

"哦？那你的有我的这般大吗？"

"……小元宝！"

林芳洲脸色一变，起身又要走。他连忙扯住她的手，展颜一笑，"好了，开玩笑呢，不要生气。"

他笑起来是很好看的。平时总是板着脸，此刻仿佛莲池里一夜之间绽开的大片莲花。林芳洲见他眯着眼睛，笑得有些迷醉，她奇怪地拍了一下他的脸，问道："你喝醉了？"

"没有。"他拉着她重新坐下，"坐着，我们聊聊天。"

林芳洲坐下后，抱怨道："你小时候很乖呢，怎么现在净胡说八道？"

"都是男人，有什么不能聊的。"他说着，一仰脖，喝掉杯中酒。

林芳洲又不好反驳他。

他又倒了一杯酒，对她说道："此酒名作'蔷薇露'，宫廷御造，在外面买不到。你要不要尝尝？"

林芳洲低头，只见那杯中的酒液清澈透亮，带着些淡粉，天上的月亮入了酒杯，也染上些许蔷薇色。

她点头赞道："酒如其名，果然该叫'蔷薇露'。"

"尝尝？"

"嗯。"

林芳洲正要伸手，云微明却说："你的手还没好，不要动。"说着端起酒杯，送到她唇前，然后慢慢地把酒喂给她喝。

那蔷薇露清冽甘甜，醇香满口，林芳洲赞道："好酒！……你怎么了？"

他正眯着眼睛，轻轻地吸气，似乎闻到了什么气味。吸了几下，他答道："好香。"

林芳洲指了指身后的海棠，"花正开着呢，当然香。"

"不是海棠。"他说着，一边吸气，一边缓缓地靠近她，有些奇怪道，"是桂花。"

"桂……桂花呀……"林芳洲挠了挠后脑勺，"今天在御街看到卖花露的，觉着有趣，就买来玩了。"

"嗯。"声音自他鼻间发出，比那花香还要淡几分。

林芳洲见他闭着眼睛，循着香气越凑越近，眼看要撞到她身上来。她一巴掌盖在他脸上，把他盖了回去。

他就继续喝酒，自己喝一杯，给林芳洲倒一杯，一壶喝完了，唤来荷香，再上一壶。

荷香把温好的酒端上来时，很贴心地又带过来一只小小的金杯和一套餐具，给林芳洲用。

林芳洲托着下巴，看着云微明轻轻拧起的眉，问道："小元宝，你是不是有心事呀？"

他垂着眼睛，轻轻点了一下头，"嗯。"

云微明的心事，林芳洲自知帮不上忙，不只帮不上忙，连问都不能问。她看着他，突然有点心疼，说道："对不起，都是因为我，才害你……"

害你回来。

他看了她一眼，目光沉幽，"我心甘情愿，"说着，又是一饮而尽，"既入了这局，就只能走下去。"

走下去，走到最后。

胜利者只有一个，失败者尸骨无存。

为了你，我也要走下去。

两人在这花前对饮，直到月上中天。

云微明喝多了，林芳洲能感觉到。他脸色发白，目光迷离，走路都有些摇晃，若非她搀扶着，他怕是早已倒在地上睡过去了。

她扶着他，他整个人几乎倾倒在她身上，压得她走路都有些吃力。荷风、荷香两个丫头前来扶他，可他偏偏勾在她身上，拉都拉不开。无奈，林芳洲只好扶着他走进卧房。

他低着头，呼吸有些重。带着酒气的火热的呼吸，全部喷到她脸上。他眯着眼睛往她脖子间用力地闻，"真香！"

然后，喉间滚出一阵笑意，很轻，风一吹，便散在这凉水一般的秋夜里。

林芳洲很不自在，脸上有些燥热。

好不容易把这小子弄进卧房，扔在床上，林芳洲累出一头汗。

他被扔在床上时，就势一滚，背对她躺下了。

看着他修长的背影，林芳洲突然有点怀念六年前，那时候她还是能背动他的。

唉，转眼之间就长这么大了……

林芳洲摇头，扶了扶额。她今天喝得也不少，头有些痛。荷香从外面唤进来韩牛牛，扶着林芳洲回去了。

留下荷风与荷香在卧房里侍奉。荷风吹熄了室内的灯火，只留下一盏，然后她转身出去打热水。

荷香跪在床上，想帮殿下脱掉外衣。

她把他的身体翻转过来，解掉外袍和腰带。解腰带时，她发现他腿间隆起来一个物事，鼓鼓得像个小山丘。

荷香来之前是被教导过的，知道那是什么。她有些羞怯，又从心底有一点高兴。她小声唤他："殿下？"声音柔软得像春水。

他缓缓地睁开眼睛。

那是怎样的一双眼睛啊，幽沉、干净、清澈、浩渺，像星空，像大海，像是能将人的灵魂吸进去。她心里一动，眼帘飞快地掀动，怯怯地看了他一眼，紧接着低下头。

美人在前，桃花满面。

他突然开口了，简短干净的两个字，似秋风一般，无情地扫尽她心底的花瓣："出去。"

荷香无法理解，"殿……殿下？"

"出去。"冷冰冰的语气，不带丝毫温度。

荷香又羞惭又委屈地跑了出去。

他坐起身，看着自己腿间鼓起的小山丘，有些无奈地摇摇头，自言自语道："又是这样，你就不能安分点吗？"

小山丘自然不可能回答他。

他也不知又想起什么，突然低着头笑了一下，目光里温柔点点，"傻子。"

第十九章

好勇斗狠

八月十六赶上相国寺的万姓交易大会。林芳洲早起时头虽然还有点疼，却不愿错过这样的热闹，吃过早饭，便坐着马车去了相国寺。

万姓交易大会的人果然很多，比肩接踵的。正赶上秋季，许多瓜果熟了，又便宜又好吃。相国寺大门口不远处有胡人摆开摊子卖烤肉，香气远飘十里，还可搭售官造的好酒。

肉和酒都是极好的，却远不及慧普和尚的炖猪肉受欢迎。猪肉还没炖好，早有人排起长龙般的队伍，等着抢呢。

林芳洲想吃猪肉，又不想排队，纠结一番，只好先去别处玩。

往西走了不远，却见那路边搭着一溜的长棚，棚里人声鼎沸，吆五喝六的，很喧闹。林芳洲问十七道："那是什么？"

"公子，那是斗蟋蟀的棚头。"

林芳洲笑道："我还奇怪呢，怎么昨日在潘楼南街没看到几个好促织，我还以为京城人不爱玩呢，原来都在这里了。"

说着，三人走过去。只见那些棚头搭得十分宽敞，有送茶水的伙计在人群里奔走。路的另一头，都是小贩，有卖蟋蟀的，也有卖笼子的。那笼子有竹丝的，有金银的，竟还有象牙的，小笼子只有拳头那般大，大的笼子，堪比鸟笼，里头摆设着亭台楼阁，很是精美。

林芳洲见一排长棚里，有一个棚头十分醒目，又大又气派。她心道：好马配好鞍，这样壮丽的棚头，里面的蟋蟀想必也是最好的。于是他们走进这一个大棚头里。

棚里喊声震天，可见厮杀得有多激烈。林芳洲个子瘦小，很轻易就挤进人群，只见那斗盆里的两只蟋蟀，一个是大个子，浑身青黑，身伟体长；另一个稍小一些，赤黄色，身躯矫健灵活。

两只蟋蟀正战得难解难分。

两个蟋蟀的主人，一个正喊得声嘶力竭，另一个却是双唇紧闭，只盯着斗盆，默然不语。

不说话的那个人，林芳洲竟然见过，正是昨日在潘楼南街卖金雕的汉子。

林芳洲觉得很新奇，看了一会儿，她挤出人群，找到另一头桌旁记账的伙计，说道："我押一百钱，赌那黄的蟋蟀赢。"

伙计看都懒得看她，只是轻轻翻了个白眼，答道："对不住了，客人，我们这棚头里，一次至少押一两银子。"

林芳洲倒吸凉气，"赌得这么大？"

"一两银子也算大？"那伙计冷笑着，朝着人群努了努嘴，"斗盆里两个将军，赌的可是三百两纹银呢，对阁下来说岂不是要大破天？"

林芳洲轻轻摇了摇头，自言自语道："赌这么大啊，一两银子呢，太贵了……"

十七有点看不下去了，"公子，咱……咱不缺钱啊……"

林芳洲便狠了狠心，咬牙道："好，我就押一两银子，赌那的赢！"

交了银子，伙计发给她一个木质的小牌子，上面用红字写着"一两"。倘若押另一头赢，小牌子上的字就是黑的。

韩牛牛问道："公子，我看那黄的比黑的小很多，我们为什么不押黑的？"

"这你就不懂了，"林芳洲摇了摇手指，笑道，"俗话说，'白不如黑，黑不如赤，赤不如黄'，那赤黄的蟋蟀是个中极品，依我看，黑的打不过它。"

她这话音刚落，却见人群一阵骚动，有人笑道："成了！"说着哄然散开，跑到伙计这里还牌子，少部分人要领钱。众人都在谈论方才的战况，兴高采烈者有之，情绪低落者有之。

伙计伸着脖子问那桌旁的裁判官："怎样？"

裁判官答道："黄天霸王把黑熊力士咬死了，确认无误。"

韩牛牛由衷赞道："公子，你真厉害！"

林芳洲笑而不语，把手中的牌子一抛，"去领钱。"

"嗯！"

裁判官问那黑熊力士的主人："黑熊力士死了，蔡公子是否要将它安葬？这棚头对面有个叫李七的，最会给促织做丧事。"

蔡公子气道："败军之将，还做什么丧事！"说着把那黑熊力士的尸体捏起来，狠狠往地上一掷，又上脚用力一踩，然后拨开人群，头也不回地走了。

裁判官摇头道："黑熊力士给你敛的财也有好几百两了，小郎君这么无情。"接着又转头看向另一人，"沈小官人，你的黄天霸王已经赢了，请把它收回去吧，下一场还有人等着呢。"

那沈小官人却说："我这蟋蟀被咬破了，想来也活不长，我也不要了。"

林芳洲大喜，连忙上前说道："你不要了？不要就给我吧！"

旁人见林芳洲这样，纷纷上前讨要。

林芳洲把手举高，道："我出十两银子！"

周围寂静无声，再没人和她争了。

蟋蟀是用来斗的，十两银子买个快要死的蟋蟀，怎么看都像是傻子才会做出来的事。

沈小官人问林芳洲："你为什么要花钱买它？它已经快不行了。"

"我……我从未见过这么好的蟋蟀，想买来玩一天。"

那沈小官人也是个性情中人，道："你既然喜欢，便送你何妨。"

林芳洲大喜，"多谢沈小官人成全。"

他摇头笑道："我在家行二，你叫我沈二便好，'小官人'来'小官人'去的，听得人牙酸。"

林芳洲觉得这人倒十分对她的脾气，便笑道："那我就叫你沈二郎吧。"

"好，你怎么称呼？"

"我姓林，在家排老大，你叫我林大郎吧。"

林芳洲心里惦记着受伤的黄天霸王，与那沈二郎客套几句之后，便匆匆告别了。

万姓交易大会她也不逛了，赶紧回家，回到家时，直接冲进云微明的书房。

"小元宝！"

她风风火火的，把他吓了一跳。

荷风与荷香正在外面听候使唤，见林公子这样毫无顾忌地硬闯进去，便有些不满。

荷香："他怎么也不敲门呢？"

荷风："他与殿下情同手足，这种话你以后不要说了。"

书房里，云微明放下手中的笔，问道："怎么了？"

林芳洲笑嘻嘻地坐在他身边，"我问你个问题。"

"嗯？"

她的笑容有些淫荡，简直不能直视，他有些不好意思地别过脸去。

林芳洲说："你……还是不是童子呀？"

他莫名地有些气，"我早说过，我已经大了，不是小孩了。"

"我不是这个意思，我是想问……想问……"林芳洲一咬牙，爽快说了，"想问你还是不是处男。"

他心里一跳，脸庞无法控制地红了，偷偷地看她一眼，小声说道："问这个做什么？"

"你就回答我是不是。"

他垂着眼睛不看她，红着脸点了一下头，"嗯。"

林芳洲高兴极了，"太好了！借我点尿。"

"……"他呆了一呆，"什么意思？"

"童子尿，我要童子尿，有用。"

他深深吸了一口气，压抑着怒气，咬牙说道："你出去。"

"不要那么小气嘛……"

"林芳洲，你欺人太甚！"

"哎呀，我手疼，手疼！"

"……"

林芳洲最后成功地从云微明那里讨到了童子尿。她又发动全院的小厮，在花园里捉了些蚯蚓，等蚯蚓拉了些粪便，她把那童子尿和蚯蚓粪混合均匀了，用毛笔蘸着涂在黄天霸王的伤口上。

韩牛牛问道："公子，为何要这样羞辱一只小虫？我看它怪可怜的。"

"不是羞辱，我给它疗伤呢！"

这样涂了几天，那黄天霸王的伤口果真愈合了。林芳洲像伺候亲爹一样伺候它，养了有十来天，它终于恢复得生龙活虎了。

林芳洲给它取了个新名字，叫"镇山小将军"。她带着镇山小将军去那棚头里玩，不敢赌大的，每次只赌十两，每日只战两场，逢战必赢。

这样过了四五天，镇山小将军渐渐地成为棚头里的一个霸主。

林芳洲在棚头里再次遇到沈二郎，沈二郎见到完好如初的镇山小将军，啧啧称奇，问道："你用了什么法子把它治好的？"

林芳洲神秘一笑，"独家秘籍，概不外传。"她又担心他把它要回去，于是试探着问道："它既然已经好了，要不，我把它还给你？"

沈二郎却是摇头，"我既然说了给你，若是再要回来，我成什么人了？"

林芳洲被沈二郎的人品深深折服了。

沈二郎又道："只不过，你为何每次只赌十两？我当初买这蟋蟀时，花了一百两银子。它很厉害，你放心赌。"

"你花了一百两银子？买它？"

"嗯。"

林芳洲心想，果然是个败家子！

她说道："我前些天在潘楼南街看到过你，你当时在卖金雕。你说你急用钱。"

"嗯，"沈二郎点点头，接着指了指镇山小将军，"就是为了买它。"

林芳洲不是很能理解这年头的纨绔子弟。

她在茶棚里与那沈二郎叙了一会儿，得知他家原来是贩马的，他长到二十多岁，族中嫌他不成器，他赌气之下，带着银钱来京城历练。他心里没算计，才不消几个月，就把钱都花完了，于是变卖手里的东西度日，把仆人也卖了，最后才开始卖金雕。

林芳洲好奇道："金雕最后卖了多少钱？"

"一千两。"

"还真有人买啊！"

"你不要看不起我那金雕，我在它身上花的钱，也不止千两了。"

"是，是……"

林芳洲天天去棚头里厮混，那沈二郎也经常来，两人渐渐成为朋友，沈二郎今年二十六，比林芳洲大，林芳洲便唤他"沈二哥"，他唤林芳洲"林弟"。

在棚头里，林芳洲渐渐声名鹊起，许多纨绔子弟听说了，都想结交她，只因她竟然会医治蟋蟀。她为人低调，只说自己是来京城玩的，从不提三皇子的名号。京城里人口有一百多万，每天都有许多外地人拥入京城，鱼龙混杂，见怪不怪，因此众人都以为她是个家道败落的公子，也不做他想。

林芳洲第二次把受伤的蟋蟀带回家时，又去找云微明。她看到荷风、荷香围着她们的三皇子殿下，把他伺候得像神仙一般，周围服侍的也都是丫鬟，没有一个男子。林芳洲很担忧，偷偷对云微明说："你要洁身自好，不要被她们勾了去，不要和那些丫头鬼混。"

他心里一甜，灌了蜜一般。他问道："为什么这样说？"

"你不知道你的童子尿有多好用。"

"……"蜜里有毒，毒得他肝疼。

林芳洲："你再借我一些。你知道吗，原来京中人都不会治蟋蟀。今日这个是别人拜托我治的，治好了有十两银子的诊金，比治人赚得还多呢。"

他怒极反笑，"你自己来取。"

林芳洲在脑子里想了一下她扶着小元宝的小弟弟让他撒尿的情形……她是没有这个勇气的，于是讪讪地走了。回去之后她想了个好办法，以后再有人拜托她医治蟋蟀，就让他们自己带童子尿。

如此过了些日子，她每天都玩得几乎忘记归家。过了九月十五，季节到了，蟋蟀渐渐地死的死，藏的藏。这一天，林芳洲穿着一身素净的衣服，不及吃早饭便出门了，云微明奇怪道："你做什么去，这么着急？"

"今天拔山将军下葬，我早点去送个行。"

"……谁？"

"拔山将军。"

"满朝文武我都认识，没听过这样的名号。"

"哦，拔山将军是个蟋蟀。"

"……"他无奈地摇摇头，"你都结交了一群什么人？"

拔山将军的葬礼很隆重，也几乎宣布了今年斗蟋蟀活动的落幕。大部分棚头都拆了，剩下一些破破烂烂懒得拆的，也再没伙计看着，只偶尔有一些浮闲浪荡子在这附近散散步，缅怀一下今年热烈的战况。

林芳洲与沈二郎成为好朋友，两人以兄弟相称。那沈二郎出手阔绰，吃饭时总是抢着结账，林芳洲不好占人便宜，也与他一起抢。

十七觉得他们好无聊。

不能斗蟋蟀，沈二郎带着林芳洲一同看了几场蹴鞠比赛，从此林芳洲有了新的爱好。

却不知，因这新的爱好，她差一点送掉性命。

林芳洲以前在家也玩皮球，只是她体力和技巧都是下下等，别人嫌她，而永州城里的蹴鞠好手又少，成不了大规模的比赛，因此她一直兴致缺缺。

到了京城可就不一样了，这里卧虎藏龙，大的蹴鞠比赛每月都有，小的比赛也几乎天天有。那玩皮球的高手，万人追逐，去酒楼吃饭都不消自己掏钱，到青楼里转一圈，花魁娘子也上前来敬酒，比状元、榜眼还要风光呢！蹴鞠比赛凭票入场，还可押注赌博。京城最大的蹴鞠社有两个，一个叫雷霆社，一个叫虎啸社，两社各有一班高手，经常争得不相上下，势同水火。

林芳洲喜欢雷霆社，沈二郎等一干与她有交情的纨绔子弟，也都是雷霆社的支持者。看比赛时，倘若有雷霆社，他们一定只给雷霆社喝彩，押注也押雷霆社。

要说京城里的纨绔子弟，那也是分帮派的。比如，北方子弟说南方子弟刁滑，南方子弟说北方子弟愚笨，双方互相看不起；江西子弟与福建子弟互相讨厌，经常打架；官宦人家的子弟，通常看不起商贾，而商贾的子弟，又讨厌官宦人家清高……

林芳洲那一伙，聚的是一群商人子弟，雷霆社里专管把皮球往风流眼里踢的那个球头，也是商人出身。而虎啸社收的许多徒弟都是大官的后代，虎啸社的支持者里也有许多官宦子弟。

两个球社争得难分高低，渐渐地，各自的支持者也有些水火难容。

那虎啸社的支持者里，为首的是蔡公子。在棚头里斗蟋蟀时，蔡公子对鞠躬尽瘁的黑熊力士般无情，林芳洲当时就很看不上他。后来才听说，这蔡公子竟是齐王妃的亲弟弟，人品不好，心狠手黑，还有特殊癖好，养了许多娈童，林芳洲听说之后，更觉厌恶。

蔡公子的长相倒不能说难看，只是一双鼻孔朝上翻，看着很滑稽，林芳洲指着他的鼻孔，对沈二郎说："看，那猪鼻子长在了人的脸上。"

沈二郎等一干纨绔子弟哄然大笑。

蔡公子看到他们竟敢对着他大笑，料也不是什么好事，怒道："你们笑什么笑？！"

林芳洲气定神闲地看着场上的拼杀，"我笑的是，虎啸社今日怎么都成了病猫，我看呀，应该改名叫'猫叫社'了，哈哈，哈哈哈哈！"

蔡公子气得脸色发青。

虎啸社今日表现不好，雷霆社赢了他们三个球。按照惯例，赢的一方博彩头自不用提，那输的一方，球头是要被鞭打的。

散场时，林芳洲一行人出来，正好看到雷霆社的社员呼啸着要去喝酒，几人上前想和他们搭话，那些社员见惯了这样的，有些不耐烦。

可是雷霆社的球头一眼看到十七时，竟然向十七招了招手，"大白马，你怎么在这里？"

林芳洲有些奇怪，"你怎么叫他大白马？"

"因为他姓马，还喜欢穿白衣服。"

"哈哈哈哈，是吗？原来你叫大白马呀……"林芳洲看着十七，觉得这个外号很好玩。

十七干咳一声，道："他们乱叫的。"

林芳洲突然一拍脑袋，"哎哟！你们认识？！"

球头奇怪地看了林芳洲一眼，道："你不知道吗，大白马也是我们雷霆社的弟子，他跷球很好，可惜平常太忙，也不来玩。"

在一个球队里，"跷球"的责任是传一脚好球给球头，让球头能顺利把皮球踢进风流眼里。场上最风光的自然是身为前锋兵的球头，但林芳洲一直觉得，想把辅助性的跷球踢好，才是真正的不易。

她听罢此话，连忙郑重地向十七作了个揖，"哎呀！失敬失敬！"

其他人也都来给十七作揖，弄得十七有些难为情。

因为十七与球头的交情，林芳洲一众得了机会与雷霆社的主要成员聚餐，真令人羡慕。

过了几天，再遇到比赛，林芳洲对十七说："十七，要不你也去踢吧？"

十七无奈地摇摇头，自言自语道："我就知道……"

十七上了场，雷霆社如虎添翼，把虎啸社压制得不能翻身。林芳洲在场边连连叫好，扭头嚣张地看了一眼蔡公子，发现他也正盯着她看。

林芳洲挑衅地朝他扬了扬眉。

他回以冷笑。

正是这一分神，一脚球飞出场外，"啪"地一下打在蔡公子的脸上。

林芳洲他们沉默了一下，紧接着就是爆笑："哈哈哈哈哈哈！"

这球场里默认的规矩，球飞出场外打到观众，不算得罪人。因此蔡公子也不好说什么，何况这脚球还是虎啸社踢出来的。

不消一会儿，那蔡公子的脸便肿了，加上有些外翻的鼻子，林芳洲他们就给他取了个外号：蔡猪脸。

众人不敢对着他直接唤"蔡猪脸"，只是私底下叫着玩，但是也不知怎的就被他给发现了，从此那蔡猪脸对林芳洲更加嫉恨。

蔡猪脸以牙还牙，说林芳洲是"卖屁股的兔子"，他们那一拨人，都唤林芳洲"林兔子"。

林芳洲气呼呼地回到家，破口骂道："蔡猪脸才是兔子，整天就喜欢奸淫小男孩。"

云微明心里一沉，怒道："怎么，你被人盯上了？"

"啊？那倒没有。就是，有人骂我是兔子。"

"兔子是什么？"

"就是……"林芳洲刚要给他解释，又怕带坏他，忙住口，道，"小孩不要瞎打听。"

"我再强调一遍，我不是——"

"好了好了，你不是小孩子，我知道了。"林芳洲说着，胡乱揉了一把他的脑袋，态度有些敷衍。

他一脸郁闷，小声道："我马上就十七了。"

是啊，马上就十七了，今天都腊月二十三了，马上就过年了。

林芳洲让他站起来，她抬胳膊往他头顶上比了比，说道："小元宝，你是不是又长高了？"

"好像是。"

"你不要长了，再长，我都够不到你了。"

"我可以弯腰。"

"你腿太长了，我走路都跟不上你。"

"我可以等。"

林芳洲一乐，"真乖！"说着拍了拍他的脸。

他突然抬手，覆盖在她的脸颊上。林芳洲一呆，"你干吗？"

"你摸了我的脸，我也要摸回来。"他眼睛里带着淡淡的笑意。

他的指肚在她光滑的脸蛋上轻轻摩挲着，林芳洲感觉那情形有些诡异，说："摸够了没有？"

他轻轻地叹息："这么多年了，感觉你没什么变化。"

"都像你？小病猫变成大老虎。"

这话也不知怎么取悦了他，他笑得有些得意，还拍了拍她的头。

林芳洲在外面野惯了，过年这些天，云微明闲下来，不许她天天出门跑，他说："你在外面招了些不三不四的人，不要以为我不知道。你先在家里消停几天。"

林芳洲反驳道："我没有招不三不四的人。"

"沈二郎是谁？"

"是好朋友，为人仗义，一条好汉！"林芳洲对沈二郎赞誉极高。

他轻轻哼了一声，"我看他接近你，多半是不安好心。"

"他不知我和你的关系，"林芳洲摇了摇头，"他能安什么心？我有什么值得他图谋的？"

"你长成这样，是很容易——"

他表情有些古怪，林芳洲问道："很容易什么？"

很容易被断袖盯上。

这话，他不好说出口。

最后他只是说："我好不容易闲下来，你在家陪我。"

林芳洲把云微明当亲人，还真不好冷落他，于是果然在家陪他。她每天就看看画本、玩玩皮球，云微明还教会她下棋了。只不过她才刚学会，臭棋篓子一个，谁都赢不了。最后她自己发明了一个方法：一边掷骰子一边下棋。谁点数大谁走一步，下一步接着掷骰子。

有一次，她运气好得不行，一连掷了六次大，终于赢了他一盘棋。

她沾沾自喜，他低头牵着唇角轻笑。

林芳洲说："你都输了，笑什么笑？"

"没有。"

"你刚才不会让我了吧？"

"绝……对……没……有。"

到晚上时，两人会去逛夜市。这些年天下承平，京城里已经好久没有宵禁了，许多店面通宵亮着烛火。林芳洲经常能在夜市里发现一些奇思妙想的小吃食。有一次，她买到了一笼兜子，那兜子是用粉皮做的皮，水晶一般，半透明，里面装着用胡萝卜泥和蛋黄做的馅料，吃起来有蟹黄的味道。她拿起一个兜子，咬了一口，吃得眼睛都眯起来了。

"怎样？"他问道。

她狂点头，"好吃！"

"我尝尝。"说着，也不管她同不同意，低头就着她手里吃了一半的兜子，咬了一口，品味一番，点头道，"果然滋味不错。"

林芳洲没发觉什么不妥，倒是把身后跟着的十二和十七震惊得口不能言。过了一会儿，十七私底下偷偷对十二说："殿下是天潢贵胄，怎么会吃别人吃剩的东西？"

十二摇了摇头。

如此这般，日子过得飞快，转眼到了正月十五上元节。中午皇帝要摆宴宴请群臣，身为皇子，云微明不能缺席，到晚上还有家宴，他更不能走开了，他见林芳洲摩拳擦掌地要出门好一番要，莫名地心里有些堵，说道："你晚上不要玩得太久，我也早些回来，我们一同吃汤圆，放烟花。"

"好，我就是出门看比赛。今日是开社后的第一场，至关重要。"

"看看就好，不要同他们踢，挨挨碰碰的，万一摔到了……"

"好了，知道了，啰唆的小元宝。"

林芳洲出门时特意带上十七，十七知道她打着什么主意，又不敢违逆，只好在心里翻了个大白眼。果然，到了那赛场里，她让十七去踢球了。

林芳洲找到沈二郎，沈二郎说："林弟，我有好些天没看到你了。"

"嗐，家里看得严……过年了，你怎么也不回家？"

"我爹听说我在京城一事无成，还把钱花光了，很生气，说要打我，我娘写信让我先不要回去。"

林芳洲拍了拍他的肩膀，"没事，父子间没有隔夜仇。"

"嗯。"沈二郎点了一下头，朝场中努了努嘴，道，"听说蔡猪脸找来了好帮手，虎啸社今天打算翻身呢。"

"没关系，"林芳洲很自信，"雷霆社有十七呢，我们十七蹴球，他认第二，无人敢认第一。"

沈二郎笑道："那倒是。"

不多时，开了场，两方社员在场上拼杀起来。沈二郎给林芳洲指着场上一个身影，"就是他。"

"也不怎么样。"她摇头道。

看了一会儿，林芳洲觉得不对劲，问道："这人很明显犯规了，怎么裁判官也不管？"

"也许没看到？"

又过了一会儿，那新帮手几次三番地犯规，裁判官像个睁眼瞎子一般，就是不理会。林芳洲大怒道："这么偏私，还踢什么劲！"

雷霆社的支持者很不满，渐渐地群情激愤，有些人坐不住，把手边的东西抓起来扔向场上，"虎啸社是什么东西！狗入的猫叫社！下去！滚！"

林芳洲也很生气，几人一起破口大骂，骂得自然很难听。

越来越多的人骂起来，蔡猪脸等一班人听着很不高兴，说道："愿赌服输，骂街是什么做派？输不起就滚蛋！"

"滚你娘的蛋！猪头脸！"

"林兔子，你骂谁？"

"骂的就是你，猪脸！猪脸！！！"

"反了天了，你们几个给我上，打！打得他闭嘴喊娘！"

"哟呵，还想动家伙？不消动家伙，你用猪脸就能碾死我呢！"

"你，你……老子今天撕了你！"

群情激愤，场面渐渐失控，有人先动手之后，被打的自然不服，于是越来越多的人加入了战斗。林芳洲一见势头不好，拉着韩牛牛转身就跑。

刚跑出人群，还没出球场大门，也不知是谁，突然在后面打了她一闷棍。她只觉眼前一黑，便不省人事了。

第二十章
美色误人

十七本来在场上跑得正激烈，听到场外一阵喧闹，他扭脸一看，见是观众们打起来了。他有些担忧林芳洲，往人群里找了找，竟没有找到。

十七也不敢再踢球了，跑出场外，见到那正与人撕扯的沈二郎，问道："我家公子呢？"

沈二郎嘴角乌青，左顾右望了一下，道："林弟？林弟……去哪里了……"他看向十七，答道，"我们和蔡猪脸那一班人起了纠纷，打起来了，太乱，我也找不到他了。"

"蔡猪……呃，蔡公子呢？"

沈二郎又望了一下，奇怪道："蔡猪脸怎么也不见了？"

十七往打架的人群里又找了一番，不只没找到林芳洲，也没看到韩牛牛，他心里感觉不太妙。

也不知哪个不长眼的，打架打得忘乎所以，拳头向着十七招呼上来，十七看都不看一眼，一掌将那人扇开，那人便如纸片一般滚到地上，好半天没能爬起来。

沈二郎也觉出不对劲了，问道："林弟不会有危险？现在怎么办？"

十七心想：林公子虽喜欢热闹，胆子却不大，遇上这样的乱子，他不敢打架，多半已经跑回家了。于是他往回赶，又怕自己走得太快赶超他们，便一边走一边注意那行人。

回到三皇子的府上，府里人告知，林公子并没有回来。

十七心里压着一块疑云。他心道：林公子可能只是贪玩去了别处，但也可能遇到了危险。倘若只是贪玩还罢了，万一遇到不测……三皇子岂能轻饶了自己？

林芳洲的失踪，很可能与那蔡猪脸有些牵扯，但是蔡猪脸是齐王的小舅子，十七动不了他。

为今之计，只能是尽快将此事禀报三皇子了。

可是三皇子正在宫中赴宴呢，若是坏了他的事……

不不不，十七摇头，他突然想到三皇子与林公子相处时的亲昵，两人只怕比亲兄弟还亲，遇到这种事情，三皇子肯定也选林公子。

十七分派了些人手出门找林芳洲。林芳洲不太好找，但韩牛牛很好找，那长相让人想不记住都难。所以他让人重点关注韩牛牛的去向。

然后他去了皇宫。

一般来说，御宴是比较无聊的。上菜慢，吃菜又必须斯斯文文的，吃完一道换一道，穿龙袍的那位但凡一出声，你就得放下筷子认真听着。

赵王和齐王都很健谈，把官家讨好得笑意不断，相比之下，三皇子云微明就有些沉默寡言了。

云微明正坐在自己的位子上发呆，那上菜的小内侍把盘子轻轻地放在他的桌上，"殿下，请！"接着，突然压低声音，低到只有他二人能听到，"十二有事急奏殿下。"

云微明假装出恭，出来之后见到十二，十二身边站着十七。

看到十七，他心里一沉，问道："何事？"

"殿下，林公子不见了。"

"什么？！"

十七把事情简单交代了一番，接着说道："属下该死，没有看住林公子。"

云微明深吸了一口气，道："现在不是论罪的时候，你方才说，蔡真与他一起不见了？"

"是的，所以属下怀疑……"

云微明一扬手制止他，"不用怀疑了，我现在去找父皇。"

十二连忙拦住他，"殿下且慢！十二诚心劝殿下一句，今日上元佳节，官家在金殿大宴群臣，这样的场合，不宜把事情闹大，不如等……"

云微明冷冷地一眯眼睛，"就是要把事情闹大。"

"殿下？！"

"当务之急是救人，其他的，顾不得那么多了。"

"倘若是误会呢？"

"倘若不是误会呢？"

十二默然无语。

倘若是误会，三皇子必定为此事讨个没脸，被官家责骂一顿，这还是轻的，往后会因此生出什么乱子，谁都难说；倘若不是误会，那蔡真是齐王的人，三皇子想要人，只能去找官家评理了。

取和舍，无关对错，单看怎么选。

十二便没再拦他。

云微明走进金殿，二话不说，直接一撩袍子跪倒在地，神情急切，"父皇！"

殿上人都被他吓了一跳，见他像是有话要说，一个个都屏息凝神，想听三皇子说什么。

官家说道："三郎，你怎么了？"

"父皇，有人要害我！"

"不许胡说，你是皇子，谁敢害你？"

"父皇，林芳洲救我养我，对我情深义重，我一直把他当作救命恩人看待。"

"是这样不错，"官家点了点头，"朕也已经封赏他了，你还有什么不满？"

"父皇隆恩，我没有不满。只是……"

"只是什么？你说。"

"只是今日我听闻，二哥竟然派了他的小舅子把林芳洲掳了去。林芳洲的救命之恩我还未报答，今日竟被我的亲哥哥掳去，这岂不是要陷我于不义？！"

齐王一听大惊道："三郎，你在这里胡言乱语什么？我平白无故掳他何用？"

赵王点头道："三郎，想必这之间有什么误会，你已经不小了，还这样鲁莽行事。"

"既然两位哥哥都觉得是误会，那不如把蔡真叫来与我对质？"

齐王道："今日是上元节，你不要胡闹了，毁了父皇的好兴致。"

"二哥什么意思，心虚？不敢？"

"三郎，你今天是不是吃错药了？"

官家被他们吵得头痛，突然抬高声音道："不要吵了！来人，去把那个蔡……蔡什么？"

"蔡真。"

"去把蔡真找来。"官家说着，看了他的小儿子一眼，"你满意了吗？"

"多谢父皇为我做主。"

"满意了就坐回去，你这样冒冒失失成何体统？！"

"是，儿臣知罪。"

云微明坐回自己桌旁，再没有心思吃东西，心里仿佛被油煎一般。等了许久，终于等到找人的那小内侍回来禀道："官家，那蔡真他不在家。"

"不在家？去哪里了？"

"说是不……不知道……"

官家看了齐王一眼，"他去哪里了？"

齐王答道："今日过节，他想必是去朋友家赴宴了。他与林芳洲素无瓜葛，怎么可能无缘无故掳人呢？还请父皇明察。"

官家又看了三皇子一眼。

云微明离席道："父皇，我常听人说'滴水之恩，该涌泉相报'，林芳洲于我有救命之恩，如今他下落不明，我无法安然在此，还请父皇容我先告退去寻他。"

"你这傻孩子，怎么这么沉不住气？"官家摇了一下头，面上竟也没有怪罪的意思，只是说，"去吧，把左军巡使带上。"

"谢父皇！"

官家这么轻易地答应他，那赵王与齐王对视一眼，都从对方眼里看到了惊讶。

左军巡使是管京城治安的，带上他正合适。那左军巡使接了圣旨，听凭三皇子调遣。他问道："殿下，现在该怎么办？"

"去蔡府找人，还有平常和蔡真往来密切的朋友，总该有人知道蔡真可能去了哪里，然后一处一处地搜。"

"是。"

十七抱着剑站在外面，悄声问十二："殿下为什么不直接告诉官家他要寻人？牵扯出蔡猪脸，万一真是误会呢？"

十二："官府规定，人口失踪一天以上才能报官。"

十七拍了一下手，"我明白了。殿下若是直接跟官家说林公子不见了，官家肯定不信，也不会分派人手给殿下。毕竟，林公子到现在，也只失踪了不到两个时辰，谁能说清他是被掳走了还是去别处玩了。"

"嗯。"

十七有些疑惑，"我只当殿下关心则乱，没想到他这样做，看似乱了分寸，实际还是很有章法，他到底是有心还是无意？"

"有心与无意，不是你该揣测的。"

十七翻了个白眼，"喊，你真没劲。"

对于他的挖苦，十二无动于衷，只是说道："我有一件事要提醒你。"

"什么事？"

"你言行该当谨慎，不要再叫人猪脸了。"

林芳洲醒来时发现自己躺在床上，手被绑着。

床铺软软的，熏了香，还挺好闻。

她喊道："牛牛？牛牛，你在哪里呀？牛牛？"

没有人回答她。

林芳洲有点害怕，她又说道："有没有人啊？来人啊……"

这样喊了一会儿，还真把人喊来了。有人推门走进来，林芳洲一看那来人，立刻失声喊道："蔡猪脸？！"

蔡猪脸把猪脸一沉，怒道："不许再叫我蔡猪脸！"

林芳洲低头看了看自己被绑着的双手，深知"人在屋檐下，不得不低头"的道理，她立刻换了一副面孔，笑嘻嘻地看着他，"好，那我以后不叫了。"

蔡猪脸没想到他竟然这样容易屈服，愣了一愣。

林芳洲："我也只是叫着玩的，你不是还叫我林兔子吗？我也没生气。你也不要生气了，以后我再也不这样叫你了……要不，你先把我放开？这样绑着，手腕难受。"

蔡猪脸拍了几下手，立刻有人端上来酒菜，摆了满满一桌子。他倒了一杯酒，朝林芳洲举了举，"喝不喝？"

林芳洲摇了摇头，心道：谁知道你会不会给我下毒呢……

蔡猪脸一口喝掉杯中酒，然后叫她："林大郎。"

"欸！蔡……公子，你今天找我到底是什么事呀？咱能不能先松绑，坐下来好好说话？"

"林大郎，你跟了我吧。"

林芳洲莫名其妙，歪着脑袋看他。

"跟了我，保你荣华富贵，应有尽有。想必你也知道，我姐夫是齐王，他又聪明又机警，是官家最喜欢的儿子。跟了我，你要风得风，要雨得雨。"

林芳洲震惊地看着他，"你什么意思，你看上我了？"

蔡猪脸笑道："你的姿色，确实很对我的胃口。我不喜欢老的，但你是例外。"

林芳洲一阵反胃，还要强装淡定，不敢惹怒他。她说："我这么老，坏了你的牙口可就不好了，你把我当个屁放了吧！"

"生气了？呵呵，说你老，只是相对那些小孩子而言，你比我还小呢，不算老。"

"我……不同意行吗？"

"不行。"

"……那你还问我做什么？"

蔡猪脸淫笑道："只是想确认一下，接下来是该你主动，还是我主动。"

原来人真的可以无耻成这个样子，林芳洲今天算开眼了。他朝她走近，她连连后退，一边退一边说道："强扭的瓜不甜，你这样多没意思啊，对吧？"

他已经走近，按住她，一下子撕开她绿锦做的袄子。

林芳洲简直要吓哭了，她现在倒不是怕被强暴——蔡猪脸从来只玩男人不玩女人，这个她是知道的。她怕的是，蔡猪脸以后早晚会知道她与云微明的关系，现在发现她是女人了，等以后觉出不对，就会把事情告诉齐王，齐王正愁没有云微明的把柄可以抓呢，一定会去找官家告状……

到时候她的小命肯定就没了，云微明也要被她拖累。

"你你你你等一下，我有一个惊天大秘密要告诉你！"

"哦？"蔡猪脸果然停下动作，"什么秘密？"

"我，其实……我……我觉得虎啸社真是天下第一的蹴鞠社！虎啸社的社员都是一等一的英雄好汉！"

蔡猪脸被逗笑了，"你真有趣。倘若平时你这样说，我兴许会放你一马，可是现在……现在，我更想尝尝你的滋味了。"

林芳洲怕得要死，见他又伸手来解她的衣服，她瞅准了他的手，低头用力咬了下去。

"啊！！！"蔡猪脸一顿痛叫甩开她，接着反手就是一巴掌。

啪！

林芳洲疼得眼泪都下来了，她突然灵机一动，"你还不知道我是谁吧？！"

"我知道，你是林大郎。"

"我不只是林大郎，我还是三殿下的救命恩人，我本名叫林芳洲！"

"呵呵，林芳洲是三殿下的人，有官家的封爵，他会和那些商户之子混在一起？你当我傻吗？"

"我真的是林芳洲，不信你去打听一下，你去找三殿下问问再来脱我衣服行吗……"

"嗯，那我睡完再问也是一样的。"他早已被色欲蒙了心，又来解她的衣服。

林芳洲心道：完了完了，我命休矣！

她闭着眼睛，绝望地喊道："小元宝！快来救我！呜呜呜，小元宝！"

话音刚落，却听到屋子里哐当——呼啦啦——

门被踹开了，闯进来一伙人，把里头两人都吓了一跳。那蔡猪脸回头刚要看来人是谁，却见一个身影以极快的速度冲到他面前，他根本来不及看，下巴上已经挨了一脚。

"哎哟！"蔡猪脸痛叫一声，被踹得摔了出去。

他爬起来道："你他娘找死！"刚说完这句，总算看清楚来人，立刻吓出了一身冷汗，"三……三殿下……"

蔡猪脸只见过一次三皇子，虽然离得挺远，但是他的天人之姿，早已将他折服。

此刻再见，一眼便认出了。

云微明突然一伸手，将十二的佩刀拔出，二话不说举刀砍向蔡真。他的眼中一片冰冷，仿佛冰封三丈的雪原。彻骨的寒意席卷了蔡真的全身，那一刻蔡真相信，他真的会杀了他！

宝刀高举，毫不拖泥带水地，直落下去。蔡真吓得闭上眼睛。

可是那刀落在半路上，却被十二拦了下来。

十二轻轻摇了一下头，道："殿下，不可。"

云微明看了他一眼，终于把刀片往他鞘里一收。

刀已离手，因力道太大，那刀鞘还微微振动着。

十二低头看着刀鞘，眼中闪过一丝惊讶。

云微明转身，看着林芳洲。林芳洲一看到他，心里涌起毫无理由的无限的委屈，她放纵地哭了起来，"呜呜呜，你总算来了！"

他抱了抱她，轻轻拍她的后背，柔声道："好了，不要怕。"

"呜呜呜，脸疼！"

他心想：你脸疼，我还心疼呢。

林芳洲哭得停不下来，他给她松绑，又让人去别处寻找，找到了韩牛牛。那左军巡使跑过来问道："殿下，蔡真要怎么处理？"

"把他交给齐王，顺便让他给齐王带个话，就说，我等着二哥给我解释。"

"是。"

齐王已经回府了，见小舅子被扔进了齐王府，仔细一打听，这种时候了蔡真也不敢隐瞒，都说了。那齐王气得直想砍人，怒道："你差点坏我大事！"

"姐夫，三殿下想杀了我，姐夫，你救救我！"

"让他尽管杀吧，我懒得管你了，你个不成器的蠢货！"

"姐夫，我错了，只因那林芳洲十分寒酸，还天天和商户之子鬼混，我也没料到他就是三殿下的救命恩人……"

"你看不出他，还看不出他身边的人吗？十七跟着他寸步不离，禁中侍卫是什么样的人，你认不出？"

"我又没有官职在身，也没见过几个禁中侍卫。那十七只是踢球踢得好，不曾见他和人动过手，所以没看出来……"蔡真越说声音越小，过了一会儿，又问道，"姐夫，我姐姐最近身体可好？胎气还稳吗？我前些天买了些安胎的补品，正要送过来呢。"

"不要提你姐姐，你姐姐若是知道你在外面胡闹，也要气死了！"

"姐夫，我知道错了，往后再也不胡闹了，求求你了，不要告诉姐姐。她安胎要紧，我不敢惹她动怒。"

想到王妃，齐王的神色渐渐缓和下来，摇头说道："你也不用担心，死不了。你又没对林芳洲做什么，最多是绑了他，你只要一口咬定只是开个玩笑，到头来与他赔个不是便好。老三就算想闹，也没的闹。"

"姐夫，你这么说，我就放心多了。"

齐王又问道："你经常见那林芳洲，有没有看出他有什么问题？"

"哪方面的问题？"

"哪方面都行。"

蔡真想了一下，立刻点头道："有！"

"哦？说说。"

"姐夫，我觉得三皇子和林芳洲有不可告人的关系。"

"什么意思？"

"他们两个是……"蔡真把两个拇指对在一起比画着，"一对儿。"

齐王气得冷笑，"你这下流种！你自己是断袖，就觉得全天下人都是断袖？"

"姐夫，你相信我，三皇子看林芳洲的那个眼神，啧啧，绝对有问题。我是断袖，所以我了解断袖。三皇子若是对林芳洲没有点想法，我把脑袋切下来给你。"

"真的？"

"真的！"

齐王低头思索一番，突然笑道："这就有趣了。"

第二十一章

他的占有欲

林芳洲每次在云微明面前哭，都觉得自己挺没出息的。以前是他跟她撒娇，现在换成了她对着他撒娇，感觉有点难为情。

但是她太怕了，又控制不住自己，因此还是哭了一路。云微明的一条帕子，都被她的泪水打湿了。

回到家时，她用凉水净了面，这才好些。

云微明看着林芳洲肿起来的半张脸，心中的怒气还未消散。他冷冷说道："敢动我的人，看来他是嫌命长了。"

林芳洲心想：我什么时候成了你的人了……好吧，在别人眼中，她确实是三皇子这边的人，这样说好像也没有错？

她拍了拍胸口，说道："刚才快吓死我了，真的，差一点就要死了呢！"

他食指弯曲抬着她的下巴，仔仔细细看她的脸，问道："还疼吗？"

"嗯！"林芳洲夸张地点了一下头。

"我给你吹吹。"他说着，果真低下头给她吹起来。

陌生而温热的气息，轻轻地扑到她的脸上，她感觉有些痒，偏头躲他，他却追着她不放。林芳洲笑道："别闹了。"

他凑得更近，垂着眼睛望着她，目光落进她的眼睛里。她看到他眼里的笑意，温暖的，悠长的，像是突然倒流回去的时光。

两人离得太近了，她有些别扭，想要后退，他却突然扣住她的肩膀。

林芳洲一愣，"你做什么？"

"我给你报仇，好不好？"

林芳洲拉下他的手，转身摇了摇头，说道："小元宝，蔡真是齐王的小舅子，我看还是算了吧，反正我也没什么损失，就是挨了一巴掌。"

"我不怕齐王。"

"我怕！"林芳洲有些急，"你知道吗，就是因为不想给你惹事，我在外面都不敢提你的名字……虽然最后还是给你惹事了。唉，谁能想到那蔡猪脸竟然这么胆大包天，无耻下流呢……"她摇了摇头，有点内疚，"我听说你爹不喜欢你，最喜欢齐王，你还是不要因为我和齐王结仇了。"

"没关系，我自有分寸。"

"不行！"她眉毛一横，态度很坚决。

他却笑了，"你担心我？"

"是你自己说的，小不忍则乱大毛。"

"……谋。大毛是一只狗的名字。"

"哎呀，反正就是那个意思。"林芳洲摆了摆手，问他，"我今天在球场听到传闻，说前几天你爹骂了你？"

"嗯。"

"为什么呀？你怎么也不和我说？"

"无妨，都是小事。"

林芳洲叹气道："你虽然聪明，可说到底年纪太小了，别人都是老狐狸，只有你是小狐狸。"

云微明却轻轻一笑，"你不用担心，我若行事滴水不漏，没有半点差池，才会使人更加防备。"

林芳洲有些惊讶，"你……你不会是故意的吧？"

他一眯眼睛，答道："有些把柄，无伤大雅，该送了就送，否则，我那两位哥哥该担忧得睡不好觉了。"

"你胆子也太大了！"

"我心里有数。"

"好了，知道你聪明，反正你小心一点，别人又不是木桩子，站在那里等着你打。"

"嗯。"

"蔡猪脸的事情，你也不要放在心上了，不要因为他，得罪你爹和齐王。"

"嗯。"

林芳洲一连嘱咐了许多，见他都答应了，她这才放下心。

与此同时，她又找回了那么一丢丢身为"兄长"的威严。

那蔡真掳走林芳洲，被当场抓了个现行，这种事情赖不掉。官家也知道了三皇子在御宴上并非无理取闹，救命恩人被无缘无故地掳去，这确实过分。

虽然他在御宴上显得有些不识大体，但也是可以原谅的，毕竟是个有情义的孩子呢。

如此想着，官家便对齐王有些失望，把他叫到跟前骂了一顿。齐王很识相，押着蔡真带着礼物上门去给林芳洲赔罪，做足了面子，此事就这么揭过去了。

林芳洲倒还好，能让蔡猪脸对她赔笑脸低头，她已经很知足了。只是云微明还有些耿耿于怀，总觉得不该就这么放过蔡真。林芳洲倒要反过来安慰他。

经此一闹，林芳洲短时间内没脸出门了，就在家待着，下下棋，看看书，逗逗猫头鹰，活得仿佛一个大家闺秀。

她还跟韩牛牛学会了绣花，又不敢在人前绣，只偷偷摸摸地闷在房间里，刚开始绣的时候，总是扎到手。

不过绣花是很有趣的事情，所以她决定坚持下去。

三月三是女儿节，这一天韩牛牛把头发梳了一个别致的形状，擦着水粉，身上洒了花露，闻起来香喷喷的，林芳洲有些羡慕她，问道："牛牛，你的头发是怎么梳的呀？"

"就是这样，这样——"韩牛牛比画了一下，见林芳洲一脸茫然，她问林芳洲，"公子，你从没梳过发髻吗？"

"梳过，但只有这一种，"林芳洲指了指自己的头顶，有些郁闷，"我从小就是男人嘛。"

"公子真可怜！"韩牛牛托着下巴端详林芳洲，"公子，你长得这么好看，不穿女装真是浪费。"

林芳洲摸了一把自己的脸，"我长成这样，所以才招一些不三不四的断袖。"

韩牛牛突发奇想，"公子，我给你梳头吧？"

林芳洲犹豫着，想要试试，又有点怕怕的，还有一些小兴奋，最后她一拍桌子，"你去把门闩上，不许人进来。"

韩牛牛给林芳洲梳了个飞天髻，戴了首饰，还找了一条她自己的裙子给林芳洲穿上。虽然那裙子很不合身，但毕竟是裙子呢！

林芳洲这样随便一打扮，竟也姿容艳丽，韩牛牛在一旁看得有些呆。

林芳洲看着镜子里的自己，很满意，她用手指点着光滑的镜面，笑嘻嘻道："小美人，你今年多大啦？哪里人呀？介不介意交个朋友呀……"

韩牛牛看得更呆了，心想：公子莫不是脑子坏了？自己调戏自己？

恰在这时，外头有人敲门，咚咚咚。

"兄长，是我。"是云微明的声音。

林芳洲和韩牛牛都吓了一跳。林芳洲："等等等等一下！"

"怎么了？"

"我我我在午睡，没穿衣服，你等一下！"

于是他沉默了。

林芳洲慌忙把衣服换回来，头发拆开披散下来，前去开门。一开门，见云微明低着头，林芳洲有些奇怪，"你……你怎么了？"

他抬头，她看到他鼻子下赫然挂着一道血印子，把她吓了一跳，"你怎么流鼻血了？！"

"没事，天气干燥，可能有些上火。"他镇定地掏出手帕，擦掉鼻血。

"多喝水。"

"嗯。"

林芳洲问道："你找我有什么事呀？"

"父皇要见我，不知何事，晚饭可能不回来吃了，你不要等我。"

林芳洲点头道："这种事情，你让别人来传个话就好了。"

云微明见林芳洲黑亮的头发披散下来，更衬得容颜胜雪。他心头微动，抓起一把她的头发握着，凉滑如丝的触感，让他有些爱不释手。他奇怪道："你午睡为何要把头发散开？"

"我……那个……头痒，我怀疑长了虱子，让牛牛给我抓虱子呢！"

她身后的韩牛牛连忙点头，"嗯！我刚才抓到好大一只呢！一挤一兜血！"

云微明眉毛跳了一下，松开那把头发。

官家召见三皇子，倒也没什么大事，晚饭果然留他在宫中吃了，不止如此，饭后，父子两人还说了一会儿话。

最近官家对三皇子的态度有些改观，寻常人可能发现不了，但是那些重臣近侍，都感觉到了这一微妙的变化。这变化是从什么时候开始的呢？谁也说不清楚，不过，服侍官家超过十年以上的人，可都记得曾经官家对三皇子不闻不问的态度呢。

要说喜欢，似乎也没有多喜欢？官家好几次跟那些元老抱怨，说三皇子太老实。

是啊，三皇子年纪小，心眼实，又低调又朴素，没有赵王和齐王那么伶俐，被欺负了也不声张，着了人家的道，也没怨言，就算是救命恩人被自己的哥哥欺凌，也只是忍气吞声……生在皇家，这样敦厚的性子，难免要吃亏一些。

也不知怎么的，三皇子留给宫内宫外、满朝文武的印象，就是这样。

有一次，潘人凤参加聚会，听到那些同僚讨论三皇子时，用的形容词都是"老实""忠厚""耿直"之类的，他当时就目瞪口呆了，心想：你们是不是对三皇子有什么误解啊……

那可是从十岁就称霸书院的小魔头啊！都不去打听一下吗？

其实，自然有人去打听了，官家的人、赵王齐王的人，都去过了。

林芳思本来就为人低调，人缘还不错，尤其与他同窗的几个少年，都对他很忠心。再说，永州百姓听说自己境内出了一个落难皇子，如今认了亲一飞冲天，谁还敢说那林芳思的坏话？就算是在书院打架这种事，动机也是好的，因为"听说那人毁谤师长，气不过才打起来，小孩子嘛"，还有"虽然读书不是最好的，但是上进，努力，为了强身健体，每天跑步去上学呢""心眼好，看到老人挑着担子，他都要上去帮一把""心软，看到受伤的猫头鹰，都要救一下呢"……

他们能打听到的，翻来倒去，最黑的历史，也不过"他小时候贪玩，养过蛊虫，但只养了一阵，后来就不玩了"这种。

赵王和齐王听了探子来报，心想：就不要拿着这些去找父皇告状了，说出去都是给老三增加好印象的。

唉，可惜了，他怎么那么快就放弃玩蛊虫了呢……

云微明离开皇宫时，天已经黑透了，满街灯火，酒楼还在营业，里头传来阵阵喧笑声。他骑着马，身后跟着十二，也骑着马，除此之外再无他人。对一个皇子来说，这样的出行是十分寒酸的。

三皇子生活朴素简单，朝臣们都知道，还有人夸他有"隐士"的志趣。官家也说过他几次，奈何他就是改不了。

云微明出宫之后，没有回府，而是掉转马头朝着另一个方向走了，"先买点药。"

十二问道："殿下哪里不舒服？用不用请御医看看？"

"不是我，是林芳洲，长了虱子，我给他买点沐浴消虫的药。"

十二便不说话，策马跟着他。

走了许久，路过好几家药铺，三皇子看也不看一眼，直走到一家叫"百香堂"的药铺。他下马，将马绳交给十二，道："你在外面看马，我去去就回。"

十二深知，遇上林公子的事情时，殿下喜欢亲力亲为，于是此刻他安然在外面看马。

天空飘起了小雨，那马有些不安分，十二控着两匹马，望着药铺里昏黄的灯光，等了约莫有两刻钟，他突然听到周围不远处有喧闹声，夹杂着哭喊。他循着声音的方向，伸长脖子望了望，却也看不到什么，只知道似乎出了事情。

三皇子不知何时已经拿着两包药走到近前。

十二问道："殿下，那边似乎有事，需不需要去看一下？"

三皇子翻身上马，"走。"说着一夹马肚子，那马便小跑着奔走起来。马蹄子踏在青石路面上，发出有节奏的清脆声响，仿佛寂寞的歌女正一下一下地敲着胡笳。

十二呼吸之间，突然感觉不对劲！

空气里浮动着血腥气，很淡，寻常人可能察觉不出，但是他的刀也饮过许多血的，此刻他十分确定！

十二心里疑云顿生，也策马追上去。

回到府上时，那血腥气早已经消散了，殿下身上也没有任何血迹，观其神色，也无异常。

十二又有些不确定了。

云微明站在檐下，看着夜雨温柔地洗刷院中的花草树木，看了一会儿，他突然唤他："十二。"

"微臣在。"

"你今年多大了？"

"殿下，微臣今年三十有五。"

"嗯，跟了我父皇多少年了？"

"微臣做禁中侍卫有十二年了，服侍官家，也有十二年了。"

云微明点了点头，突然又说："今年，是父皇的六十大寿。"

十二也不知他为何突然提起此事。

"父皇服了这么多年丹药，功力精进了许多，想来距离神功大成，也不远了。"

听了此番话，十二突然心头大震。

官家痴迷道家方术，炼丹寻求长生，这不是新鲜事了。他吃了多年丹药，现在拉出来的粪便都是红红绿绿的，早已经毒入肺腑，还能活多久？

所谓"神功大成"，意思不就是"驾鹤西去"！

老皇帝驾崩，新皇帝谁做？

你现在，效忠谁？

十二明白，三皇子这番话，无疑是在要求他站队。他突然单膝跪地，拱手高举，道："十二誓死追随殿下！"

云微明双手将他扶起来，"你的忠心，我是知道的。"

第二天，林芳洲又来找云微明下棋，还是像往常一样，一边掷骰子一边走棋子。棋局下了一半，正战得难解难分呢，潘人凤突然求见。

潘人凤走进来，林芳洲朝他扬了一下手，脸上堆笑，"太爷，好久不见！"她对待潘人凤的态度，总是有些谄媚，尽管现在他已经不做太爷了。

云微明不紧不慢地掷骰子，掷了一个"六"，他笑道："我的。"说着走了一步棋。

潘人凤与他见了礼，接着说道："殿下，微臣方才听说，蔡真昨晚在外面被人砍了双手！"

林芳洲手里的骰子掉在棋盘上，叮叮当当地跳了几下。她呆呆地看着潘人凤，问道："哪个蔡真？"

"就是齐王的小舅子，一个多月前开罪过你的那个。"

"他也有今天？"林芳洲有些幸灾乐祸，一想到是砍双手这样残酷的事情，她又打了个寒战，"噫……好血腥，太可怕了！果然人不能做坏事，会有报应的！"

云微明把骰子塞到林芳洲手里，"该你了。"

潘人凤说道："蔡家正房只这一个男丁，现在蔡家已经闹翻了。殿下，微臣担心，齐王会不会拿此事做文章，把祸水往你身上引？"

"哦？"云微明轻轻挑眉，不屑道，"蔡真掳我兄长的事情已过去一个多月了，再把旧事重提，往我身上栽赃，就太可笑了，把父皇当傻子吗？"

"官家圣明，自然不用担心。只是，那齐王一向诡计多端，殿下，不可不防。"

"我知道了。"

林芳洲好奇问道："太爷，蔡真怎么就被人砍了手呢？"

"其实不只砍手，"潘人凤答道，"说是把两条胳膊齐根斩断了呢！幸亏及时送医，堪堪保住一条命，以后是废人一个，生不如死。"

林芳洲摇头咋舌，道："是谁砍的？"

"不知道。蔡真新近看上一个少年，养在外面，这些天都在少年那里过夜。昨夜有个黑衣人，蒙面，也没惊动守夜的人，突然就闯进他们的卧房，把那少年打晕，然后砍了蔡真的胳膊。那人目标很明确，就是冲着蔡真去的，也不知蔡真得罪了哪路神仙。捕快在那附近搜捕时，只找到一套夜行衣，和一把染血的钢刀，别的什么都没有。现在案子已经报到官府，不知道能不能追查出来。那凶手有备而来，计划周密，做事果决，毫不恋战。蔡真平常又飞扬跋扈，做过许多坏事，结了很多仇家……以我多年断案的经验，我看这案子难破。"

林芳洲听罢叹服道："这个人……武艺很高强啊！"

"是，刀就是普通的捕快们常用的那种刀，砍的时候一刀切，齐根斩，若没有点好刀法，做不到这样。"

林芳洲突然心念一动，看向云微明。

他正在淡定地玩骰子，似乎感觉到她的目光，他猛地一抬头，与她对视。

林芳洲看到他眼里温柔的笑意，莫名地身体一寒。

潘人凤离开之后，林芳洲屏退周围，偷偷地问云微明："是不是你呀？"

他两指夹着玉石棋子，落在镶金的木质棋盘上，接着拿掉她两个棋子，提醒她："你快输了。"

林芳洲哪还有心思下棋，追问道："是不是你砍了蔡真的手？"

他神态从容地掷了一把骰子。在骰子哗啦啦的跳动声中，她听到他说："他不该碰你。"

第二十二章

一入多情障

"你胆子也太大了！"林芳洲此惊非同小可，不自觉地抬高声音，待意识到之后，又连忙压低下来，说道，"你……你……万一被人发现怎么办呢？"

他安抚地看着她，"放心，没有人发现。"

"十二呢？他总是跟着你，会不会察觉到异常？"

"就算有所察觉，他也不会告诉别人。"

"他会告诉官家的！"

云微明沉吟一番，摇头道："不会。说了对他有害无利。"

"万一呢？！"

"此事若是真的败露，我就告诉父皇，那蔡真竟然色胆包天对我无礼，我咽不下这口气，才把他砍了。"

"……"这样也行？！

林芳洲被他的机智震惊得好半天没回过神来。呆了一会儿，她突然叹道："我好庆幸！"

"嗯？为什么这么说？"

"我庆幸，我和你是一边的，不是你的对头。"

云微明垂下眼睛，轻声问道："你是不是怕我？"

"没有啊……"

"林芳洲。"

"啊？"林芳洲听他竟然叫她大名，她奇怪道，"做什么？"

他看着她的眼睛，神色平静，"我就算负尽天下人，也不会负了你。"

他说得那么认真，让林芳洲很感动，感动之余，又觉得有点不对劲。她小声说："你对我太好了。小元宝，别人家的弟弟也是这么对哥哥的吗？"

林芳洲心想，小元宝一定是因为还惦记着她的救命之恩。她感觉自己占了他的便宜，于是说道："小元宝啊，你看，虽然我救了你一命，但是你救过我两命，这样一看，还是我赚了呢！所以，你以后不要总把救命之恩放在心上了。"

"嗯。"

林芳洲突然想起一个问题，"我听太爷说，砍蔡真，是计划周密的事情，所以你很早之前就准备了？"

"嗯。"

隐忍不发，周密计划，最后一击必中，这倒确实是云微明的作风。林芳洲摸着下巴点点头，又有些疑惑，"你要提前做准备，必定要跟踪他、调查他，这些，没有别人发现吗？"

"跟踪调查，包括提前帮我把夜行衣和钢刀藏在那附近，这些事情，都有别人来做。"

"谁？"

他也不瞒她，答道："我舅舅与江湖人有些往来，是他雇人做的。"

这就对了，蒋国舅是最忠诚的三皇子党，万事听凭云微明的调遣，倒也不稀奇。林芳洲点点头，接着又摇头，"不对啊，都能雇人跟踪调查了，为什么不直接雇人去砍他，还需劳你亲自动手？"

"我就是要亲手给你报仇。"

潘人凤所料不错，蔡真被砍之后，果然有人试图把三皇子与蔡真的恩怨旧事重提。官家一开始觉得莫名其妙，自然不信，但是一个两个三个……这样说的人多了，他难免也有些怀疑：老三年纪轻，做事不稳重，确实有些任性，再加上他很看重那位救命恩人，万一呢？

于是官家把十二叫到宫里，问道："蔡真出事那天，三郎在做什么？"

"那日官家宣三殿下入宫，在宫里用过晚膳才回去。"

"对，是这么回事，回去之后呢？他有没有去过别的地方？"

"没有，只是路上买了些药，便回府了。"

"买药？他买什么药？"

"祛湿的药。"

官家点点头，故意重重地一哼，说道："这些人胡说八道，离间我们父子，用意何在？"

"官家息怒。"

十二向来话少，此刻也不劝他，官家却盯着他的神色，追问道："你说，他们到底想干什么？"

"微臣不知。"

"这种问题，你真的没想过？"

"微臣的职责是保护官家和殿下，谨守本分便好，旁的事情自有圣心裁夺，无须微臣揣测。"

"嗯，"官家点了点头，"你回去吧，看好三郎。"

"是，微臣告退。"

林芳洲在家担心了几天，发现果然没人来找云微明的麻烦，便放下心，终于又有心情出门玩了。

雷霆社和虎啸社又有了新的较量，她却似乎有了点心理阴影，也不去看，只是让十七带着她去那勾栏瓦舍玩。

瓦舍里好玩的东西可不少，最多的是百戏，有唱曲的、跳舞的、杂耍的，很多呢。还有摆开桌案"说话儿"的，谈书论史、风尘侠义、才子佳人，说不尽的今古风流。

沈二郎他们再看到林芳洲，都有些拘谨，不敢同她开玩笑了，毕竟林芳洲有一个高贵的背景。林芳洲说："你们真没意思，我又不是老虎，还能吃人吗？以前怎样，现在还怎样，否则不要做兄弟了！"

她又请他们在瓦舍里包场看戏，那一众纨绔子弟见她与往常也无不同，这才敢与她说笑。

云微明得知林芳洲又与那些狐朋狗友聚在一起，有些无奈，道："怎么这些人像是苍蝇逐臭一般，阴魂不散。"

林芳洲白了他一眼，气道："你骂我是大粪吗？我很臭？"她抬着手里的一把洒金折扇，要敲他的脑袋。

他一把扣住她的手腕，笑道："我哪里敢呢，你很香，特别香。"说着，低下头，闭着眼睛往她身上嗅，边嗅边问道，"今日这是什么花露？"

他表情很痴迷，林芳洲只当他与她开玩笑，有些哭笑不得地一把推开他，答道："不是花露，这是瓦舍新近流行的熏香。花里娇用的就是这种。"

云微明拿过她手里的折扇，打开来帮两人扇着风，问道："你今日又要去瓦舍听曲儿？"

"嗯，顺便去看看卖促织的，若是有好的，就买一个来养着，等养大了，大杀四方。"

"我也去看看。"

林芳洲奇怪道："你去做什么？那种地方你不会喜欢的。"

"我好奇。"

林芳洲本来同几个朋友约好了的，下午见面时，沈二郎他们看到林芳洲身边多了一个人，那人看着年纪不大，生得芝兰玉树一般，举手投足间气度雍容，贵不可言。

能是谁呢？

众纨绔子弟不约而同猜到了一个很可怕的答案，纷纷就要跪倒下拜。

云微明却说："都起来。我今日只是来听听戏，繁文缛节一概免了。"

众人都很怕他，心里又想道：今日能与三皇子殿下一同坐着听戏，此生无憾也！

瓦舍里的戏班无数，各家都有自己拿手的伶人。这一众伶人之中，唱诸宫调的花里娇近些天风头最盛。

要说这花里娇，也是妙人一个。他本是个男子，五六岁便开始学唱戏，今年十五岁了，生得面如敷粉，唇若涂脂，身段风流，唱戏时扮作女孩，简直雌雄莫辨。

加上一副黄莺般的嗓子，一开口，艳惊四座！

瓦舍里的高手无数，花里娇原先只是小有名气。他之所以像今日这般声名大振，还源于前不久发生的一桩公案。

蔡真只因看了一次花里娇的戏，便对这温柔貌美的小伶人上了心，勾了几次，花里娇也不理他。蔡真失去耐心，拿出钱来要强逼着霸占。花里娇又不敢得罪他，只好委身于他。

两人才好了不到半个月，蔡真突然被人砍了胳膊。因为是在花里娇那里被砍的，于是"花里娇"这个名字被很多人听说了。许多人跑来看花里娇，还跟他打听当日的具体情形。

蔡真做过许多坏事，若不是有人撑腰，早该死在牢狱里了。他被人砍了胳膊，简直大快人心。花里娇牢牢抓住听众的心理，把那蔡真被砍的情形说得有鼻子有眼，仿佛亲眼见到一般——实际这都是他瞎编的，他还没来得及看，就被打晕了。

说完这些，他又说自己被蔡真霸占是多么委屈，多么生无可恋，甚至几度想要自杀，又挂念着老母亲，不敢死……幸好苍天有眼，派了个大侠来把他从苦海解救出来……

这样一说，赚了许多眼泪。

花里娇的知名度大大地提高了，加之他本来就色艺双馨，从此一跃成为瓦舍里第一等的人物，许多人专程为了看花里娇来瓦舍，还有些富贵人家，请诸色伶人去家中表演助兴时，会点名要花里娇。

花里娇在瓦舍唱的是诸宫调。所谓诸宫调，就是各色曲调的串联。诸宫调节奏悠扬，唱词文雅，云微明简直难以相信，林芳洲竟然喜欢。

"你听那曲子，我觉得很好听。"林芳洲给他解释，"而且花里娇的唱腔很好，比鸟叫还好听。"

这是夸人的话吗……

云微明侧头打量着她，把她看得有些不自在。她瞪他一眼，道："做什么？"

他笑道："我没想到，你竟然喜欢这些。"

林芳洲反问："你觉得我该喜欢什么？"

"你往常唱的那些淫词艳曲，比如——"他说着，突然凑近一些，附在她耳边，压低声音，缓缓地说，"哥哥身上也有妹妹，妹妹身上也有哥哥。"

"咳。"林芳洲听到这种词从云微明口里说出来，莫名觉得好羞耻，脸上涌起一阵燥热。

他眯着眼睛看着她脸上迅速爬起的俏红，轻笑道："这种词，亏你唱得出口。"

"那个，我现在已经不唱那些了，我现在品位很高雅。"

"呵！"他又是轻笑。

林芳洲有些恼，"去去去，走开，热不热啊！"

"热，真热，我给你扇扇。"他还在笑，打开折扇，用力地给她扇风。

云微明一边扇着风，一边目光往周围扫了一眼，见沈二郎正往他们这个方向看，他冷冷地看了他一眼。

沈二郎慌忙低下头，飞快地嗑着瓜子。

花里娇唱完，照例有很多人打赏。林芳洲也赏了一百钱，不过一百钱是没有资格挂灯笼的——只有打赏一两银子以上的，才会挂上红色的灯笼，灯笼上写看客的寄语，一连挂半个月。

云微明说："既然你喜欢，可以多赏一些。"

"一百钱够多了。"

云微明从腰间的荷包里摸出来一块银子，扔进那铜盘里。

好大一块银子，少说有十两八两的，林芳洲看着有些肉疼。

没过多久，花里娇换了衣服，下得场来，直走到林芳洲二人跟前，福了福身，羞答答地说："多谢两位公子赏！"

林芳洲心想，果然有钱能使鬼推磨，往常花里娇从来不曾特别感谢她呢。

云微明却呆了一下，有些不确定地问："男人？"

那花里娇脸一红，点了点头。

云微明不太喜欢涂脂抹粉的男人，也不喜欢林芳洲喜欢。

哪知林芳洲却很喜欢，回去的路上还捏着兰花指学那花里娇的唱腔，看起来娘娘的。他看着一阵无力，又不好说什么。

又过了几天，林芳洲狠心花钱，请花里娇来家里唱戏了。荷风、荷香两个婢女也被林芳洲借走了，一个弹弦，一个吹箫，花里娇扮了漂亮小娘子，林芳洲扮落魄书生，与他对戏，几人玩得不亦乐乎。

云微明一回家，看到这样其乐融融的场面，已经不知道该吃男人的醋还是该吃女人的醋了。

林芳洲还给自己取了个艺名叫"花里貂"，云微明听到这名字时差一点吐血，捂着心口安慰自己：能安安分分待在家里唱戏，不出门胡闹，不是挺好的吗……

林芳洲胆子越来越大，终于，在花里娇的怂恿下，她也扮成了娇滴滴的小娘子。一身淡粉色的裙子，梳一个俏生生的元宝髻，戴着金镶玉的首饰，擦了香粉，涂了胭脂，连眉毛都修了，细细的黛色蛾眉，眉下一双眼睛明亮又好看。

花里娇给林芳洲化完妆，拍手赞道："好一个美娇娘！"

林芳洲嘿嘿一笑，"你也是呢！"

十七看得有些无力。虽然他们的扮相很好看，但是一想到这两个美女实际都是带把儿的，他就有一种深受整个世界欺骗的错觉。

好端端两个男人，生生变成了一双姐妹花……

林芳洲和花里娇都扮作了女人，就没人来扮书生了，最后他们拉了韩牛牛来救场。

所以这是什么？一个长得有些一言难尽的书生，和两个带把儿娘子不得不说的事？

十七不想看，他眼睛疼。

但是他必须看，因为他是唯一的观众……

十七发现，自从以"保护林公子"的名义跟在林公子身边，他做了除保护林公子外几乎所有的事情。

真是令人感动的人生经历啊，感动得泪流满面！

三个人演完一段时，林芳洲问十七："怎么样？评价一下。"

十七早已经看得神情呆滞，想也不想答道："鲜花插在牛粪上。"

韩牛牛脸色一变，呜——哇——

哭了。

林芳洲怒道："你怎么能这么说人呢！"

"是啊，"花里娇嘟囔，"你自己有多美啊？还没有我一根手指头美呢，也好意思笑话别人。"

荷风、荷香不敢骂十七，但神情也是恼怒不满。

四人都来安慰韩牛牛，十七自知失言，连忙上前作揖赔不是。

正闹得不可开交，突然一道声音传来："这是在闹什么？你们林公子呢？"

众人连忙跪下拜道："殿下。"

林芳洲没有跪，云微明不喜欢她对他跪，她也不喜欢。

云微明没理会他们，又问了一遍："林公子呢？"

"我……我在这里啊，小元宝……"林芳洲弱弱地举起手。

云微明目光投向她，看得一呆，"你……"

林芳洲感觉很好玩。她提着裙子，一蹦一跳地走向他，"嘻嘻嘻，我在唱戏呢，扮成这样子，怎么样？"

他那样呆呆地看着她，不眨眼睛，也不说话，像个木头人一般。

林芳洲拍了拍他的脸，"喂，是不是吓到你了……"

"没……没有……"

他总算回了魂，不过还是有些呆，愣愣地看着她。她看到他眼中她的倒影，真是一个美人哪，怎么看怎么喜欢。林芳洲对着云微明的眼睛整理了一下发髻，笑道："这个是元宝髻哟，好看吗？"

"好……好看……"

她仰着头，笑起来明眸皓齿的样子，使他心跳疯狂地加快，仿佛无法控制的野马在狂奔。他不知道自己这是怎么了，明明不喜欢男人涂脂抹粉，可是看到涂脂抹粉的林芳洲，他非但没有反感，反而……反而很喜欢……

喜欢得有些慌张，不知道说什么好，大脑一片空白。

那么好看，眉毛、眼睛、鼻子、嘴巴，无一处不好看，连头发丝都散发着蛊惑人的气息；还笑，笑容像一把钩子把他钩住，捆起来，让他无处可逃，他也不想逃，只想溺死在这样的笑容里。时光永远停在这一刻吧，让他永远睡在这一刻，不要醒来。

林芳洲把他的眼睛当镜子，她摸着自己的发髻，说道："还真的是一个元宝呢，你摸摸。"说着，主动伸过脑袋，邀请他摸她头上的"元宝"。

他没有摸她的发髻，反而轻轻抬起了她的下巴。

这动作太像是恶霸调戏良家妇女了，林芳洲莫名地有一点羞涩，她又不好意思表现得太娘们儿唧唧的，于是挑眉一笑，道："公子，请自重！"

云微明恨不得立刻将眼前人搂进怀里。好在他尚存一丝冷静，只是用拇指按着她的下唇，用力蹭了一下，说道："一个大男人，擦什么胭脂？"

"哼，"林芳洲偏头躲开他，撇了一下嘴，"你管我呢，别人能这样，我就不能了？你既然不喜欢就去别处吧，我们继续唱。"

云微明也不敢多待，生怕自己一时冲动做下错事。他转身离去，吩咐旁人不许跟着他，一个人在花园里兜兜转转地彷徨。

他脑子里飞快地过着无数的画面，每一个画面都是林芳洲。以前的、现在的、高兴的、难过的、男装的、女装的……

他脑子很乱，心绪如波涛般涌动难平。

走到一处花田，姹紫嫣红开得正盛，他往那花田里一倒，眼望着蓝天，耳听着鸟鸣，鼻端浮动着花香。

他抬起手，看着指肚上那层薄薄的胭脂。

他把指肚凑到鼻端嗅了嗅，闭上眼睛，缓缓地吐了口气。

突然就苦笑了。

云微明啊云微明。

一入多情之障，一生万劫不复。

第二十三章

断袖之吻

那花里娇与林芳洲志趣相投，渐渐便高看她一眼。别的男人都是"臭男人"，只有林芳洲和他一样是"男人"。

且林芳洲虽然有点寒酸土气，但是她背靠三皇子，吃穿用度都很好，用的香粉都比市面上能买的要好，荷风、荷香也是很讲究的丫鬟，花里娇很喜欢和他们玩。

林芳洲也很喜欢花里娇。花里娇唱曲儿比鸟叫好听是一方面；另一方面，因为花里娇的存在，林芳洲穿女装就有非常正当的理由了，不会引人怀疑。

林芳洲喜欢女孩子的装扮，她感觉女装比男装好看多了，又香又漂亮。唉，做男人真可怜，都不能穿裙子。

从此林芳洲与花里娇成了知己，出门玩的时候也经常带着他。

沈二郎等一干人等，看林芳洲的眼神，越来越古怪。

这一日沈二郎过生日，他在京中也没什么亲故，只有林芳洲这一帮狐朋狗友，于是给他庆祝生日的也是这一帮朋友。

沈二郎在京中最大的酒楼太丰楼订了一个包间。

那太丰楼建得十分豪华，在一条街的两旁面对面起了两座楼。一座楼专门招待普通食客，上下都是广阔的大堂，桌椅排得满满的，用餐时人声鼎沸，好不热闹；另一座是个雅致的小楼，里面都是包间，专门给喜欢清静的客人用，自然，价格也比对面贵上许多。

两楼间用一道宽阔的虹桥相连，桥上簇拥着许多女子，打扮得花枝招展，往桥下看那行人。这些女子眉飞色舞、欢声笑语的，乍一看还让人以为自己走到了花街柳巷。

她们都是官妓。酒楼雇来妓子向客人卖酒，客人也可以花钱让她们陪酒，自然也可以花钱要她们做别的。不过酒楼是吃饭的地方，没有卧房。客人可以将妓女们外带，酒楼从嫖资里抽成。

几人走到包间，那酒楼的伙计推荐了几个菜，都是本店的特色好菜，只是价格有点贵。沈二郎挥金如土惯了，倒也不计较这些，让众人都点了，点完菜又说："把你们这里最好的酒先上一坛，再叫几个姑娘，要好看的、知趣的。"

小伙计最喜欢出手豪阔的客人了，听罢点头哈腰笑道："好嘞！敝店新近来了一个头牌娘子，天仙一般的人儿！有客人为了亲近她差点打起来呢，恰好赶上她今日有空，客人要不要？"

"废什么话，让她来！"

林芳洲挺好奇头牌娘子能有多漂亮，她伸长脖子往门口看。花里娇却挂着下巴看窗外楼下的车水马龙。

林芳洲问他："你不好奇吗？"

"不好奇，我没见过比我还好看的人。"

正说着，那头牌娘子带着两三个姑娘，手里托着酒壶，款款地迈着金莲步，慢悠悠地走了进来。待她走进包间，林芳洲看清来人时，笑了，"怎么是你？"

这头牌娘子竟是春露儿。

春露儿在这样的场合遇见故人，思及往事，突然眼圈一红，道："原来是林公子。"

沈二郎问道："你们认识？"

林芳洲不好说太多过往，只答道："以前见过。"

沈二郎笑道："这正是'人生何处不相逢'。你们俩该喝一杯酒。"

春露儿看了林芳洲一眼，林芳洲也不推辞，让她把酒满上，与她对饮了一杯。席上有人不怀好意地起哄，林芳洲也不理他们，只是问春露儿："你近来可好？"

"不过是重操旧业罢了，没有好，也没有不好。"

林芳洲觉得有些奇怪，凑到她耳边压低声音问道："小……呃，三皇子，他不是给过你一笔钱吗？他亲口告诉我的。"

春露儿点了点头，"嗯，其实他没必要给我钱的，我又不是在做伪证。他的心，真的很好。"

"不说他，就说你，你都有钱了，为什么还做这行？"

"我……"不提还罢了，一提起这事，春露儿眼泪顿时滚落下来，收也收不住，"我被人骗了！"

"啊？"

"我遇上一个男人，他对我很好，我想着和他过一辈子的，可是过后不久，他卷着我所有的钱跑了。"

"唉，"林芳洲听得直摇头叹息，"你也不是不谙世事的少女了，见过那么多男人，怎么到头来还栽在男人手里？"

春露儿只是流泪，也不说话。

其他人见这头牌娘子一来就哭哭啼啼的，都觉扫兴，只是碍于林芳洲的面子，不敢说什么。春露儿很会察言观色，立刻擦掉眼泪说："一见到故人，忍不住心里欢喜，让几位官人笑话了。林公子，我现在要伺候寿星，可不能与你说话了，咱们晚上再叙旧。"

几人一听这小娘子要和林大郎"晚上叙旧"，登时笑道："你们有什么旧啊？要怎样叙呢？说来给我们长长见识！"

春露儿道："我与林公子第一次见面时，他正在树上摘那才有指肚大的毛桃。我问他，桃还没熟呢，摘它做什么，你们猜，林公子是怎么回答我的？"

"怎么答的？"

"他说呀，他身上有个熟了的好桃，要请我吃呢！"

都是男人，一听便懂，众人哄堂大笑。那春露儿三言两语，便把气氛调动起来，确是风月场的老手。

林芳洲被人揭了老底，虽有些尴尬，却也知春露儿只为逢场作戏，也怪不容易的，因此就不说话，只是笑眯眯地喝酒。

花里娇觉得他们好无聊，一扭脸，冷冷地说道："下流！"

春露儿坐在林芳洲左边，花里娇坐在林芳洲右边，旁人看这情形，迅速脑补出一大段风月案，有人坏笑道："大郎，你这左拥右抱的，好不快活，真羡煞兄弟了！"

"去去去，胡说什么？"

"大郎，"那说话的人把目光在春露儿与花里娇身上来来回回倒腾了几次，咻咻地笑，"往常见大郎不爱去那花楼里玩，还以为你在男女之事方面不很上心，没料到这一次就是两个，男女通吃！我谁都不服，就服你！"

一番话说得众人又是大笑。

林芳洲心想坏了，怎么又有人怀疑我喜欢男人，为了免于再招惹是非，现在只好故技重施了……想到这里，她拍拍桌子说道："胡说什么呢？我与花里娇只是好兄弟，同你们一样，不要多想。"

"哦，那你和春露儿娘子呢？"

　　"这个……"林芳洲挑眉看一眼春露儿，"晚上我去找你。"

　　春露儿红着脸点了点头。

　　林芳洲扫视众人道："你们也可以来玩，不过呢，只许听不许看。"

　　众人第一次见到主动邀请人去听墙角的，都兴奋地应下来。

　　到晚饭时间，云微明没看到林芳洲，他唤来林芳洲院子里伺候的小厮，问道："你们公子呢，不就是给人过个生日，至于晚饭都不回来吃了？"

　　小厮答道："殿下，方才公子让人带了话，说晚上不回来了，让不用给他留门。"

　　"不回来？他要宿在外面？"

　　"是。"

　　云微明脸色一沉，压抑着怒气，冷冷说道："庆祝生日还需要睡在人家里？我可没听过这样的礼节。"

　　那小厮见殿下生气，吓得跪在地上发抖，不敢说话。

　　"你带人去那姓沈的家里，把他给我叫回来。"

　　"是。"

　　小厮起身正要离去，云微明突然又说："算了，我亲自去接他。我倒要看看，沈家有什么好玩的，玩得他忘了归家。"

　　那小厮知道沈二郎寓所，由他做向导，把云微明和十二带了过去，去之后，却发现家里没人。云微明问："哪里去了？"

　　小厮答："小的不知。"

　　"去找花里娇。"

　　林芳洲最近和花里娇往来密切，云微明相信，花里娇一定知道他们的去处。

　　花里娇正要吃饭呢，听到有人敲门，他不耐烦地出来开门，刚想开口骂人，一见是三皇子，立刻吓得膝盖一软，"殿下……"

　　云微明问道："你知不知道林芳洲去了哪里？"

　　"知道。那个下流坏，去找妓女快活了。"

　　云微明一听这话，怒气上涌，心口仿佛被硬生生地撕裂了一般。他沉声问道："人在哪里？！"

　　他的样子太凶了，像个修罗，花里娇差一点被吓哭，结结巴巴答道："是……是一个……一个叫春露儿的家里……"

"春……露……儿，"他咬着牙，一字一顿地念着这个名字，眼睛眯起来，冷冷说道，"我就知道！"

花里娇心想，林芳洲和春露儿果然有旧情。

不过现在花里娇也不太关心他们的旧情，他只盼着眼前这尊煞神快点走。

云微明说："带我去找他们。"

"我……我不认识……"

"嗯？"

见他眼睛一眯，看起来好危险的样子，花里娇连忙改口道："虽然我没去过春露儿家，但我听她跟林公子说了她的住处！"

嫖就嫖，为什么还要带一群听众？

春露儿不太懂。但她是很有职业操守的，客人要求的事情，尽量满足。她置了一桌子菜，烫了酒，林芳洲来时，见到满桌子色香俱佳的菜，还挺高兴的，"你手艺不错呀！"说着，捏了一片鱼脍送进嘴里，"嗯，不错！"

春露儿给她倒了酒，林芳洲掩着口小声说："我今天来呢，是有事要拜托你。"

"哦？"春露儿笑了，"你要拜托我什么？"

"一会儿我什么都不做，你就躺在床上叫，假装我很厉害的样子……我给你钱。"

春露儿呆了呆，万万没想到林芳洲所托之事竟是这样。她只一寻思，便了然：此人想必有些隐疾。但是男人嘛，都要面子，不好意思让人知道自己"不行"，只好出此下策，做一场戏，好叫别人知道他很厉害。

这厮那"一夜七御"的名号，想必也是这样做戏做出来的……

所以她因为肖想一个不举之人而落得今日这般下场？

林芳洲见春露儿发呆，轻轻推了她一下，"行不行？"

"行是行，"春露儿收回神思，反问道，"你打算出多少钱？"

林芳洲伸出一根手指头。

春露儿："一百两？"

林芳洲："一两。"

春露儿简直不敢相信，林芳洲都有三皇子做靠山了，还这么抠门，她说："不行，一两银子还不够给我医嗓子呢。"

林芳洲："那你说多少？"

春露儿："一百两。"

林芳洲："五十两。"

春露儿："成交。"

林芳洲感觉自己似乎上当了，她嘟囔着："你也太黑了，让小元宝尿一次也才赚十两呢……"

"你说什么？"

"没什么。你……开始吧。"

"现在？天还没黑呢！"

"就现在，你多叫几次，天就黑了。"

拿人钱财与人办事，春露儿倒也不含糊，躺在床上很有技巧地叫了起来。

林芳洲坐在桌边吃她做的那一桌子菜，一边吃一边喝酒。

沈二郎等一干人躲在墙角下听到里头这么快就开动了，都坏笑起来。

韩牛牛因为是个丫头，早已被打发去别处玩，十七坐在树上，又淡定又忧伤地看着夕阳。

彼时金乌西坠，橘红的阳光落入院中，打在院中人身上，他们听着听着，突然发觉身上的阳光被一片阴影挡住了。

几人抬头，却见三皇子赫然立在院中！

他们吓得屁滚尿流，呼啦啦跪了一地。

房外一片沉默无声，房内一阵淫声浪语。

沈二郎偷偷抬头，见那三皇子脸色十分吓人，仿佛随时可能抄刀子砍人。他心觉不妙，刚要开口提醒里头的林芳洲，哪知三皇子比他快了一步，冷冷说道："闭嘴，滚！"

几人马不停蹄地滚了。

云微明立在院中，一动不动，看着那扇门。

女子柔媚而淫荡的叫声还在继续，那叫声仿佛一把又钝又沉的凿子，慢慢地，一下一下地凿碎他心底那所剩无几的痴心妄想。

余下满地的万念俱灰。

他心如刀割一般痛苦难忍，身体晃了晃，险些站立不稳。

十二有些担忧，"殿下？"

云微明心里突然涌起一阵邪火，毫无理由地烧遍他全身，他也不知道自己怎么想的——或许他什么也没想，他只知道自己不能忍了，他宁可死，宁可同归于尽，也不愿承受这样的折磨。他突然一伸手，唰一声把十二的佩刀拔出，冲上去一脚踹开那扇门。

轰——随着门板摔下去，他看到了里头的情形。

没有他以为的那种令人绝望的画面。林芳洲正坐在桌旁吃东西，听到响声，吓了一跳，筷子都掉在桌上，撞在杯盘上发出清脆而凌乱的声响。

她瞪着眼睛傻乎乎地扭头看他。

嘴边还挂着粉条。

那一刻，云微明仿佛从地狱走进了天堂。

冰寒彻骨的心房，突然就春暖花开了。

春露儿衣衫完整地躺在床上，见他突然闯入，在床上缩着，抖着声音问道："你你你你做什么呀……"

云微明看看林芳洲又看看春露儿，"你们？"

吸溜——林芳洲把粉条吸到嘴里，拍了拍胸口，抱怨道："你怎么突然来了，吓死我了！你拿刀干吗呀？"

"我……给你看看，这把刀，好看吗……"

"好看你大爷啊！"林芳洲快气死了，"谁会觉得刀好看？！"

云微明把刀往身后一抛，十二扬手接住。然后云微明问道："你们在做什么？"

"我们在……玩。"

"玩？"

"对啊！"林芳洲眼珠子转了转，飞快地扯了个谎，"我想养鸟，又不能养，就让春露儿学鸟叫给我听。"

春露儿翻了个白眼，此刻真恨不得拧死林芳洲。

云微明没有拆穿这拙劣的谎言，他只是走近一些，轻声说道："跟我回去。"

林芳洲问道："沈二郎他们呢？"

"都走了。"

林芳洲摇摇头，又问："你怎么来了？"

他没有回答，只是抓起她的手，用力握着，拉着她走出房间。

变故来得太快，莫名其妙，人都走了。春露儿追出去，立在门口扬声说："你们……还没给钱呢！"

一道声音从树上传来，"他欠你多少钱？"

春露儿仰头，见有个白衣人，稳稳当当地坐在树冠上，她答道："五十两！"

树上便飘下来一张纸，如同羽毛一般，缓缓地落下来，风一卷，飘乎乎不知要飞向何处。春露儿跑过去抓住它，拿在手里一看，是一张五十两的银票。她有些高兴，仰头道："多谢官人。"

树上却已经空空如也，只余下犹自晃动的枝叶。

她差一点以为方才是幻觉，幸好有手中的银票做证。她把银票收进怀里，贴身放着，然后摇摇头道："一群神经病。"

林芳洲被云微明扔进马车里，韩牛牛也被找回来了，此刻在马车里陪她。

韩牛牛撩着车帘，偷偷地看马车外的三皇子。那骏健的白马，优雅地迈着蹄子，从容地跟在车旁。马上的人神态悠闲，眯着眼睛，唇角轻轻扬起。

林芳洲问韩牛牛："怎么样？"

韩牛牛："好像在笑。"

"怎么办，我感觉他猜到了，他那么聪明。"

韩牛牛安慰林芳洲："猜到就猜到吧，小公子那么聪明，一定能想到好办法的，公子不要担心。"

"唉，"林芳洲叹了口气，"这种秘密，越少人知道越好，知道的人多了，不管有心无心，总是容易败露，还要连累其他人。"

"现在也是没办法呢，公子放宽心。"

"你说，他会不会生气呀？这么多年，我一直对他隐瞒此事。"

韩牛牛想了一下，摇头道："难说。"

林芳洲心虚地回到家，下车时云微明将她扶下来，她正要回自己住的院子，他却一把扣住她的手腕，"别走。兄长，我有事问你。"

林芳洲心道，来了！

他也不管她同不同意，拉着她一路走进自己的书房，屏退众人，关好门。

太阳马上就要被大地吞没，天色暗下来，屋内没有点灯。林芳洲借着微弱的光线，看着云微明的眼睛。

似笑非笑的目光，明亮得有些过分。

她靠在门上，眨眨眼睛，等着他开口。

云微明靠近了一些，低声问道："都是假的，对不对？"

"……啊？"

"你与那些女人的传言，都是假的。你与她们没有瓜葛，只是担心被人怀疑，才一直这样说。所以你见到女人就调戏。你花钱买通美玉娘子，这才有了你与她的谣言。现在你又如法炮制，想要买通春露儿这样做。"

"我……"

"你喜欢与花里娇来往，喜欢扮作女装，只是因为——"

"那个……"

"只是因为，"他突然低头，凑得近了些，声音压得极低，暗沉沉的，"你喜欢男人。"

林芳洲心想：好吧，承认就承认吧，没什么大不了的！

"所以，"他突然笑了，笑声愉悦动听，他缓缓说道，"你其实是一个——"

林芳洲心想：对，我是！怎么的吧？

"断袖。"

"对，我是！怎么的吧？"林芳洲话都说出口了，突然发觉不对，她慌忙摇头，"不不不不不，我不是断，唔……"

他已经吻住了她。

林芳洲吓得全身僵硬，瞪直了眼睛。

她看到他眼里的笑意。明亮的、温暖的、愉悦的、幸福的笑意，像元夜里瞬间绽放的大片烟花。

他压着她的嘴唇轻轻厮磨，流连地在她唇角一啄一啄的。他垂下眼睛，目光被浓密的睫毛遮住。

她听到他的低语，含着温柔的笑意，似倾诉，似喟叹，"你总是问我为何不愿成亲，这就是答案。"

林芳洲脑海里仿佛有个炮仗一般，轰然炸开。

万万没想到事情的发展方向是这样的，她感觉自己仿佛一只小蚂蚁，被上天放在手里，翻来倒去地玩弄。

她一把推开他，"我不是断袖啊！"

他抚着她的脸，笑道："害羞了？"

"羞你大爷啊！我——"她想要开口告诉他一切，可是看到他的目光，那样缱绻痴迷，定定地望着她。

她突然开不了口了。

林芳洲转身拉开门跑了。

一口气跑回自己的院子，让人把门都关好，上了锁，谁都不许进。然后她冲进屋子，扎到床上一脑袋埋进枕头里，装死。

韩牛牛只是慢了几步，便没能跟上林芳洲，此刻委屈地在外面敲门，"公子？公子，你不要我了？"

里边的人得了吩咐，谁叫门都不许开。

韩牛牛泪眼汪汪的，咬着食指不知道该怎么办，一扭头，见十七走过来了，她问道："怎么办呀？"

"无妨，我会翻墙。"他说着，足尖一点，身轻如燕，翻了过去。

韩牛牛："……"

没过多久，十七又翻了出来，"你怎么办？"

"我不知道……"

"我帮你吧。"他跳下来，拉着她的胳膊，要把她带上墙。

带……带不动……

韩牛牛自入京以来，伙食好了，又长胖了许多。十七的轻功、刀法、暗器都很好，只是力气没有牛那么大。

十七铆足了一口劲，走你！

终于把韩牛牛提起来了，然而翻过墙时，他那一口力气也用尽了，就……就掉下去了……

摔在地上一下，又被韩牛牛压了一下，压得他喉咙一甜。

后来是韩牛牛把他抱进屋里去的。

韩牛牛安顿好十七后，走进林芳洲的卧房，见她正坐在床上发呆。

她问道："公子，你怎么了？方才小公子与你说了什么？看你现在脸色这么难看，吓得魂都没了。"

林芳洲摇了摇头，有气无力地说："我千防万防，家贼难防。"

"公子，咱家出贼了？！"

"不是……"

这个事情，林芳洲有点难以启齿，纠结了好一会儿，终于还是忍不住要找个人倾诉一番，于是说道："小元宝他……他是个断袖，他喜欢男人。"

"啊？！"

"不止如此，他以为我也是断袖。"

"啊？！"

"他刚才亲了我。"

接二连三的震惊，使韩牛牛的嘴巴越张越大，此刻估计能一下塞进去三个肉包子了。她用了许久才消化掉这凌乱的事实，接着问道："那公子你……你跟小公子说了没？"

"还没有。我不知道怎么开口。"

"都这种时候了，还有什么不能开口的？"

林芳洲拧着眉，垂头丧气道："这种时候说出来，他肯定会失望难过的。小元宝是我在这世界上最亲的人，我……我宁可伤害我自己，也不想伤害他。"

"对啊，"韩牛牛恍然点头，"小公子是个断袖，喜欢男人，他喜欢你，结果你是女人……天哪，他一定很受打击。"

林芳洲垮着脸不说话。

韩牛牛问道："公子，那现在怎么办呀？"

"我明天劝劝他吧，他怎么会是断袖呢？还断到我身上来了……谁搞断袖都行，唯有他不行。"

"为什么？"

为什么？因为他是嫡皇子，以后将是万万人之上的那一位，为了延续皇嗣，不管他愿不愿意，都必须娶妻生子。

没有选择。

这些话，林芳洲自然不好跟韩牛牛说。她只是摇头道："他年纪小，大概只是好奇，误入歧途了吧。"

次日一早，林芳洲找到云微明。

因为把话说开了，他再也不压抑自己，也不掩饰，目光里都是露骨的情意，视线落在她身上，火星子一般，使她感觉有些燥热。

林芳洲轻咳一声，"我们谈谈。"

"好。"

"我那个……我真的不是断袖。"

"哦？那你怎么解释昨天的事，还有之前的很多事？"

"我不就是图个好名声嘛……"

"这算什么好名声？"

"总之你误会了，"林芳洲不想多解释了，"反正我不是断袖，你也不要做断袖了。搞男人有什么好呀，你看荷风、荷香，娇滴滴的小可人儿，多好呀，你要不要试试？"

"林……芳……洲。"他的脸色渐渐沉下来，面如寒霜一般。

"我说真的，小元宝，你身份特殊你也知道，你总是要娶妻生子的，这一点你要承认吧？"

他闭了闭眼睛，"林芳洲。"

"啊？"

"我喜欢你。"

突然而至的表白让林芳洲身形一顿。她抬头看着他，他直视着她，目光火热得仿佛一把烙铁，烙在她的心房上，烙得她心口也烫烫的。

她活了二十多年，从未直面过这样的深情。

有些不知所措。

"我喜欢你，"云微明走近一些，痴痴缠缠的样子，说道，"我从小就喜欢你，我朝思暮想的人是你，我想白头到老的人是你……你现在让我和别人在一起？"说到这里，他笑了一下，笑得荒凉落寞。

"我……我……"林芳洲张了张嘴，倒退了两步，狠狠心说道，"你想来是太小了，还不懂女人的好处，你有没有试过呢？"

"怎么试啊，你教教我？"

"我……"

"我年纪小，不懂呢，"他又走近，把她逼到墙角，退无可退，他低着头看她，眯着眼睛冷笑，"兄长教我怎样和人上床，好不好？"

林芳洲被他困在一个狭小的空间里，她低着头不敢看他，只是说道："你知道你是什么样的身份，你往后，肯定是要娶妻生子的啊。"

"娶妻生子的事情，不劳你费心，我自有打算。"

"这种事情你不管怎么打算都要亲自上吧？你总不能娶个媳妇然后让她给你戴绿帽子吧？"

"我说过，我自有打算。现在只要你点个头，其他一切，我都会处理妥当的。"

林芳洲点不了这个头。不止如此，她感觉自己现在不能待下去了。云微明的怨气有如实质，包围着她，使她又担心又苦恼，又内疚又自责，她很怕自己一时心软答应了他，以后不仅要假扮男人，还要假扮断袖……

她二话不说，推开他，很没出息地，再次逃掉了。

云微明立在原地不说话，也不动，也不知过了多久，直到十二来敲门唤他。

他握着拳头，重重往墙上一捶。

一声叹息，接着是苦笑。

三皇子从房间里走出来时，神色已经恢复如常，他背着手，面无表情地问道："何事？"

"殿下，方才有人来报，近来京中出了些谣言。"

"嗯？"

"是……是关于你和林公子的。"

第二十四章

你这个骗子

那之后林芳洲总是回避见他，也可以说是逃避。林芳洲也听说谣言了，沈二郎给她讲的，她感觉十分莫名其妙，又有点心虚。待在府上，坐立不安。

她的存在，让云微明无辜担受了污名。

虽然那小子确实想……来着，但毕竟，他们并没有发生什么。

然后就被人传得那么龌龊。

林芳洲心想，她该避避嫌的。

于是她花八百两银子买了座宅子，让十七去和云微明说一声，她要搬走了。

他没有来拦她，也没来送她。

八月初十是个黄道吉日，林芳洲与韩牛牛包袱款款地搬家了。她带的东西不多，除了日常衣物和银两，只带了九万。

带的人就是韩牛牛和十七。

十七是三皇子吩咐下来的，必须跟着林芳洲，怎么甩都不走。

林芳洲的新宅子地段不错，建得很雅致，房间不多，有个小花园，园里栽着果树，还有一个小池子，池子里种着荷花，"一一风荷举"，倒很好看。

搬家后的几天，她在自己的新宅子里办了酒席，庆贺乔迁之喜。沈二郎他们都来了，带了礼物。令林芳洲意想不到的是，云微明竟然也来了。

他瘦了许多，目光淡淡的，还是和以前一样，不爱说话。

尽管沉默，但是他往那里一站，别人就总难忽视他。

林芳洲再见到他，有些局促。看到他那颓败的样子，她又莫名地心里难受。她走到他面前，说道："你怎么来了？"

"我怎么不能来？"他一扬手，让人把礼物搬进去。

林芳洲小声说："这个时候你应该避嫌啊，你也知道别人怎么传我们呢。"

"这种时候我若不来，那才表明有嫌疑。"他说着，抬脚走了进去。

林芳洲跟在他身边，说："礼物已经收了，要不，你先回去？被人看到……"

他顿住脚步，笑道："我一来你就赶我走，这就是你的待客之道？"

林芳洲只好说道："那……你请入席。"

云微明入了席，与那些客人交谈。客人们都怕他，三皇子和他们说话，他们哪敢不应？

因此，场面竟有些诡异的其乐融融般的和谐。

云微明看到小池边摆了几个篓子，问道："螃蟹？"

"嗯。"林芳洲点了点头。现在正是螃蟹肥的时候。

螃蟹蒸好了端上来，三皇子竟然亲自下手剥螃蟹，把旁人看得有些惊讶。云微明以前不会剥螃蟹，林芳洲还为此骂过他笨，教了几次，总算学会了，现在很熟练。

他剥了螃蟹，倒上调好的酱醋，递给林芳洲。

林芳洲没有接。

"我明白了，"云微明轻笑，"还要我喂你。"

林芳洲一听，头皮发麻，立刻接了。她很不理解他今天要做什么，压低声音说："你这样，会被人说闲话的。"

他却答道："我什么都不做，别人一样说闲话。"

他们吃着螃蟹，席上众人开始行酒令。云微明不与大家行酒令，他起身离席，一手端酒壶一手持酒杯，走到池边坐着，独自喝酒。

林芳洲一边与席上众人喝酒，一边时不时地看他一眼。

他真的瘦了，背影竟显得有些萧索，和以前不一样。

过了一会儿，林芳洲听到他唤她："林芳洲，你过来。"

林芳洲连忙走过去，问道："做什么？"

"坐下。"

她依言坐下。

然后她面前突然多了一朵将放未放的荷花苞。

荷花很水灵，显然是刚刚摘的，花瓣粉红色，一片一片围在一起，像个粉色的拳头。

他已经把花柄折下了，此刻手托着荷花，笑吟吟地望着她，"给你。"

　　林芳洲愣了一下，莫名竟有些害羞。她是很喜欢花的，平常总是自己买花，很少有人给她送花。

　　她接过那荷花苞，"谢谢！"

　　"打开。"

　　"啊？"

　　"打开看看。"

　　她有些奇怪，慢慢地把那粉色的花瓣一层一层打开，见那花蕊竟已被他弄掉，此刻端坐在花心上的，是一个小酒杯，酒杯里盛着清洌的酒液，此刻那酒液正随着她的动作摇晃，摇荡出一阵芬芳，酒香混着花香，飘进她的鼻腔里。

　　她不知道怎么回事，竟然被这样一个小把戏弄得心里热燥燥的。

　　"恭喜你的。"他说。

　　林芳洲便把那酒杯拿出来，一仰脖，干掉了。

　　她不知想到了什么，悠悠地叹了口气。

　　云微明突然说："我衣服脏了，你带我去换一下。"

　　"好，我让牛牛——"

　　"你。"

　　他今日性子执拗，林芳洲知道他心情不佳。她对他，心里终究是怀着歉意，于是便都依了他，点头道："好。"

　　她引着他来到客房，一边关好门，一边问道："哪里脏了，我看看能不能……啊！"

　　话没说完，她已经被他抱了个满怀。

　　林芳洲又急又气，"你做什么？快放开我！"

　　他却变本加厉地低头攫住她的嘴唇。

　　吻得毫无章法，像是泄愤一般。林芳洲还被他咬破了嘴唇，他尝到血腥气，这才放开她。

　　林芳洲被他弄得脑子里一片空白。

　　他低头轻轻舔着她唇上的血珠子，气息凌乱。一边舔，一边说道："我来就是想告诉你一声，我认定你了。"顿了顿，又补充，"一辈子。"

　　一辈子。

　　这三个字，分量太重。

　　林芳洲从没想过一辈子的事，她连半辈子都没想过。她阴错阳差地，做了个男儿，活得那样如履薄冰，又那样没心没肺。一直以来，她用放肆的玩乐填补着心底种种对未来的惶惑与不安。

　　她从来不敢把未来想得太具体，仿佛她是一个没有未来的人，或者她活不到未来的那一刻。

　　人这一生，像露水一样短暂而脆弱，生时晶莹剔透，去时痕迹全无。她所思所想的都是眼前的快乐，放纵地把自己伪装成一个没有忧愁的人。

　　可是现在，有人扬言要和她过一辈子呢。

　　林芳洲眼眶发热，莫名觉得鼻子酸酸的。

　　末了，她却轻轻叹了口气。

　　如果可以，她也希望余生能有个人相伴，那样才不会活得寂寞无聊。

　　可那个人不会是小元宝。

　　或者说，她不会成为陪伴他的那个人。

　　云微明已经走了。

　　林芳洲在房间里呆立了一会儿，低着头走出来。花园里的人还在喝酒行乐，林芳洲站在远处看他们。韩牛牛走上前问道："公子，你不去玩吗？"

　　她摇了摇头。

　　"公子，你怎么了？"韩牛牛感觉林芳洲似乎不太对劲。

　　她垂着眼，轻叹一声，"牛牛，我好像错了。"

　　"公子，你没有错。"

　　"我应该早点告诉他。长痛不如短痛。譬如你身上扎了一根刺，倘若拔出来，会疼；可如果不拔，刺渐渐地烂在肉里，只会更疼。"

　　"公子……"

　　林芳洲被自己说服了。她一抬头，目光变得坚定，"我现在去找他。"

　　"哦，好，公子，可是园子里的宾客呢？"

　　"让他们喝吧，喝够了自己回家，我想他们也不会和我见外的。"

　　林芳洲生怕自己再有什么犹豫，趁着现在头脑发热，她赶紧出了门。刚出大门，却被一队人堵了。

　　那是一班内侍，有骑马的，有赶车的。为首的内侍见到林芳洲，下马朝她拱拱手，道："林公子。"

林芳洲感觉不太好。她和内侍们向来不怎么结交，今天突然冒出来一群，总不可能是来庆贺她乔迁之喜的。

她问道："这位……中贵人，找我可是有事？"

"林公子，官家宣你入宫。"

"宣我入宫？什么事啊？"

内侍一笑，道："这我可就不知道了。"

林芳洲很上道，悄悄往他手里塞了块银子，说："我没见过世面，怕进了宫又像上次那样惹官家不高兴。还请你给我提个醒，谢谢了！"

所有内侍都清楚云微明的身份，也知道不出意外的话他就是下一个天下之主。三皇子很少结交内侍，但这些内侍也不会傻到去得罪他。此刻那收钱的内侍卖了林芳洲一个面子，笑道："我听说林公子今日办乔迁酒，三殿下想必也来了。"

"是啊，刚走。"

内侍道："三殿下与林公子真是情同手足！"

说了这些话，就不说了。林芳洲却已经明白了。这内侍不谈别的，只谈云微明，那么她这次被官家叫走，肯定也和云微明有关。

林芳洲心里有了个谱，与此同时又有些担忧。上次御前答对，对她的心灵造成了无法弥补的伤害，她很怕自己一时的无心之言，被人刻意发散附会。

虽然说"谣言止于智者"，可这世界上别有用心的人太多了。

不过，林芳洲进宫之后，倒是没有遇到她想象中那咄咄逼人的问答，内侍把她和韩牛牛领到一处，拨了两个小太监给她们使唤，然后就走了。

直到晚饭时，林芳洲也没看到官家。

吃过晚饭，她尝试着出门，外面两个小太监连忙拦住她，"大内禁地，不可擅自走动，公子请回。"

果然。

林芳洲回到房间，对韩牛牛说："我们被软禁了。"

十七无法阻止林芳洲被官里的人带走。林芳洲离开后，他第一时间去禀报了三皇子。

云微明冷笑，"看来是有人把我和他的传言捅到了父皇那里了。"

十七在宫里行走多年，深知因为一个小小的谣言而生出无限麻烦，甚至送掉人性命的事情并不少见。

他感觉林公子的生命有些危险了，毕竟，官家想要弄死他，比捏死一只蚂蚁都容易。

十七问道："殿下，那现在怎么办？"

"先救人。"

云微明不敢将担忧表现出来，没有主动跟他多要求见林芳洲。这样忍了两天，官家突然宣他进宫。

父子间叙了会儿话，云微明一直假装什么都不知道，直到官家突然道："外面人都传，你和那林芳洲，有些私情。"

云微明不屑道："也不知是谁这么无聊，见我与他感情深厚，便传出这样的话来。林芳洲于我有救命之恩，我平常照顾他一些，有错吗？"

"真没有？"

"真没有，孩儿怎敢欺骗父皇？"

官家看着他的小儿子，目光充满探究，"若是真没有，为何迟迟不肯成亲？"

云微明一脸的委屈，"父皇的仙丹正炼到关键处，儿臣每日沐浴吃斋，也不近女色，只是想为父皇祈福。这只是儿臣的一点孝心，此事又与林芳洲有什么相干？"

"你的婚事关乎社稷，还是早些成亲为好。"

云微明惭愧道："原来我不肯成亲竟让父皇挂心至此，这也是儿臣的不孝。儿臣愚笨，不知该怎么选了，全凭父皇裁夺。父皇让我成亲，我便成亲。"

他答应得这样干脆，倒让官家有些意外。官家满意地点点头，又道："其实你就算玩玩，也无所谓，但是正事不能忘，记住你的身份。往后这天下是你的，你要做个表率。"

云微明大惊失色，跪倒在地，"父皇！父皇宝刀不老，况且长生之术即将练成，万寿无疆指日可待，你说这样的话，实在折杀儿臣了！"

"唉——"官家突然长长叹了口气，"你起来。"

"父皇？"

"起来说话。"

云微明起身坐回去后，官家说道："长生之术，哪有那么好练的？你还记得庞天师吗？"

"儿臣记得他。"

庞天师就是曾经说他们父子八字不合的道士，官家十分信服他，不过他已经不在官家身边。现在官家身边最得宠的是邓天师。

官家说道："庞天师当年说要去仙游，留下一封信便不知所终。朕也是近日才知道的，他竟然早已经故去了。你说，如果真的有长生之术，他自己怎么不练呢？"

云微明答道："儿臣觉得，修仙一事，也是要看机缘的。他一介凡夫，就算知道长生之术，想必也承受不起。父皇是真龙天子，他如何能比得？"

这番话说到了官家的心坎里，他虽然面上不表现出来，但心里很高兴。他点点头说："也许是这个道理。可朝中有许多大臣，整天上书劝朕不要炼丹。"

云微明抱怨道："这些人管得也太宽了。父皇为国事操劳，那么辛苦，不过打打坐、炼炼丹，能妨碍到谁？况且，他们不是也吃了父皇许多金丹吗，怎么转头就说这样的话？"

官家摇头道："也不要这样说，他们不懂，不知者不怪。"

"是，儿臣知错，父皇真是好胸襟。"

官家突然笑道："怎么扯到朕身上了？且说说你，朕要给你选妃，你想要什么样的姑娘？"

"婚姻大事，是父母之命。儿臣全听父皇的，你觉得谁好，我就娶谁。"

"嗯，"官家满意地点点头，"朕先让邓天师给你测测。"

"谢父皇！"

林芳洲在宫里住了三天，一直被好吃好喝地招待着，丝毫没有意识到她已经在鬼门关走了一遭。

但凡云微明表现出一点对她情根深种的样子，她就早已被喂砒霜酒了。当皇帝的就是这么不讲道理。

她被放出来这天，下了雨。秋风卷着秋雨扑面袭来，令她忍不住打了个寒战。小内侍帮她备了辆马车，见天气寒冷，又给了她一件他自己的披风。

韩牛牛说："我也冷啊……"

小内侍有些不好意思，"我见你长得这么胖，以为你不怕冷。"

"……"

在宫里，靠着这样的嘴，是怎么活到现在的？

后来林芳洲和韩牛牛在马车里抱在一起，盖着同一条披风。林芳洲深深地感觉，韩牛牛比披风管用，抱着她，像是抱着个火炉一般。

回到家时，雨下得更大了。密密麻麻的雨丝，仿佛织了一片铺天盖地的浓雾。她下车后，与那车夫道了谢，车夫也不多留，赶着马车立刻走了。

两人撑着伞，正要回去，却见远处渐渐走过来两道身影。

雨雾中，他们撑着伞，看不清脸，林芳洲却莫名地有一种直觉，那是云微明。

她便站在原地不动，等着他们走近。

他们走近时，她看到他的衣角已经被雨水打湿了，他垂着眼睛，自上而下地望着她。在这样的秋雨里，他的目光也像那秋雨一般，寒冷，潮湿。

林芳洲挠了挠后脑，说道："小元宝，你没事吧？"

"你是在关心我吗？"

"我……"林芳洲不知道该说点什么，她低着头，把头顶对着他。

他突然唤她："林芳洲。"

"嗯？"她抬头看他，"怎么了？"

"我要定亲了，"他说着，轻轻扯了一下嘴角，像是想笑，"如你所愿啊！"

他的目光那样落寞，像是秋天里凋败的花园，她与他对视着，莫名竟心口一痛。

"你高兴吗？"他轻声问道，语调里竟隐隐含着一种小心翼翼的期待。他在期待什么？

"恭……恭喜你啊。"她小声说。

一句话，几个字，像刀子一样划在他心口上。他终于扯开嘴角笑了，一边笑一边说："林芳洲，算你狠。"

"小元宝，你不要这样……"

他已经转身走了，很快消失在雨幕中。

云微明虽打着伞，奈何今日有雨又有风，他回到府上时，衣服湿了一片。荷风伺候他换下衣服，荷香去厨房端姜糖水，想给殿下驱驱寒。

荷风抱着半湿的衣服，转身要拿出去，云微明一看到她的背影，突然把她叫住了："站住。"

"殿下，何事？"

"你的裙子脏了。"

荷风心叫不好，扭头撩着裙子看了一下，果然看到了一点血迹。她脸色一变，跪在地上，羞红了脸，道："奴婢失礼！奴婢该死！"

云微明："你也有痔疮吗？"

荷风："……"

咣当！

门口传来摔东西的声音。云微明抬头一看，见荷香站在门口，嘴巴张得很大，一点也不温婉贤淑，地上是一个漆盘和一个金碗，碗里的姜糖水已经洒了一地。

云微明轻轻皱了一下眉。

荷香连忙走进来跪在荷风身边，"奴婢失礼！奴婢该死！"

云微明有些不耐烦，挥了一下手，"下去。"

荷风有些委屈，鼓着勇气说道："殿下，奴婢没有痔疮。"

荷香扯了她一把，小声说："走吧。"

两人起身正要退下去，云微明突然又叫住了她们："等一下。"

"殿下还有什么吩咐？"

云微明狐疑地看着荷风，问道："你说你没有痔疮，那你裙子上的血是怎么回事？"

荷风与荷香面面相觑，最后一起不可思议地看着他，"殿下，你……你真的不知道？"

"说。"

荷风红着脸不好意思开口，荷香帮她说了："殿下，那是葵水。"

"葵水是什么？"

"……"

荷香第一次感觉自己似乎还不太了解这个世界。她不知道该怎么启齿，只好反问道："殿下真的没听说过吗……"

"没有。"

"林公子也没跟你说过吗？"

"废话真多！"

"是，奴婢该死。葵水是——"她红着脸给殿下解释了这个词。

云微明活了十七年，确实从来不曾听说过这些。虽说宫里有人教导这些，但他在宫里只生活到十岁，还不到被教导的年纪，回来时又已经是成年男子，所以就没人再来教他男女之事。在永州那几年，他每天接触的无非就是书院的学子——同窗们都不讨论这些东西，或是王捕头他们——也不会和他讨论，剩下的只有林芳洲了。

林芳洲也从来没跟他说过。

林芳洲是有痔疮的。

会不会……有没有可能……他心里突然有了一个十分令人惊骇的猜测。

他压下心中那怀疑的惊涛骇浪，不动声色地问荷风："女人的身体，都是软的吗？"

"回殿下，女人的身子，确实比男人软许多……"荷香也不知想到了什么，脸更红了。

"女人的脚，都是小的吗？"

"是。"

云微明一连问了几个让人羞羞的问题，把两个丫鬟挑逗得脸红似血。问完了，他说道："你们下去吧。"

"……"

荷香真的要怀疑人生了。殿下像个登徒子一样把她们逗得春心荡漾，然后就让她们走了？走了？

夜里，雨还在下，云微明伞也没打，便出了门。

十二没有跟着，他派十二办事去了。

云微明来到林芳洲的宅子，一纵身，翻墙进去了。

卧房里亮着昏黄的烛火。云微明刚要走近，却见一个白衣人突然出现，上来就打。两人交了几下手，云微明道："十七，是我。"

"殿下？"十七听出了他的声音，他十分疑惑，"殿下，你为何……"

"不要问，不要管。"

"是。"

然后，十七就看到他们高贵的皇子殿下，走到林芳洲的卧房外，侧着脸偷听里面的人说话。

有点猥琐啊……

此刻，卧房内林芳洲正在泡脚，一边泡脚一边和韩牛牛聊天。

韩牛牛说："公子，我们真的要走吗？"

"嗯，"林芳洲点了点头，"沈二郎家里贩马，经常去塞外，他说可以带着我去玩。我觉得京城是个是非之地，我们现在远离一段时间，等……"她牢记着云微明的嘱咐，有些话打死也不说出口，于是她顿了顿，继续道，"等以后，太平了，再回来。"

"小公子会同意吗？"

"我若离开，也能使他少一些负累，"林芳洲叹道，"再说，他都要成亲了。"

"小公子要成亲了，公子也能放心了吧？"

"嗯。唉。"

"那，公子，要不要告诉小公子你实际是个女郎？"

"这个问题明天再想吧，今天先睡觉。"

林芳洲说到这里，突然听到外面一阵响动。她警惕道："谁？十七，是你吗？"

嘭！哗啦——

卧房的门突然被踹开了，门板碎成两半，摔在地上。那响动，把林芳洲和韩牛牛都吓了一跳，林芳洲本能地收回脚往床上一缩，"谁谁谁谁……谁？"

外面走进来一个人，一身衣服湿漉漉的。他身材修长，面容俊美，只是脸色很不好看，像是要吃人一般，十分吓人。

他死死地盯着林芳洲。

林芳洲有些奇怪，"小元宝？"

"林芳洲，你这个骗子。"

第二十五章

重归于好

    林芳洲脑子里轰地一下仿佛有什么东西塌了，她急切地看着他，"小元宝，你不要多想，我——"

他已经转身出去了。

林芳洲顾不得穿鞋，跳下床去追他，"小元宝，你等等，听我解释啊……"

追到门口时，外面已经没了人影，只剩下秋风卷着秋雨，不知疲倦地敲打着地面。

林芳洲看着那茫茫如深海的夜色，突然一阵恍惚，有些不确定方才是真实还是幻觉了。她扭头看了一眼韩牛牛，问道："你刚才看到小元宝了吗？"

"看到了！"韩牛牛猛点头，"吓死我了！"

"原来不是幻觉。"

林芳洲赤脚站在门口，想回去睡觉，又想去找云微明，一时间不知何去何从。这样纠结了一会儿，她对韩牛牛说："现在小元宝肯定在气头上，等明日他消消气，我再去哄他。"

"公子，先睡觉吧！"

说是睡觉，其实林芳洲一夜都没怎么睡。一闭上眼睛，就是云微明知道真相时那可怕的眼神，仿佛要将她生吞活剥一般。她突然好后悔，应该早一点告诉他的。早点告诉他，他也会吃惊，但一定不会像现在这样生气。

到五更天，林芳洲才睡着，睡梦里又梦到云微明。云微明说要和她搞断袖，她莫名其妙就答应了，两人手拉手去玩，玩得正开心时，他们约好了在山上一起撒尿，比比谁尿得远。云微明掏出小弟弟，等着林芳洲，等了好一会儿不见林芳洲掏出来，云微明好生气，一把火将她烧了。

睡梦里林芳洲感觉不到疼痛，但是能感受到被火焰焚烤时的恐惧。

于是她就吓醒了。

那之后她就再也没睡着，睁着眼睛直到天亮。

吃过早饭，林芳洲立刻去了三皇子府找云微明。关于自己隐瞒女儿身，她从来不觉得是错，这毕竟关系到她切身的安危。可是遇上云微明，她的底气就不太足了，仿佛她对他隐瞒，就是错的。

所以她想着，先去赔个礼道个歉，哄哄他。

往常，云微明是很好哄的。

可是今天，她连大门都没能进去，就被人挡了回来，"公子，殿下传下吩咐，今日不见客。"

"我不是客，我是自己人，你去和他说，他肯定会见我的。"

"公子，殿下已经吩咐了，我们可不敢去烦他……公子，别这样，小的哪敢要公子的钱呢，里头就是这样吩咐的，公子，还请体谅我们一下。"

林芳洲碰了一鼻子灰，有些莫名其妙，她不愿意离去，在那大门口等了一上午，也不见云微明的人影。

她对韩牛牛说："想必他的气还没消，我明日再来。"

下午，林芳洲在家里闷得无聊——主要是忧伤，总是想到云微明，想得她头都大了。于是她出门去相国寺找沈二郎他们玩。

沈二郎一见到林芳洲，就笑道："林弟，我正要找你辞行呢。"

"啊？你就要走了吗？"

"是啊，本想过两个月再走，可是你不在的这几日，我家里又派人来催了几次，不知道有什么急事。我后天便离京。"

"这么着急？"

"对，"他点点头，笑，"还以为来不及与你辞行了。我今晚在太丰楼请客，林弟也来吧。"

沈二郎的践行酒，林芳洲自然是要吃的。

在酒桌上，沈二郎谈起了他的家乡。他家在边关的一座城塞里，世代贩马，经常与塞外的突厥人做生意。

"突厥的风光很好，"他说，"'天苍苍，野茫茫，风吹草低见牛羊'，实际那风光比歌里唱的还要美。突厥的汉子也好，彪悍、箭法好、耿直爽快，和中原人不同。"

有人笑道："那突厥的女人呢？"

沈二郎笑答："突厥的女人是最烈的酒，与突厥的女人比，中原的女人只能算果浆了。"

听的人笑容越发有深意了，"二郎这样了解，看来是没少与突厥女人打交道啊！"

"突厥女人是很放得开，你们都该去看看……我说得对吗，林弟？"

"啊？"林芳洲正在神游，听到沈二郎叫她，她目光转向他，"怎么了？"

"林弟，你上次说，你想跟我回家，去塞外看看。"

"是有此意，"林芳洲点点头，又摇摇头，"可是我最近遇到一点麻烦。"

"麻烦有解无解？那塞外正是散心的地方，你不如跟我去那边玩玩，说不准回来时，麻烦就迎刃而解了。"

他一番话把林芳洲说得有些心动，想了想，她又摇头，"可是现在都秋天了，再过不久就入冬了，我听说，塞外的冬天能把人冻僵，只能等开春再去玩了。"

"无妨，你可以待在我家中，我们秋天去打猎，冬天去滑雪，放猎鹰抓兔子，凿河冰抓鱼，你真该去看看他们凿冰抓鱼，很有趣。凿出来的冰，做成冰灯，京城这边不曾有过。"

"我……我再想想。"

"好，我们先喝酒。"

林芳洲心里藏着事，一杯接一杯，喝了许多。看得出来沈二郎很想家，不停地给众人描述自己家乡的风土人情，说得林芳洲心里越来越痒痒。

回到家时，她躺在床上，心想：既然小元宝不愿理我，我不如先出趟门，等回来时他气已经消了，大家再心平气和地说话。反正他已经知道她是女人，而且他也要定亲了，其实许多事情，都该尘埃落定了。

他只是暂时无法接受这样突然的转变，想必慢慢就能想通了。

第二天，林芳洲去找云微明，看门的人果然还不许她进，她把一封信递给那门子，道："我不见你们殿下，你把这信转交给他吧。"

然后林芳洲回家和韩牛牛一同打点了些东西，十七是个永远甩不掉的尾巴，只好也把他一同带上。次日，他们提着包袱，跟着沈二郎出了城。

一干狐朋狗友也学那些文人雅士，在长亭里给他们送行，依依话别，又是唱歌又是喝酒的，还折了柳枝相送。

今日天气很好，长亭外秋光正浓，林芳洲对未来几个月的生活有些憧憬，同时心底又莫名空荡荡的，怅然若失。她把这情绪收拾起来，与送行众人告了别，正要上马车呢，却听到韩牛牛突然惊叫："公子，你看！"

林芳洲顺着韩牛牛手指的方向，看到远处有两人骑着马飞奔而来。马蹄翻飞，卷起一路烟尘。

那马跑得飞快，眨眼间到了眼前，马上的人一勒缰绳，林芳洲看清了他的面貌。

她小声说道："你……你怎么来了……"

云微明却不说话，只是骑着马走到她近前，沉着脸看着她。

众人都看出三皇子的脸色不太好看，一时都不敢说话。

林芳洲又问："我给你的信你看了吗？"

他不答话，突然一弯腰，压低身体朝向她。她差点以为他要从马上跌下来，正要接住他呢，他却一把拉住她的胳膊，将她提了起来！

"啊！"林芳洲失声惊呼。

她整个身体被提得离了地，再然后她面朝下横在了马背上，像个麻袋一般挂着，肚子压在马背上，有些难受。

他依旧不发一言，掉头一扬马鞭，飞驰离去。

抢人的过程发生得太快，许多人没来得及反应，他们已经走远了，只留下越来越小的跳动的背影。

"喂，喂……"沈二郎朝那背影有气无力地喊了两声，最后无奈地摇摇头，问一旁同样无奈的十七和韩牛牛："你们，还要不要跟我回去？"

两人自然不可能跟着他走了。

林芳洲压在马背上，马奔跑时身体一起一伏，颠得她十分难受，她气道："你放我下来！"一边说一边胡乱蹬腿，挣扎。

"别动。"他说着，见她依旧不老实，于是抬手往她屁股上轻轻拍了一下，"说了别动。"

"你干吗还打我呀……"林芳洲好委屈。

"嗯，我给你揉揉？"

"不……不用……"

林芳洲脑袋冲下，头部充血，脸红红的。她没有看到的是，他明明脑袋冲上，并不充血，但也是脸红红的。

如此一路颠倒折磨，总算回去了，林芳洲感觉自己的腰都要折了。

　　他把她抱了回去，一路抱进书房，旁若无人，嚣张得很。

　　林芳洲莫名感觉好丢人的样子，抽了一条手帕盖住脸。

　　他把她放到一张榻上，动作有些重，使她不太舒服。她从榻上坐起来，揉着肚子，问道："你还没消气啊？"

　　云微明冷笑，"原来你还记得我在生气？我看你挺快活的，还想跟别人跑了？"

　　"那不是跑，我是去玩，去玩啊……"林芳洲有些委屈，"我找你，你又不见我。"

　　他撇开脸，小声说："才找两次就不找了，我看你也未必有什么诚意。"

　　林芳洲感觉，小元宝的拧脾气上来，她还真是一点办法都没有。她耐心说道："我只当你还在生我的气，不愿见我……"

　　"我确实还在生气。"

　　"你……你消消气行不行，小元宝？我真不是故意瞒你的。"

　　"不是故意的？"他冷笑，"我们认识七年，你有七年的时间可以和我坦白，但是你只字未提。林芳洲，你就那么不信任我？"

　　"我不是不信任你，我……我怕连累你嘛。"

　　"怕连累我，也是不信任我。"

　　"唉，你说你这个孩子，怎么钻了牛角尖呢？"

　　"不要叫我孩子。"

　　"好好好，你不是孩子，那你说，现在我怎样做你才能消气？你说，我能做的一定做。"

　　他坐在她身边，看着她，"我说什么你都做？"

　　"做！你说吧。"

　　"你亲我一下。"

　　林芳洲有点尴尬，狐疑地看着他，"小元宝，你……你现在不断袖了？"

　　"断……断得很厉害。"

　　"唉——"她叹了口气，"你怎么还断袖啊？你都要定亲了。"

　　"定亲是为了救你，我若不答应定亲，明天就是你的头七了。"

　　"好吧，那你为什么还让我亲你？我现在是——"她指了指自己的胸口，"是什么你不是已经知道了？"

　　"林芳洲。"他突然唤她。

　　"怎么了，小元宝？"

"我是因为你才成为断袖的，"他看着她的眼睛，"从过去到现在，我只喜欢过你一个人。我一直以为你是男人，所以，就渐渐地成为断袖了。"

林芳洲突然好难过，红着眼圈看他，"小元宝，对不起……如果早知道是这样，我一定早和你说。我不是故意的，我也不想看到你这样……"

"覆水难收，现在说什么都晚了。"他说着，垂下眼睛，神情落寞。

林芳洲看着一阵心疼，"要不你和女人试试？"

"我对女人没有感觉。女人脱光了站在我面前，和一只拔了毛的鸭子没有任何区别。"

"那怎么办？"

"现在有一个办法，可以尝试一下，只是，需要你帮忙。"

"什么办法？你说！"

"我至少对你是有情意的，奈何你竟是个女人。既然你是女人，不如，你换了女装来勾引我，把我扳回来，你看可好？"

"这个……"林芳洲有点犹豫，换女装勾引小元宝，想想就觉得难为情。

"你不愿意就算了，就让我做一个断袖，孤独终老吧。你尽管去和沈二郎回家玩，不用管我了。"

"不不不，我不是这个意思……"林芳洲心想，为今之计似乎只有这一个办法了，她把小元宝害成这样，为他做一点牺牲又能怎样？

想到这里，她一咬牙，点头道："好，就按你说的做！"

"那就有劳兄长……不，有劳芳洲姐姐了。"

他说着，低下头不看她，她也没看到他飞快眨动的眼睛，和轻轻牵起的唇角。

林芳洲问韩牛牛："要怎么样勾引一个人呢？"

韩牛牛把一个大脑袋摇得仿佛拨浪鼓，"我不知道，我没勾引过谁。"顿了一会儿，又小声说，"也……也没有被人勾引过……"

林芳洲摸了摸下巴，"你说，男人和女人有什么区别呢？除了撒尿的姿势，其实没什么不同，对吧？"

"好像，是这么个道理……"

"那就好，"她高兴地一拍巴掌，"我以前，也是勾引过女人的。"

次日，林芳洲带着韩牛牛和花里娇去买了许多衣服首饰。之所以带上花里娇，是因为花里娇最会打扮。梳什么髻，簪什么花，什么衣裳配什么首饰，什么样的绣鞋显脚小……

他肚子里装了许多好货。林芳洲给自己买了几件，又给韩牛牛和花里娇买了，三人都很高兴。

过了两天，林芳洲在自家院子里弄了个小戏台子。戏台子很简单，摆一个木质的月亮门做隔断，月亮门里面唱戏，外面看戏，看戏的地方摆着桌椅。云微明被她邀请来，坐在观众席上。

林芳洲打扮停当，缓缓地跳到戏台上。别人唱戏，是莲步款款地出现，她至今还没学会这样走路，只好迈着小步子一跳一跳的，像个兔子一般。她今日要唱的是"唐明皇梦游广寒宫"的曲子，她扮作嫦娥，一袭白衣，如烟笼寒沙一般，半透明的绣花丝绸披帛，梳个朝天髻，簪两朵纱质的假花，插一把白玉做的步摇，一走路，那步摇参差垂下的珠子摇摇晃晃，十分俏皮。

素衣如雪，美人如月。

云微明只觉自己的心脏怦怦怦仿佛一只迷途的小鹿在狂奔，她看他一眼，他便觉小鹿荡起了秋千，有些欢快，又战战兢兢的，不敢擅动。

林芳洲开口了，唱词不太对，调子也不对，幸好无人伴奏，她想怎么唱就怎么唱。

唱完一段，她勾了勾手指。

云微明以为她叫他，正要起身，却见穿着一身假龙袍的韩牛牛跑了上去。

韩牛牛假扮唐明皇，在梦里与那广寒宫里的嫦娥仙子幽会，端的是风流快活。云微明看着十分碍眼，很想一脚把韩牛牛踢到月亮上去。

林芳洲唱完了，走下台去，缓缓地靠近云微明。

他端坐在椅子上，不知她要做什么，也不看她。

她突然一脚踩在那椅子的横栏上，微微弯着腰，伸手把他的下巴一抬，嘿嘿笑道："小美人！"

站在旁边的十七看到这一幕，惊得下巴差点掉下去，呆呆地看着他们。

直到云微明扫了他一眼。

殿下不愧是殿下，虽然被人压在椅子上抬着下巴，但看人时那眼神依然十分具有震慑力。十七心头一凛，结结巴巴道："我……我……我……瞎了！我什么都看不到……"说着转身，一边往空气里胡乱摸着，一边跑远了。

韩牛牛见状，连忙追上去，"十七，等等我，我也瞎了……"

两人走远了，隐隐传来十七的抱怨声："你既然瞎了，就不要追得那么准。"

"哦。"

云微明垂着眼睛不敢看林芳洲，他轻声说道："继续啊！"

林芳洲却有些担忧，"十七他会不会告诉你爹啊？你爹要是知道我假扮女人勾引他儿子，他会不会把我大卸八块啊……"

"不会，说了对他没好处。"他答道，心想：你这哪里是勾引，分明是调戏。

调戏就调戏吧，被她调戏，他竟也是甘之如饴的，真是没救了啊……他有些自嘲地想。

"继续！"他又催她。

"该你了，"林芳洲勾着他的下巴，说，"这个时候你该骂我臭流氓。"

"臭流氓，你继续！"

"……"头一次遇到这么饥渴的小美人，林芳洲有点骑虎难下，进也不是，退也不是。

末了，她狠了狠心，低头飞快地在他唇上香了一下。

她亲得太快了，蜻蜓点水一般，令他连回味的余地都没有。

他眯着眼睛，舔了舔嘴唇，没有说话。

林芳洲问道："什么感觉？"

他强压住把她搂进怀里继续亲的冲动，面无表情地摇了摇头，"没……没什么感觉。"

"唉，"林芳洲叹了口气，"早知道会这样的，看来是不行。"

"嗯。"他低下头，语调有些低落。

"没关系，"林芳洲拍了拍他的肩膀，"你不要气馁，我们多试几次。"

他点了一下头，小声说："好，都听姐姐的。"

一声"姐姐"，把林芳洲叫得心里酥酥的，很受用。她忍不住摸了一把他的头，"我要是真有一个你这样的弟弟就好啦！"

他心想，谁要与你做姐弟。

云微明离开之后，一直低头牵着嘴角笑，表情要多荡漾有多荡漾，十七看到了，感觉十分不忍直视。他问韩牛牛："你说，公子对殿下做了什么？"

"公子能对殿下做什么呀？"

"算了。"

韩牛牛是单纯的姑娘，十七不能跟她讨论某些话题，憋在心里有些难受。日有所思夜有所梦，到了晚上他就梦到公子了。公子打扮成嫦娥，翩若惊鸿，婉若游龙，美艳不可方物，跳了一会儿舞，突然把裙子一撩，露出一个大鸡鸡来。

然后十七就吓醒了。

第二十六章

议亲与私奔

云微明把自己的生辰八字装在檀香木做的盒子里，让十二亲自送到了邓天师府上。

一同装进盒子的，还有一斛珍珠，个个圆润饱满，大小相同，装了满满一盒子。

那邓天师仔仔细细地给三皇子测了八字，又是占卦，又是扶乩，最后得出的结论是，三皇子妃该是个属兔的，生于六月，名字里同时含有"木"和"水"的为最佳。

官家拿着这样的标准，往京城闺秀里寻了一番，还真就寻到了。

此人是户部员外郎苏廊之女，闺名唤作苏沐，今年十八岁，从八字上来看，与三皇子简直是天作之合。

下聘书的日子选在了九月十八，是个黄道吉日。聘书下了之后，两家男女就算定亲了。

官家觉得，他的小儿子对要定亲这件事，有些上心，又不太上心，也不知道为什么。思来想去，官家认为，应该是因为孩子面皮薄，害羞了，不好表现出来。

九月初九这日，"面皮薄"的三皇子带着护卫，骑着马，去郊游了。

林芳洲不会骑马，她本来想坐马车，但云微明觉得在马车里不能很好地欣赏外面的景色，于是坚持让她骑马，她不会，他就带着她，两人共乘一骑。

林芳洲出门了，只能穿男装。黑玉般的头发简单地梳上去，没有戴冠，只插着一支金镶碧玉的发簪。她坐在他怀里，把白皙的后颈露在他面前。他低着头，往她颈窝间轻轻地嗅了嗅。

莫名地，他总是觉得她身上有股香气，就算她不洒花露，那干净清新的气息，也很好闻，使人有些着迷。

林芳洲第一次骑马，很紧张，不敢动，两腿紧绷着，用力夹着马腹。云微明从背后环住她，一手揽着她柔软的腰肢，一手把缰绳送进她手里，小声教她动作要领。

她顺着他的要求，小幅度地活动，大腿动作时，臀部轻轻蹭着他。他感觉不太好了……

偏偏林芳洲还无知无觉，说道："它不听我的话，我是不是夹得太紧了？"

一句话仿佛往那烈火里烹了油，使他立刻难以自制了。

林芳洲感觉身后有个硬邦邦的东西硌着她，于是她低下头，沉默了。

云微明红着脸，也不敢说话，低着头，眼里只看到她白皙优美的后颈。

马没人控制，便悠闲地踏着蹄子，慢悠悠走在草地上。远山如黛，秋水长天，好一幅画里山河。

走了一会儿，林芳洲突然道："所以，你还是只对男装的我感兴趣吗？！"

"我……"终于知道什么是搬起石头砸自己的脚了……

林芳洲僵硬了那么久，身体都麻了，她活动了一下身躯，立刻唤来他一阵轻哼，"嗯……"莫名其妙，不知所云。

她又不敢动了，有些害羞，又有些悲愤，"你个不争气的东西，我碾死你算了！"

"姐姐，"他的声音喑哑，气息有些乱，喉咙里滚过一阵低沉而甜腻的笑意，"你可饶了我吧！"

"停，我要下去！"

云微明让十二、十七和韩牛牛他们退到他看不到的地方，然后他把她带下马，林芳洲扔开他，去河边玩。她很会打水漂，一块石头可以在水面上漂七次。

过了一会儿，他走过来，站在她身边，小声说："我，好了。"

林芳洲瞪了他一眼。

他不知道该怎么解释，索性就不解释了。

林芳洲想了一下，提醒他："你可是要定亲的人了。"

云微明叹了口气，道："林芳洲，我有个问题要问你。"

"嗯？"

他看了她一眼，"我要定亲了，你有没有介意？"

"我……"

"哪怕是一点点，都好。"

林芳洲低下头，小声说："你定亲是好事，谁会介意呀？"

他心口一痛，苦笑着摇了摇头。

九月十七，下聘书的前一天，苏廊突然有急事请奏官家。官家本来正在打坐，但是考虑到苏廊即将和他成为亲家，他卖了苏廊一个面子，勉为其难地终止打坐，宣见了他。

苏廊一见到官家，立刻跪下来把官帽一摘，砰砰砰磕头道："陛下！微臣有负皇恩，罪该万死！"

官家看得一愣，说道："怎么回事？你犯了何事，怎么突然就要请罪？"

那苏廊为难地往左右看了看，官家会意，让周围人都退下了。

然后苏廊才说："贱女德行有亏，不配做皇家媳妇，请陛下为三皇子另择佳妇。"

官家一听，觉得很不可思议，气得直笑，"朕还没定亲呢，你先来退亲？我家老三要样貌有样貌，要人品有人品，哪一点配不上你女儿？朕还没嫌弃你呢，如今你倒先来嫌弃朕的儿子？岂有此理！"

"陛下，微臣有罪！"

"再说，朕也不是强娶之人，两家定亲，也是你亲口答应的，只差聘书未下，你身为朝廷命官，出尔反尔，翻脸如同翻书一般，你今日要是不给朕一个解释，呵呵——你这乌纱帽就别想要了！"

"陛下，臣……臣……臣那大逆不道的女儿，她与人私奔了！"

官家吓了一跳，"你……你说真的？私奔？"

苏廊已经气得泪流满面，"微臣怎敢欺瞒圣上自造家丑？！确实私奔了，昨天跑的，今日才发现，她只留下一封书信，人却已经不见了。微臣教女无方，请陛下降罪！"

"怎么会私奔呢？和谁私奔的？查清楚了吗？会不会是——"官家刚要说会不会是被人绑架了，转念一想，假如真是绑架，最可能绑架那苏氏女的，搞不好就是自己那疑似搞断袖的小儿子……太乱了，不行，朕要念两遍《太上玉清经》冷静一下！

官家让苏廊先退下了，然后他自己关在屋子里冷静了一会儿，突然对内侍说道："去把邓天师找来！"

邓天师年轻时是个美男子，现在老了，就是个老美男子，一把长度和疏密都刚刚好的胡子，穿一身八卦道袍，道袍上还绣着仙鹤，很有些仙风道骨的意思。

邓天师见到官家，抚了抚胡须，笑道："官家，贫道还以为，你正在打坐。"

"本来是在打坐，唉——"官家叹了口气，然后突然问道，"天师，你之前给三皇子测八字，测出来最适合他的女子，该是苏廊的女儿苏沐。"

"是有此事，明日是好日子，可以下聘书。"

"朕想问问，你是怎么测的？真的准吗？"

邓天师笑道："准不准，贫道却不敢说。当年伏羲造八卦时，本来是造了十六卦，只因泄露天机，后来便隐去八卦，留下八卦。因此后世测算命理之时，用八卦只是暗合天意，又留着一线生机，也有些事在人为的意思。官家问贫道准不准，贫道竟不能回答了。"

官家点点头道："这样说也有道理。可是，你这次错得太过分了。"

"哦？官家，为何这样说？"

"那个苏沐，她私奔了！"官家说着，把方才苏廊说的，都给他讲了，讲完问邓天师，"你说，现在怎么解释？难道天意暗示你，朕该定一个私奔的女孩做媳妇？"

邓天师听罢，想到三皇子送的那一盒子珍珠，他突然悲剧地发现：他，似乎，掉到坑里了……

私奔就是私奔，无论这背后有什么隐情，结果就是，未来的三皇子妃跟着别的男人跑了。往后就算能把这女儿找回来，她已经有了污点，也不可能再有资格嫁入皇家。

邓天师心想，私奔一事关乎女儿家的名节，也会使整个家族蒙羞，但凡有一点转圜的余地，苏廊也不会跑到陛下这里来自暴家丑，因此他今日能说出这样的话来，那么便十之八九确有其事。

邓天师虽然像官家一样，心中犹有诸多疑虑，可是该回答的问题还是要回答：为什么上天给三皇子选的妃，会跟着别人跑了？

他镇定地摸了摸自己那把美髯，答道："官家，从八字上看，苏氏女与三殿下确实是难得的佳偶天成，这是不错的。现在她私奔了，这只能说明一件事。"

"何事？"

"这是天意。"邓天师说着，摇头叹了口气。

"哦？天意何解？"

"意思是说，虽然有合适的人、合适的时辰，但中间出了一些变数，导致三皇子目下不宜成亲。"

"什么样的变数？"

"这个……"邓天师眼珠转了一下，眼前突然一亮，"这个，可是要问官家了。"

官家听得一头雾水，"天师，到底是什么意思，你明说吧。"

"贫道听闻，三殿下此前一直不愿结亲，是因为他想给官家祈福。官家炼丹炼到要紧处，三殿下贵为龙子，与官家是亲父子，想必这一片拳拳孝心感动了上天，上天是要成全他，也是要成全官家啊！"

"原来，是这样吗……"官家恍然。

邓天师从官家那里出来后，悄悄地擦了擦汗，心道：好险，幸好贫道反应够快，三殿下，你可害苦我也！

邓天师离开后，官家表情犹疑，沉思了一会儿，唤来了禁中侍卫，"初六，你带几个人，去寻找苏廓那个私奔了的女儿。就算私奔了，也该有个落脚处。"

"遵旨。官家，倘若找到她，是否需要带回来？"

"先不用。"

聘书没下，亲都没定呢，拿什么理由抓人？这样的女孩声名已毁，抓回来也没用处。官家觉得，自己并不是个昏君，他说道："朕就是要看看，这其中，到底有没有人在搞鬼。"

"微臣领旨！"

九月十八，本该是三皇子定亲的大日子，苏家却传来"苏沐病重，卧床不起"的消息，炸得满朝人议论纷纷。苏沐早不病晚不病，偏偏在这个时候病得"卧床不起"，要说这其中没有蹊跷，鬼都不信。

纸是包不住火的，许多人早已打听到来龙去脉。官家把云微明宣进宫里，父子二人面面相觑，都不说话。

最后是官家一声叹息，问道："你都听说了？"

"嗯。"可怜的三郎看起来失魂落魄的，连话都不想多说了。

官家有些不忍心，安慰他道："不要难过，以后给你挑更好的，那苏氏女没有妇德，不娶也好。"

"嗯，谢父皇！"

官家又安慰了小儿子几句，后者始终提不起精神来。

官家心想，谁遇到这种事都不可能开心的，三郎只是率真了些，喜怒都在脸上。

云微明从他爹那里出来之后，打了个哈欠，方才一直木着个脸，肌肉都僵了。

离开皇宫后，他没有回家，而是去了林芳洲家。

林芳洲正在房间里绣花呢。

她觉得自己有必要培养一下女孩子的气质，今天穿了一身粉粉的襦裙，头上插珠戴翠的，脚上穿着一双同样粉粉的并蒂莲绣鞋，坐在椅子上，跷着个二郎腿，无聊地把脚一扭一扭的，鞋顶上别着的小绣球，随着她的动作一颤一颤的。

云微明看了韩牛牛一眼，韩牛牛有些不确定，问他："殿下，你说我瞎吗？"

"瞎。"

韩牛牛会意，立刻出去了，还顺手关好了门。

他搬了把杌子，坐在她旁边，伸过头来看，问道："绣什么呢？"

林芳洲扭了一下身体，背对着他，"不给你看。"

他笑着又凑过来，"我看看……呵呵，骰子？我第一次见人绣骰子呢。"

林芳洲有些不好意思，"其实本来想绣个蟋蟀的，可是太难了，只好先从简单的开始。"

骰子方方正正的，线条平整，再绣几个点点，确实简单得很。

林芳洲一边绣骰子，一边问他："你今天要定亲了，宫里没事吗？"

"嗯？不定了。"

"不……不定了？什么意思？你说不定就不定吗？"

"要和我定亲的那个人，私奔了。"

林芳洲一惊，不小心扎到了手，立刻痛叫："哎哟！"

"你小心一点。"

他拉过她的手，见她食指的指肚上渗出一粒血珠子，他二话不说低头，将她的指肚含进嘴里，轻轻吸吮。

温软柔韧的舌头包裹挤压着她的指肚，那触感有些微妙，令她微微失了一下神。待她反应过来，立刻将手抽回来，目光幽幽地看着他，"怎么回事？"

他舔了一下嘴唇，无辜道："什么？"

"苏沐私奔，是不是和你有关系？"

他撇开脸不看她，小声道："和我有什么关系？同她私奔的又不是我。"

虽然他的表情看起来好无辜好委屈，但是林芳洲的直觉告诉她：这事和他脱不开干系！

她双手捧着他的脸把他的脑袋扳过来面向她，直视着他的眼睛，说："小元宝，你可是从来不会对我撒谎的。"

他垂下眼睛，"嗯。"脸被她的手捧着，莫名让他心里起了一阵燥热。

林芳洲问道："苏沐真的私奔了？"

"嗯。"

"和谁？"

"和她表哥。"

"你……你怎么知道？"

"她与她表哥郎有情妾有意，早已经私订终身，听说要嫁给一个断袖皇子，她很不情愿，她表哥同样不舍得她嫁给一个断袖。他们两人痛苦彷徨了很久，最终下定决心，要比翼双飞，亡命天涯。"他简单介绍了一下苏沐的故事，然后问道，"是不是很动人？"

林芳洲放开他，哭笑不得地说："你现在还有心思关心人家动人不动人？那可是你——"说到这里，林芳洲突然眯了眯眼睛，"你等会儿，你怎么知道得这么清楚？"

"我——"

不等他回答，她又逼问道："你早知道苏沐会私奔对不对？所以你虽然不想成亲，却还是爽快地答应定亲……不对不对，你怎么知道你最终要和苏沐定亲？啊，是了！"她一拍手，"是邓天师！你是不是贿赂了邓天师，所以他给你测完字，选来选去单单就选了苏沐？"

云微明突然倾身，往她脸上重重亲了一下，不等她反应，他又立刻撤回去坐在杌子上。

他笑意盈盈地望着她，眉目含情，道："姐姐真聪明！"

被调戏了，林芳洲竟有些害羞。

从来都是她调戏别人，现在报应终于来了……

林芳洲翻了个白眼掩饰自己的害羞，说道："过奖过奖，我再聪明，也不及你的一根手指头。"

"姐姐不用妄自菲薄，你只用动一根手指头，教我往哪儿我便往哪儿，如此看来，还是姐姐的手指比较厉害。"

"咳。"林芳洲被他调戏得老脸一红。

她又问道："我还是有个问题不明白，你既然可以贿赂邓天师，为什么要大费周章地定亲苏沐，还逼得人家私奔，为何不直接让邓天师告诉官家，你现在不能娶亲？"

"你以为我父皇那么好糊弄？话说得太大，我父皇不会信，邓天师也不愿意这样说。他是个聪明谨慎之人，多年来未涉党争，却和各方都保持着不错的关系，其才智可见一斑。"

身为一代国师，邓天师是很聪明的，也很低调。他从来不参与任何党争，哪怕是当初二王相争之时，两方人马争相拉拢他，连贵妃都对他青眼有加，他也始终站在官家这一方，不和任何势力有牵扯。

也因此，他得以牢牢坐稳帝王身边第一天师的位子，受宠信的程度直逼贵妃。

但是邓天师又不敢把那些权贵得罪彻底，所以，他的态度并非拒人于千里之外，能帮的忙，偶尔会帮，但有一个前提：只是小事，不能涉及党争纠纷。

什么事情能帮，什么事情不能帮，这中间的度，就靠他自己把握了。

三皇子要定亲了，定个什么样的皇妃，是官家说了算，但是邓天师的意见很容易影响到官家，这个，全天下人都知道。

只要三皇子不犯大错，今日的三皇子妃，就是明日的六宫之主，尊贵至极。

所以有好几个世家蠢蠢欲动，希望结这样一门好亲，一个个的都来勾搭邓天师。

邓天师是很谨慎的。倘若现在给三皇子选个有势力的家族，讨好的意味太明显，首先就可能被官家猜疑，其次，万一以后三皇子不能坐上大位呢？到时候二王之一不管鹿死谁手，都要找他算一算秋后账。

可倘若给三皇子挑个不能如他心意的亲事，等他当了皇帝，秋后账还是要算的。

所以邓天师也有点纠结，这个浑水，真的不好蹚啊！

正忧伤着，有人来给他送解药了：三皇子偷偷地告诉邓天师，他今年元夜在河边看烟火时，遇上了一个女子，从此一见倾心，念念不忘，只因自己正在给父皇祈福，便不好意思央求官家提亲。

邓天师问那女子是谁，三殿下答曰：他经过多方打听，证实女子是户部员外郎苏廊的嫡次女。

苏廊啊？哈哈哈，太好了！

这个苏廊，不是什么大家族的，做的官也不大，往遍地权贵的京城里一放，算是小门小户了。殿下瞄上这样的人家，只可能是真爱。既然殿下喜欢苏氏女，那就苏氏女吧！既能卖殿下一个人情，又可以避开那些望族，讨好了官家和二王，天哪，简直完美！

后来三殿下还让人送了一盒子珍珠给邓天师，彰显其诚意。邓天师也不跟他推辞，收下了。

再后来……

千算万算，邓天师也没料到，苏氏女会私奔。他觉得，正常人都算不到这一点，不怪他……

云微明简单给林芳洲讲了一下他贿赂邓天师的来龙去脉，林芳洲听完，有些担忧，问道："邓天师会不会去和官家说呀？"

"他又不傻。"

"也对，说了，就是在承认他收你的贿赂、愚弄官家……可是官家难道不会怀疑吗？"

"尽管去怀疑，派人追查也无所谓，苏沐和她表哥暗递私情已经很久了，只要用心查，肯定能查到。事实会证明，又不是我逼他们去私奔。"他看了她一眼，语气十分理直气壮，"我是受害者。"

"好好好，你是受害者，"林芳洲有些无语，又问，"可是你这样大费周章的，能怎样呢？官家还是会给你定别人。"

他摇了一下头，"暂时不会了。"

"万一呢？"

"万一父皇不死心，那就让邓天师再给我说一个会私奔的。"

"……"

"不信？放心，现在是我抓着邓天师的把柄，而不是他抓着我的。"

"我……信，我的意思是……哪里有那么多要私奔的女孩啊……"

"有啊，很多。"

"可是，把好好的姑娘逼得去私奔，总归是不太好啊。"

他却不以为然，"有什么不好？愿得一人心，白首不相离。与自己心爱之人双宿双飞，是再好不过的事了。"

"可这会拖累她的家人吧？"

"旁人说三道四最多说个两三年，又不会念一辈子。她家人想开一点就好。总不能，她为了家族荣辱，就嫁一个自己不喜欢的人吧？倘若一辈子都不能喜欢上呢？那就一辈子活得不如意了。好好的姑娘，一辈子只是把自己卖个好价钱，枉活一世。"

这番话实在惊世骇俗，林芳洲竟然觉得很有道理……

她托着下巴，摇头道："不行，你太能煽动人心了，我缓一缓。"

她不说话，他也就不说，低着头，抓起她嫩葱一样的手来玩，玩了一会儿，又把方才那被针扎破的食指放进嘴里含着，濡湿的舌头卷着它，轻轻地咬着。坚硬的牙齿碰到她的指肚上，力道很小，小心翼翼地尝试，像个小奶狗。

林芳洲哭笑不得地抽回手指，又说："我还是觉得不对劲啊。"

"哪里不对劲？"

"你怎么对京城的闺秀们那么了解？谁会私奔你都知道？"

他倒也不隐瞒，"我花钱让我舅舅帮我雇了些江湖人，专门搜集这些情报。过程很保密，搜集情报的人也不知道我的目的到底是什么，所以你放心。"

"我太放心了，我想不到你为了不成亲竟然这么大费周章。你从什么时候开始雇人打探这些的？"

"刚回京城不久。"

林芳洲张了张嘴，惊讶道："所以你从那个时候就决定不成亲了？"

"嗯。"他低下头，"我说过，我一辈子，只认你。"

他的这份执念，令她有些震撼，又很感动，又感觉已经厚重到她无法承受的程度。她叹了口气，问道："你，到底喜欢我哪里？"

"哪里都喜欢。"

"我识字不多。"

"无妨，我读书够多。"

"我举止粗俗。"

"无妨，我尚算文雅。"

"我出身不好。"

"无妨，我出身还不错。"

"你！"林芳洲气道，"你是在安慰我，还是在炫耀你自己？！"

"我的意思是，你没有的，我刚刚好都有，我们可以互相弥补。"

"可是你喜欢男人！"

"可是，我喜欢你啊！"

林芳洲惊讶地看着他，他也在看她，一双眼睛笑得几乎弯起来，眼波荡漾。她听着这样的告白，心房轻轻颤动，突然间脑子一热，伸手一抓他胸前的衣襟，把他拽到眼前。

他还在笑，眉目如画般，该死地好看。他笑着，压低声音问她："姐姐，你要耍流氓吗？"

她低头吻住了他。

笨拙而生涩的吻，重重地盖在他唇上，动也不敢动，她闭着眼睛，刚要退回去，他却一把按住她的后脑，加深了这个吻。

林芳洲，别想逃。

这辈子都别想逃了。

第二十七章

肌肤之亲

苏沐私奔的风波过后不久，官家不仅没有疏远三皇子，反而开始让他参与政事，遇上军国大事，也会问问他的想法。他有时候答得好，有时候答得不好，朝中那些大臣，对他也是褒贬不一。有人说他秉性纯善，有人说他不如赵王老成稳重，有人说他不如齐王聪慧机警。

许多人觉得，三皇子被册立太子，只是迟早的事。

陆续有人上书，催促官家"早立储君"。

但是日子一天天过去，都快冬至了，官家却始终没有表态。

林芳洲是个闲不住的人，在家里扮一次小家碧玉，就必须出门玩几天散散心。她记着沈二郎说的凿河冰抓鱼的事，决定自己也试一试。反正河冰到处都有，又不是非要去沈二郎的家乡才能凿到。云微明听说了，非要跟去看看。

韩牛牛扛着个大铁锤，要把那河冰砸破。十七很怀疑他们到底懂不懂凿河冰的正确方法。

看到韩牛牛一个姑娘家的，扛把大锤子，十七有些不忍心，只好自告奋勇帮忙，然后，抡锤凿冰的就换成了他。

彼时日出东方，霞光万道，冰河反着日光，一片白亮，随着枯黄的河岸，一直延伸到天际。如此恢宏壮丽的景色里，一个白衣飘飘的侠客，正抡着把黑黢黢的大铁锤，哐哐哐——猛凿河面。

那一刻，十七感觉自己仿佛是一个智障。

他很快把河面凿出一个大窟窿。林芳洲举着渔竿，把鱼饵垂下去，冰面破了之后，鱼都赶到这附近来呼吸，因此不一会儿，她便钓上来一条肥肥的鲤鱼。

云微明掏出匕首，三两下把那鲤鱼收拾了，其动作之熟练，让十二、十七有点目瞪口呆。

然后他把鱼洗干净，细细地切成鱼脍，搭配上调好的蘸汁儿，说道："芳洲，你过来吃。"

林芳洲说："你们先吃，我再钓两条。"

云微明用筷子夹着蘸了汁儿的鱼脍，送进她嘴里。

鱼肉细致鲜嫩，配上鲜香的料汁儿，林芳洲吃得停不下来了，一边吃一边说："我觉得你调的蘸汁儿啊，比你府上掌勺的厨师做得都好。"

"是吗？"他有些高兴，低头笑了笑，自己也吃了一口。

两人你一口我一口地吃着，另外三人在不远处看着他们。

十七悄悄地问十二："你在想什么？"

"想必很好吃。"

十七又问韩牛牛："你在想什么？"

"我也好想吃呀！"她说着，还吞了一下口水。

十七气道："你们两个是饭桶吗？就知道吃！"

林芳洲和云微明吃完一条鱼的工夫，她又钓上来四条，云微明熟练地把剩下的四条鱼都做成鱼脍，给另外三人吃。韩牛牛吃了一条，十二吃了一条，十七自己吃了两条。

吃完之后他打了个饱嗝，接着突然声音一沉："不好！有人！……嗝。"

林芳洲吓了一跳，问道："你莫不是撑得出现幻觉了？"

她话音刚落，却见岸边突然冒出来一帮人，有五六个，都穿着黑衣服，蒙面，拿着兵器。那些人目标很明显，一来就奔向云微明，十二上前拦住，急道："殿下快走！"

云微明护着林芳洲要上马车，有两个黑衣人绕过十二、十七，举着弯刀向他袭来。他一把将林芳洲推开，"你先走。"

林芳洲心知自己半点武艺不会，留在这里只能是拖累，因此虽然担心他，却不敢久留，被推出去之后，说了一句"你小心点"，立刻拔足狂奔。

哪知其中一个黑衣人似乎看出了云微明十分关切林芳洲，立刻转移注意力，持刀紧追林芳洲。云微明见状，一声怒喝："找死！"仿佛地狱修罗一般。

他躲开眼前人的纠缠，突然高声喊道："芳洲，乌龟！"

不远处刚刚甩开缠斗正要奔来救驾的十七听到此话，心想：殿下好不讲理，明明是你让林公子先跑的，怎么现在又骂他缩头乌龟？

云微明话音未落，林芳洲早已经一个狗扑趴倒在地上，与此同时，云微明暗器离手，六枚飞镖分上中下三路打向那追她的刺客，刺客反应也快，转身挥刀，只听一阵叮叮当当的声响，暗器都被他打开了。

——不，是他以为都被他打开了。

六枚飞镖之后，还追着一枚更小的飞镖，只是它隐藏在前面的飞镖之后，使他毫无察觉，打掉那六枚飞镖之后，最后一枚飞镖却突然出现，几乎不等他反应，便只听"噗"的一声，飞镖钉进了他的颈窝。

林芳洲趴在地上，感觉到身后"咣"的一声闷响，地面似乎跟着颤了一颤，她抱着脑袋，一翻身体，侧躺在地上，回头一看，但见那刺客距离她的脚也不过半尺，此刻正仰面躺在地上，瞪着一双眼睛，脖子上还在汩汩地冒着血。

"啊啊啊啊啊！！！"吓死你爹了啊！！！

十二与十七摆脱缠斗后，立刻与云微明会合。打了一会儿，剩下五个刺客，两个重伤，两个被十二一刀毙命，还有一个想跑。不等他跑远，十七追上去把他抓了回来，扔在云微明脚下。

"殿下，现在要不要把他们带回去？"

云微明眼睛一眯，冷冷说道："不用。全部就地处决。"

"殿下？"十七不太能理解这个决定。把他们抓回去严刑拷打，逼问出幕后主使，岂不是更好？

"我知道你要说什么，"云微明抬了一下手，制住十七接下来的话，他说，"既然敢派刺客来，就说明留了后手。我们若把这些刺客带回去严刑拷问，他们会招一些什么东西，可就不好说了。"

"难道他们还能栽赃诬陷不成？"

"不知道。"

"那……"

"我只知道，这世上有一种细作，叫死间，以生命作为代价，来离间君臣父子。"

他说到这里，地上那低着头的细作，陡然睁大了眼睛。他们都站着，没有看到，只有躺在地上的林芳洲看到了。

十二挥刀，一个活口不留，都砍了。

林芳洲早已经吓得瘫软在地爬不起来，云微明上前把她扶起来，有些抱歉地叹了口气，道："对不起，让你看到这些。"

"没没没没事啊……"

"你，会不会觉得我很残忍？"他说着，突然低下头，心里有些忐忑，不知道她会怎样回答。

林芳洲摇了摇头，"不会啊，刚才那个人神色很奇怪，他真的可能是你说的那个死间，你要是不杀他，说不准就被他害死了！"

云微明松了口气，"谢谢你！"

"谢我什么呀？"她有些莫名其妙。

谢谢你，明明那么心软，还愿意理解心狠手辣的我。

这话他只放在心里说了。他揉了揉她的头，说道："走，我们回去。"

"你等一下，"林芳洲扯住他，往他手臂上摸了一把，见手指上沾了鲜血，"你受伤了？！"

云微明穿着朱衣，与血的颜色相近，他手臂上受了伤，方才十二他们并没有发觉。此刻得知，十二和十七连忙上前告罪，"属下该死！"

他摇了一下头，"无妨，只是皮外伤。"

十二看了一眼他的伤口，拇指那么长，有些深，但没有染毒。

因受了伤，云微明没有骑马，而是与林芳洲一同坐了马车。同样挤在马车里的还有韩牛牛，韩牛牛方才吓得哭了一场，此刻还在默默地擦眼泪。

林芳洲仔细看着云微明的伤口，血淋淋的一道，虽不致命，但是看着好心疼。她小声问道："疼吗？"

"疼。"

她更加心疼了，红着眼圈说："对不起，都怪我，我闲得没事为什么要跑到这荒郊野地来钓鱼！"

"没关系，姐姐亲一下我就不疼了。"

林芳洲一抽嘴角，"还有心思开玩笑，看来也不是很疼啊……"

回到府上，十二让人赶紧找来御医，给殿下包扎了伤口。这么一闹，很快，许多人都知道三皇子遇刺了。

"官家已经命人严查此事。"十二禀报道。

云微明摇头道："严查也查不到什么。没有人愿意相信自己的儿子要手足相残。既然他不信，便有一万个理由不信了。"

十二沉吟一番，突然说道："殿下，微臣有一个疑惑，早已想问了。"

"你说。"

"殿下功夫了得，请问师承何人？"

"常言道，'师父领进门，修行在个人'，我师承于谁，并不重要。"

"殿下说得是。微臣观殿下的武功路数，虽说平淡无奇，却又能用得纯熟无比，随机应变，见招拆招，效果竟也不下于其他上乘秘籍。殿下之颖悟，实在令微臣钦佩。"

云微明知道他这话也有几分夸大，于是摆了一下手，说道："我这两下功夫，与你和十七相比，还差得太远，最多是自保。"

"殿下过谦了。微臣今年三十五岁，倘若是十七岁的我，一定打不过十七岁的殿下。"

"马上就十八了。"

……现在不是在讨论武功吗？那么在意年龄做什么？

十二感觉，殿下的关注点，有些奇特。

林芳洲下午又来看望云微明，还带了些水晶脍。这水晶脍是用猪皮熬的，据说受了皮肉伤的人，吃它好得快。

云微明伤的是右边的手臂，他此刻也不动筷子，张着嘴只等着林芳洲投喂。吃了一会儿水晶脍，他突然说道："芳洲姐姐，我有一事相求。"

"什么？"

"方才御医嘱咐我，伤口不能沾水。这条手臂也不能用力，怕把伤口绷开。"

"对，你一定要记得啊！"

他叹了口气，"那我晚上沐浴怎么办？"

林芳洲翻了个白眼，"你的左手是摆设吗……"

"左手不常用，诸多不便。"

"所以呢？你想让我帮你洗澡？"

"嗯。"

"你想得美！"

他便沉默了，低着头，也不看她，一双眼睛垂着，眼睫翕动，墨黑浓长的睫毛抬起又落下，像是轻轻振动的鸟羽。

他压着嘴角，看起来很不高兴的样子，还有点委屈。

林芳洲看看他胳膊上缠的纱布，再看看他一副受气小媳妇的样子，莫名其妙地有些心软，于是鬼使神差地点了一下头，道："就这一次。"

云微明有一个独立的浴室，就在卧房的隔壁，与卧房一样是个温室。温室的一面墙壁是空的，很厚，冬天时往里面添炭火，整面墙被烧得热热的，烘得室内温暖如春。炭火燃烧产生的烟顺着烟道都飘走了，不会进入室内，这样既不会呛到室内的人，又可以避免中毒。

林芳洲挺羡慕云微明的，有这样一个温暖的房间。云微明建议她也弄一个，可是林芳洲算了一下一冬天要烧掉的炭，感觉十分肉疼，于是作罢。

他又建议她搬过来与他同住，林芳洲气道："你爹要是知道我睡他的儿子，一定会亲手撕了我。"

他被她说得脸红了一红。

林芳洲有些尴尬，"我不是那个意思……"

好嘛，解释不清了。

云微明平时沐浴都是用深口的浴桶，现在他胳膊受伤了，为免溅水影响伤口，便用了浅口的，水也放得不多，坐在浴桶里，水面只到他的腰部。浴桶很宽大，他伸展开长腿坐在里面，触不到头。

荷风、荷香刚倒好水就被他轰走了，只留下两个大暖瓶以便随时添热水。两个丫头出门之后又开始无聊地弹琴唱歌，唱的还是那首"不如乌鸦歌"。

云微明坐在浴桶里，扬声说道："你好了吗？"

"好了。"林芳洲从他的卧室里走出来，一边走一边抱怨，"不过是洗个澡，还非要我换裙子，我真是欠了你的。"

林芳洲穿了一身鹅黄的裙子，娇嫩轻盈得仿佛一把迎春花，没人给她梳头发，她就松松垮垮地随便绾了一下，从他卧室里折了一枝玉兰花别住头发。

云微明的视线追着她，说道："我喜欢看你穿裙子。"

"你不喜欢看我穿裤子？"

"我喜欢看你不穿裤子。"

"你！"林芳洲气得抄起那舀水的瓢往他头上打了一下，"越大越胡闹了，竟然敢跟我耍流氓。"

他头上挨了这一下，立刻求饶道："我错了，我怎么敢跟姐姐耍流氓呢，姐姐可是流氓的祖宗。"

"……"林芳洲被他说得回忆起自己曾经的种种，有些尴尬。她瞪了他一眼，道，"闭嘴。"

于是他很听话地闭嘴了。

嘴巴虽然闭上了，眼睛却没闭上。一双莹亮的眼珠子盯着她的脸，眼里荡漾着笑意。

林芳洲移开眼睛不理他了，她往浴桶里扫了一眼，差一点瞎了。

浴汤很清澈，还很浅，水面浮着一层薄得透明的白汽，水下的风光便一览无余了。

在男女之事上，林芳洲也算"学识渊博"了。可再怎么渊博，也只是学识，她今日第一次看到男人的身体，有点不好意思，又有点好奇，正想仔细看看，一抬头，对上云微明炽热的目光，她立刻扭开脸，抓过大花篮，往那浴桶里倒了许多干花瓣。

花瓣漂开，在水面挤了一层，堪堪遮住水下的风景。

然后她绕到他身后，撩水帮他洗澡。湿漉漉的手指触到他的皮肤上，逗得他身体深处起了一股无名的冲动。

云微明的肩膀很宽，因常年锻炼的缘故，肌肉紧实均匀，林芳洲帮他洗完后背，撩着袖子，细长白皙的胳膊绕过他的肩膀，伸到前面帮他擦胸口。

两人挨得太近，这个姿势，仿佛是她从背后抱住了他。

擦了几下，林芳洲感叹道："你的胸比我的大。"语气很有些嫉妒。

她一边说着，一边不经意间往浴桶里看了一眼，花瓣都很快泡开了，此刻正散发着浓郁的香气，很好闻。

不过，有一片粉红的花瓣，仿佛成了精，此刻竟脱离水面，悬空着……

林芳洲感觉很不可思议，她伸手将那花瓣捏起来，接着看到花瓣底下的情景，立刻了然。

林芳洲瞪了云微明一眼，气道："你怎么这么浪啊，洗个澡都能洗出反应？"

他被她骂了，也不恼，眯着眼睛看她，轻轻地喘息着，小心翼翼地说："姐姐，帮帮我。"

"帮你个大头鬼，你现在还有伤呢！"林芳洲说着，把浴巾一扔，就想走，"你给我冷静冷静。"

"冷静不了，"他一把拉住她，"这点皮肉伤不要紧……你不帮我，我要憋出内伤的。"

"你，你……"林芳洲哭笑不得，不知道说什么好了。

"姐姐，"他哀求地看着她，目光温柔，"救救我。"

他说着，拉着她的手一路向下，顺着他的胸腹，滑入水中。

林芳洲感受着掌心那不一样的触感，她莫名竟有些羡慕，"我要是也有这个东西，就不用提心吊胆地活着了。"

云微明身体一抖，想象了一下带把儿的林芳洲……不，不，他还是喜欢又香又软的芳洲姐姐。

他按牢她的手，仰头笑道："无妨，我的就是姐姐的。"

对于男人的这个地方，林芳洲吹了那么多年牛，也是十分好奇的，她尝试着捏了捏他，换来他一阵轻哼，像是痛苦又像是愉悦。他的气息乱了，粗喘着气说："轻……轻一点……"

"这样？"

"嗯……"

"还是这样？"

"啊！"

林芳洲觉得很有趣，云微明像个傀儡，而她，摸到了傀儡的机关。她正玩得不亦乐乎，他突然坐直身体，凑上前，扣着她的后脑，喘息着与她缠吻。他吻得很急切，舌头伸出来，往她嘴里扫，又吮吸，力道有些大，吸得她口腔一阵麻木。

林芳洲的脑子也有些乱了。

好不容易把他打发了，林芳洲也没心情给他洗澡了，她呆呆地看着自己的手，自言自语道："我到底做了什么？"

他笑得餍足，轻声道："姐姐刚才把我——"

"你闭嘴啊！"她翻了个白眼。

这个地方她没办法待了，站起身正要走，他却突然拽了她一下。他的力气很大，只是轻轻一拽，她便站不住了，身体一斜跌进了浴桶。

扑通——溅起了一片水花。

她不偏不倚，恰好摔进他的怀里。

林芳洲又惊又气，"你做什么？！"

云微明只用一条手臂便把她困在怀里，他笑道："姐姐不要生气。你方才那样厚待我，我还要礼尚往来呢！"

"你……不用！"

"不要怕，"他附在她耳边，柔声道，"很……舒……服……的。"

林芳洲泡在水里，裙子都湿了，上衣也湿了大半，感觉这样子比脱光了泡在水里还要羞耻一些。她有些难为情了，挣扎道："别……别闹了啊……"

他已经低头吻住她。又是那样急切而潮湿的深吻，把她吻得反应都慢了半拍，他趁机换右手搂着她，左手往下，轻松地解开她的腰带，探进手去。

林芳洲本能地身体一抖。

陌生的感觉，新鲜而刺激，难堪而曼妙，说不清道不明的滋味，排山倒海地袭来，猝不及防。她控制不了自己，只好放纵身体去迎合，本来在推拒他的手，渐渐地变作紧扣着他的肩膀，不知不觉地随着他的动作放松和用力。

她闭上眼睛，感觉自己似水里一片凋零的花瓣，在浊浪滔天里浮浮沉沉，不能自已。

云微明低头吻着她的眼睫，喉咙里滚过一阵轻笑，"姐姐真快！"

林芳洲不想说话，闭眼装死。

他的吻在她脸颊上蔓延，一路向下，往她的唇畔绵延了一会儿，便退回到她耳朵。他叼着她的耳垂，嘶哑着声音，问道："舒服吗？"

林芳洲依旧装死。

"不舒服，就再试试。"说着，又要行动。

林芳洲抓出他的手，扔开。

她听到他低低的笑声，愉悦而不怀好意。

林芳洲说："小元宝，我觉得你学坏了。"

他笑道："都是姐姐教得好。"

她翻了个白眼，道："我可没教过你这些。"

他又去咬她的耳垂，一边咬一边笑，"我只和你学。"

第二十八章

波诡云谲

果然如云微明所料，官家让人查来查去，到头来也没查出什么有用的东西。

兴许是为了安慰他，官家很快下了诏书，册立他为太子。

云微明搬进了东宫，与林芳洲离得更远了。

他有些不适应，对林芳洲说："你也搬来吧！"

林芳洲有些奇怪，"东宫是可以随便出入的吗？"

"别人不行，你自然可以。东宫里有一批独立的官员，到时候我给你派点事情做。"

"我连字都认不全，我能做什么呀？"

他意味深长地看着她，笑着说："你能做的，别人都做不了。"

"去去去！"她往他头上打了一巴掌。

东宫里人多眼杂，林芳洲觉得自己一旦住进东宫，离身份暴露也就不远了，所以她选择留在自己的小窝里。

这一年就这么晃晃悠悠地过去了。开春之后，林芳洲感觉自己不能整天这么游荡了，她想找点事情做。

她找人定做了许多雷霆社的社服，到球场外去卖。这些社服用料都是好的，价格又实惠，卖了两天，竟然都卖光了。

然后她又做了其他球社的，都卖得很好，只是不做虎啸社的。有人找她订购，她依旧不做。

这就是一个球迷的气节。

渐渐地有人开始效仿她，于是林芳洲不做这个生意了，又转头寻找别的商机。

还没找到商机呢，十七突然告诉她："公子，殿下请你暂时入住东宫。"

林芳洲有些不耐烦，"我都说了我不去。再说，反正他天天在我面前晃，我去不去东宫也无所谓……咦，今天小元宝怎么没来呢？"

"殿下他进宫了。"

"哦！"

十七却欲言又止。

林芳洲有些奇怪，"你们，是不是有什么事情？"

"公子，请先移步东宫，容我与你详说。"

他看起来好严肃，林芳洲被他弄得莫名有些紧张，于是她和韩牛牛简单收拾了一下，便去了东宫。

到了东宫，十七关好了门，屏退左右，这才对林芳洲说："官家病倒了。"

林芳洲一惊，"很……很严重吗？"

"嗯，"十七点了点头，"现在应该还没醒。宫里封锁了消息，殿下正在官家床前侍奉，一时半会儿可能不会回来。他使人带出话来，现在是多事之秋，我们务必谨慎行事，公子先在东宫暂住几天吧。"

林芳洲知道，此事非同小可。寻常人病了，只需延医问药，可是皇帝不一样。皇帝牵涉的事情，太多了啊……

她眼珠转了转，心头突然一凛，问道："赵王和齐王呢？小元宝关在宫里，赵王和齐王要是搞事情怎么办？！"

"公子不必忧心，赵王和齐王已经入宫探望官家，然后——"

她追问道："然后怎样？"

"然后，殿下让他们都暂时住在前殿，方便随时探望官家。"

"看得住吗？"

"看得住，官家昏迷不醒，该由太子暂领国事，眼前禁中侍卫都听凭太子调遣。十二亲自看着赵王和齐王，应当不会有变。"

"十二去盯着他们了，那小元宝呢？谁来保护他？"

"公子且放心。皇宫里戒备森严，殿下与官家同处一室，应该不会有人能在里头动武。退一万步讲，就算真有什么，以殿下的功夫，也能自保。"

林芳洲点了点头，"这个锅底抽柴的法子很好，把赵王和齐王放在眼前看着，他们就算想搞事情，也搞不起来了。"

十七忍着没去纠正林芳洲的成语，他感叹道："殿下智勇双全，雄才大略，可叹世人眼拙。"

"是呢，我早就怀疑小元宝成精了。"

此刻，成了精的云微明正待在官家的卧房里，外头跪了一片朝廷重臣，都是来探望官家的。云微明说官家需要清净，因此只让丞相一人进去看了看。

丞相乃朝廷肱骨，对官家绝无二心。他今年六十三岁了，比官家还大两岁，但是他不炼丹，也不乱吃东西，因此身体很康健，精神矍铄。他看了官家一眼，又听御医讲了几句，心里有了个数。

这时，小内侍端着汤药进来，云微明跪在床前，一手端着那盛药的银碗，一手舀了一勺，要往自己嘴里送。丞相正和御医低声交谈呢，一瞥眼见到太子要亲自给官家试药，他立刻惊道："殿下，万万不可！"

云微明看了他一眼。

丞相跪下道："殿下孝心可表天地，实在令老臣唏嘘感慨。只是，殿下该以国事为重。"

他没把话说得太明白，但其实也不必说得太明白。

明白人都明白。

云微明把丞相送出来，与几位朝臣交谈了几句，挑了几个对官家绝对忠心不贰的大臣，让他们这几天在中门值班。

大臣们刚走，贵妃就坐着步辇来了。云微明闭门不纳，使内侍传话道："邓天师说，女子是阴物，官家阳气正虚，不可使女子接近。贵妃请回。"

那贵妃吃了闭门羹，又拿他无法。她虽在后宫横着走，但是在朝事上能说什么话呢，唯一能给她撑腰的官家，此刻还昏迷着。

贵妃心中恨恨的，只好想着：等官家醒了，看我怎么给你吹枕头风。

官家一连昏迷了五天，到第六天，这才悠悠醒转。

许多人悬起来的一颗心也就落下了。

最高兴的人莫过于赵王和齐王。两人没料到老三这么狠，直接在宫里把他们软禁了，他们这几天过得提心吊胆，做的梦都是太子登基，送了白绫和毒酒让他们选。

被放出来后，两人相视一眼，心里想的都是：幸好父皇醒了。

赵王对齐王说："这次老三太过分了，我们好好让父皇评个理。"

齐王冷笑，"你放心，老三他就是秋后的蚂蚱，我看他能蹦几天。"

赵王看他一眼，问道："你是不是有事情瞒着我？"

"大哥，你不也有事瞒着我吗？去年那些刺客是谁派去的？别说你不知道。"

"不说我，现在说的是你，你有后招？"

"我没有。"

"谁信呢？"

"既然不信，大哥就不要问了。"

云微明回到东宫时，整个人都瘦了，胡子也长出来了，看起来有些疲惫。

他看到林芳洲时，身体轻轻一松，对她笑了笑。

林芳洲摸着他冒起青涩胡楂的下巴，有些心疼，问道："宫里吃食不好吗，怎么还瘦了？"

他摇了摇头，"亲爹病成那样，我若吃得饱睡得香，旁人会怎么想？"

"唉，也对，"林芳洲点点头，"几百只眼睛盯着你呢！当个太子真不容易，还不如在永州隐姓埋名的日子呢，至少不用操心。"

他苦笑，"我真的想过，就那样和你过一辈子。"

林芳洲眼圈一红，"对不起，都怪我。"

他抬手挡住她的嘴，"你我本是一体，往后对不起这样的话就不要说了。"

她点了点头，心里一热，又有些惭愧，觉得自己何德何能当得住"本是一体"。

他突然唤她："芳洲姐姐。"

"嗯。"

"你抱着我。"

他语调柔软，她的心便也柔软了，缓缓地靠近，抱住他。

他又说："我困了。"

"那你去睡。"

"你抱着我睡。"

"小元宝，你不要得寸进尺。"

他下巴垫在她的颈窝处，小声地叹息道："你知不知道，我从小就盼着有人能抱着我睡觉，可是没有。你也只抱过我一次。"

"小元宝……"

"真的只是睡觉，我很累。"

面对疲惫的云微明，林芳洲不知道第多少次心软了。

两人倒在床上，与其说她抱着他，不如说是他抱着她。他把她搂个满怀，紧紧地缠着，仿佛在抱一个大枕头。

他全身放松，很快睡着了。

卸下戒备的他像只乖乖的小狗，扔根骨头就跟你撒欢摇尾巴的那种。

林芳洲扣着他的手，身后均匀的呼吸仿佛催眠曲儿，过了不一会儿，她也睡过去了。

两人这一睡就错过了饭点，直到夜里，林芳洲本来睡得很香甜，莫名其妙地呼吸紧张，把她憋醒了。

醒来时发现，云微明正在吻她。卧房里没有点灯，她只依稀看到了他的轮廓。他喘息着，火热的呼吸围绕着她。

夜里看不到人时，她才发现，原来他的气息，她竟已经如此熟悉。

她推开他，大口喘气，道："你……你发什么疯？"

黑夜里她只听得到他的笑声，"如此良辰美景，该与姐姐做些好事。"

所谓良辰就是半夜三更，所谓美景就是漆黑一片。

林芳洲问道："你不是很累吗？"

"本来很累，现在睡饱了。"

好嘛，小狗睡饱了，就变狼了。

他解开她的衣服，往她胸口上摸索，问道："你还在缠胸？"

"嗯。"

"可怜，把它们放出来透口气。"

他把它们放出来"透气"，一边轻轻揉着，一边安慰她道："你不要担心，经常揉一揉，活活血，还有机会长大的。"

"你……嗯……"

他低头，一边剥她的衣服一边吻她，吻遍她的全身，把她吻成了一摊春水。

然后他喘息着叹道："可惜，现在还不能让你怀孕。"

第二天林芳洲在云微明的枕头底下发现好几本书，书的内容不太好描述，总之图文并茂，看得流氓都脸红了。她哭笑不得，说道："亏我以为你很忙，原来你整天就看这些书吗？"

他脸皮越来越厚了，被说也不脸红，还振振有词："看了这些书，真是大开眼界。"顿了顿，又道，"我若早些看到，也不至于被蒙在鼓里这么多年。"

林芳洲从他房里出来，不知道是不是因为心虚，她感觉东宫里的人看她的眼神都有点奇怪。

正因心虚，她也不敢在东宫久留，与云微明招呼一声，便带着韩牛牛和十七要走。

路上遇到潘人凤，林芳洲很热情地招呼他："太爷！吃了？"

潘人凤脸色一变，"公子，以后请不要叫我太爷了。"

"为什么？我叫顺嘴了。"

"我……承受不起。"

林芳洲一乐，"这有什么，你于永州百姓有大恩，一辈子都是我们的太爷。"

"若是太子殿下听到——"潘人凤没有说下去，只是给她长长地作了个揖，"公子权当帮我一个忙吧。"

林芳洲也给他作了个揖，"太爷，不要担心，我家小元宝很乖的。"

"呵呵……"

告别林芳洲之后，潘人凤直接去见太子殿下了。

在东宫的一众官员里，潘人凤是唯一一个被云微明钦点了跟过来的。反正他就差在脑门上贴几个大字"三皇子党"了，被钦点也并不令人奇怪。此刻潘人凤见到太子殿下，听他说了一下在宫里的情况，他有些忧心，"殿下一直低调行事，此次突然露出锋芒，不知官家会不会……"

云微明轻轻叹了口气，道："我也有此担心，所以我亲自试药，希望能消除父皇的戒心。"

"微臣以为殿下不该以身犯险。"

"无妨，没人能给皇帝下毒，更没人料到我会亲自试药。而且，我只试了一次，第二次就被丞相拦下了。"

"官家若是知道殿下亲自试药，一定会为殿下的孝心而感动。"

"未必。"云微明摇了摇头。

官家醒来之后，身体一直虚弱，食量很少，连丹药也不能吃了，因为肠胃太弱。贵妃贴身伺候他，委屈地告了次状，赵王和齐王来探望他，又委屈地告了次状。官家问了几个内侍，得知贵妃他们讲的都是实话，太子确实做过拒绝贵妃、软禁二王的事。

官家听罢心想：他是什么意思？是觉得朕会死吗？还是盼着朕快点死？

官家又问内侍道："太子他还做过什么？一并说来。"

"就是守在官家床前贴身伺候，不许寻常人接近官家。哦，还有，他一开始还亲自给官家试药，后来被丞相说了，这才作罢。"

官家神态又有些缓和，心想，倒还是有点孝心的。

他的心思便这样摇摆着，一会儿觉得太子想要取而代之——谁不想坐这个位子？一会儿，又觉得自己这位子早晚该传给他，他还是很孝顺的，也算个合格的继承人……

这样纠结着，下午云微明前来探望他，官家看着他的小儿子，清风朗月一般的人物，正是旭日高升的年纪。而他自己呢？老态龙钟，日薄西山……

有那么一瞬间，他气不打一处来。

然后莫名其妙就骂了太子。

云微明跪在地上，承受着他爹的怒火，也不辩解。

语言在这个时候是苍白的，因为任何语言都无法调和他和他之间的矛盾。

我行将就木，你年少力强，这就是你的罪，不管说什么做什么，你都是错的，不可饶恕。

云微明从他爹那里出来时，已经是傍晚。天边晚霞如火，看来明日是个好天气。他骑着马，溜溜达达地，不知不觉走到林芳洲的住处。

林芳洲他们正在花园里架了个炉子烤肉串吃，肉串上还撒了从杂货铺子买来的香料，据说是西域特产呢。

云微明与林芳洲一起吃了些烤肉，喝了几杯酒，他对她说："明日天气应该不错，我们去相国寺看桃花吧。"

林芳洲点头道："好呀！"

云微明有些感叹，与她在一起，哪怕只是这简单的吃吃喝喝，也让他觉得舒心无比。这世上没有第二个人能给他这样的舒心。

他像是一只仓皇的兽，对这世界充满了戒备，只有在她身边时，才能放松下来。

放松下来，去真正地活着。

云微明在林芳洲这里吃过晚饭，没多留便回了东宫。东宫也在皇宫里，到夜里宫门紧闭，不能进出，远不如林芳洲这样逍遥，夜市随便逛。

夜里睡觉时，云微明不知怎的心里总隐隐有些不安，但又说不上是为什么。惶惶地，辗转反侧，总算睡过去后，却在梦里魇住了。

他挣扎了许久这才醒来，一醒来突然坐起身，怔怔地呆了片刻，然后撩开床帐，说道："来人。"

"殿下。"外头值班的小内侍端着烛火走进来，"殿下有何吩咐？"

"什么时辰了？"

"回殿下，已经快四更了。"

"嗯，下去吧。"

"是。"

正在这时，外面突然一阵响动，接着是一个人的惊叫，然后是低语。云微明耳力很好，听到窗外人的交谈是：

"什么呀？"

"一只鸟，受伤了，血淋淋的。"

"扔了吧，不要惊动殿下。"

"嗯。"

云微明听着有些不对劲，扬声喊道："外面是何人喧哗？"

"殿下，奴婢该死，吵醒了殿下……是从天上掉下来了一只鸟。"

"什么鸟？"

"好像是一只猫头鹰。"

云微明神经一紧，"拿进来！"

睡在他隔壁的十二早已经醒了，听到他们交谈，便起身出去，把那猫头鹰带了进来，说道："殿下，这好像是九万。"

九万受伤不轻，翅膀上、背上，都开了口子，嘴角也裂了，在淌血。

云微明一看到这样的九万，立刻急了，"不好，芳洲出事了！"说着起身下床，衣服也来不及穿，便要往外走。

十二连忙拦住他道："殿下，宫门未开。"

"还有多久？"

"大约一个时辰。"

"不行，我等不了了。"

"殿下！"十二拦在门口，"殿下身为太子，硬闯宫门，于情于礼都无法在官家那里交代。这样一闹，只怕反而会害了林公子。"

"不走宫门，翻墙。"

"殿下万万不可！宫墙高深，戒备森严，以微臣的功夫，都不敢保证不被发现。一旦被发现，殿下就更说不清了，现在时机敏感，倘若被有心人故意曲解，就大事不妙了。"

"你说的我都明白，"云微明深吸了一口气，"我怕她出事。"

"微臣知道殿下关心则乱。但无论怎样，为林公子也好，为殿下也好，现今唯一的办法只能是等，殿下，再等一个时辰便好。"

一个时辰，云微明等了仿佛一年那么长。他替九万包扎了一下，又嘱咐内侍，天亮之后把这猫头鹰送到御苑里专管养鸟兽的内侍那儿，别的不求，只求活它性命。

然后他换了衣服，等到宫门一开，立刻出宫直奔林芳洲的住处。

他和十二找了一遍，没有找到林芳洲，也没有十七，只有一个韩牛牛，她被人打晕了，倒在院子里。

云微明看了十二一眼，十二心里一沉，立刻说道："殿下，微臣敢以性命担保，十七他，不会有问题。"

云微明压下心中的惊怒和猜疑，摇醒了韩牛牛。

韩牛牛一看到云微明，立刻放声大哭。

云微明道："别哭了，芳洲呢？"

"公子她……她……她被大鸟抓走了！"

第二十九章
可怕的阴谋

　　林芳洲简直不敢相信自己经历了什么。

　　那晚她烤肉吃多了，积了些食，便没有着急睡觉，而是出门去夜市玩了。夜市里新来了个杂耍班，耍得一手上天偷蟠桃的幻术，林芳洲看得入迷，就多玩了一会儿，回去时已经快三更了。

　　她生怕自己惹什么是非，都不同陌生人说话，哪知刚一进家门，突然从院子里跳出三四道人影。十七反应很快，抽了兵器上前迎敌，林芳洲暗道不妙，拉着韩牛牛转身往外跑，"十七，你先顶一会儿！我去搬救兵！"

　　她话还没说完呢，突然感觉衣服一紧，勒得她呼吸都有些吃力，紧接着，她整个身体都突然离了地！

　　"啊啊啊啊啊，什么情况啊？"林芳洲吓得大叫起来。

　　身后有个什么东西抓着她急速朝空中攀升，耳边是呼——呼——扇风的声音。林芳洲脸朝下，看到灯笼下韩牛牛吓得呆若木鸡的表情，以及十七正丢开黑衣人朝她的方向狂奔。

　　地上的人越来越小，很快便看不到了。

　　林芳洲吓得神经有些呆滞，反应慢了许多。地上的景色渐渐地浓缩，只剩下点点亮光，仿佛火星子一般，她迟缓地扭头左右看了看，看到身旁有两片巨大的黑色阴影在一下一下有节奏地扇动，看起来似乎是……翅膀？

　　所以，她现在是被一只大鸟抓着？

　　啊啊啊啊啊！

　　林芳洲吓得几乎在失禁的边缘了。她不敢往下看了，也不敢往上看，最后索性闭上眼睛，心里想的是：我要死了我要死了我要死了，死就死吧死就死吧死就死吧……

大鸟突然转了个弯，林芳洲猝不及防，身体被甩动了一下，她睁开眼睛，看到一团小小的身影正快速冲过来，似乎要攻击那大鸟。

它从她眼前掠过时，她一下子就认出了它，"九万！九万，你回去！这么大的鸟你也敢啄？！"

九万却固执地想要以卵击石。

林芳洲心疼哭了，眼看着九万被击退了好几次，她哭道："九万，你去找小元宝！去啊！"

再次被击退之后，九万再也没有回来。林芳洲希望它只是因为听懂了她的话才悄悄撤退的。

天气很冷，厉风如刀，呼呼地往人脸上刮。林芳洲双手捂着脸，小声地哭着。

哭了很久，直到那大鸟把她放在地上。

她冻得四肢僵硬，倒在地上，双眼望着渐渐发白的天际。

有人走过来，把她放进马车里，接着招呼其他人，"弟兄们，上路了。"

那一伙人有六个，林芳洲仔细看他们的衣着打扮，看不出身份，但是一个个都是孔武有力，目光冰冷，不像普通人。

"给……给口吃的行吗……"她撩着车帘，小声说。

有人给了她胡饼和肉干。林芳洲咬着肉干，又说："有喝的吗？"

那人又递给她一个水袋。水袋里的水摸着凉凉的，林芳洲觉得自己的身体似乎已经冻成了一个冰块，还没缓过来，她不想喝凉水，又问："有热水吗？"

"不如我现在劈柴给你烧水？"

"倒也可以。"

那人大大地翻了个白眼。

最后林芳洲只好跟他们讨了一袋酒，勉强暖暖身体。她一边喝酒，一边问道："这酒喝着有一股奶味儿，是用马奶做的吧？我在京城时也见过这种酒，据说是从突厥人那里传来的……几位好汉，你们是突厥人？"

好汉没有说话。

林芳洲："我与你们往日无怨近日无仇，好汉为什么要抓我呢？是不是抓错人了？"

好汉依旧没说话。

林芳洲："你们要抓的是谁？你们为谁效力？现在我们要去哪里？抓我来的大鸟是什

么？我从来没见过那么大的鸟呢……"

"闭嘴！"

好汉被她吵得不耐烦，"当啷"一声亮了兵器。林芳洲赶紧闭嘴，躲回马车里咬肉干去了。

几人就这样押着林芳洲走了近一个月。路上遇到官兵设卡时，他们就把林芳洲装进棺材里蒙混出关，林芳洲也试着跑过几次，都没跑成，这几个人身手很好，也很警惕敏觉。

她只好退而求其次，一边走一边留了些记号，也不知有没有人看得懂。

她已经可以确定这伙人不是中土人士，最可能的是突厥人，并且，更令她惊奇的是，他们竟然知道她是女人！

所以，抓她的人到底是谁？有什么图谋？

如果目的是用她的秘密来对付云微明，那么直接把她绑了送到官家面前就好，何必带她跑那么远？

一路往西北，出了关，渐渐地再也看不到山和水，只有一望无际的草原，今年的新草已经长起来，草地上偶见成群的牛羊，母羊带着小羊在嫩绿的新草上撒欢。

林芳洲被抓走的第二十六天，她被带进了一个营地。

营地里搭着许多帐篷，白色的帐篷枕着绿色的草地，一眼望不到边际，像是河滩上散落的贝壳。她走进一个看起来有些与众不同的帐篷——比周围的帐篷都大，装饰更豪华。

帐篷里有几个美女侍立着，主位上铺着一整张虎皮做的毯子，毯子上坐着个人，此刻正低头翻书看。听到林芳洲的脚步声，他抬头，朝她笑了笑，"林弟，别来无恙。"

"沈二郎？"

他乡遇见故人，林芳洲却实在高兴不起来。她看着沈二郎，此人从衣饰到做派，都像是地道的突厥人，她有些奇怪，"沈二郎，你莫不是入赘到突厥女人家做了女婿？"

一句话引得沈二郎仰天长笑，笑过之后，他指指身边，"林弟，你过来坐，许久不见，我们好好说话。"

林芳洲却一动不动，狐疑地看着他，"你……你到底是谁？"

"你若不想叫我沈二哥了，也可以叫我鱼或利。"

"鱼或利是什么东西？"

跟着林芳洲进来的汉子没好气道："你好大胆！这是我们大王子。大王子允许你喊他的名字，你不感恩戴德，反而口出狂言！"

林芳洲愣愣地看着那坐在虎皮上的人，仿佛从来不曾认识他，"你叫鱼或利？你是你们部族的大王子？"

他好整以暇地看着她。

林芳洲恍然道："对！是你把我抓来的，你有金雕呢，我见过！你……你身为突厥的王子，化名潜入我们京城，还绑架了我，你到底想做什么？"

"林弟少安毋躁，我是想帮你。"

"鬼才信。"

有一个人，他用一只大鸟把你抓到自己的老巢里去，还说自己是好意……不管谁遇到这种事情，都不可能相信对方是好意。

林芳洲自然也不会信。

但是她奇怪的是，沈二郎，哦，不，鱼或利——为什么要抓她？抓她有什么用？她就是个小人物，没有背景，没有影响，长得又瘦小，就算抓过来炒菜，都不够吃几天的。

林芳洲的态度极其不友好，身边那汉子见不得人顶撞大王子，恨不得砍她一刀，鱼或利倒是并没有生气，他呵呵一笑，把手里的书卷合上，放在一旁。

林芳洲的视线飘向书的封皮，看到那书竟是一本中原的词集。

鱼或利挥退室内众人，对林芳洲说："林弟。你且坐下，听我一言。"

林芳洲坐下后，冷冷地说道："说吧，你到底想干什么？"

"你们的皇帝病重，大王子、二王子、三王子之间争夺皇位，朝堂很快就要乱成一锅沸水，中原不是有句话吗，'阎王打架，小鬼遭殃'，我把你请过来，也是一片好心，为了避免你被波及。"

林芳洲才不听他胡扯，反驳道："你糊弄鬼呢？！皇帝倘若驾崩，继位的自然该是太子，赵王和齐王想要皇位，他们倒是要先问问满朝文武答不答应，天下人答不答应！朝堂这一锅水，哪有那么容易就烧开了？"

"是这个道理，不过，若是太子犯了大错呢？"

"太子做人一向低调谨慎，很得人心，不会犯什么大错的。我劝你啊，你既然是突厥的王子，就该一心一意地放牛、放马、放羊……不要替我们中原人操心了。"

她无论怎么说，鱼或利都不生气，笑眯眯的，一副胜券在握的样子，道："寻常的小错，你们皇帝自然不会废他。不过，倘若是勾结外族、意图谋反这样的大罪呢？皇帝也不会废他吗？"

林芳洲嗤笑，"小元宝怎么可能勾结外族——"她说到这里突然顿住，瞪着眼睛看他。

鱼或利笑道："接着说啊！"

"你和小元宝有来往？"林芳洲问道，不等他答，她立刻摇头，"不，不可能，我了解小元宝，他不可能和突厥人勾结的，也不会谋反。"

"看来你还不太了解他。"鱼或利说着，从身旁拿起一个木盒子，打开盒子，里面有几封书信。他把书信递给她。

林芳洲把信拆开，扫了几眼，确实是云微明的笔迹，信的内容文绉绉的，和平常说的话不一样，她看得半懂不懂，只知道似乎是要密谋什么大事。

林芳洲压下心头的惊骇，直勾勾地盯着那书信。

鱼或利道："看出来了？这就是我与他来往的证据。"

不，不可能，小元宝他不可能的……

林芳洲摇着头，瞪着眼睛想了一会儿，脑子里突然一亮，不自觉地松了口气。她不屑地笑了笑，"你大概还不知道，我家小元宝十岁的时候就帮同窗写作业，他模仿过不下十个人的笔迹，个个都十分逼真，连先生都看不出呢！现在，你用这种小把戏糊弄我？"说着把那书信一扔，"假的！"

鱼或利说道："什么是真，什么又是假呢？信就是真，不信就是假。"

"哦，所以你觉得我们中原人从皇帝到文武官员都是傻子，都会被这几封伪造的书信蒙骗？"

鱼或利摇了摇头，"林弟啊林弟，你还是太天真。"

林芳洲翻了个白眼，"过奖了……话说啊，你既然已经知道我是女人了，为什么还喊我林弟？"

"叫顺口了，"他笑道，"我心里的林弟，不是男人也不是女人，只是独一无二的林弟。"

林芳洲追问道："你是从什么时候看出来的？"

"与你待久了，只要稍加留意，总会有所怀疑。一旦怀疑了，就不难发现。"

"是吗……"林芳洲有些挫败，她以为自己装男人装得很好。

"嗯。大概只有云微明那种二百五发现不了。"

林芳洲震惊地看着他。

她的表情让鱼或利莫名其妙，他问道："怎么，很难理解吗？"

"不是……"林芳洲摇着头，心道：这世上竟然有人觉得小元宝是二百五？！

我……的……天……哪！

第二天一早，林芳洲找到鱼或利，说："我明白了。"

"哦？林弟明白什么了？"

"你跟赵王或者齐王——或者他们两个都有……有合作。我不知道他们许给了你什么好处，反正你想配合着演戏，假装自己与小元宝勾结，目的是陷害小元宝，让官家废掉太子。"

"林弟啊林弟，你还是很聪明的。"

"过奖，不如你奸诈。"

"不过你再聪明也没用，我猜现在你们的皇帝应该已经发现了我与云微明往来的书信，皇帝一定会龙颜大怒。"

林芳洲翻了个白眼，"在你眼里是不是所有人都是二百五？都能被你几封伪造的书信耍得团团转？"

"自然不是。"鱼或利摇头笑了笑，没再说什么。

林芳洲隐隐觉得不妙，忍了忍，说道："我劝你早点收手，我家小元宝很聪明的。"

"哦？聪明到连男女都分不清？"

"他……只是这一点不聪明，其他时候都聪明……"

"林弟，你喜欢他？喜欢你一手养大的小元宝？"

林芳洲一愣，"我……"

他轻轻叹了口气，"你不要喜欢他了。"

"关你什么事啊？"

"因为他，快死了啊！"

"你才快死了，滚！"

两人就这样不欢而散。林芳洲回到自己的帐篷里生闷气，莫名想到了小元宝，呜呜呜，好想念小元宝啊！

然后她想到鱼或利那句话。

喜欢他？喜欢自己一手养大的小元宝吗？

曾经，她对小元宝是怀有愧疚的，不管她是否有意，她把小元宝变成断袖了这是事实。所以她才会无限度地容忍，一步步地退让，允许他对她这样那样。她以为，她只是在弥补自己的过错。

可其实，无论他们多亲密，她都一点不反感。

不只不反感，甚至，还有一点喜欢。

现在想起与他相处的一点一滴，她都会不自觉地笑出来。想到他的一举一动，想到他与她撒娇卖痴说的胡话，她就觉得心里有些慌乱。

又特别想飞到他身边去，立刻就见到他。

这明明就是喜欢啊……

唉，从什么时候开始的呢？她明明只是把他当弟弟的，突然喜欢了小自己七岁的弟弟，感觉好丢脸啊……

林芳洲正有些心烦意乱，鱼或利派人送了早餐过来。

吃过早饭，林芳洲被赶出了帐篷，因为帐篷要拆了。

那些突厥人把所有帐篷都拆了，收拾好，放在马上，林芳洲问身旁的人："你们要搬家吗？"

那人不知是不是没听懂，也不理她。

林芳洲又被装进马车里，马车跑起来，速度太快了，颠得她胃都要跳出来了。她撩起车帘往外看，看到一队骑兵在草原上飞奔，像一条游走的长龙。

骑兵的队伍太长了，林芳洲看了半天，也看不到队尾在哪里。

她只知道，他们奔跑的方向是东南方。

东南方，中原的方向。

林芳洲感觉很不妙，想到鱼或利那胜券在握的样子，她心里突然有了一个非常可怕的猜测。

排除掉"鱼或利是个超级自信的绝世无敌大傻子"这个可能性，他既然那么笃定此番离间计能扳倒云微明，那么就一定有一个非常有说服力的理由，能使官家相信云微明确实勾结了突厥。

林芳洲之所以想不通，是因为她觉得伪造的书信并没有那么强的说服力。

但是现在，很明显，鱼或利要领着骑兵南犯了。

这就有说服力了吗？

不，不对，这更会让人怀疑那书信是离间计吧？如果得知突厥要搞事情，哪怕官家和云微明之间有什么猜忌，此刻也会暂时放下猜疑，共同对抗外族的。

那么鱼或利哪里来的信心能把朝廷搞乱呢？又是哪里来的信心引兵南犯呢？

难道他真的只是一个绝世无敌大傻子？

林芳洲回忆她印象里的沈二郎，不像是个傻子。

夜里安营扎寨后，林芳洲捂着被颠得碎成八瓣的屁股，急急忙忙去找鱼或利，一见到他，劈头问道："我说，你这次带了多少人马？"

鱼或利一昂首，答道："十万铁骑。"

"胡扯，别以为我没听说过你们部族，哪里出得了这么多兵马？"

突厥现在四分五裂的，有很多部族，有的大有的小，鱼或利他们算比较大的，但也没大到可以拿出十万骑兵。

"原先确实没有，但是去年冬天合并了另外两个部族。"

林芳洲问道："攒些家底多不容易，你就这么想打仗？你就不怕这一去就回不来了？"

"不回来也好。我看你们中原人写的词上说，江南有'三秋桂子，十里荷香'，我听着神往已久，早就想亲眼看看了。"

"呵呵，我看你心比天大，命比纸薄。"

鱼或利也是呵呵一笑，"林弟，你一定很好奇，我为何有这么大的把握。"

"我确实很好奇啊，你看，反正我已经是个阶下囚了，你就告诉我吧。"

"说了也无妨。你之前的猜测都是对的，我与齐王联手，他把你们的军事部署透露给我，而我则假装这些消息是云微明告诉我的。"

林芳洲一下子就明白了。鱼或利拿着中原的军事机密去打仗，一定势如破竹，打得很顺利，傻子都能猜到他提前获知了机密。再加上那些伪造的书信，云微明就彻底解释不清了。

好歹毒的招数！

林芳洲只觉不寒而栗，喃喃说道："齐王是乌龟生出来的吗？他难道就不怕你一路攻城拔地，打进京城，到时候大家一块儿玩完？！"

鱼或利笑道："那时候我全部家当只有三万人马，承诺分出一万骑兵来帮助他，他就高兴得几乎要手舞足蹈了。"

"现在你有十万了！"

"但现在他不知道我带着十万人去，他以为，我依旧只带着一万。"

"不可能！"

"林弟，你不了解人性。倘若他怀疑我带了十万精兵，他会怎么办？他夜不能寐，还会纠结要不要去皇帝面前说出全部真相——那样一来他就彻底完蛋了。你说，他会不会？不会。所以不管他知不知道我带了多少人，结果都是一样的。"

"你……你……"林芳洲心脏狂跳，突然一阵绝望，她摇头，尖声道，"你就痴心妄想吧！我家小元宝——"

　　"你家小元宝已经自身难保了，"他笑道，抚了抚她的脸，"不要难过。等我打进京城，继承王位，让你做我的王后，好不好？"

第三十章

多智近妖

突厥戈尔答部族王子亲率十万铁骑，先取玉门，再破阳关，一路挥师南下，直逼京城。消息传到京城，轰动朝野，人人自危。

太子勾结突厥人，想要谋朝篡位的传言也开始甚嚣尘上，仿佛人人都亲眼见到似的。

云微明被他爹软禁两天了。

夏天到了，满院花木郁郁葱葱的，树下横着一截枯木，木上站着九万。

大白天，九万正在睡觉。

九万的伤已经好了，只是身子骨大不如前，连捕猎都成问题了，于是云微明让人每日捉了老鼠来喂它。

睡着的九万突然咕咕地叫了两声，也不知梦到了什么。

云微明看着它，自言自语道："你也梦见她了吗？"

九万没有回答。

这时，十七走进来道："殿下，方才底下人递上来消息，林公子一直在突厥人的后营，安然无恙，请殿下放心。"

"嗯。"

"微臣不懂，我们既然已经掌握了林公子的行踪，为何不直接把林公子抢回来？"

"乱军之中将一个大活人抢出来，你们谁能做到？就算有赵子龙之勇，芳洲也不是阿斗……我要的是万无一失。"

十七神色一肃，"微臣明白。"

"况且……"云微明突然苦笑了一下。况且，她是他的软肋，这种事情他自己知道就好了，不宜太过声张。

十七见殿下苦笑，也哭丧着脸，道："都怪我，我那天要是能把林公子追回来——"

云微明摆了摆手，"你是个人，怎么追得上带翅膀的鸟？不怪你。"他低下头，轻轻叹了口气，"怪我。"

"殿下……"

"怪我。我只知道他们的目标是我，芳洲最多是被殃及。在我的眼皮底下，就算殃及她，我也自信能护她周全。只是没想到，鱼或利竟要费尽心机将她掳走。"

十七也很奇怪这一点，鱼或利抢林芳洲做什么？难道看出了林公子对于殿下的重要性，想抢个人做要挟？

可是他能用林公子要挟到什么？最多换几个钱花花……

正在这时，十二走进来，听到他们的谈话，十二说道："智者千虑必有一失，殿下不必介怀。林公子吉人自有天相，且聪明机灵，必定能逢凶化吉。"

云微明点了点头。

十二又道："宫里递出消息，今日官家宣见了几位枢密院的重臣。"

"嗯？"

"突厥兵已过平凉，若是继续南下，攻下仙人关与潼关，京城将门户大开，无险可守。"

"齐王当日为了害我，私自和鱼或利定下盟约，如今弄巧成拙，引狼入室，落得这样的局面，也不知我那二哥做何感想。"

"殿下，现在该怎么办？"

"十二。"

"微臣在。"

"你去和父皇说，我有一言，可退敌兵，只是，要将文武重臣与我那两位哥哥召集到一处，才好商量。"

"是。"

官家自从上次大病一场，身体已经大不如前，头发灰白，面容沧桑，目光变得更浑浊了。他每日用药煨着，因为太虚弱，不能吃丹药了，只是每天打打坐。

这次突厥犯关，把他吓得够呛，昨天还吐了血。今天听说突厥兵只要过了仙人关和潼关便打到京城了，他又吓得晕过去一次。

现在是强打起精神把人召集到一处，听太子如何退兵。

一看到云微明，官家就气不打一处来，怒道："逆子！你还有什么话要说？！"

"父皇要怎样给儿臣论罪，还请等到这次危机过了再说。"云微明答得不卑不亢，不等官家说话，他又道，"父皇这里有地图吗？"

官家让人拿来一张地图，由两个内侍扯着，竖在众人面前。

云微明指着地图，说道："仙人关与潼关背靠天险，易守难攻，只要守军坚城不出，那突厥骑兵劳师动众又没有后继的粮草，久攻不下，自然就散了，父皇不必忧心。"

"你……你……你这蠢货，你来就是为了跟朕说这些陈词滥调？那突厥十万铁骑是纸糊的不成？你说久攻不下，他就久攻不下了？"官家气得要死，拿着桌上一方砚台打他，"逆子，你何德何能可以做一国储君？！"

这话说出来，室内众人都慌得跪下了，唯有云微明还站着，一抬手，轻轻松松抓住打过来的砚台，顺手放在一旁的桌上。

官家竟被他镇定的反应弄得愣了一下。

云微明说道："父皇少安毋躁，儿臣还有话要讲。"

"你说！说不好，朕今天就废了你！"

云微明指着地图，道："我能想到这些，鱼或利自然也能想到这些，所以，他不会南下攻仙人关，而是——"说着，手往上抬了抬，手指在地图上画了一条路线，"北上，转道雁门关。破雁门关，取幽云，然后坐守幽云，缓而图之。那样的话，我们将失去整个北方的屏障，无异于被人扼住咽喉。"

他一番话，把众人说得都倒吸了一口凉气。

"所以，"他环视一周，缓缓说道，"千万不能调雁门关的守军前来勤王，不止如此，还该把京师的守军调去雁门关，只要守住雁门关，鱼或利将无处可去，也没有力量再来攻打仙人关，他要么会原路返回，要么会北蹿。"

官家感觉出了一丝丝不对劲，问道："雁门关陈有重兵，一样难打，你怎么就那么肯定，他们会去雁门关？"

云微明扯着嘴角一笑，有些嘲弄地看了齐王一眼，"因为，是我让他去的啊。"

"所以，你果真与他有勾结？！"

"儿臣不敢！父皇且听我一言。"

"说！"

"可能是因为儿臣德行有亏，有人盯上了儿臣，想要陷害于我。那小人伪造了我与突厥勾通往来的书信，又盗了军事布防的机密悄悄传给鱼或利，等到鱼或利真的引兵攻来，儿臣就百口莫辩了。"

官家的脸色突然沉下来。几位大臣也开始眉来眼去窃窃私语，赵王一个劲儿看齐王的脸色，齐王却面无表情，眼观鼻鼻观心。

云微明继续说道："儿臣运气好，一个偶然的机会，发现了他们的图谋。"

"既然发现了，为何不来禀报朕？"

"那小人既然要置我于死地，就算这一次躲过去了，还有下一次。儿臣想的是，他在暗，我在明，与其防不胜防，不如将计就计。儿臣擅作主张了，请父皇降罪。"

"你太冲动了，以后不要这样了。"

"是，儿臣谨记！"

"继续说。"

"那些人为了置我于死地，做得滴水不漏，传递消息用的都是儿臣的笔迹，莫说是父皇了，便是儿臣自己也很难分辨出来。"

"嗯，所以呢？"

"所以，我找机会，也给鱼或利写了几封信，替换掉原先他们要送的信件。鱼或利竟然没有发现。"

此话一出，众人都是："……"

一个是假笔迹真信，一个是真笔迹假信，真真假假模糊到这样的境界，想要分辨，靠眼睛是不行的，靠脑子也不行——这个大概只能靠运气了……

云微明："后来儿臣又试着传了几次假消息。枢密院的最新决策他们竟然也敢传出去，幸好被儿臣拦下来，换了另外一个。鱼或利现在以为我们北方边境久无战事，所以守备稍有松懈，正适合乘虚而入。他更不清楚朔州和大同到底屯着多少人马。"

官家震惊地看着云微明，看着他的小儿子，他仿佛是第一次认识这个少年。

云微明垂着眼睛，神色疏淡，说道："儿臣言尽于此。突厥骑兵的动向，最迟明日即可送到京城，到时父皇再行定夺也不迟。只是有一点，军机大事，并非等闲能泄露的，在座诸位，包括儿臣自己，都有嫌疑。不如让列位暂时留在这里，陪父皇一起等消息。"

官家半信半疑，想着把这些人留在这里反正没有坏处，于是就这样让所有人都在宫里等着。等了一个多时辰，该吃晚饭时，官家还招待了他们一顿晚膳。

这顿饭许多人没心思吃，只有太子殿下吃完一碗又添了一碗，干掉了一条清蒸鱼。

晚膳过后，官家喝了药，有些疲乏，正在这时，八百里加急军情飞驰而至，官家抖着手打开那奏章一看，登时大笑。

在场众人一看，也跟着笑了，都悄悄松了口气，故意问官家是何喜事。

官家答道："华亭守军奏报说，鱼或利领着兵马，没有南下，而是改道往东北方向行军，不知何意。"说着，把奏章重重一摔，神色看起来很解气，"他不知何意，朕却知道！"

一封军情急奏使官家彻底没了睡意，正要与重臣商议该如何应对，一瞥眼看到太子正悠闲地喝茶。官家于是问道："三郎，看来那突厥骑兵果然是奔着雁门关去的，你说，该怎么办？"

云微明愣了一下，答道："打仗的事情，儿臣不懂，不敢乱说。"

几位大臣见太子不只智谋无双，更难得的是年纪轻轻进退有度，都忍不住暗暗称赞，只因此事很明显涉及夺嫡以及皇家丑闻，此刻外臣们都不敢多说什么。

官家轻轻哼了一声，道："朕看你胆子很大，现在倒不说了。"

"儿臣一时冲动，以后再也不敢了……"

官家也没打算真的追究他。

在座的都是经验丰富的老臣，没有一个吃干饭的，既然已经知道了敌方的军事动向，想要制定出合适的战略，那是很简单的，自然不需要一个年仅十八岁没有任何作战经验的皇子指手画脚。

云微明听他们讨论了一番，一直没插话，直到官家要解散众人时，他突然说道："父皇，儿臣还有一言。"

"嗯？三郎，你要说什么？"

"儿臣还是那句话，在座诸位都有泄露消息的可能，为国事着想，请诸位暂时住在宫里吧。"

官家点点头，"那是自然。"说着让人引着大臣们还有赵王、齐王去安排住处，却独留下云微明。

等到众人都散了，室内只有父子二人，官家问云微明："三郎，你是不是已经查到是谁陷害你了？说出来，朕给你做主。"

"儿臣不知。"

"真的不知？"

"真的。"

东宫就在皇宫里，所以云微明倒不用像齐王他们一样。他回到东宫时，与手下人简单说了今日御前之事，以及鱼或利最新的行踪，潘人凤他们听了都悄悄松了口气。

潘人凤问道："殿下既然已经知道背后主使是齐王，为何不告诉官家？齐王闯下这等大祸，岂能轻饶？"

"我拿不出有说服力的证据，父皇未必肯信我。"

"都这个时候了，官家还会偏袒齐王不成？"

云微明摇了一下头，"也并非偏袒。只是，帝王之心，生性多疑，不可能我说什么他便听什么。我今日若说是齐王，明天齐王自我分辩时多半会倒打一耙，反说我为了诬陷他不惜铤而走险，招致兵祸。真到了那个地步，父皇会选择信谁，我也没把握。"

潘人凤听得冷汗涟涟，感觉皇室的争斗猜疑比官场上还要夸张一百倍……他摇了摇头，又说："难道就这样放过齐王？"

"放过他？"云微明冷笑，"二哥既然跟我玩阴的，我就让他知道'阴'字怎么写。"

齐王他们在宫里的食宿还不错，只是行动不自由，除了每日可以去给官家请安，其他地方都不能去。有几个内侍看着他们，每人还分派了一个禁中侍卫保护。

说是保护，其实还是看着他们。

看守齐王的侍卫叫初九，长相在侍卫里算很随和的，性格也温和，齐王担心有人给他下毒，希望把金质的餐具换成银的，初九没有犹豫就同意了。不过他也很谨慎，齐王让家里送来的生活用物他都要仔细检查一番，内侍递过来的三餐，他也要掀开看看。

过了两日，十二有一次在宫里行走，路过齐王的住处，看到初九时，初九朝他挤了挤眼睛。十二连忙回到东宫，密报太子："殿下，成了。"

当天夜里，齐王突然惊厥，面容扭曲，倒在地上抽搐不已，内侍吓得连忙请来御医。两个御医对望一眼，都沉默不语。

内侍问道："御医，齐王到底得了什么病，该如何医治？小人要问明白些，明日还要禀报官家。"

其中一个年轻的御医想要说话，另一个年纪大的御医扯了一把他的袖子，道："可能是惊思恐惧所致，我先给他开些安神的药吃，且看看效果吧。"

内侍点头道："只能先如此了，有劳两位御医了。"

两人走出来，回到值班房，关好门，那年轻御医问老御医道："师父，方才为何不许我说话？"

"哦？你想说什么？"

"我看齐王的样子，像是中毒。"

"中的什么毒？"

"马钱子。马钱子能使人抽搐僵硬直到死亡，不过齐王这用量较少，当不致死。"

"嗯，"老御医点点头，问，"你有多大把握？"

年轻御医沉思一番，"五成该是有的。"

"只有一半的把握，这就是我不让你说的原因。"

"为……为什么？"

"马钱子毒性奇特，要解马钱子之毒，也要吃马钱子。"

"对，需要马钱子和甘草同服，还要根据具体的中毒量来控制用量。"

"嗯，所以，如果你说了，那齐王也只是可能中了马钱子之毒。那么你现在到底让不让齐王吃马钱子？吃多少？如果他没有中毒，吃了反而病情加重怎么办？如果他果真中毒，你有什么方法确保用量没问题？"

"我……"年轻御医想了想，说道，"可总该让他知道。"

"知不知道有什么要紧？若是知道了，大家都麻烦。治死一个齐王，够把你身家性命赔进去的！你记住了，齐王忧思惊惧才患上此病，心病还须心药医，我们束手无策。"

年轻御医唯唯称是。

第二天，齐王没来请安。服侍齐王的内侍把齐王的病情上报给官家，官家召来昨夜值班的御医询问，御医把齐王的症状和发病原因说了。

官家一听，怒道："什么惊思恐惧，我看就是心虚！"他越想越气，"果然是他，果然是他！真是朕的好儿子啊，哈哈哈哈！咳咳咳咳咳……"

他一口气没上来，剧烈地咳嗽起来。

内侍和御医们立时忙作一团。

这一天官家咳了两口血，晕过去一次，御医开了药，说他不能再受刺激。官家晕了一天，到傍晚时悠悠醒转，看到床前服侍的太子。

太子见他睁眼，惊喜地跪在床下，"父皇，你终于醒了。"

官家心里突然涌起千头万绪，不自觉地悲从中来，他半合着眼睛，有气无力地唤他："三郎。"

"父皇，儿臣在。"

"三郎，朕，对不起你！"

"父皇这是哪里话，儿臣担不起！"

"你去把丞相召来。"

"父皇，你刚醒来，先吃些东西吧。"

"去！"

云微明便不再多说，出门传话去了。

官家在病床上让丞相去拟诏书，要废掉齐王。丞相心知其中缘由，齐王做下这样的祸事，废为庶民，留下一条性命，已算他运气好了。若是寻常百姓，早就千刀万剐了。

在外面传完话的云微明没有回东宫，而是转道去看了一眼齐王。

齐王现在行动不便，需要人搀扶才能站着，他的意识是清醒的，但手脚发抖，面部僵硬，张嘴时口涎横流。

"老三，算……算你狠……"他咬字不太清楚了，说话模糊。

"二哥过奖。二哥为一己私利，负尽天下苍生，我的狠，不及二哥的九牛一毛。"

"成……成王败寇，还有什么好说的？"

官家被齐王气得吐血之后，精神更加低迷，一直卧床不起，时昏时醒，朝政全由太子掌握。

从六月初八开始，雁门关那边战报频传，绝大多数是好消息。这场仗一直打到七月十一，鱼或利咬紧牙关撑着，实在撑不下去了，想跑，又被人断了后路，被打了个七零八落，许多骑兵被抓了做俘虏……最后无奈，他只好递交了请和的国书。

这就是在求饶了。

收到国书这一天，官家的精神很好，脸色竟有些红润，让内侍搀扶着去花园里走了走。走到湖边，坐在亭子里看湖上的荷花，小宫女划着竹筏在荷花间采莲，黄莺般的笑声，隐约可闻。

官家看了一会儿，便闭目养神。

内侍等了许久，不见官家睁眼，便说道："官家，外面有风，请回房里安歇吧。"

官家不理他。

"官家？官家？"

官家始终不说话。内侍招呼人想要把官家抬回去，一摸官家的手，感觉凉得不像个活人。内侍心里一沉，壮起胆子探了探官家的鼻息——哪里还有什么鼻息？

"官家！官家……宾天了！"

第三十一章

重逢与表白

林芳洲在敌营里悬着一颗心，吃不好也睡不香，整个人瘦了一大圈。过了些时日，她发现鱼或利也瘦了……

自从到了雁门关，他的眉头从未舒展过，目光疲惫，青色的胡楂冒出来，看着有些颓败。

脾气也变差了，经常发火。

林芳洲知道定是他受挫了，暗暗高兴，也怕触他霉头，每天躲得远远的。

直到有一天，鱼或利看着她，表情像是突然解脱了一般，他说道："没想到，我做的唯一正确的决定，竟是把你绑了来。"

林芳洲不知他是何意，试探着问道："你是不是撑不下去了？撑不下去就算了，我警告过你的，小元宝很聪明，你斗不过他。"

"怪只怪我看走了眼。若是早知他如此奸诈，我也不会上这个当。"

林芳洲一听这话，知道他败局已定，她忍住得意，说道："不要难过，和你一样看走眼的人有很多。"

鱼或利自负才智，此话并没有安慰到他。他摇头笑道："不过我也突然发现，原来你竟如此重要。"

林芳洲冷冷地看着他，"你……你不会要拿我威胁他吧？我警告你，你不要做得太过分，惹毛了我，我一抹脖子，小元宝一定会给我报仇，到时候大家一块儿玩完！"

"林弟啊林弟，在你心里，我就是这样的人吗？"

"是。"

她一个磕绊都不打就承认了，使他心里一痛，愣愣地看着她。

　　林芳洲摆了一下手，道："多说无益，你赶紧把我送回去，再说说好话，小元宝他一定不会为难你的。"林芳洲说这话也是心虚的，毕竟，小元宝可是一言不合就抄刀砍人的……

　　鱼或利答道："我已经和你们的国使谈好了，你知不知道，你值多少钱？"

　　林芳洲知道这意思是云微明要把她赎回去，她有些高兴，"多……多少钱呀？"

　　鱼或利比了个数字六。

　　林芳洲："六两银子？"

　　"六千。"

　　"六千两？这小子太败家了！"

　　"六千个人头。"

　　林芳洲捂着心口，"心好痛！肉好痛！全身都痛！"

　　鱼或利带着林芳洲去看了传说中的"国使"，竟是个熟人——潘人凤潘太爷是也。

　　潘人凤把一切办妥当了，便要回去复命，走时带着林芳洲。鱼或利率领二百骑亲自送行。林芳洲刚要上马车，突然想起一事，道："鱼或利，我有话要对你说。"说着把他拉到一边。

　　"林弟，你……要对我说什么？"他心房跳了跳，眼睛里隐隐有一丝期待。

　　"我还是觉得，六千个人换我一个人，太贵了。要不，你再饶我点东西？"

　　"……"他失望地咬了咬牙，"林弟想要什么？不会是我的项上人头吧？"

　　"不不不，"林芳洲连忙摆手，"你的人头不值钱……你把你那金雕给我吧？"

　　"金雕已经被我养熟了，我就算给你，它也会自己回来找我。"

　　"没关系，我关在笼子里，不让它飞。"

　　鱼或利是有些心疼的，他把那金雕从小养到大，感情颇深，现在听说林芳洲要把它关在笼子里，他便有些不舍，答道："金雕本该是在天上翱翔的，不能关在笼子里。"

　　"我把它拴起来总行了吧？"

　　"……还不如关在笼子里呢。"

　　林芳洲翻了个白眼，气道："你还说喜欢我呢，六千个人头就把我卖了，现在想跟你要个鸟玩也不给。这么小气，算我认错你了！爱给不给！我走了！"

　　鱼或利心想，此番一别，怕是此生都不复相见。他心里一痛，连忙拦住她，笑道："给，给你留个念想，也好。"

　　于是林芳洲就这么捎上了金雕。鱼或利亲自把金雕关在了笼子里，金雕很听话，乖乖的，直到林芳洲一行人启程，笼子距主人越来越远，那金雕才开始焦躁起来。

林芳洲也不管它，她和潘人凤一同待在马车里，说着话。

林芳洲问道："太爷，鱼或利说你们用六千个人头换了我，是怎么回事？"

潘人凤解释了原委。原来两国互相都捉了对方的俘虏，和谈时本来就要交换俘虏，不过鱼或利的俘虏少，比他们少了六千个，所以潘人凤就让他把林芳洲搭进去，一个顶六千个。

鱼或利跟他扯了三天，这才同意。

林芳洲摇头道："总感觉亏大了。"

潘人凤道："我此番前来和谈，最大的任务就是把你平安带回去，六千个俘虏我们要了也没用，又不能杀掉……这个代价值得。"

"明明是我们赢了。这口气如何咽得下？"

"咽不下，所以官家让人把鱼或利战败逃走的消息带去他周边的各个部族，等鱼或利回家，大概又有仗要打了。"

林芳洲一听乐了，"官家什么时候变得这么机智了？我以为他只会烧炉炼丹呢！"

潘人凤笑道："现在官家已经不烧炉炼丹了。"

"是吗？难得难得！"

"因为官家换人了。"

"……"林芳洲瞪着眼睛，"什……什么意思呀？"

潘人凤这次吸取了以前的经验教训，再也不敢对林芳洲有任何隐瞒，一五一十都说了。齐王惊吓过度中风又被废了，皇帝驾崩了，太子登基了，贵妃悬梁自尽去追随大行皇帝了，赵王吓得要死闭门不出了，等等。

林芳洲一听，原来这些日子京城发生了这么多大事。

小元宝现在是皇帝了？

他终于登上那个位置了啊……林芳洲悄悄松了口气。她有些唏嘘，小元宝惨白着一张小脸跟她装傻子骗同情的事情仿佛还在昨天呢，现在他已经是万人之上的九五之尊了啊！

林芳洲莫名有些忧伤。小元宝已经不再是她一个人的小元宝，而是全天下人的官家了。

林芳洲一行人日夜兼程，走了四五天，总算回了京城。潘人凤亲自把她送到她家里，林芳洲见自己虽多日不在，府里依旧收拾得井井有条，她高兴地跑进园子里，见小池边站着个人，明黄色的袍子，黑发如墨，长身玉立。

林芳洲只觉心脏怦怦怦狂跳，她轻轻唤了他一声："小……小……"感觉这个时候叫"小元宝"似乎不合适了，她结结巴巴的，终究改了口，"小……官家……"

云微明把"小官家"三个字愣是听成了"小冤家"，听得他心口一阵酥麻。

他转过身，刚要同她说话，却见韩牛牛不知从哪里冲出来，哭着跑向林芳洲，"公子！公子你可回来了！想死我了，呜呜呜……"

她扑进林芳洲怀里，林芳洲张开双臂抱着她，笑着安慰道："我没事，牛牛不要哭了，你看我不是好好的吗？"

云微明眉角跳了跳，面无表情地喊道："十七。"

"微臣在！"

不等云微明吩咐，十七直接把韩牛牛拖走了。能顺利拖动韩牛牛，莫名竟让他有一种成就感，仿佛他的武功精进了不少……

潘人凤也早不知何时退下了，园里再无旁人。

林芳洲轻轻地走近云微明，仰头看着他，她抬手摸了摸他的脸颊，"瘦了。"

他突然一把将她拽进怀里，紧紧地搂着，力道那么大，勒得她有些喘不过气。

林芳洲刚要责备，却感觉到云微明的身体在微微发抖，她心里一软，回抱住他。

"芳洲，芳洲……"他闭着眼睛，不断地唤她的名字。

林芳洲脸埋在他胸前，小声应道："嗯，我在呢。"

"芳洲，对不起！"

林芳洲闷声道："你都说了不许我跟你道歉，现在你怎么又跟我道歉？"

他松开她，抬手抚摩她的脸庞。眉毛、鼻子、眼睛、嘴角、下巴，指肚在她脸上流连，林芳洲被他撩到了睫毛，痒得眨了几下眼睛，"摸够了没有？"

"不是做梦。"他喃喃说着，又将她拉进怀里紧紧搂着。

林芳洲哭笑不得，抚着他的后背，说道："你就不热吗？"说着挣开他，"让我看看你。"

他瘦了，脸上的婴儿肥已经完全没有了，五官显得清晰深刻，更有男人味儿了。他穿了一身明黄色的常服，衣服上绣着龙，腰上扣着玉带。那龙是用金线绣的，往阳光下一晃，呵呵，眼睛瞎了！

林芳洲摇头道："穿着龙袍到处跑，你就浪吧！"

他笑了笑，"想不想我？"

林芳洲摸着下巴，问道："我现在是不是应该叫你官家了？"

"别人叫官家，你嘛，"他顿了一下，挑眉笑看她，"叫我官人就好。"

林芳洲感觉，多日不见，云微明更会耍流氓了，真是深得她的真传，呃……

她挠了挠后脑勺，见他正笑吟吟地望着她，把她看得一阵脸热。她掩嘴咳了一声，道："真是想不到啊！我以前捡过不少东西，唯有你最值钱，都当皇帝了呢！简直像做梦，还好没把你扔掉……"

云微明笑道："是不是觉得赚大了？"

何止呢，林芳洲仿佛看到自己坐在了金山上。她摸了摸下巴，笑问云微明："小元宝，你看，我救你一命，你打算拿什么报答我呀？"

他走近一步，微微弯腰，与她面对面，凑得很近，低声道："救命之恩，无以为报，只好以身相许了。"

"那个，我不是这个意思……谁敢让皇帝以身相许呢，你……你给点钱就行了啊……"

"我没钱，只有一个人。"

他的目光那样炽热，林芳洲仿佛不能承受一般，退了两步，别开视线道："那……那我不要了。"

他步步紧逼，"不要不行，已经是你的人了。"

林芳洲感觉他有点危险，她一边转身要跑，一边笑嘻嘻道："你别过来啊，你再过来我报官了！"

他却变本加厉，上前从后边一把抱住她，缓慢低沉地笑，"你忘了？官府是我家开的。"

林芳洲："……"还真是！

他低着头吻她的耳郭，林芳洲被他亲得身体有些燥热，她偏头躲开他，小声说道："小元宝，你什么意思呀？"

"我的意思还不明显吗？"他像是有些生气，惩罚地咬了一下她的耳垂，把她弄得身体一抖，他小声说道，"芳洲姐姐，我们永远在一起，好不好？"

"你是皇帝，我们怎么在一起？"林芳洲纠结地皱起眉，突然眼前一亮，"我……我去给你当大内总管吧？"

他闭了闭眼睛，咬牙道："林芳洲，你要气死我才甘心吗？！"

"我……"

"我是皇帝，你自然该是皇后。"

"哈哈哈，你不要开玩笑了，我这样的人做皇后？呵呵……"林芳洲把脑袋摇得像拨浪鼓一般，见他脸色渐渐沉下来，她收起笑容，小心地看着他，"你……你不会是认真的吧？"

云微明深吸了一口气，缓缓问道："林芳洲，你跟我说实话，你是不是从来没想过我和你的未来？"

"我……"林芳洲不知道该怎么回答，她低下头不敢看他。

她的态度使他心口绞痛难忍，他一字一句地，问出了他一直不敢问又一直想问的："你，是不是，从来也没喜欢过我？"

林芳洲心乱如麻，低头不语。

她就这样低着头，他就这样望着她，两人仿佛雕塑般一动不动，沉默良久。直到最后，他叹了口气，轻声道："你就算骗一骗我也好啊。"

"我……"林芳洲喉咙堵得发慌，难过得想要流泪，"我……我……我不该喜欢你啊！"她猛地抬头，红着眼睛说。

可是他已经走远了。

云微明一连好几天都没出现。

林芳洲知道他想必是生气了。她无精打采的，也不出门玩了，让韩牛牛买了许多字帖，还有文房四宝，关在家里练字。韩牛牛很奇怪，"公子，为何要练字？"

林芳洲的表情一派高深，"突然想做一个有内涵的人。"

十七惊得下巴差点掉下来。眼看着她们主仆又是磨墨又是铺纸，一本正经的样子好可怕。林芳洲攥着毛笔，在纸上用力地写了个"林"字。

十七觉得自己似乎又要瞎了，韩牛牛却拍掌叫好，"公子写的字真好看！"

十七想不到韩牛牛竟也有如此虚伪的时候。

林芳洲只写了两个字，便不耐烦地拍了拍桌子，"外头的蝉太聒噪了！"

韩牛牛说："让十七把树上的蝉都捉了吧。"

十七觉得自己很无辜，"为什么是我？"

"你会上树啊……"

十七在看林公子写字和上树捉蝉两者中间抉择了一下，最后选了后者。

傍晚的时候韩牛牛提着个罐子在园子里摸索，见到小洞就挖，十七很好奇，像个小尾巴一样跟着她，见她挖出许多蝉蛹。十七问道："你挖这些做什么？"

"这些蝉蛹今夜会变成蝉，到明日又是聒噪，影响公子练字。我把它们挖了，明天公子就清净啦！"

"真是机智！"十七摸着下巴，赞道。

韩牛牛转了几圈，挖了半罐子蝉蛹，十七见她要收兵了，他问道："这蝉蛹扔在哪里合适？我去扔吧。"

"扔？为什么要扔？"

"为……为什么不扔？"

韩牛牛把蝉蛹洗干净了，将油锅烧热，然后把蝉蛹倒进油锅里，刺啦——油锅一片沸腾，很快漂起一层小尸体。

十七看得心惊肉跳。简……直……太……凶……残……了！

韩牛牛把油炸的蝉蛹捞出来，凉了一会儿，捏起一个蝉蛹，咬了一口，"好吃！"

十七："……"

韩牛牛见他呆若木鸡，很奇怪，"你怎么了？"

"好……好残忍啊！"

韩牛牛有些不爱听，"你还杀过人呢！我杀几个小虫算残忍？"

"我不是那个意思……"十七看得头皮发麻，忍不住问道，"这个也能吃啊？"

"嗯！你尝尝？"

"不不不不不……"他连忙摇头。

于是韩牛牛不理他了，埋头专心吃着。十七见她吃得香甜无比，又十分好奇，问道："好吃吗？"

"特别好吃！你尝一个，给。"

"我不……"

"尝尝！"韩牛牛塞给了他一个。

十七实在太好奇了，忍不住咬了一口，挣扎着品味了一番，然后又咬了一口。

不知不觉地吃完这一个，他默默地，默默地，又拿起一个。

十七一边吃，一边在心里悲伤。

他已经不是原先那个他了……感觉自己现在变得好陌生好可怕……

又过了两天，云微明来到林芳洲的府上，过院子时，见十七和韩牛牛正在下象棋。十七刚好赢了一盘，"我赢了！拿来。"说着，朝韩牛牛一伸手。

云微明只当他们在赌钱，却见韩牛牛从身旁的小盖碗里捏出一只蝉蛹放在十七手里。

云微明："……"

十七一边把那蝉蛹收进自己身旁的盖碗里，一边摆棋子，"再来一盘。"

"不来了，都快输光了。"

"没事，我借给你。"

韩牛牛似乎有些纠结，一抬头，看到了云微明，连忙起身道："官家！"

十七呵呵一笑，"不想玩就不玩，找的什么借口？"说着不经意间一回头，看到云微明时，他慌忙跪在地上，"官家。"

云微明心想，好好的禁中侍卫，自从跟了林芳洲，变得越来越不正经了。

那个人，简直像是有毒。

一想到她，云微明的心口又开始抽痛。他深吸一口气，问道："你们公子呢？"

"公子在卧房里，练字。"

他以为自己听错了，"做什么？"

"练字。"

云微明好奇她怎么突然性情大变，他留众人在外，独自走进卧房，见林芳洲果真在练字。

林芳洲家没有书房，此刻就在卧房的窗前摆了个书案。她穿着一身藕荷色的襦裙，头发松松垮垮地梳着，不着钗环，未施粉黛，就这样，云微明竟还觉得她风情天然，分外好看……他觉得自己也是无药可救了。

林芳洲听到脚步声，只当是韩牛牛走进来，头也没抬，说道："牛牛，把扇子递给我。"

"牛牛"没有递给她扇子，而是打开折扇开始给她扇风。

"好人！"一阵凉风弄得林芳洲挺受用，她动了动脖子，"牛牛，再给我按按肩膀。"

"牛牛"放下扇子，往她肩上轻轻揉按，问道："舒服吗？"

"嗯……"听到声音不对，林芳洲突然睁大眼睛，回头一看，对上云微明一双带笑的眸子。

"咳，你你你你怎么来了？"

"我怎么不能来？"他说着，坐在她身边，低头看她写的字。

林芳洲小声道："我以为你还在生气呢。"

"哪有那么小心眼？"他一张一张地看她写的字，问道，"怎么突然想写字了？"

"就是想写了……"声音越来越小，说到最后一个字几不可闻。她的字很难看她是知道的，以前并不觉得有什么，此刻被他看到，她就觉得有些难堪，于是把那字抢过来，扔在一旁。

云微明疑惑地看着她，小心问道："生气了？"

"没有。"她摇了摇头，"你躲远一点，我要练字呢。"

"你练，我看着。"

他看着她，弄得她心不在焉，也不知道自己在写什么了。

他突然说："你握笔的姿势都不对，还怎么写字？"

"要你管。"

"我不管谁管？"他坐得更近了些，右手绕过她的肩膀，握住她的右手，"跟着我做。"

两人离得太近了，林芳洲感觉自己的后背几乎要贴上他的胸口，夏天衣衫单薄，她仿佛感受到了他的体温，脸上一阵燥热，渐渐羞得通红。

云微明低头看着她，故意问："热啊？"

"不热。你躲开。"

他偏不躲开，另一只手拿起桌上的折扇，"啪"地一下打开，"我给姐姐扇扇。"

说着，一边引导她写字，一边给她扇风。

林芳洲无奈，抬头瞪了他一眼。

那不过是嗔怪的一眼，却勾得他心里涌起一阵冲动，他脑子一热，低头吻住她。

林芳洲觉得他们不该这样，她想推开他，他一下子扣住她的手腕，她便使不上劲了。他把她拉进怀里，按着她的后脑，吻她，攻城略地。

林芳洲喘息着，"小……小元宝，你……你别这样……"

他的手往下，在她后背上抚着，一边亲吻她，一边喃喃道："我喜欢你，林芳洲，我好喜欢你，求求你，你也喜欢我一点，行不行？一点就好了……"

"小元宝……"林芳洲有些心酸。

他吻着她，突然将她拦腰抱起，走到床边。林芳洲知道他要做什么，没有拒绝。

因为，她也喜欢他啊！那么喜欢。

他放下她，不等她起身，又倾身压下来吻她，她扶着他的肩，仰头迎着他的吻。他吻得又急又快，她有些应付不来，脑子里一片混乱。

室内只余两人凌乱的喘息声。

他很快把两人的衣服都剥了。大白天的在一个男人面前脱得精光，哪怕林芳洲是个流氓，此刻也难为情了，捂着脸不敢看他。

他轻笑一声，低头亲她，嘴唇一路往下蔓延，把她亲得春潮阵阵，猫一样低低吟着。他往上，将她整个人搂进怀里，凑到她耳边，压低声音笑，"姐姐，真淫荡！"

"你给我闭嘴，浪成这样。"林芳洲说着，往身后摸了一把，攥住他。

他轻哼一声，连忙求饶，"姐姐，我错了……我最浪，我只浪给姐姐看……"

于是林芳洲放开他。

他一手扣着她的腰，一边亲昵地蹭着她，"姐姐，我来了，行吗？"

"嗯。"

两个人都是雏儿，云微明生怕把林芳洲弄疼了，十分小心翼翼，这个过程有些艰难。

林芳洲出了一头的汗，她抓着床单，眯着眼睛，喘息道："疼，疼啊……你出去……啊！别动！"

他也出了一头的汗，虽十分煎熬，但还是忍着，一边揉弄她，一边柔声道："好，我不动，姐姐叫我动我才动。"

痛感消失了些，林芳洲责备道："你好像……太大了。"

他低头一下一下地啄她，笑道："这么大也能被姐姐吃掉，姐姐，真厉害！"

"……"

"姐姐，姐姐，我好难受……"

"你，动一下，啊……"

林芳洲感觉那滋味很复杂。别扭，羞耻，刺激，渴望……她眯着眼睛，看着他俊美的面庞，他眼里放着炽热的光，像是狼，表情却是痴痴迷迷的，迷恋地看着她。

他炽热的目光往她身体里揉进一团火，她忍不住抬起腿，勾着他的腰。

云微明不敢动作太大，温温柔柔的，春水一般。

林芳洲突然"啊"地一下抬高声音。

他吓了一跳，"疼吗？"

"不是，刚才那里，你再弄一下。"

他笑了，"遵命。"

林芳洲沉沦在这样的欢爱里，起起伏伏的，几乎要忘记自己身在何处。她听到他在她耳边说："姐姐，我喜欢你，我喜欢你，我喜欢你……你喜不喜欢我呢，姐姐……"

"我，我也喜欢你，呜呜呜，我好喜欢你……"

第三十二章

算账时刻

次日一早，林芳洲发现云微明竟还没走，两人躺在一个被窝里，一丝不挂，肌肤贴着肌肤。

她有些难为情，回想起昨天的荒唐事，更难为情了……

他也已经醒了，正盯着她的脸看，浓长的睫毛忽闪忽闪的，撩得她心弦轻轻颤了一颤。

林芳洲更不好意思了，翻了个身，背对着他。

他凑上来搂住她，手掌在她的肌肤上漫无目地摩挲着，笑道："生米已成熟饭，我看你还有什么好说的。"声音里带着些清晨刚从睡梦里醒转的沙哑。

林芳洲微不可察地叹了口气。

云微明的手掌最后停留在她的小腹上，他用指肚轻轻点着她平坦的小腹，问道："姐姐，会不会怀孕呢？"

"不知道。"

他突然坏笑，"多试几次就知道了。"

"……"

他往她脸蛋上亲了一下，"看来，要尽快把你娶回去了。"

林芳洲心中悸动，又有些迷茫，她真的要嫁给小元宝吗？

和他成亲，住进皇宫里，做一个皇后？

从来没想过的事情啊……

本能地，她抗拒着那个巍峨的宫殿。她对皇宫的观感很不好，总觉得那地方高高在上，冷冷清清，半空中飘着许多冤魂，她不敢触碰，也不想接近。

但，皇宫里住着他啊！

云微明见她失神，把玩着她的头发，问道："想什么呢？"

"没什么，感觉有点……累。"

他不怀好意地笑了，意味深长地看着她。

林芳洲一拉被子，盖住脑袋，不让他看。

云微明一边坐起身，一边说道："我先回去了，今天还有事。"

"嗯。"

他穿好衣服下床，见她只顾盖着脑袋，一双脚丫露在外面。他担心她着凉，把被子往下拉，盖好她的脚，又仔细掖了掖，说道："总是这么没心没肺的。"

这话听着像是抱怨，可那眼神里是带着笑的。

林芳洲躺在床上看着他。自下往上的角度，使他显得更加修长高大，白玉般的面庞，唇角弯起好看的弧度，眼睛乌沉沉的，又黑又亮，此刻也正盯着她看。

"小元宝。"她突然唤他。

"嗯？"

"你真好看！"

"姐姐，现在先别招我，我今天真有事，"他弯腰摸了摸她的脸，压低声音道，"晚上再来找你。"

林芳洲脸一红，"我不是那个意思……"

他一声轻笑，在她唇上香了一下，整整衣服，走了。

林芳洲便躺在床上发呆。

小元宝今年才十八岁，她已经二十五了。

小元宝是皇帝，她是个混混。

小元宝读书多懂得多，她连字都认不全。

小元宝……

她……

一个是高山上的白雪，一个是浊水里的浮萍。

小元宝说她从来不考虑他们的未来，可是，这样的两个人，本来就不该有相同的未来啊！

林芳洲抱着被子，心里酸酸的，难受得紧。

云微明昨夜睡得太晚，回到皇宫时，大臣们都在等他了。

云微明看了一眼他们，什么丞相啦，大学士啦，都是有头有脸的人物。

今日他们要商量的是立皇后的事情。天子身份特殊，不必守孝，云微明他爹死的第三天，就有臣子陆陆续续地上书，催促云微明娶妻，还有人把官宦人家适龄的女子罗列出来，让他选。

成亲这事，一般是父母做主，但是云微明他父母都作古了，只好由他自己做主了。

关于皇帝的消息总是走漏得特别快，几个大臣已经知道他昨夜没有回宫，一看到他来，丞相便问道："官家，昨夜在林公子府里睡得可好？"

"嗯，挺好的。"

丞相一愣，他，他就这么承认了？！

"那……那……"丞相被这样的坦白搞得措手不及，竟有些结巴了。

云微明打断他，道："朕有事要说。"

"什么事？"丞相心里有一种很不妙的预感。

"朕和林芳洲的事情，想必众卿也猜到了。"

"官家与林公子情同手足——"

"不是手足，是夫妻。"

此话一出，所有大臣都是一脸问号地看着他。

云微明眉毛都不抬一下，冷静地宣布："朕要娶林芳洲。"

此话一出，仿佛往那热油锅里突然泼了一碗凉水，呼啦——人群沸腾得几乎要把房顶掀起来了。

"官家，你要娶一个男人？！"

"史无前例，绝无仅有！微臣不能接受！"

"官家，皇后乃母仪天下之人，男人……男人如何使得啊……"

"官家视祖宗家法为何物？"

"官家身为天子，该做天下人的表率，你带头断袖，这个，这个……"

"官家……"

云微明面无表情地看着他们吵嚷，还有人要去皇陵里哭诉，他也不拦着。等到他们闹够了，他环视一周，说道："朕意已决，众卿不必多说。"

他这种油盐不进的态度让大臣们很不满意，皇帝很了不起吗？当皇帝就可以胆大妄为，无视法度吗？不行！绝对不行！

臣子们面对皇帝时的心态是很微妙的，一方面谨小慎微地把皇帝捧得高高在上，另一方面也并不会完全对皇帝言听计从，相反，他们觉得，皇帝应该听他们的。

此刻云微明的态度令他们很恼火，说话便有些不中听了。说着说着，丞相老泪纵横，"扑通"一声跪倒在地，"江山代有才人出，老臣对国事渐渐地力不从心了，官家不如放臣回老家做个村叟野老吧！"

这是要罢工。

其他大臣见状，也纷纷跪下来，都要"乞骸骨"了。

若是真的一下子走掉这么多重臣，朝廷里就没人干活了。云微明自然不可能允许他们告老还乡，他叹了口气，道："男女有那么重要吗？"

"有！自古以来法度不能废！微臣也并非蛮不讲理之人，官家若真的喜欢林公子，将他收在身边也无不妥，只是堂堂国母，怎能是个男人？！"

"哦，就因她是个男人，所以就不能做皇后？"

"是！"

"要是个女人就能？"

"林公子若是个女人，微臣此刻绝无二话！官家！微臣一片苦心，为的是江山社稷啊，官家！"说着又抬袖子擦眼泪。

云微明看看其他人，"你们也是这个意思？"

"是！"

云微明缓缓地展颜，笑了。他闲闲地往椅背上一靠，神情是那样悠然愉悦。他笑眯眯地看着众人，道："可是，她本来就是个女人啊！"

众臣："……"

身为一个皇帝，为了娶男人而造这样的谣，真的好吗？啊？啊？！

众人都是一脸"呵呵，你逗我呢"的表情。丞相作为他们的代表，又发言了："官家，事关国体，玩笑不得啊！"

"真的，不骗你们。林芳洲小时候生过一场大病，为了避灾，才假充男孩养大。这个事情，朕和先帝说过，先帝也是知道的，只是体谅她命途不顺，所以才没说什么，一直默许她女扮男装。"

呵呵，先帝已经埋进黄土里了，反正又不能从棺椁里爬出来辟谣，你说什么就是什么呗……

丞相还是不信，"事关重大，老臣必须亲自验证。"

"哦，你要亲自验证朕的女人？"

丞相慌忙道："臣不敢，臣的意思是……臣可以令家中女眷去检视，臣实在不放心……"

其他人纷纷点头赞同。

"如果确定她是女人，朕就可以立她为后了，对吗？"

丞相有些心力交瘁，他们已经骑虎难下，此刻也由不得他摇头了，于是他果断点点头，道："若她真的是个女子，老臣绝不再干涉官家的婚事。"

"嗯。你们所有人派一个女眷做代表，但还是要经过我们芳洲的同意。"

云微明应付完这群臣子，下午又批了会儿奏章，做了一天勤勤恳恳的好皇帝，到晚饭的时候才去找林芳洲。

吃了晚饭，两人关起门在屋子里说话，云微明把白天的事情跟林芳洲说了，说罢，问道："你同意吗？可能有个女人要来看看你到底是不是女人。"

"小元宝，我今日想了一天。"林芳洲托着腮看他，说道，"我觉得，你应该娶一个大家闺秀。"

他脸色一沉，咬了咬牙，道："可惜了，我见到大家闺秀没反应，就喜欢你这样的流氓混混，怎么办？"

"你别赌气啊，我说真的……你看我哪里像个皇后嘛……我和'母仪天下'这四个字，有一点点牵扯吗……况且我也喜欢自在，我不想老了以后过上'不如乌鸦'的生活……"

"姐姐不想做皇后？"

"嗯。"她点了点头。

"好啊，那我不做皇帝了。"

林芳洲："……"她有些头痛，"小元宝，你别这样。"

"我是认真的。你做混混，我也做混混；你做土匪，我也做土匪；你愿做皇后，我就做个皇帝。既然不愿意，好啊，我陪着你。"他一口气说了这么多，看着她愣怔的表情，"这样，够了吗？"

林芳洲摇摇头，"你别赌气了。"

"我没有赌气，是你在赌气。"他定定地看着她，"你也知道，我一颗心长在了你身上，昨天还和你翻云弄雨，今天就让我娶别人了？林芳洲，你好狠的心。"

林芳洲眼圈一红，又开始纠结了，"你不要逼我嘛！"

他看到她眼里挂着泪珠，心知她也不好受，连忙擦她的眼角，"好了，我说气话呢，姐姐，不要怪我。"

林芳洲点了点头。

云微明："不早了，早些休息。"

"嗯。"

说是休息，其实一点也不能休息。可能是因为说了他不爱听的话，林芳洲被他打了屁股，还被他抱到椅子上弄，一边弄一边问她，他要娶谁，她要嫁谁。

还有，她要给谁生小孩。

云微明发觉自己对孩子有一点执着，这执着并不在孩子本身，而是他能感觉到，她心里长了草一样不安分，为了让她定下心来，他想和她早点生个孩子。

他像个勤勤恳恳的农夫一样，努力地往她身上播种子，希望早日收获一个孩子。

一个属于他和她的孩子。

他也能感觉到，她对他是有情意的。只不过，这情意有几分重，却说不好了。

"姐姐，姐姐。"

"嗯……"

"我有一辈子跟你耗呢！"

过了几天，丞相让他的老妻亲自来林府登门一叙。丞相夫人是个很温和的长辈，使人好感顿生。林芳洲对她没什么防备，夫人想看看她是不是女人，林芳洲也大大方方地同意了。

那之后，云微明在朝堂上公布了林芳洲的性别以及他要立林芳洲为皇后的决定。

朝野里一片哗然，普通老百姓当个趣闻来传，倒是没什么立场，只是好奇。

朝臣们多半都觉得不妥当。

但奇怪的是，那几个最有分量的大臣，此刻纷纷缄口不言了。

皇帝娶妻，说来说去，毕竟是别人的家事，以丞相为首的几个元老级人物不说话，别人都摸不着头脑了，也不敢多言。

莫名地，此事竟造成了一种"虽然大多数人不同意，但没什么人明确表示反对"的诡异的平静。

只有几个御史上了奏章，坚定地反对林芳洲做皇后。

有个御史还很嘴贱地把林芳洲痛骂了一顿。

云微明看得十分火大，一道圣旨把那嘴贱的御史贬到琼州，让他从此和黎族人民一起过上幸福快乐的生活。

官家的态度很明显了：反对朕可以，敢骂朕的女人，来一个弄死一个！

他疯狂的护短行为把官员们都吓到了，加之这事本就没有元老的号召，几个无足轻重的人说两句，也就只是说两句了，没别的用。

闹了几天，就不闹了。

八月初十是好日子，这天云微明亲自拿着聘书，去找林芳洲。一进门，见院里东倒西歪地躺着许多人，都是看护林芳洲的侍卫，十七也在内。

云微明心头一紧，使人用水泼醒了十七，问道："林芳洲呢？！"

"林……姑娘她，她趁我们不备，用蒙汗药麻翻了我们。"

"人呢？"

"走了，她似乎给官家留了一封书信。"

云微明拆开信封，里面只有一张信纸，上面歪歪斜斜地写着几个字：

> 小元宝啊，我真的配不上你。

林芳洲已经拿到了新的户籍，户籍上的她终于是女子了。不过出门在外呢，还是扮作男装方便一些。

不止她，韩牛牛也扮了男装。

林芳洲往嘴边贴了一圈小胡子，看起来应该不太容易被人认出，韩牛牛就算扮了男装贴了胡子，也太容易辨认，林芳洲无法，只好给她买了几个面具，轮换着戴。

红关公、黑张飞、花脸的孙悟空，还有一个猪八戒的。

韩牛牛最喜欢戴猪八戒的面具，因为这个面具最大了，可以把她的脸全部遮住。

两人出了京城，骑着毛驴漫无目的地走，走了有五六天，林芳洲便感觉体力有些不支，疲惫，肠胃虚弱，老想吐。

她觉得自己太没出息，都不好意思告诉韩牛牛。

这一日走在通往彬州的官道上，到正午时，她们停在一个茶棚里，拴好毛驴，想要在茶棚里吃点午饭。

茶棚里只有一个老汉，胡子花白，精神很好，看到一个人顶着猪头走过来，他几乎被吓破了胆，滚到地上说："大王，饶命！"

"休怕，我是好人。"韩牛牛摘下面具道。

韩牛牛问林芳洲想吃什么，林芳洲近几日食欲不振，便道："给我来一碗素面吧，不要放油。"

韩牛牛道："清汤寡水的，有什么吃头？"

"你尽管点你的。"

韩牛牛要了半只鸡、一斤牛肉、一碗炖得烂烂的猪肉，外加三大碗米饭，又要了一块糖糕做点心。

林芳洲问道："够吃吗？"

"先将就填补着吧，出门在外，吃了就饿……老人家，再给我们备上一屉馒头，留在路上吃。"

老人家惊魂甫定，颤巍巍答应着，去准备吃食了。

菜陆陆续续端上来，那老人家惧怕韩牛牛，也不敢靠近，坐在远远的另一头打量她们。

林芳洲闻到韩牛牛碗里炖猪肉的香气，莫名地又一阵恶心，她推了一下她的碗，"你拿开一些。"

"哦。公子真不吃一块吗？"

"不吃。"

林芳洲慢吞吞吃了两口素面，听到身后不远处一阵马蹄声靠近，马蹄声停了之后，是那老汉热情的招呼声，想必又来了什么客人。

她有些好奇，正要回头看看是什么人，韩牛牛突然又搅拌肉碗，香气飘来，弄得她更觉恶心，捂着嘴巴强忍着呕吐的冲动。

老汉说道："几位公子，要吃些什么？我们这里有……"说着报了几个菜名。

林芳洲听到一个声音道："三斤牛肉，每人一碗素面。"

啊啊啊啊啊，为什么那个声音那么像小元宝？！

一定是她的错觉，一定是！

林芳洲惊得不敢回头，给韩牛牛使了个眼色。韩牛牛只往那边看了一眼，立刻抓起桌上的猪八戒面具戴好。

林芳洲："……"

那老汉看到说话的主顾是个俊俏的少年郎，与自己孙子一般年纪，看起来脾气很好很乖巧的样子，他心生喜欢，一边准备吃食，一边问道："公子从哪里来？"

"京城。"

"往哪里去？"

"寻亲。"

"寻的什么亲？"

他却没有回答，垂着眼睛沉默良久，到最后，小声说道："我娘子不要我了。"

林芳洲听着一阵心软又心痛。

她轻轻地，轻轻地站起身，悄悄地，悄悄地想要走。

哪知，刚迈出一步，小腿也不知被什么东西打了一下，一阵酸软，她整个身体立刻不受控制地往后倒下去。

"啊！"

没有摔在地上，而是恰好跌进了一个怀抱里。

林芳洲躺在云微明的怀里，瞪大眼睛看着正上方那张脸。她干笑一声，"对对对……对不起啊……"说着起身要走。

他面无表情，一手扣着她的腰，便使她无法动弹。

"你对不起我的事情多了，"他说着，抬手，把她嘴边的胡须一根一根扯下来，一边扯，一边冷笑，"咱们回去，一件一件地算。"

番外一
成婚记

这么些天，云微明心里憋着一股邪火。他既生气，又担忧，心里暗暗想着，等找到那厮，一定要好好让她长长记性！

这厮真是无赖到了极点，已经被抓包了，还不甘心，装病、装中暑、装吐……

等等，她好像真吐了……

林芳洲跑到一边狂吐，韩牛牛熟练地蹲在她旁边，轻轻拍她的后背。

为什么会吐？为什么？

云微明被一个猜测击中内心，一瞬间，雀跃与狂喜包裹住了他，可他又不敢想太多，怕惊喜成空。他小心翼翼地靠近她，轻声问道："你怎么了？"

"我不都说了吗，我中暑了！"因为心虚，林芳洲还故意抬高了声音，仿佛她中暑要归罪于他。

他非但没有生气，还好脾气地将她轻轻扶起来，"走吧，去找个郎中看看。"

林芳洲以为他要带她骑马，那个脚力快得多，却没料到他把她扶上了毛驴。

"毛驴虽慢，却稳妥一些。"他解释道。

这个男人体贴得不像话，林芳洲心里更没底了。他现在对她这么好，肯定是算计着回去憋个大招，一定是。

林芳洲骑上毛驴，思忖了一下趁他们不备骑驴就跑的可能性。然而云微明连这点渺茫的希望都不给她留，他直接牵着毛驴的缰绳步行。

林芳洲干笑一声，道："你还怕我跑了呀？"

"我怕你掉下来。"他说。

哼，好烂的借口。

尊敬的、伟大的、神圣的皇帝陛下，亲自给人牵毛驴……几个护卫看得都很傻眼，也不敢骑马了，齐刷刷下马步行。

走到日暮时分，终于进了城。林芳洲肚子饿了，云微明不让她吃饭，先带她去找城里最有名的大夫看病。

看完病，她也没心思吃饭了……

云微明心情好得出奇，从医馆出来就一直在笑，还恬不知耻地牵着她的手，怎么甩都甩不掉。

"你走开！"林芳洲说。

"林芳洲，你要做娘了。"他变本加厉地凑得更近，在她耳边低语。

"走开走开，大街上不要离这么近，别人会以为我们是断袖的。"她现在还是男装。

云微明完全不在意这些。曾经的曾经，他已经做好断袖的准备，连退路都想好了……却没料到老天待他真的不薄，他心爱之人，竟是个女子。

现在，怀着他的孩子。

云微明心里充斥着激动和感动，他忍不住将她的手握得更紧了，柔声说道："回去就成亲吧！"

不成亲还能怎样呢……林芳洲有点沮丧，瞪了他一眼，"都怪你啊！"

他把这责怪照单全收，"是，怪我。"笑得还有点淫荡。

林芳洲："……"

云微明生怕林芳洲身体有个什么闪失，把她当个易碎物品对待，十分体贴入微。回去时坐马车，他坐在马车里，让她坐在自己腿上。

为的是防止颠簸。

至于来时要"好好让她长长记性"的豪言壮志，不好意思，已经完完整整地吃回去了。

回到京城时，林芳洲以为他们的婚期怎么也要在一两个月之后，毕竟要准备一下，却没料到大典只在三天之后。

她很奇怪，问他："三天来得及准备吗？"

"来不及。"

"你逗我玩呢？"

"我已经准备了很长时间，现在万事俱备，只差一个新娘子了。"

唉，她早该想到的，这臭小子做事特别喜欢未雨绸缪，怎么可能不提前准备呢？都不知道他已经策划多久了……

林芳洲甘拜下风，"算你狠。不过，你怎么那么确定能找到我？"

"呃……"

林芳洲看着他的眼睛，摆摆手道："算了，不要说了。"何必自取其辱呢？

林芳洲没吃过猪肉，却也见过猪跑，在永州时她见识过一些婚礼，从没有像皇帝结婚这么麻烦的。穿什么衣服、做什么事、说什么话、怎么走路、怎么吃饭、怎么行礼，都有规制，不许更改。据说她还算轻松的呢，小元宝要提前三天开始祭祀，每天都要拜神，成个亲而已，也不知哪儿来那么多神要拜。

成亲的礼服是早已经做好的，复杂得很，她自己根本穿不上。那一副黄金头面，却是工匠们熬了三天三夜最新赶制的。林芳洲挺奇怪的，依小元宝的性子，没道理衣服提前备好却要现做首饰。

她问喜娘，喜娘答道："原先是做好了的，可官家说不好，让改，这才现做了一副。"

"为什么要改？哪里不好？"金子能有什么不好的？

"说是太重了，怕戴着累，就改了薄的，黄金减少许多，也没有宝石。虽不如原先那副好看，戴着倒很轻便舒适。这副头面，圣人明日要戴一整天呢。"喜娘说到这里，忍不住笑了。官家身为天子，能对自己的新妇体贴至此，真是个有情有义的郎君啊！

林芳洲便低头不语。

喜娘把她打扮得漂漂亮亮的，到了吉时，迎亲的使者们抬着她的凤銮进宫去，身后跟着抬嫁妆的队伍，长龙一样铺满了一条街，打头的进了宫门，末尾的还没起身呢。

这些嫁妆都是云微明用私库给她置办的，除了嫁妆，他更早之前还送来一大堆聘礼，这是成亲必须要走的过程，天子的脸面，马虎不得。

林芳洲觉得，反正无论嫁妆还是聘礼，最后都要抬回去，他也不算亏本。

这些嫁妆和聘礼给她的最直观的感受是：小元宝真有钱啊……她要嫁给全天下最有钱的人了……

林芳洲被抬进宫后，没有立刻见到小元宝，她要先接受册封。受了册封，才算正式成了皇后。从内侍手里接过金册和凤印时，她心中还有一种非常强烈的不真实感。

皇后啊，她竟然成了皇后……

册封仪式结束后，她又被抬走……换了个地方，在文武百官的强势围观下，她和云微明举行了成亲大典。

云微明穿着定制的大婚冕服，戴着冕冠，这一身衣服很隆重，一看就沉，林芳洲都替他累。

累死人不偿命的大典结束后，林芳洲被抬进了洞房。

然而，这并不是结束……

小元宝来了——依旧穿着沉重的冕服，戴着冕冠。身为天子，他怎么可以忘记拜神呢？！即使已经拜了三天，即便是在洞房花烛的时刻！

不仅他拜，身为他的新妇，她也要跟着拜。

拜完了神，两人坐下来，喝了合卺酒。

林芳洲悄悄松了口气。

侍女把他们领到偏房去换下冠服，又送回洞房。

终于，在这一刻，他们可以像普通的新夫妇那样了。

室内只剩下他们两个人时，林芳洲抬袖子擦了一把汗，努力寻找这种婚礼的优点，"幸好，没人闹洞房。"

云微明被她逗笑了。他坐得离她近一些，手搭在她的肩膀上，问道："累吗？"不等她回答，他已经开始轻轻帮她按捏肩膀了。

"不太累，幸好你让人换了头面，"林芳洲有些庆幸，随着他的动作，她活动着肩膀，反问，"还是你比较累吧？"

"不累。我今天高兴。"他笑道。

林芳洲侧头看他，大红色的衣服衬得他眉目如画，微黄而明亮的烛光下，他的笑容俊俏温柔。

怎么这么好看，难怪自己会喜欢他呢……

"看什么？"他问道。

"没什么。"林芳洲说着，转过身，"来，我给你按按。"

她抬起的手被他抓住拢在自己的手掌中，"不用。"说着，将她拉进怀里搂着，低头往她唇间香了一下，"姐姐，你今天真好看！"

林芳洲老脸一红，从他怀里挣脱，坐在床边，背对着他。

他又很快缠上来，双臂由后往前搂住她的身躯，下巴垫在她的肩头上，喃喃道："我今天高兴得紧。你不高兴吗？"

"也不是。我就是有点……怕。"

"我也怕。"

林芳洲有些奇怪，"你怕什么？你是皇帝。"

"我怕你不喜欢我，怕了很久。"

"小元宝……"

"你离开的时候，我怕你被骗、被欺负，怕你和人打架，怕你遇到土匪，我甚至怕你被狗咬……我每天都在害怕。"

林芳洲有些动容，小声说："对不起！"

"不必说对不起。你怕什么？"

"我也不知道我怕什么，可能因为你是皇帝——"

"那我不做皇帝了？"

"不不不，我不是这个意思……我是说，我怕自己做不好。你也知道我是什么出身，突然有一天，我要嫁给皇帝，做一个皇后……"

"我知道你的意思。你不要担心，以后想怎样就怎样吧。"

"不太好吧……"

"没什么不好。"云微明拉着她躺在床上，两人依偎着说话，他说，"我们辛辛苦苦坐上这位子，不是为了受制于人的。你谁的话都不用听。"

"那万一我做错事怎么办？"

"无妨，你是皇后，只消记住，你做的永远是对的，不用听那些人胡说八道。"

"要是我杀人放火了呢？"

他笑了，闭着眼睛，在她发间轻轻呼吸，说道："你是什么样的性子，我最清楚……你比谁都心软。莫说杀人，杀鸡你都不敢。"

好吧……

林芳洲翻了个身，面对他躺着。她看着他闭目养神的脸庞，说出了最后一个疑问："那你还立不立妃嫔什么的？"

他微微锁了一下眉，"说过多少次了，不立。"

"要是有人故意勾引你呢？"

"我就把她杖毙。"

林芳洲打了个哆嗦，"不至于，赶走就行了。"

他闭着眼睛，笑了一下，唇角弯弯的，看起来心情很好。

林芳洲心里一热，忍不住往前凑了凑，亲了他一下。

他睁开眼睛，有点幽怨地看着她，"别勾引我啊！"

林芳洲觉得他这样子很好玩，笑了。

"笑什么笑？"他终于忍不住了，扑上来吻她。绵绵密密的吻，堵得她几乎喘不过气来。他的手扣在她的腰间，轻轻摩挲，渐渐地，身体有了些变化。

于是他更幽怨了，"勾引了我，我又不能碰你。"

林芳洲的手向下探，一边隔着衣服触碰他，一边笑道："我可以碰你啊。"

他闷哼一声，眼神都变了，沉声道："你……"

她看着他的样子，倒有些不确定了，"不要啊？"

他咬着她的嘴唇，喘息，"不要停。"

番外二

一个皇后的自我修养

林芳洲就知道，就知道！

那些不甘寂寞的读书人开始编派她了，说她这也不好那也不好，朝臣对她也颇有微词，还专门写了奏章，说她有失国体之类的。总而言之一句话：她林芳洲不是一个合格的皇后。

她怀孕待产时，倒没人敢说她什么，大概是体谅一个孕妇的不容易。等她已为人母，有一次憋得实在无聊，就扮了男装出宫玩——不就出去玩一次吗，又没有伤天害理，顿时就有人不满意了！

云微明压着奏章，没让她知道。可世间没有不透风的墙，她终究是知道了。

"这些人管得真宽！"林芳洲脸上有些挂不住，气呼呼地对云微明说。

"说的是呢，"云微明连声附和，"我们的家事，轮不到他们指指点点——不如管好自己的家宅吧！自家妻妾在后宅斗成乌眼鸡，也有脸说我。"

"纳小妾就是这种不好，也不知道他们怎么想的。"

"对！你看我就从来不选妃。"

其实有许多人劝过云微明选妃，好像全天下的人都特别关心皇帝陛下的后宫充盈与否。云微明选择把他们的话都当作放屁，忍一时的臭味就好，不必放在心上。

并且，"敢勾引官家就杖毙"这样的话不知怎的流传出去了。后宫那些小宫女本来就对官家和圣人充满敬畏，再听到这种话，都怕得要死，尽量避免在官家面前出现。就算出现也是循规蹈矩，头都不敢抬一下。万一被官家看上了，圣人要杖毙她们怎么办？官家怎么可能为了一个身份低微的小宫女去和自己的正妻闹不愉快？

所以，林芳洲在后宫过得倒是挺太平的，没人敢给她找不痛快。

虽然小元宝让林芳洲不要在乎那些骂声，权当狗吠就好，可林芳洲还是有点介意。她本来待在这样的位子上就诚惶诚恐，现在有人说出来，正中她的心事。

而且，小元宝总被人说娶了个不合格的妻子，也不太好啊……

于是林芳洲做了一个重要的决定：她要改变自己，要做一个好皇后。

德言容功，琴棋书画，需要改造的太多了。

首先，把目标降低：先把字识全了吧……

云微明一听说林芳洲要学写字，便道："我教你吧。"

"不用，你每天那么忙，随便给我请个先生就好。"

"我亲自教你。"

见他这样坚持，林芳洲有点奇怪，问："为什么一定要你亲自教？"

"先生给你上一课之后，全天下都能知道你有一笔烂字了。"

"你嫌弃我？！"林芳洲最近有点敏感，小心房有点脆弱。

"不是，我怕到时候你受不了，"云微明温声宽慰她，"你放心，识字很简单，以你的聪明才智，不用一年，便学会了。"

他的表情是那样坚定，立刻感染了她。林芳洲点点头，"嗯！"

她哪里知道，云微明之所以坚定而自信，是因为他觉得以林芳洲的性子大概坚持不了几天……所以这个差事应该蛮好应付的。

云微明说，贪多嚼不烂。所以他每天只教林芳洲五个字，一天时间足够她把这五个字背下来了，多练习几遍，写熟了，自然就记牢。先教的都是简单易写的，林芳洲脑子很好使，一开始做这件事又比较有热情，所以学得挺快的。云微明连连夸她，还给她发了许多奖品，以资鼓励。

如此过了十天，小元宝老师要进行他执教以来的第一次考试。

他念，她写。

林芳洲这才悔悟，当时记住的字，并不代表能永远记住。今日听写的五十个字，她有把握写对的只有六成，剩下的，要么写出来了但不能确定，要么干脆写不出来。

满脑子空白写不出东西的感觉太难受了，她把一个笔头都咬坏了。云微明哭笑不得地抽掉那支笔，"这是跟谁学的坏习惯？"

林芳洲把答卷递给他，"就会这么多。"

他翻看着她提交的试卷，皱了好几次眉。黑粗蠢大别具一格的字体，看着眼睛都疼。

更何况，还错了不少。

云微明从桌下抽出一把戒尺。

这是他和她的约定，写错了，就要受罚，帮她长记性。

林芳洲看着那又宽又厚的刑具，欲哭无泪。小时候挨过的戒尺她能记一辈子，真的，可疼可疼了！

还没挨打，她仿佛已经感受到那种疼痛，眉头都要拧到一起了。

云微明举起戒尺，作势要落下去。

她吓得突然一缩手，待反应过来，戒尺还悬着呢，她又不好意思地伸出手去。

看到她吓得泪眼汪汪的，都快哭了，他……实在有点下不去手了。

林芳洲眼巴巴地看着他，小眼神要多可怜有多可怜。他无奈地叹了口气，问："你想怎样啊？"

她突然倾身上前，凑到他脸上，亲了一下。小心翼翼的吻带着点试探，又软又轻，落在他的脸庞上。

他的心忽地一颤，忍着笑，故意板起脸看她，"你这是要贿赂老师吗？"

林芳洲朝他眨了眨眼睛。为了避免挨打，她只能暂时先不要脸了。

他的胳膊向下落，她以为他要打她，却没料到，戒尺只画了一个短促的弧线，接着平移到她面前。

他用戒尺的顶端挑着她的下巴尖，一本正经的样子，"既然贿赂，就该有点诚意。"语调却有点轻佻。

林芳洲试着往前凑了一下，他移开戒尺，给她让路。

她顺利地趴到他面前，仰着头，在他的唇上香了一下。亲完了，她厚着脸皮问："够不够诚意？"

他垂着眼眸，视线落在她脸上，低声道："不够。"

林芳洲只好又吻了他一下。这次吻的时间长一些，她还伸出舌尖舔了一下他的嘴唇，浅尝辄止。

她刚要退开，他突然扣住她的后脑，轻轻一按，将两人将将要分开的嘴唇又贴到了一起。

他回敬她，伸出舌头勾舔着，抬手熟练地一掐她的下巴，她本能地张口，他灵活有力的舌头便滑进了她的口腔里。

他太熟悉她的身体了，一边接吻，一边隔着衣服揉弄她，不消片刻，便使她有些意乱情迷了。

林芳洲突然推开他。大天白日的两人是在做什么？她还有正经事呢，好不好？！

"你走吧！"她整理着那沓答卷，低着头说，"不会写的字我今天继续练。"

"我怎么走？"他的声音已经变得喑哑，压得极低。他暧昧地笑了一声，说："你看看我，还走得了吗？"

林芳洲没眼看他。她把头埋得更低了，有些心虚，"走走走，你去别处消停，不要打扰我练字。"

"我陪你练。"他说着，突然凑得极近，身体贴着她的身体。他一手勾着她的肩膀，不许她逃开，然后低头在她耳边吹气，轻笑着说："咱们换个地方，好好地练。"

林芳洲老脸一红，想推开他。可惜她不是他的对手。他押着她，百般挑逗，把她撩拨得连笔都握不稳了。

后来他们滚到榻上，"好好地练"了一番。

练完了，林芳洲的力气也用光了。两人叠股坐着，她浑身发软，懒懒地靠在他怀里。他修长的手臂绕到她身前，手掌扣着她的手掌，手指绕着她的手指。

他低头吻着她白皙圆润的肩头，柔而轻地吻着，像蝴蝶亲吻花朵。

他有些意犹未尽，"明天还考试。"

她翻了个大白眼，"你滚……"

正所谓"一鼓作气，再而衰，三而竭"，这话用在林芳洲身上再合适不过。一开始她拿出考状元的热情识字，后来便有些不耐烦，只把写字当作一种差事。渐渐地，连这差事也不想做了，每日白天玩一天，到晚上才交差。

再后来，只有小元宝夜里有奏章要批的时候，她才和他一起坐在灯下写两笔字，意思一下。

这个时候她已经完全想通了：就算她把所有字都认全，又能怎样呢？还有更多更难的事情等着她学，学得会吗？除非她有八百年的寿数来奋斗，否则这辈子都做不成让那些人满意的皇后。

所以，何必再挣扎呢……

再说了，和她过日子的是小元宝，又不是那些臭书呆子。对吧？

她只要对小元宝好就行了，别人怎么看她，无所谓。

想通了，彻底想通了。

想通了的林芳洲又出宫玩了，却没料到这一次之后，她的名声竟好起来了。

是这样的。林芳洲在玩的路上遇到一个纨绔欺负人，她气不过，就站出来阻止，没想到纨绔打算连她一起打……

当然了，由于她身边跟着许多高手，纨绔的家丁们自然连她的衣角都摸不到。

但这件事惊动了云微明，纨绔一大家子做过的坏事都被翻出来了，官府"严办"了他们。

百姓拍手叫好。

因此事涉及"微服出访帮助官家体察民间疾苦"的圣人，所以圣人就成了为百姓除暴安良的好皇后，这件事渐渐地被传唱开来。

这样的名声虽听着不太像个皇后，但总归是好的。

林芳洲自己也喜欢。

"恭喜你！"云微明还给她道了个喜。

林芳洲托着下巴，问他："小元宝，你对我那么好，我怎么做才算对你好呢？"

云微明心里一暖，笑道："你对我够好了。"

她歪着头看他，看了一会儿，突然说："我们多生几个小孩吧？"

"流氓！"

"咳！"

"来战啊！"

皇长子成长日记

林芳洲养胎那些天比较无聊，所有人都觉得她比琉璃盏还脆弱，生怕磕了碰了，导致她也没什么能做的，闲得要长毛了。总算养足了月份，一朝分娩，是个儿子。

她的生产很顺利，并没有传说中那么疼。她刚生完，云微明就不顾别人阻止，闯了进去。

林芳洲看到他的眼圈红红的，还有力气嘲笑他呢，"你看你那点出息。"

他不发一言，紧紧地握着她的手，低头亲她。

啪嗒——林芳洲感觉有水滴落在自己的额头上，滚烫的。

那一刻她就觉得自己好厉害。这世上没有小元宝做不到的事，唯有生小孩这一项，还得她亲自上阵，哈哈……

"我厉害吧？"她问小元宝。

他被她逗笑了，温柔的目光落在她汗湿未退的脸庞上，低声答道："特别特别厉害。"

道士给测八字的时候说："此子颖悟聪慧，智者乐水，然慧极必伤，该给他取个稳当的小名儿，压一压。"

云微明对和尚道士完全没有信任感，奈何林芳洲有点信了，就给儿子取了个小名叫"小石头"。

小孩子刚生下来时一般看不出美丑——几乎都是丑的。等长几个月，长开了，就好看了。小石头渐渐越长越水灵，粉粉嫩嫩的，像是一捧几乎能掐出水的荷花苞，一双大眼睛又黑又亮，分外有神。合宫上下——连哈巴狗和猫头鹰都算进去，谁看见都喜欢他。

有时候林芳洲会抱他。她抱着他，用指尖戳他的脸蛋，轻轻扒拉他的小嘴唇，把他逗得哈哈直乐，她就会说："长成这样，等大了不知会祸害多少好人家的姑娘。"

云微明觉得有些好笑，"孩子那么小，你跟他说这些做什么？"

"反正他又听不懂。"

倒也是……

云微明想到自己小时候，她也这样说过他好几次，说他以后会成为色坯。不管当时还是现在，他的心情都差不多——好无辜，好委屈。

所以，他就开始翻旧账了。

云微明："你那时候为什么总说我？"

"我说你什么了？"

"说我长大了必定风流好色。"

"哦，那个呀……"林芳洲点点头，似乎是想起来确有其事，她半点愧疚都没有，反而道，"谁让你长得好看，越长越好看，总让人感觉不踏实。"

他摇了摇头，"这是以貌取人。一个人靠不靠得住，看的是品性，又不是脸。不能因为我长得好，你就觉得我会成为一个色坯。"

"好了好了，你说得有道理。我问你，你觉得我好看吗？"

"你自然是好看的。"

"那个时候，你觉得我是色坯吗？"

"是。"

"你看吧，你不也一样。"

他无力地扶额，"因为你那时候确实是个色坯！"

她那些有事没事就调戏良家妇女的日子，现在想来还会让他耿耿难平。就算现在知道那都是她装的，又怎样？理解不代表他不在意。

云微明摸了摸小石头的发顶，语重心长道："以后不要随你娘。"

可惜了，小石头太小，没能听懂他爹的谆谆教诲。

等到他大一些，渐渐开始学说话，先是"爹"啊"娘"啊一个字一个字的。云微明很喜欢小石头喊他和林芳洲"爹娘"，像是寻常人家的孩子称呼父母，使他感觉亲切又温暖，有家的样子。

再后来，小石头奶声奶气地说了他人生中第一个完整的句子。

云微明听了，不仅没高兴，还有些担忧。

"这厮一定会长成一个色坯的，你果然有先见之明。"云微明对林芳洲说。

是了，小石头说的那句话是："你真好看！"

是对着贴身照顾他的小宫女说的，把小宫女惊得脸都红了。

后来，这小孩对很多人都说过这句话，包括韩牛牛在内。

他的口齿越来越伶俐，说话越来越流畅，嘴巴像是抹了蜜一般，又往往带着儿童特有的纯真与耿直，使人不得不信。就这么着，他把宫里上下都哄得神魂颠倒了。

只有云微明不受他摆布。

连林芳洲都沦陷了。有一次，小石头在床上爬着玩，林芳洲教育他，"小石头长大了要当个好人，知道吗？"

小石头一副理所当然的样子，慢吞吞地答："我娘是好人，我自然也是好人。"

林芳洲哈哈大笑，架着他的两腋把他抱起来，一边嘟着嘴作势要亲他的嘴巴，一边笑道："小嘴怎么这么甜？我看看你吃了什么，是不是吃糖了呀……"

小石头咯咯直笑，往前探小脑袋，等着被她亲。

一旁的云微明实在看不下去了。他站起身，把小石头抢过来递给奶娘，"带下去！"

奶娘哪敢忤逆，立刻抱住小石头，脚步匆匆地离去了。

小石头很不高兴，想骂人，可是骂人违背了他"做人的原则"，更何况对方是他爹。他泪眼汪汪地看着他爹，委婉地控诉："爹，你要当好人呀……"

林芳洲拍桌狂笑，"哈哈哈，小元宝，原来你不是好人！"

屋里侍候的内侍官女们听到此话，惊起一身的冷汗。唉，也只有圣人敢这样跟官家开玩笑啊……

云微明让战战兢兢的他们都下去了。

然后他一把将林芳洲扯进怀里，眼神里带着威胁，"说谁呢？"

"哈哈，又不是我说的，是你儿子说的。"林芳洲对他这点威胁倒是一点不怕。

他突然也笑了，笑眯眯地说："好，我是坏人。今天让你知道我有多坏。"

另一边小石头被几块糖哄好了，吃得很开心，又开始祸害别人了。

第二天，小石头又来找他娘玩。他带来一只雪白的小兔子，特别可爱。林芳洲把小兔子放在桌上，怀里抱着小石头，母子二人用草叶喂兔子。

喂了一会儿，林芳洲说："它吃饱了。"

"吃得真少呀！"小石头说。

林芳洲用草叶撩着兔子的鼻子，笑道："午饭我们吃兔子肉，骨头拿来炖汤。"

"呜——哇——"猝不及防听到这个噩耗，小石头大哭起来。

　　林芳洲憋着笑哄他："好了好了，不吃，逗你玩呢。"

　　小石头不信，哭个不停。

　　众人见状都上前哄他，他一概不信，越哭越凶。

　　恰好云微明走进来，见屋里乱成一团，他问明缘由，便让众人都散开了。然后他对小石头说："不要哭了，你娘逗你呢。"

　　小石头果然止住了啼哭，一抽一抽的。他一边抬着小胖手擦眼睛，一边问："是真的吗？"

　　"是真的，我何曾骗过你？"

　　别人说了一万次的话，小石头不信；他爹说一次，他就信了。

　　林芳洲觉得很神奇。平常小石头和他爹也不算特别亲近——绝没有和她那样亲近，怎么一到关键时刻，他就只信他爹呢？

　　云微明看出林芳洲的疑惑，无奈地摇摇头，"你整天和他开玩笑，他能信你才怪呢。"

　　好吧，当娘的已经把信誉败光了……在孩子只有三岁的时候……

　　小石头也有些埋怨，问他娘："娘，你怎么总逗我呀？"

　　云微明替她回答了："因为你娘也是三岁，只比你大一个月。"

　　尽管不太理解这句话里的因果联系，但小石头听到如此消息，还是大大地惊讶了一番，傻乎乎地看着林芳洲，问道："娘，你是怎么长得这么大个儿呀？我能长你这么大吗？"

　　林芳洲正不知如何回答，云微明适时地说了一句："你娘可从来不挑食。"

　　于是这顿饭小石头吃得特别老实，给什么吃什么，一点也不挑了。

　　林芳洲偷偷朝云微明竖起大拇指：还是你高明啊！

　　云微明轻轻挑了一下眉。呵，知道谁是一家之主了吧……

　　吃完了午饭，林芳洲和小石头消了消食，然后一起滚到床上睡午觉。云微明没有睡午觉的习惯，就把奏章搬到卧房里批。批累了，抬头看看窗外，外头阴着天，天空低垂，大概是要下雪了。他想着，等下了雪，可以带着她去赏梅花，在梅林里喝酒，吃热腾腾的火锅，若是小石头表现好，也可带上他……

　　想到那一大一小在雪地里玩耍的样子，他的脸上浮起温暖的笑意。

　　他收回目光，看向床上睡着的人。一开始入睡时林芳洲还搂着小石头，现在已经睡得各据一方。小石头还算规矩，反正手短腿短，做不出什么花样。林芳洲就不同了，躺在宽大的床上，四仰八叉，身姿奇特，像是展翅欲飞……

云微明扶了扶额，不忍看下去。

他提笔正要继续做正事，却听到她突然叫了他一声，含含糊糊的："小元宝……"

他立刻放下笔，抬头看向她，"怎么了？"

她却只是翻了个身，身体起伏均匀，还在沉睡。

原来是做梦吗？

梦到他了？

云微明笑了，轻声自言自语："我也做过梦啊。"

曾经他梦里的生活，如今，都在眼前了。

这大概，就是最好的人生了吧！